La mujer de la escalera

Esta edición ha contado con el patrocinio de

Ayuntamiento
de Gijón

En cubierta: fotografía de © iStock.com / Praetonrianphoto
Diseño gráfico: Gloria Gauger

c/ Almagro 25, ppal. dcha.
28010 Madrid. Tel.: + 34 91 355 57 20
Fax: + 34 91 355 22 01
www.siruela.com
ISBN: 978-84-17308-09-4
Depósito legal: M-45-2018
Impreso en Cofás
Printed and made in Spain

Papel 100% procedente de bosques bien gestionados
de acuerdo con criterios de sostenibilidad

Pedro A. González Moreno

La mujer de la escalera

Siruela

Nuevos Tiempos Policiaca

Acta de la reunión del Jurado calificador del Premio de Novela Café Gijón 2017

Reunido desde las 20:00 horas del miércoles 13 de septiembre de 2017 en el Café Gijón, el Jurado calificador del Premio de Novela Café Gijón, compuesto por Dña. Mercedes Monmany, D. Antonio Colinas, D. Marcos Giralt Torrente, D. José María Guelbenzu en calidad de presidente y las valoraciones y votos emitidos telefónicamente por Dña. Rosa Regàs, y actuando como secretaria Dña. Patricia Menéndez Benavente, tras las oportunas deliberaciones y votaciones, el jurado acuerda:

Otorgar por mayoría el Premio de Novela Café Gijón 2017 a la novela *La mujer de la escalera* presentada por Pedro A. González Moreno.

Dos muertes y la búsqueda de unas supuestas obras de teatro anteriores a la aparición de *La Celestina* crean una apasionante novela ambientada en el mundo universitario.

La protagonista se verá inmersa en un cruce de intrigas que el autor desarrolla hábilmente y con un excelente despliegue de recursos narrativos.

Mercedes Monmany
Antonio Colinas
Marcos Giralt Torrente
José María Guelbenzu

A Rosa y Julio Contreras

Seguramente murió al amanecer.

Cuando le vi allí, inerte en el centro del escenario, al principio pensé que se trataría solo de un ensayo más; pero enseguida me di cuenta de que aquello era real, aunque él se había encargado de darle a la escena ciertos toques teatrales, como si pretendiera convertir su muerte en una macabra representación, recreándose en algunos detalles en los que Ricardo sabía que solo yo sería capaz de reparar: había colocado varias velas por todo el escenario, que estaban ya a punto de consumirse cuando se descubrió su cadáver; en el suelo encontraron también una petaca con algún resto de ginebra, un ejemplar de *La Celestina* abierto por la página donde comenzaba su monólogo y, no muy lejos del libro, el vaso de plástico donde había disuelto la estricnina. Y en el centro, muy próximo a su cuerpo, se encontraba el gran montón de ceniza por el que comprendí, pocas horas más tarde, que toda esa cuidada puesta en escena no había sido más que una extraña forma de venganza.

No me costaba mucho imaginármelo allí, leyendo para nadie aquellas palabras de Pleberio con las que tantas veces nos habíamos emocionado y que debieron de rebotar contra las paredes del salón vacío con una resonancia siniestra: «¡Oh vida de congojas llena, de miserias acompañada; oh mundo, mundo! [...] Agora, visto el pro y la contra de tus bienandanzas, me pareces un laberinto de errores, un desierto espantable, una morada de fieras, juego de hombres que andan en corro, laguna llena de cieno...».

Nunca había conseguido saberse de memoria toda esa larga enumeración del padre atormentado: a menudo se olvidaba alguna frase o la cambiaba de sitio, o se atrevía a improvisar algo nuevo; pero aquella vez, a la luz indecisa del amanecer y con las velas proyectando sombras vacilantes sobre el escenario, probablemente fue la primera y la última que consiguió encadenar el párrafo sin titubeos, y puede que incluso se le escapara, entre los sollozos fingidos, alguna lágrima verdadera: «... región llena de espinas, monte alto, campo pedregoso, prado lleno de serpientes, huerto florido y sin fruto, fuente de cuidados, río de lágrimas, mar de miserias, trabajo sin provecho, dulce ponzoña, vana esperanza, falsa alegría, verdadero dolor».

Le habían visto entrar en la facultad, ya tarde, con una bolsa negra de deporte en la mano, y allí, oculto en algún sitio, debió de permanecer hasta la hora del cierre. Esperó a que el edificio se quedara vacío y cuando salió de su escondite era ya el único dueño de todo y el único habitante de aquel lugar que había decidido convertir en el escenario de su última función. Por los rastros de cera o por las colillas que, como una babosa, había ido dejando por el suelo, supimos luego que había estado toda la noche deambulando de un lado para otro y no resultaba difícil imaginarlo yendo y viniendo a la luz de una vela por los pasillos de la facultad, o fumándose un cigarrillo en la biblioteca, de donde cogió el ejemplar de *La Celestina* que seguramente utilizó para recitar por última vez su monólogo.

Tampoco resultaba difícil imaginar, por la mueca que la muerte había dejado en su rostro, que el rencor y el desprecio eran los sentimientos que le habían dominado en esas últimas horas de su vida. Un rencor y un desprecio que nos correspondían, a partes iguales, al decano y a mí, aunque para tranquilizar mi conciencia yo prefería pensar que nosotros solo habíamos sido dos eslabones más en la larga cadena de su infortunio.

A pesar de la lluvia que había caído la noche anterior, aquella mañana amaneció soleada, con una luminosidad intensa que tenía algo de espejismo y parecía envolverlo todo en una luz casi irreal. Tal vez por eso cuando, con mi paraguas negro absurdamente colgado de la muñeca, llegué a la facultad pocos minutos después de las nueve, me pareció natural ver allí un coche de policía aparcado junto a un par de furgonetas de la televisión. Después de las huelgas y las movilizaciones de los últimos días, tampoco me sorprendió el bullicio que había en el vestíbulo, por donde bedeles y profesores, alumnos y periodistas, y algún que otro policía, se movían igual que figurantes a la espera de que alguien diese una orden para el comienzo de un rodaje. Pensé que la rueda de prensa convocada por el decano había despertado más expectación de la prevista y fui abriéndome paso, desorientada, entre los corrillos del vestíbulo. Busqué con la mirada a Daniel Carvajal, el decano, como si él fuese el único capaz de darle verdadero sentido a mi presencia allí, pero no le localicé por ninguna parte y supuse que estaría ya preparando los últimos detalles de la rueda de prensa en el salón de actos.

De pronto, abriéndose paso entre la gente y acompañado de Dolores Merlo, vi a Sebastián Olivares dirigirse hacia mí. A Sebastián yo le había conocido el día anterior y sabía poco de él, salvo que, además de un adicto al café, era un buen amigo del decano y subdirector o vicesecretario de algo en un ministerio, aunque llevaba su cargo con mucha naturalidad y discreción. Y al verles juntos, de repente comprendí por qué Lola Merlo tenía fama de moverse con tanta desenvoltura por los aledaños del poder.

Dolores Merlo había llegado a la facultad un día cualquiera y había acabado ocupando en el Departamento de Lengua una plaza que, según los rumores, había sido creada expresamente para ella. Se decía también que había ganado la plaza en un concurso de méritos, entre los que figuraba, al parecer, una sesuda tesis doctoral sobre el leísmo y el laísmo como fenómenos lingüísticos que representaban el declive de la sociedad patriarcal. Todos suponíamos que, aparte de su sabiduría en materia de pronombres, ciertas amistades le habrían facilitado mucho las cosas, y sus mejores credenciales, de eso no nos cabía ninguna duda, no las lucía en su currículum sino más bien en su propio cuerpo, que era de carnes generosas y muy bien torneadas.

Yo apenas había cruzado con ella unos cuantos saludos por los pasillos, y por eso aquella mañana me sorprendió su gesto amable y decidido cuando, al lado de Sebastián Olivares, la vi llegar hasta mí y estrecharme en un abrazo que me pareció no solo cariñoso sino también compasivo. Pero enseguida comprendí que su abrazo solo era el preámbulo de una pregunta que me obligó a reinterpretar, de golpe, toda la realidad que me rodeaba:

—¿Sabes ya lo de Ricardo?

Hacía ya algún tiempo que no sabía nada de Ricardo, pero su pregunta fue como una revelación por la que sospeché que todo aquel revuelo no tenía nada que ver con la rueda de prensa que se había programado para las diez. Como si pretendieran sacarme de dudas, Sebastián y Lola Merlo me condujeron hacia el salón de actos. Lo primero que percibí al entrar fue un fuerte olor a cera y a papel quemado, y luego, cuando vi el cuerpo de Ricardo tendido sobre el escenario, se me ocurrió la absurda idea de que me llevaban allí para ver algún ensayo. Quizá por eso no me sorprendió ver en el suelo, junto al cadáver, el libro de *La Celestina*, una petaca y un vaso de plástico, como tampoco me sorprendieron demasiado los montoncitos de cera derretida que había próximos al borde del escenario, o aquel extraño montón de ceniza que se alzaba en el centro. Solo después me fijé en el hombre de aspecto rudo y traje gris que andaba curioseando por el escenario. Pero fue al final, tras reparar en la mueca del rostro de Ricardo, y en la herida ya cicatrizada de su frente, cuando tuve la certeza de que aquella escena era real. El hombre del traje gris se volvió de pronto hacia nosotros y me miró con curiosidad, como intentando hallar en mí alguna relación con aquel tétrico decorado.

—Es Sara, una buena amiga de Ricardo Valle —se apresuró a aclarar Dolores Merlo.

Me dirigió un saludo que me pareció displicente y bajó por una de las escaleras laterales del escenario. Yo esperaba que allí, delante del cadáver, aquel hombre que no tenía aspecto de policía ni de actor me diera una larga y detallada explicación de lo ocurrido, pero se limitó a acompañarme hasta la puerta y allí les hizo a Sebastián y a Dolores un gesto por el que ellos comprendieron que debían dejarnos solos:

—Si a usted no le importa, buscaremos un sitio un poco más tranquilo para hablar. La invito a un café.

Sabía que no podía rechazar aquella invitación y la idea de tomarme un café bien cargado me pareció de lo más estimulante. Nos abrimos paso entre los corrillos del vestíbulo y, por el largo pasillo que conducía a la cafetería, comencé a notar que algo blando y pegajoso se adhería a la suela de mis zapatos.

—Tenga cuidado, no vaya a resbalar —me advirtió, agarrándome del brazo.

Me fijé en el rastro de cera que había en el suelo y entonces comprendí que las velas rojas y amarillas no habían servido a Ricardo solo para decorar el escenario, sino también para caminar en la oscuridad. Ese rastro de cera, según me dijo el comisario, llegaba también hasta la biblioteca y la cafetería, los otros dos lugares en los que había estado antes de encerrarse en el salón de actos. Y aquella imagen fantasmal de Ricardo moviéndose por los pasillos entre las tinieblas me produjo un súbito escalofrío.

No había nadie en la cafetería, salvo un camarero que, con una dedicación casi frenética, limpiaba vasos y tazas con una bayeta. El comisario Tena pidió los cafés y nos sentamos en una de las mesas más alejadas de la barra, donde volví a sentir otro escalofrío al imaginarme a Ricardo yendo y viniendo por allí con su petaca en una mano y una vela en la otra, mientras tal vez recordaba otros tiempos que, sobre todo para él, habían sido mucho mejores. Vacié el sobre de azúcar en la taza y comencé a darle vueltas con la cucharilla mientras veía al comisario oler su café con un gesto de desagrado, casi de asco.

—Donde esté un buen chocolate con churros... —Miró de reojo al camarero, que de espaldas a nosotros limpiaba afanosamente la cafetera y luego, al ver que yo continuaba abstraída removiendo el café, continuó—: Usted me dirá, señorita.

Yo tenía muy poco que decirle o al menos no sabía cuál era la información que buscaba, y por mi cara de sorpresa dedujo que era él quien, al menos por cortesía, debía comenzar dándome alguna explicación. Por eso, con desgana y en pocas palabras, me resumió las circunstancias del suicidio y concluyó diciendo que esa mañana tenía asuntos más urgentes de los que ocuparse.

Observé con atención las líneas duras de su cara, su mandíbula prominente, sus ojos algo saltones, sus hombros anchos y sus dedos un poco amorcillados, y no pude evitar imaginármelo, más que realizando sutiles pesquisas criminales, trinchando pollos en la cocina de un restaurante o despedazando carne en una charcutería.

—Un caso evidente de suicidio —repitió sin demasiado interés—. Aquí yo tengo muy poco que hacer, salvo que usted, naturalmente, tenga algo interesante que contarme.

Entendí aquellas palabras como algo más que una mera insinuación y, a pesar de la indolencia con que el comisario parecía afrontar el asunto, me sentí obligada a contarle, muy abreviadamente, todo lo que nos había ocurrido durante los últimos meses. Y mientras hablaba, recordaba el cuerpo de Ricardo sobre el escenario, superponiéndose a los gestos con los que, de cuando en cuando, el comisario pretendía aparentar un interés que a mí se me antojaba más bien profesional. Y también, mientras me oía a mí misma hablar en voz alta, aún tenía la esperanza de que aquello no fuese real, y miraba a veces hacia la puerta imaginando que Ricardo aparecería por allí en cualquier momento con su libro de *La Celestina* en la mano.

Embutido dentro de su traje gris, el comisario Tena me pareció que tenía también cierto aire de feriante, y no pude evitar imaginármelo arremangado y sudoroso, rodeado de pringue, mientras freía churros en un caldero de aceite hirviendo.

La mano negra del destino había decidido que en aquellos instantes, en vez de estar hablando en una rueda de prensa, yo me encontrara contándole parte de mi vida a aquel hombre que, mientras me escuchaba, quizá no dejaba de pensar en una apetitosa ración de churros. En cuanto terminé mi relato, asintió como si acabara de iluminarse de golpe alguna zona que hasta entonces hubiera permanecido en penumbra dentro de sus pensamientos.

—Ahora comprendo perfectamente todos esos detalles.

—¿Qué detalles? —le pregunté.

—Las velas, el libro de *La Celestina*, ese montón de ceniza en medio del escenario... Evidentemente, es como si hubiese querido darle un aire teatral a su muerte.

El comisario hablaba con bastante reposo y usaba a menudo largos adverbios que quizá le permitían reflexionar mientras elegía las palabras precisas. Pero no había que ser muy sagaz, ni siquiera hacía falta ser policía, para llegar a una conclusión tan obvia. Aquella, la de una teatralización, fue también la primera impresión que yo tuve al contemplar la escena que con tanto esmero Ricardo había preparado en el salón de actos. Los remordimientos se me agolparon en la garganta y, al apurar el último sorbo de café, ya frío, noté una sensación parecida al roce de una lija. No supe qué decir y en aquel instante oí el rápido taconeo de alguien que se aproximaba a la cafetería. Fue Lola Merlo quien, con el rostro desencajado y una expresión de angustia, apareció en la puerta. Se acercó a la mesa y ni siquiera me miró cuando le dio al comisario la noticia; quizá no me miró porque estaba demasiado nerviosa o porque suponía que a mí no me afectaba lo que estaba a punto de decir, pero ella no podía saber que esa noticia me afectaba tanto como la muerte de Ricardo:

—Han encontrado a Daniel Carvajal muerto en su casa.

Noté que le temblaban las manos y su carnoso labio inferior mientras pronunciaba aquellas palabras, que yo necesité repetirme a mí misma, casi deletreándolas, para comprender en su verdadero significado. Miré incrédula a Dolores y después al comisario, que se limitó a esbozar un gesto de contrariedad antes de levantarse y encaminarse hacia la puerta. Las dos le seguimos y, al volver a pisar los rastros de cera del pasillo, una súbita y atroz asociación me llevó a recordar las velas, rojas y amarillas, que yo había visto la tarde anterior en los candelabros de la casa de Carvajal. Pero me sentía incapaz de elaborar conexiones o de establecer causas y consecuencias; de pronto, todo a mi alrededor comenzaba a adquirir un aire absurdo de pesadilla, y dentro de mi cabeza las ideas parecían haberse vuelto sólidas y pegajosas, como las gotas de cera que había por el suelo.

Ya en el vestíbulo, el comisario se acercó a uno de los corros de profesores, entre los que reconocí a Lorenzo Blanco, y más allá vi a Sebastián Olivares, abrumado y rascándose nerviosamente la barba, rodeado de los fotógrafos y periodistas a los que él mismo había convocado, en una improvisada rueda de prensa para la que ya no servirían ni el suyo, ni el mío, ni ningún otro discurso. Miré hacia el salón de actos, de donde acababan de salir un par de fotógrafos, y pensé que, por una perversa paradoja, los periódicos del día siguiente no hablarían de libros sino de muertos; en sus titulares no figurarían los nombres de Juan de Pisuerga o Martín López Acuña, ni los de Belisa y Luscinda, sino solo los de Ricardo Valle y Daniel Carvajal, unidos por un infausto protagonismo. Sentí la tentación de ver de nuevo a Ricardo y dirigí mis pasos hacia el salón de actos, pero a mitad de camino me abordó el comisario:

—¿Le importaría acompañarme a la casa del decano? Antes me ha dicho que estuvo usted allí precisamente ayer por la tarde.

Sin saber si se trataba solo de una invitación o más bien de una orden, acepté aquella proposición y acompañé a Adolfo Tena en un coche que enseguida, en cuanto salimos de la Ciudad Universitaria, encendió una sirena cuyo ulular siguió resonando después durante varias horas dentro de mi cabeza, como para recordarme la parte de culpa que a mí me pudiera corresponder en aquella sucesión de desdichas.

Fue Aurelia, la mujer que se encargaba de la limpieza de la casa de Daniel, quien al vernos llegar se apartó del grupo de vecinos que se había reunido en el rellano, saludó al comisario y entrecortadamente, entre gimoteos, le dijo que era ella quien, al llegar allí a las nueve en punto como todas las mañanas, había descubierto el cadáver y, tras alertar a todo el vecindario, había llamado a la policía. A su edad, Aurelia seguramente habría visto ya muchos muertos, pero le temblaba la voz al hablar, como si aquel hubiese sido el primero, igual que me habían temblado a mí las piernas poco antes mientras contemplaba el cadáver de Ricardo. Sentí el mismo temblor al entrar en la casa y, mientras atravesaba el vestíbulo, recordé a Daniel Carvajal ofreciéndose para llevarme en su coche, en un gesto galante que yo había despreciado y que tal vez fue el último de su vida.

Aunque recordaba haber visto tres paraguas la tarde anterior, vi que había solo uno en el paragüero; dejé allí el mío mientras sentía que me liberaba de alguna pesada carga, y entonces pensé que si yo hubiera tenido paciencia para esperar un rato más, al menos hasta que hubiese escampado, tal vez ese negro destino tampoco habría acabado cumpliéndose. Pero ya no tenía ningún sentido intentar hacer reversible el curso del tiempo, que era también el curso inexorable de la desgracia. Al entrar en el salón, precedida de Aurelia y del comisario, me pareció que había transcurrido ya mucho tiempo desde la tarde anterior, aunque apenas hacía unas horas que me había marchado de allí y el escenario que tenía ante mis ojos tampoco se parecía mucho al que yo recordaba.

Daniel Carvajal estaba allí, tumbado boca abajo sobre el suelo entarimado del salón, y su cuerpo —según observó el comisario con ese lenguaje suyo que apestaba a informe forense— no presentaba ninguna señal, por lo menos visible, de violencia. La bolsa negra de deporte no estaba sobre la gran mesa ovalada de cristal, aunque sí permanecían sobre ella la botella de champán, ya vacía, y las dos copas con las que él y yo habíamos estado brindando; y había además una tercera copa, una botella de ginebra y cuatro colillas en el cenicero. Tampoco estaban sobre los candelabros las velas rojas y amarillas, pero la portezuela de la caja fuerte continuaba entreabierta. Había libros esparcidos por el suelo, y todos los cajones, no solo los de los muebles del salón sino también los del resto de la casa, estaban abiertos y removidos. Sentí una repentina sensación de mareo y una flojera en las piernas que me obligó a sentarme en el sofá, en el mismo lugar donde había rechazado el beso de Daniel pocas horas antes; y desde allí, con el bolso apretado contra mi pecho, vi moverse al comisario de un sitio para otro mientras Aurelia le seguía entre hipidos y lamentaciones.

Sin querer, porque no era dueña de mi voluntad y porque las imágenes y los recuerdos se agitaban desordenadamente dentro de mi cabeza, miré los candelabros otra vez y vinieron a mi memoria los restos de cera derretida, rojos y amarillos, que había visto sobre el borde del escenario en el salón de actos. Y mientras los dos cadáveres y las dos escenas se iban superponiendo dentro de mi mente en una danza de imágenes desbocadas, el comisario se demoraba inspeccionando el rostro de Carvajal, examinando el interior vacío de la caja fuerte, las colillas del cenicero, los restos de champán de las copas. Por la rigidez que ya comenzaban a presentar algunas articulaciones del cadáver, Adolfo Tena dedujo que la muerte se había producido hacía unas doce o catorce horas. Y en un rápido cálculo mental, tras mirar mi reloj supuse que, de ser así, Daniel habría muerto poco después de que yo me marchara.

—Yo me fui a las seis y media —dije, y me miró con curiosidad o con cautela, como si hubiese visto en mis palabras algo muy parecido a una coartada, tan ingenua como innecesaria.

Me pidió que mirase alrededor con mucha atención y le dijese qué cambios advertía con respecto a la tarde anterior, pero no necesité mirar de nuevo porque ya había reparado antes en todos esos cambios: la bolsa negra de deporte y las velas de los candelabros, la tercera copa, las colillas en el cenicero, los cajones abiertos y los libros tirados por el suelo, incluso el paraguas que había echado en falta al entrar. Sin embargo, llevada por el mismo impulso protector que ya había sentido también en la cafetería de la facultad, incluí en esa breve lista de cambios la puerta abierta de la caja fuerte. No lo hice con intención de mentir, ni siquiera sabía hacia dónde podría conducirme la mentira, pero me sentí como si estuviese ocultando alguna prueba o proporcionándole al comisario alguna pista falsa. Después de quedarse pensando durante unos instantes, Adolfo Tena me dirigió una mirada neutra y, con un tono en el que no había ni satisfacción ni desconfianza, dijo:

—Bien, pues a falta de lo que nos diga el análisis de huellas, me parece que todas las piezas encajan casi perfectamente.

Aunque me encontraba demasiado aturdida para captar los matices con la lucidez necesaria, no dejó de sorprenderme otra vez aquel desparpajo con el que Adolfo Tena usaba los adverbios, y en los dos últimos había algo que me resultaba chirriante y hasta contradictorio. Fueran cuales fuesen sus conclusiones, las piezas podían encajar o no, y hasta podían encajar perfectamente, pero lo que no me parecía muy razonable era que encajaran perfectamente a medias. En cualquier caso, supuse que Adolfo Tena no tendría muchos reparos en limar a su antojo los bordes de esas piezas para que se acoplaran a la perfección dentro del engranaje de sus conjeturas. Pese a sus aires rudos de labriego, el comisario razonaba con cierta sutileza, y puede que a aquellas alturas hubiese realizado ya, con muy buen tino, todas las conexiones que yo me negaba a reconocer y a aceptar, tal vez por parecerme demasiado dolorosas o demasiado evidentes. Apenas una hora después de haberse descubierto los dos cadáveres, a él le había bastado con inspeccionar ambos escenarios y con interpretar no solo mis palabras, sino también mis silencios, para llegar a la misma conclusión a la que yo me sentía incapaz de llegar.

Cerré los ojos, creí oír un lejano rumor de olas rompiendo contra las rocas y pensé que el mar de mi pueblo vendría en mi ayuda para lavar con su asperón de espuma y sal las manchas de mi conciencia. Pero entre el fragor de las olas oí también el ruido de la lluvia de la tarde anterior azotando con furia los cristales y pensé que aquellas aguas venían cargadas de presagios. Unos presagios de muerte que, sin embargo, yo no había querido o no había sabido escuchar, como tampoco había escuchado a Daniel pidiéndome que no me marchara todavía.

Cerré los párpados aún con más fuerza, como intentando sacudirme todos esos ruidos y recuerdos confusos, y tuve la esperanza de que, al abrirlos de nuevo, me encontraría muy lejos de allí, tumbada en la playa o viendo romper las olas en los acantilados, ajena a aquel laberinto de errores y a aquella sucesión de desdichas en donde me encontraba atrapada. Pensé que, al abrirlos, la realidad se desvanecería lo mismo que un mal sueño, pero mis ojos volvieron a toparse con el cuerpo inerte de Daniel Carvajal y con la mirada atenta del comisario, que ajeno a mis reflexiones y a mis temores más ocultos, con esa falta de pudor que tenía para usar los adverbios, repitió:

—Casi perfectamente.

Mi inteligencia o mi sagacidad eran, sin embargo, mucho más rudimentarias que las del comisario Tena y por eso en mi cabeza se abrían demasiados vacíos que mi imaginación no conseguía rellenar. Quizá por la conmoción que las dos muertes me habían provocado, dentro de mi conciencia todo se había vuelto confuso, como si lo contemplara a través de un filtro deformante que solo me permitía percibir acciones dispersas y realidades borrosas. Tan solo comencé a aceptar las evidencias tras hablar con Irene Vidal el mismo día del entierro de Daniel, al que acudieron todos los antiguos compañeros del grupo de teatro.

1

Más que un grupo de teatro, Bambalinas 9 fue al principio como una burbuja dentro de la cual nos sentíamos protegidos, porque surgió como una manera de estrechar los lazos de una amistad que aún no teníamos y que, en aquel primer año de carrera, todos necesitábamos. Veníamos de provincias y andábamos como desorientados en aquel Madrid que se abría ante nosotros como un mundo unas veces hostil y otras veces fascinante, pero siempre desconocido. Dentro de las aulas sabíamos cuáles eran nuestros objetivos, pero fuera de ellas nos movíamos con torpeza, un poco acomplejados entre gente que iba siempre varios pasos por delante de nosotros. No sabíamos muy bien hacia dónde encaminarnos y Bambalinas 9 fue como una balsa que consiguió mantenernos unidos y a salvo frente a unos círculos en los que no acabábamos de sentirnos integrados.

Nuestra adolescencia y nuestros pueblos pertenecían ya a un mundo anticuado del que estábamos obligados a desprendernos, como si se tratara de una piel vieja y gastada que ya no nos servía para andar por la vida. Era como despertar, de golpe, de un sueño tranquilo y bucólico tras el que nos aguardaba una realidad desconocida por la que solo acertábamos a caminar con pasos vacilantes. Por eso al principio Bambalinas 9 vino a ser para nosotros el faro que nos guio entre unas nieblas por donde deambulábamos sin dirección precisa, y también fue el refugio donde encontramos amistad y cobijo.

Pero aunque algunos se empeñaban en disimularlo, llevábamos aún la provincia enquistada por dentro, eso ninguno lo podíamos evitar. Aquellos baúles de nuestros desvanes, desde la distancia, seguían impregnando nuestras ropas y nuestros pensamientos. Aunque no lo supiéramos o no lo quisiéramos reconocer, traíamos una modorra de campos, de mares lejanos y de pueblos perdidos en los mapas, y eso actuaba en nuestros ojos como un filtro que lo distorsionaba todo y nos impedía ver los colores reales de las cosas.

A menudo había revueltas en la Ciudad Universitaria, pero nosotros casi nunca participábamos en ellas, quizá porque teníamos la sensación de habernos subido, a destiempo, al último vagón de un tren que no era el nuestro, y toda aquella agitación nos llegaba con sordina hasta el furgón de cola donde viajábamos. Por eso mientras los demás, sobre todo los de los cursos superiores, acudían a conciertos de cantautores, participaban en manifestaciones, en asambleas y en huelgas, o hasta presumían a veces de los moratones que les habían dejado los antidisturbios, nosotros andábamos entretenidos con algún entremés de Cervantes o con alguna comedia de Lope, como si esos mundos de ficción fuesen la única alternativa posible a aquellos escenarios reales en los que no acabábamos de encajar. El único escenario que les daba sentido a nuestro tiempo y a nuestras ilusiones era el del salón de actos; esa fue nuestra única barricada y desde ella aprendimos a luchar de otra manera: sin gritos, sin pancartas y sin botes de humo; una manera mucho menos violenta, aunque no menos apasionada.

No sabíamos quién era el enemigo, ni siquiera estábamos seguros de que hubiese algún enemigo, por eso durante algún tiempo vivimos con un pie entre las bambalinas y el otro en un mundo que cambiaba a nuestro alrededor sin que apenas lo advirtiéramos. Todo lo que ocurría al otro lado del telón era como un ruido de fondo que escuchábamos con curiosidad o con interés, pero también a cierta distancia, como si se tratase de la banda sonora de una película en la que a nosotros nos hubieran asignado tan solo el papel de figurantes.

A nuestro alrededor, dentro y fuera de las aulas, todas las piezas de la gran maquinaria del mundo parecían engrasadas, a partes iguales, por la ilusión, por la desconfianza o por el miedo; pero nosotros nunca llegamos a formar parte de sus engranajes. Nos parecía que habíamos llegado a Madrid demasiado pronto o demasiado tarde, pero no en el momento oportuno, y eso nos obligaba a contemplarlo todo desde lejos, como espectadores que hubiesen sido invitados a una obra donde los papeles estaban ya adjudicados de antemano. Quizá también por eso, como una insólita forma de rebeldía, decidimos actuar a nuestro modo.

Hasta bien mediado aquel primer curso, el del 76, no conseguimos organizar el grupo. Apenas nos dio tiempo a preparar un entremés de Cervantes, *El viejo celoso,* la obra con la que, a decir verdad y según la opinión de casi todo el mundo, debutamos con mucha más voluntad que acierto. Pero pronto les dimos la espalda a los clásicos y, contra el consejo de algunos profesores, que nos animaban a seguir desempolvando a los Lopes, a los Tirsos y a los Calderones, en los años sucesivos, ya con más tiempo y con más experiencia, nos atrevimos con Ibsen, con Ionesco o con Beckett. Curso a curso, aquellos nueve provincianos ingenuos y acomplejados nos fuimos convirtiendo en una especie de vanguardia bohemia de la facultad. Fue por eso por lo que el último curso de carrera don Ramiro Cárdenas, nuestro profesor de Literatura Medieval, nos sugirió que representáramos *La Celestina.*

Todos, al principio, miramos con mucho recelo aquella propuesta porque conocíamos sus dificultades de adaptación y sus problemas técnicos, aunque también era para nosotros el último gran reto al que podíamos enfrentarnos. Aceptamos por esa razón y también, en el fondo, por no decepcionar a don Ramiro, por el que todos sentíamos una mezcla de admiración y cariño, y a quien en gran medida debíamos nuestra pasión por el teatro. Tuvimos que suprimir algún personaje, reajustar un poco el reparto, y nos costó muchas horas y no pocos esfuerzos adaptar los larguísimos monólogos o resolver los problemas escénicos, pero cada cual se puso a trabajar por su cuenta para que los primeros ensayos pudieran comenzar a principios de octubre.

Irene Vidal, quizá por su carácter dominante o porque era dos años mayor que los demás, tenía una cierta autoridad sobre nosotros, aunque no necesitaba ejercerla demasiado. Desde el principio habíamos tratado de eliminar las jerarquías dentro del grupo y nunca habíamos necesitado que nadie nos dirigiese. Resolvíamos todos los problemas de común acuerdo; tomábamos todas las decisiones tras analizar y valorar la opinión de cada uno. Nos habían unido la ilusión y el interés, pero también el desamparo y la soledad, y esos vínculos, que eran mucho más fuertes que la amistad, nos hacían más responsables, más solidarios. En los reducidos espacios del escenario, que eran como un reflejo en miniatura del mundo que nos rodeaba, aprendimos a compartirlo y a relativizarlo todo: la miseria o la gloria, la felicidad o la angustia, el fracaso o el éxito. Hasta el último curso nunca existieron entre nosotros, al menos de una manera visible, envidias ni rencores, ni oscuras rivalidades.

Si en algún sitio aprendimos a ser rencorosos o desleales, o si fuimos víctimas de la vanidad o el egoísmo, eso sucedió siempre fuera del escenario, porque dentro de él cada cual dio siempre lo mejor de sí mismo. El escenario tuvo para nosotros algo de espacio sagrado, y a lo largo de cinco años fuimos creciendo dentro de él no solo como actores, sino también como personas. La nuestra era como una perfecta máquina de nueve piezas donde cada cual tenía muy bien asumida su función y donde todos habíamos aceptado el lugar que ocupábamos.

Aquella fue, si es que hubo alguna, la fórmula secreta de nuestro éxito, al menos hasta que decidimos representar *La Celestina*. Había algo en esa obra que removió nuestros sentimientos más sórdidos o despertó nuestras más turbias ambiciones. Quizá debimos haber abandonado el proyecto al principio, cuando nos dimos cuenta de los graves problemas escénicos que nos planteaba su adaptación, pero empujados por el orgullo o por la fatalidad decidimos seguir adelante, aunque ni siquiera teníamos actores suficientes para cubrir todo el reparto. Fue entonces, a la hora de distribuir los papeles, cuando se desataron las primeras tensiones. Eso era algo que jamás había ocurrido entre nosotros y que nos costó largas y enojosas disputas, seguramente porque todos sabíamos que aquella era nuestra última obra y algunos no se conformaban ya con un papel de simples criados. Después, durante los ensayos, hubo también momentos de tirantez porque a Irene Vidal se le avivó el instinto autoritario, y no todos estaban ya dispuestos a aceptar de buen grado sus consejos. Para colmo, Ricardo, que nunca había acabado de identificarse con su papel de Pleberio, comenzó a faltar a algunos ensayos y, cuando aparecía, dejaba reducido su monólogo final a unas cuantas frases sueltas e inconexas, que ni siquiera eran las más significativas ni tampoco las más oportunas.

Todas aquellas eran señales de alarma que no supimos o no quisimos interpretar, o tal vez solo eran los síntomas de que el grupo estaba ya desintegrándose mucho tiempo antes de que, tras la última función, se disolviera definitivamente. Al final, la obra resultó decepcionante para unos, discreta para otros y casi aceptable para la mayoría; aunque para nosotros, que conocíamos sus circunstancias, fue todo un milagro que saliera adelante. Un milagro que se transformó enseguida en alguna oscura maldición, porque a partir de entonces comenzamos a avanzar, casi a ciegas, por unos caminos que nosotros mismos habíamos elegido, pero que también iban siendo trazados por los caprichos del azar. Fue como si algunos, sobre todo los que habíamos tenido un mayor protagonismo en la obra, hubiésemos entrado en un extraño laberinto donde nuestros destinos estaban condenados a cruzarse.

2

Nadie se atrevió a discutirle a Irene Vidal su papel de Celestina, un personaje para el que estaba, por su carácter, mejor dotada que las demás. Tenía unas cualidades innatas para actuar no solo dentro sino también fuera de la escena, porque en realidad concebía la vida como un escenario en cuyo centro, o siempre muy cerca, se encontraba ella. Poseía, además, una rara habilidad para mover los hilos desde la sombra y sabía mantenerse siempre a una razonable distancia desde la que nunca dejaba de tejer sus redes. Los libros nunca habían sido su fuerte. El tiempo que nosotros habíamos dedicado a estudiar, ella lo había dedicado a vivir; y por eso, aunque dentro de las aulas iba siempre a nuestra zaga, fuera de ellas nos llevaba varios cuerpos de ventaja. Sus ojos, según le gustaba decir a Marcos Villarrubia, tenían un brillo negro y cortante como el filo de un alfanje, y ese brillo lo usaba sobre todo para encandilar a los hombres. Su birrioso expediente académico lo compensaba con otro expediente mucho más brillante, el de sus conquistas amorosas, que le proporcionaban, decía ella, mucha más paz a su alma y más placer a su cuerpo. Irene tenía un talento natural para llevarse a la cama a los hombres y para manejarlos del mismo modo que manejaba los asuntos escénicos: sin que se notara demasiado. Alguno de esos lances le había dejado el recuerdo de un aborto, que ella lucía en su currículum sentimental con la misma naturalidad con la que otras lucíamos alguna que otra matrícula de honor.

Sandra Valero me disputó a mí el papel de Melibea, pero tuvo que conformarse con el de Lucrecia, aunque le costó mucho aceptar ese papel de criada sumisa. Ella había sido ya protagonista varias veces, y además sus virtudes dramáticas no eran peores que las mías, incluso su presencia en la escena era también muy poderosa. Poseía un fuerte magnetismo que comenzaba en su cuerpo, aunque iba mucho más allá de él. Pero al final, cuando ya casi todos daban por hecho que el papel sería suyo, fue Marcos Villarrubia quien decidió que prefería tenerme a mí como pareja. Puede que en su decisión influyera nuestra mayor amistad, pero también influyeron los afanes reivindicativos a los que Sandra estaba entregada por entonces, y que fueron la causa de que su Lucrecia tuviera unos aires demasiado contestatarios. Convencida de que la única revolución pendiente era la de los ovarios, Sandra se había afiliado a un colectivo feminista, y no había manifestación callejera donde no se la viese empuñando pancartas y protestando contra el machismo y contra otras formas parecidas de opresión y de injusticia.

Alfonso Rivas, que había tenido que desdoblarse en Pármeno y Tristán, fue el único que intentó disputarle su papel a Marcos Villarrubia; pero competir con Marcos en cualquier terreno era partir con la mitad de la batalla perdida. Cierto que a Alfonso no le faltaban cualidades, pero tampoco las tenía muy sobradas; él se limitaba a cumplir con dignidad, aplicando siempre la ley del mínimo esfuerzo. «Le darías un aire de funcionario a Calisto, y eso no puede ser», le había dicho Marcos en una de las numerosas discusiones que sostuvieron mientras decidíamos el reparto. Y no le faltaba razón, porque el bueno de Alfonso, con su aire de alumno aplicado y metódico, tenía unas trazas de oficinista que, sobre las tablas, le hacían resultar demasiado plano, aunque nunca hacía un gesto de más ni decía tampoco una palabra de menos.

Pero algo debió de ocurrir en su vida aquel último curso para que no solo cambiaran de pronto sus hábitos, sino también su carácter. Igual que le había ocurrido a Sandra Valero, y seguramente influido por ella, se le despertó con algún año de retraso el espíritu combativo y, como intentando recuperar el tiempo perdido, comenzó a aparecer en las asambleas de la facultad y se dejó ver también en todas las movilizaciones, tuvieran o no que ver con la universidad. Tan pronto aparecía en una manifestación contra la subida de tasas como en otra contra los atentados terroristas, y tampoco tenía reparos en acompañar a Sandra en movilizaciones a favor del aborto o en defensa de los derechos de los gais y las lesbianas. A medida que iba alejándose de nosotros y del escenario, fue acercándose cada vez más a la calle: esa calle que nunca nos había interesado mucho y que todavía seguía oliendo a barricadas, a botes de humo, a sudor y sangre de huelguistas y al cuero de las porras de los antidisturbios.

Casi con un curso de retraso, Ricardo fue el último en incorporarse al grupo. Llegó acompañado de Irene Vidal, que fue quien primero consiguió trabar relación con él. En aquel primer encuentro, a todos nos pareció huraño y receloso, enfundado dentro de un pellizón tejano que parecía servirle más como coraza protectora que como abrigo. Antes de eso, durante varios meses le habíamos visto ir y venir por todas partes, siempre solo y ensimismado, aunque nunca supimos muy bien si en su actitud esquiva había algo de timidez o más bien de desprecio por todo lo que le rodeaba.

Pero desde el momento en que comenzó a participar en los primeros ensayos, el grupo se convirtió para él en una gran familia donde encontró de golpe todos los afectos que tal vez no había tenido nunca. Fuera del escenario continuaba siendo introvertido y huidizo, pero cuando actuaba, aunque le dejábamos siempre los papeles más insignificantes, se transformaba su personalidad. Entraba en los personajes como si quisiera quedarse a vivir en ellos, como si se vaciara por dentro y se despojara de lo que más odiaba de sí mismo. Por eso, después de cada función, durante algún tiempo aún continuaba interpretando y solía mezclar con la realidad las frases y situaciones que había vivido en el escenario. Algo parecido le ocurría a Marcos Villarrubia, pero lo que era para Marcos solo un juego o una actitud retórica, para Ricardo era una necesidad, porque lo que él pretendía era salirse de su propio pellejo, meterse en el de otros, ponerse el traje de otras identidades que le resultaban más interesantes o más gratas que la suya. Su monólogo de Pleberio estuvo lleno de pausas, de aspavientos, de balbuceos y de olvidos, pero aunque no llegó a conseguir la interpretación de su vida, al menos salió del trance con cierta dignidad.

De entre todos los compañeros de Bambalinas 9 era con Marcos Villarrubia con quien yo tenía más confianza. La nuestra fue desde el principio una relación que estaba siempre como al borde de algo, pero que nunca acababa de cuajar en nada. Marcos era brillante a ratos, divertido a menudo y tan seguro siempre de sí mismo que ni siquiera necesitaba esforzarse para destacar. En ocasiones le bastaba solo con un chispazo de ingenio para dominar una conversación; otras hablaba demasiado, como si su mundo estuviese hecho solo de palabras, pero todo en él, incluso sus gestos más vanidosos, tenían una espontaneidad natural que los privaba de fatuidad o de soberbia. Siempre me había sentido atraída por su descaro, por sus resabios de cinismo, por esa actitud ambigua que a veces resultaba ingenua y a veces un poco canalla. No tenía hechuras de seductor aunque, sin proponérselo, seducía. Y desde la distancia escéptica a la que le gustaba situarse, parecía burlarse constantemente de todo y de todos, incluso de sí mismo.

El día del estreno, durante una de las escenas del acto catorce, estaba abrazándome en la penumbra del escenario mientras me decía, quizá con más énfasis del que lo había hecho en los ensayos: «¡Oh angélica imagen; oh preciosa perla ante quien el mundo es feo; oh mi señora y mi gloria! En mis brazos te tengo y no lo creo. Mora en mi persona tanta turbación de placer, que me hace no sentir todo el gozo que poseo».

Cada vez que terminaba una de aquellas frases me ceñía un poco más contra él, mientras yo pensaba que estaba llevando su interpretación demasiado lejos; y cuando por fin noté su erección entre mis muslos, los dos nos quedamos callados un instante que se me hizo eterno y, con aquella facilidad que tenía para improvisar, intercaló unas palabras que me desconcertaron y que pertenecían, según me dijo luego, a una égloga de Garcilaso: «Oh más dura que mármol... ¿no lo notas?».

Solo yo podía notarlo; solo yo podía comprender el verdadero sentido de sus palabras, porque solo yo podía sentir aquella dureza que había crecido de repente entre mis muslos. Turbada por aquel roce, más atenta a los movimientos de Marcos que a los detalles de nuestro diálogo, durante unos segundos sentí una mezcla de placer y de angustia, a la espera de que él mismo salvara la situación. Pero se limitó a mirarme con una curiosidad que tenía algo de desafío, esperando que respondiese a su pregunta. Yo solía respetar escrupulosamente el guion, aunque tuve que hacer un esfuerzo supremo para buscar, sobre la marcha, las palabras que encajaran en aquella situación. Y saltándome unas frases y mezclándolas con otras que me correspondía decir más tarde, al final le respondí: «Está quedo, señor mío. Bástete, pues ya soy tuya, gozar de lo exterior, no me quieras robar el mayor don que la natura me ha dado... No quieras perderme por tan breve deleite... Guárdate, señor, de dañar lo que con todos los tesoros del mundo no se restaura».

Nadie advirtió aquellos gazapos, ni algunos otros que se nos escaparon, porque logramos maquillarlos con cierto oficio y hasta con mucho donaire. Pero aquella escena estableció entre nosotros una complicidad aún mayor de la que ya teníamos. Al contrario de lo que me ocurría con Ricardo, con Marcos me sentía cómoda incluso en las peores situaciones; por eso, si me hubiese sido posible elegir, habría preferido compartir con él la aventura que estaba a punto de cambiar mi vida.

Sin embargo, unos días después del estreno, fue a Ricardo y a mí a quienes llamó don Ramiro a su despacho.

3

Por don Ramiro Cárdenas habíamos sentido siempre un respeto que casi rayaba en la veneración, y la mejor prueba de ello era que, después de tanto tiempo tratándole, no le habíamos retirado el don todavía. Estábamos acostumbrados a verle sobre la tarima, donde su figura se agrandaba a veces hasta adquirir un vago aire de actor, ese actor que seguramente nunca había tenido la oportunidad de ser y que le asomaba en algunos de sus gestos. Quizá por eso, al verle allí aquella mañana entre las vitrinas de su despacho me pareció que tenía un aspecto un poco desvalido. Recordé que en las últimas semanas le habíamos visto sentarse a menudo durante las clases, contra lo que era su costumbre, y en algunas ocasiones su cuerpo ya solo parecía una caja de resonancias, apenas un soporte físico de su voz: una voz lenta, cálida y profunda, con la que sabía envolvernos cuando hablaba o cuando nos leía, con una admirable cadencia musical, algún romance, alguna cantiga o incluso fragmentos de poemas épicos. Con él no solo habíamos aprendido a leer o a entonar la poesía, sino que habíamos aprendido también que una cosa era contar una historia y otra muy distinta saber transmitirla. Don Ramiro Cárdenas, por circunstancias de su vida, había acabado siendo profesor, pero en el fondo tenía alma de juglar.

Desde su sillón raído nos sonrió con un gesto amable y nos rogó que nos sentáramos.

—Antes de nada, permitidme que os tutee, al fin y al cabo ya sois licenciados y dentro de poco es probable que también seáis profesores. —Sonreímos por corresponder a su optimismo y a su sonrisa, que me pareció velada por alguna sombra de melancolía—. Y felicidades, de verdad, por vuestra interpretación del otro día. Muy meritoria, digna en algunos casos de actores profesionales. No me refiero solo a vosotros, también a otros compañeros vuestros. Irene Vidal, por ejemplo, estuvo espléndida en su papel de alcahueta. —Hizo una pausa, larga y reposada, con la que pareció recobrar aliento para seguir hablando—. Es verdad que con alguna que otra licencia en el texto, pero la adaptación que hicisteis de la obra fue, en general, muy aceptable.

Ricardo y yo nos miramos ante aquel comentario pensando en la responsabilidad que a cada uno nos correspondería en aquellas licencias, y mientras yo me ruborizaba recordando la escena del acto catorce con Marcos Villarrubia, Ricardo, quizá dándose por aludido o incapaz de reprimir su curiosidad, dijo:

—Si se refiere a lo de Castillejo, sepa usted que no estaba previsto. Lo de darle ese acento andaluz a Sempronio fue cosa suya, se le ocurrió sobre la marcha.

Agustín Castillejo no había nacido para el teatro, que solo era para él una manera de divertirse y de relacionarse con la gente, por eso no le importaba hacer de criado como tampoco le habría importado hacer de apuntador si hubiera sido preciso. Disfrutaba con todo lo que hacía, por eso también nos hacía disfrutar a los demás. Tuvo que desdoblarse en los papeles de Sempronio y Sosia, y lo hizo discretamente pero con el buen humor que nunca le faltaba. En realidad Agustín no actuaba, se limitaba a hablar y a moverse sobre el escenario igual que en la calle; hacía los apartes con la misma naturalidad con la que daba los cambiazos en los exámenes, que era otra de sus mejores habilidades, o ejecutaba sus diálogos con los mismos gestos de complicidad que utilizaba para trapichear por los pasillos. Pero su verdadera especialidad eran las «morcillas», en eso nadie, ni siquiera Marcos Villarrubia, podía competir con él. Ya nos había dejado muchas perlas en otras obras anteriores, pero en *La Celestina* lo bordó. Aunque nunca lo había hecho durante los ensayos, el día del estreno se le ocurrió aspirar las eses y, al ver el efecto que eso causaba entre el público, acabó seseando unas veces y ceceando otras, hasta darle a Sempronio un aire andaluz que resultó tan cómico como grotesco. Por eso los mejores aplausos y los mayores elogios fueron aquel día para él.

—Me refiero a eso y a algunas otras cosas, pero nada de importancia, podéis creerme: algunas frases de más o de menos, alguna morcilla inoportuna, incluso la mitad de algún verso de Garcilaso que se cruzó por ahí...; pero nada que, en definitiva, llegase a empañar una interpretación excelente, de verdad.

Me miró a mí y mi rubor aumentó al sospechar que aquel contacto entre Marcos y yo tal vez no había pasado tan desapercibido como nosotros habíamos pensado.

—Lo del acto catorce..., quiero decir que lo del verso de Garcilaso... —dudé intentando justificarme o justificar a Marcos—, lo que ocurrió es que hubo un momento en el que él se equivocó y eso me hizo equivocarme a mí también.

—No te preocupes, supisteis resolver muy airosamente la situación. Incluso tuvo su gracia. La pena es que el grupo, según me ha contado Ricardo, esté a punto de disolverse. El del teatro es un mundo difícil y cerrado, pero creo que tendríais futuro. Además lo vuestro es todo un ejemplo. Hoy se echa de menos gente como vosotros: con inquietudes, con ilusión... En los últimos tiempos me parece que a la mayoría de los que pasan por aquí les interesa mucho más lo que les cuentan en las asambleas que lo que nosotros les contamos en clase. Una lástima.

Su voz fue debilitándose hasta convertirse en un murmullo casi inaudible y tuvo que hacer otra pausa antes de continuar.

—Desde hace unos años cada vez veo con mayor claridad que, en el mejor de los casos, estos muchachos vienen aquí porque no tienen nada mejor que hacer y, los que consiguen terminar la carrera, se llevan su título bajo el brazo y se marchan sin haber llegado a interesarse realmente por nada. Pero puede que parte de la culpa también la tengamos nosotros, los profesores.

—Sobre todo algunos profesores —matizó Ricardo, mirándome de reojo—, entre los que no está usted, por supuesto.

Ratifiqué con un gesto aquella frase y, ante la sonrisa amarga de don Ramiro, miré distraídamente alrededor. Había cierto aire de desorden en el despacho, un desorden que comenzaba en su propia mesa y se prolongaba por el armario acristalado en el que se amontonaban carpetas, libros y archivadores, y llegaba hasta unas estanterías, algo desvencijadas, donde se apilaban cientos de volúmenes. Todas las cosas parecían situadas un poco más acá o más allá del lugar que les correspondía, pero por encima de ese aparente desorden lo que transmitía aquel despacho era más bien una sensación de abandono.

—Me gustaría proponeros algo.

Pensé que, fuera cual fuese su propuesta, debía de estar relacionada con el teatro. Por eso me entró la duda de si aquel plural también incluiría a los demás compañeros del grupo o tan solo a nosotros dos, en cuyo caso no acababa de comprender qué extraños vínculos podría haber establecido don Ramiro entre Ricardo y yo.

—Se trata de algo que es muy importante para mí, perdonadme la inmodestia, aunque también podría serlo para vosotros. No me extenderé demasiado, pero recordaréis que he aludido algunas veces en clase a los siglos oscuros del teatro español. Ese gran vacío que va desde el *Auto de los Reyes Magos* hasta Gómez Manrique...

—Un vacío demasiado largo y misterioso: esas son exactamente sus palabras —le interrumpió Ricardo.

Yo también recordaba aquellos dos adjetivos con los que a menudo don Ramiro solía referirse a ello, y se me ocurrió que con su interrupción lo único que Ricardo pretendía era demostrarme que su confianza con él era mucho mayor que la mía, lo cual no dejaba de ser cierto porque, al fin y al cabo, don Ramiro era el director de su tesina; aunque a ambos nos inspirara un parecido afecto, Ricardo mantenía con él un trato mucho más frecuente y familiar que yo.

—En efecto, dos siglos en los que, según todos los especialistas, no existe el menor rastro del género dramático. Pero yo siempre he sospechado, ya lo sabéis, que ese periodo es como la parte sumergida de un gran iceberg...

—Unas ideas que Carvajal también ha empezado a defender en sus clases, según me han dicho —le volvió a interrumpir Ricardo.

Vi que el rostro de don Ramiro se ensombrecía por unos instantes y que, a través de los gruesos cristales de sus gafas, en sus ojos chispeaba un brillo de alarma. Cruzó sus manos sobre la mesa y en sus dedos entrelazados, largos y huesudos, advertí un ligero temblor.

—Daniel Carvajal es, en el mejor de los casos, un oportunista —dijo con una voz serena en la que no se apreciaba ningún tono de acusación.

Mis recuerdos de Daniel Carvajal, el vicedecano, que no nos había dado clase desde tercero, no eran en ningún modo desagradables; al contrario, siempre me había parecido un hombre muy atractivo, aunque algo petulante; pero en aquel momento, tal vez dejándome llevar por un sentimiento de solidaridad con don Ramiro, contribuí a reforzar esa imagen negativa:

—A mí siempre me ha parecido un poquitín engreído.

—¿Un poquitín engreído? Un chulo, querrás decir —puntualizó Ricardo con ese desprecio casi visceral que solían causarle los hombres atractivos.

—Bien, afectos y desafectos al margen —medió don Ramiro—, hay que reconocer que es un hombre listo y ambicioso. Además tiene muy buenas relaciones, sabe mover muchos hilos... Es joven, sabe lo que quiere y dispone de los medios para conseguirlo. Él y yo sabemos que nos separan demasiadas cosas. Pero el próximo curso él ocupará este despacho y seguramente lo tendrá mucho más ordenado que yo, de eso estoy seguro.

—¿Se jubila entonces? —le pregunté.

—Yo preferiría haberme jubilado ya hace unos años; lo único que me lo ha impedido es un proyecto que no he visto realizado todavía. Pero estoy demasiado viejo para llevarlo a cabo yo solo, por eso os he llamado. Por eso y también porque confío en vuestra discreción.

Temí que en cualquier momento el hilo de su voz pudiera quebrarse, y luego miré a Ricardo, convencida ya de que en ese proyecto, fuera el que fuese, solo estábamos incluidos los dos. Y una vez más fui incapaz de imaginar qué vínculos habría establecido don Ramiro entre nosotros para que yo pudiera inspirarle tanta confianza.

—Siempre he sospechado —continuó— que ese largo y oscuro vacío tan solo era una patraña oficial en la que se han empecinado todos los historiadores de la literatura. Ahora ya no tengo ninguna duda de que existió una producción teatral durante ese periodo. Que las obras no hayan llegado hasta nosotros no significa que no fuesen escritas. Solo significa que, en algún momento, desaparecieron. No sabemos dónde, pero algunos de esos libros han permanecido ocultos durante siglos en alguna parte. Tengo la prueba que lo demuestra.

Como tantas veces durante sus clases, contuvimos unos instantes la respiración esperando que continuara. Durante la pausa miré a Ricardo para cerciorarme de que él tampoco estaba al tanto de aquella revelación, pero su rostro no reflejaba ninguna clase de emoción ni sorpresa. Nos quedamos en silencio, a la espera de que pusiera ante nosotros la prueba a la que acababa de aludir. Luego me miró a mí antes de proseguir:

—Pero antes de enseñárosla necesito saber si de verdad puedo contar con vosotros.

Esta vez Ricardo y yo ni siquiera necesitamos mirarnos para darle la respuesta que esperaba. Como si previamente nos hubiésemos puesto de acuerdo, asentimos al unísono.

—Pues confío en vosotros —concluyó satisfecho—. Si no tenéis nada que hacer esta tarde, os espero en mi casa.

Se levantó con dificultad y me pareció que el sillón y los huesos crujieron al mismo tiempo, como si después de tantos años hubieran acabado formando un único organismo. Nos anotó en un papel su dirección y nos tendió su mano en un gesto, algo solemne, con el que parecía invitarnos a sellar un pacto de lealtad, un pacto que resultaba innecesario porque ya lo habíamos sellado con palabras.

—¿Por qué crees tú que nos habrá elegido a nosotros para esto? —le pregunté a Ricardo mientras salíamos a la calle, camino de la parada del autobús.

Tras encender un cigarrillo y dirigirme una sonrisa de complicidad, dijo:

—¿Quieres decir que por qué ha pensado en ti? La verdad es que no fue él quien pensó en ti. La propuesta me la hizo a mí hace un par de días y me dejó libertad para que yo eligiese a un acompañante.

Le agradecí aquel gesto de confianza que, sin embargo, no consiguió sacarme de la confusión en la que estaba.

—Entonces, ¿también te ha dicho para qué quiere contar con nosotros?

—No, supongo que eso lo sabremos esta tarde.

4

Ricardo estaba ya esperándome cuando, poco antes de las seis, llegué a un antiguo portal de la calle Quintana. En tres o cuatro caladas rápidas y profundas apuró su cigarrillo y subimos al piso de don Ramiro, que apareció en la puerta con el mismo traje gris de aquella mañana, y eso le daba un aspecto extrañamente provisional a su figura, como si acabara de llegar o estuviese a punto de marcharse. En medio de aquel largo pasillo flanqueado de estanterías repletas hasta el techo, su cuerpo tenía un aire más desvalido aún que en el despacho. Allí, lejos de los espacios por donde estábamos acostumbrados a verle moverse, don Ramiro me pareció un poco más viejo o más cansado que nunca, incluso su voz sonaba con un timbre más apagado.

La casa era amplia y luminosa, aunque los libros, perfectamente alineados por todas partes, transmitían al aire una cierta sensación de opacidad. Supuse que vivía solo, que tal vez habría vivido siempre solo, sin más compañía que aquellos miles de volúmenes; pero mis dudas se disiparon enseguida al pasar frente a un pequeño cuarto de estar, donde una mujer, sentada delante de la televisión, nos miró con curiosidad y nos saludó con aire distraído. Mientras avanzábamos hacia el salón pensé que la presencia de esa mujer, lejos de atenuarla, acentuaba más aún la soledad de la casa.

—Es mi mujer. Anda un poco desmemoriada últimamente. Perdonadme un momento —se excusó, antes de dirigirse hacia una de las habitaciones interiores—. Ah, y disculpad que no os enseñe el resto de la casa, no veríais nada más que libros por todas partes.

Ricardo se puso a curiosear por las estanterías y yo, mientras tanto, me quedé mirando alrededor. Vi que no había ninguna foto en el salón, tan solo algunos cuadros de paisajes en la única pared que no estaba colonizada por los libros, y aquello me hizo pensar que el de don Ramiro habría sido un matrimonio sin hijos, uno de esos matrimonios unidos por la fuerza de la voluntad o de la costumbre, a lo largo del cual quizá habría sido discretamente feliz; aunque, por otro lado, me hubiera gustado saber qué idea de la felicidad tenía un hombre como él, un hombre que había crecido y vivido entre libros, y para quien las bibliotecas, las estanterías de su casa o sus clases de literatura habrían sido el único y verdadero sentido de la vida.

—Aquí tendrá por lo menos cuatro mil libros —calculó Ricardo.

—Más de seis mil, contando los que hay en las habitaciones y dentro de los armarios —le corrigió don Ramiro, que acababa de volver al salón con un estuche de cartón rojo entre las manos—. Pero no son tantos, teniendo en cuenta que comencé a coleccionarlos cuando tenía vuestra edad. Y de eso hace ya medio siglo, más o menos.

Me quedé sobrecogida al imaginar que, durante medio siglo, día tras día, semana tras semana, libro tras libro, don Ramiro había ido construyendo aquel edificio de papel encuadernado que era como una silenciosa metáfora de su vida. Sin hijos a los que dedicar su tiempo o su atención, me lo imaginé como una abeja paciente y laboriosa que había edificado, balda a balda, el andamiaje de aquella gran colmena en cuyo interior había acabado quedándose atrapado.

—Y algunos parecen bastante antiguos —añadió Ricardo, que andaba envuelto en pensamientos muy diferentes a los míos.

—No tan antiguos como este...

Sacó del estuche un libro de aspecto muy deteriorado, con la cubierta llena de raspaduras, y lo entreabrió con mucha delicadeza, como temiendo que sus páginas se volatilizaran al entrar en contacto con el aire.

—Aquí lo tenéis. Una edición de finales del XV. Le faltan varias páginas al principio, pero conserva el colofón. Gracias a ello sabemos que fue impreso en 1487, en una imprenta de Burgos, la misma donde se imprimió *La Celestina*.

Miramos con curiosidad y casi con arrobo aquellas hojas amarillentas que él hojeaba ante nosotros, en las que destacaban lujosos grabados y unos grandes arabescos en sus letras capitales. Luego nos mostró la última página y, acariciando con sus dedos el emblema del colofón, continuó con un hilo de voz que delataba tanta emoción como orgullo:

—Mirad, este escudo es la marca editorial de Fadrique de Basilea.

Contemplamos absortos aquel grabado donde, enmarcado en un rectángulo floreado y flanqueado por columnas, figuraba un león rampante que sostenía un escudo en cuyo interior podían verse una cruz y las letras F. B.

—Son las iniciales de Fadrique de Basilea, un editor de cuyos talleres salieron un centenar de libros conocidos, entre ellos la famosa primera edición de *La Celestina*, la del año 1499. Pero se sospechaba que de esa imprenta salieron muchas otras obras, ya desaparecidas. Y esta es una de ellas, uno de los restos sumergidos de ese iceberg del que hablábamos esta mañana.

Acaricié su canto, que conservaba algunos restos de pintura dorada, toqué el áspero papel de la página y la tinta de aquel emblema, como tratando de atrapar en mi piel su antigüedad y su misterio. Ricardo cogió el libro y se puso a hojearlo con mucho mimo, consciente de que tenía entre sus manos un valioso material para su tesina. Algunas páginas tenían esa textura rígida que le queda al papel después de haberse mojado, y la tinta de algunas palabras presentaba borrones que las hacían ilegibles.

—La verdad es que literariamente no tiene mucho valor, es de suponer que su autor fue un poeta de segundo orden. Tiene algunas irregularidades en la métrica y hasta en la rima, y su lenguaje resulta un tanto artificioso; pero se trata de una obra de teatro escrita en verso, y eso ya sí puede considerarse un verdadero acontecimiento. El argumento tampoco tiene demasiado interés, sobre todo si se compara con *La Celestina*. Es una historia muy tópica, de amores, de celos, infidelidades y lágrimas, sobre todo muchas lágrimas: las lágrimas de Belisa, la protagonista. Creo que ese podría ser un título muy adecuado para la obra.

—Las lágrimas de Belisa —repitió Ricardo como embrujado por la sonoridad de aquellas cuatro palabras.

Cogí el libro y toqué la piel raspada de su cubierta. Luego lo olí creyendo que captaría algún aroma especial, pero a pesar de los cinco siglos que llevaba rodando por el mundo, no percibí más que un intenso olor a papel viejo. La de los bibliófilos me había parecido siempre una pasión enfermiza, sin embargo ahora sentía que lo que sostenía entre mis manos era algo similar a un órgano vivo y palpitante. Pensé en todas las manos que habrían estampado sus huellas en aquel papel amarillento y áspero, y se me antojó que toda esa larga cadena de presencias invisibles se cerraba de pronto conmigo.

—¿Y cómo ha llegado hasta usted? —le pregunté—. Si no es un secreto, claro.

—Al contrario, precisamente por eso necesito vuestra colaboración. El libro me lo ha enviado, hace unos días, un anticuario con el que tengo una buena relación desde hace años. Se llama Baltasar. Todo el teatro que ha pasado por su almoneda lo tengo aquí, en mi casa. Como os podréis imaginar, me he gastado mucho dinero, pero merecía la pena.

Pensé en los hijos que don Ramiro seguramente habría querido tener y se me ocurrió que ese vacío lo había rellenado con los libros. A ellos había dedicado no solo parte de su tiempo, sino también de sus ahorros. Mientras sentía palpitar aquel volumen entre mis manos, comprendí que la suya no era una pasión enfermiza de bibliófilo, sino más bien la pasión frustrada del padre que nunca había llegado a ser.

—¿Y cree usted que habrá más como este en alguna parte? —preguntó Ricardo.

—Ojalá. Pero lo cierto es que solo habría un modo de comprobarlo y es acudiendo al antiguo propietario del libro. Solo él podría, con un poco de suerte, revelar cómo llegó este ejemplar hasta él. —Hizo una pausa prolongada, durante la cual solo escuchamos, al fondo, el ruido amortiguado de la televisión, y luego continuó—: El problema, según me ha dicho Baltasar, es que este libro le llegó en una de las dos remesas que compró el mes pasado y, por desgracia, una almoneda no es una biblioteca, allí lo tiene todo mezclado y es incapaz de asegurar a cuál de esas remesas pertenece. Tal y como están las cosas, habría que hacer algunas averiguaciones, o incluso realizar alguna visita, y yo estoy ya demasiado viejo y cansado para eso.

Miré a Ricardo y pensé que para hacer aquellas averiguaciones no resultaba imprescindible mi colaboración; él solo podría haberse bastado para realizar las pesquisas, pero se me ocurrió que tal vez lo que buscaba, asociándose conmigo, era lo que no había conseguido dentro de los escenarios: actuar de protagonista, al menos por una vez, junto a mí. Don Ramiro, por su parte, permanecía ante nosotros de nuevo con el libro entre sus manos, mirándonos como si fuésemos su última esperanza. Entre los intereses de uno y otro, yo aún no tenía una clara conciencia del lugar que ocupaba, ni siquiera de los riesgos o los beneficios que traería consigo aquella aventura de final tan incierto, pero había dado ya el primer paso y no podía volverme atrás.

Nos ofreció un café y, entre sorbo y sorbo, continuó hablándonos emocionadamente de *Las lágrimas de Belisa*, de las precauciones que deberíamos tener a partir de aquel instante, sobre todo con algunos colegas suyos de la facultad, y nos hizo ver que, después del descubrimiento de las jarchas, aquel podría ser el acontecimiento más importante de la literatura española. Y mientras yo, más prudente o más escéptica, me sentía como una actriz novata que hubiera sido invitada a actuar en una obra donde aún no tenía muy claro su papel, a Ricardo se le iluminaban los ojos oyéndole hablar y en su imaginación quizá comenzaba a levantar, sobre el vacío, los muros de algún fabuloso castillo cuya primera piedra, de apariencia demasiado frágil, estaba allí ante nosotros, abierta por una página cualquiera.

Cuando el reloj de pared del salón dio las siete con unas campanadas perezosas, don Ramiro dijo, con una sonrisa melancólica, que había llegado la hora de su medicina, y Ricardo y yo quedamos en vernos al día siguiente en la plaza de Cascorro, por donde el anticuario tenía su almoneda.

5

Aunque llegué más de diez minutos antes de la hora prevista, Ricardo estaba ya esperándome y al verle allí, bajo la estatua de Eloy Gonzalo, pensé que tenía aspecto de llevar esperándome toda la mañana, o quizá toda la vida. Estaba de perfil, agarrado a la verja metálica, en la franja de sombra que proyectaba el pedestal, mirando con mucha atención aquella figura como si intuyese que había en ella algo de su propio destino. Por una asociación que fue tan involuntaria como perversa, no pude evitar compararlo con Marcos Villarrubia, con quien algunas tardes había quedado en el Ateneo, y que siempre me esperaba apoyado contra el ángel de bronce que se alzaba al final de la empinada escalera.

Se me ocurrió que las diferencias entre ambas estatuas, además de los lugares donde se levantaban, eran no solo un reflejo de la distinta forma de ser de cada uno, sino también un signo que parecía anunciar su diferente destino. Marcos, alzado sobre peldaños de mármol, en medio de una solemne escalinata de aires palaciegos; Ricardo, a pie de calle y a la intemperie, en medio de la acera de un barrio modesto. Incluso las armas que pendían sobre sus cabezas venían a insinuar alguna diferencia esencial entre ellos: sobre Marcos, el gesto caballeresco y elegante de una espada blandida en ademán de victoria; sobre Ricardo, la sombra amenazadora e incendiaria de una bayoneta, una lata de gasolina y una antorcha encendida. Marcos, junto a la rotunda sensualidad de un cuerpo desnudo y alado; Ricardo, frente a un militar cuyo arrugado uniforme evocaba el olor a la sangre y a la pólvora de muchas batallas. Sobre las escaleras del Ateneo, la figura de Marcos parecía tocada por la magia de la lírica, por el equilibrio de lo clásico y la belleza de lo apolíneo; mientras que la de Ricardo, en medio de la plaza, transmitía cierta sensación de desamparo y resultaba más próxima a los gestos desesperados de la épica, a la vehemencia romántica, a la turbiedad de lo dionisíaco. Uno, sonriente en su pose del actor que se sabía ocupando el centro de un escenario diseñado a su medida; el otro, pensativo junto a los barrotes de hierro de la verja, un tanto empequeñecido por la sombra del héroe de Cascorro y quizá intentando comprender las razones inexplicables de cualquier acto de heroísmo. Dos mundos tan próximos los suyos y sin embargo tan distintos, dos mundos que habían tenido muy poca relación fuera de los escenarios y entre los que yo era el único nexo posible.

Aquel barrio tenía un aspecto triste y desolado, muy distinto al que yo recordaba de algunas mañanas de domingo. Tan diferente, que me resultaba casi desconocido y no habría sido capaz de encontrar sola la calle que buscábamos. Sin embargo, Ricardo caminaba muy seguro de sí mismo, como si ya llevara dibujado en su cabeza el plano de aquel laberinto de callejuelas por donde yo caminaba desorientada. En cuanto abandonamos la Ribera de Curtidores, me sentí definitivamente perdida y, después de un breve callejeo, subimos por una cuesta muy empinada y nos detuvimos ante una almoneda.

Avanzamos por un estrecho pasillo que reptaba entre un sinfín de objetos, cachivaches y trastos que le daban a aquel lugar un aspecto de museo, almacén y desván al mismo tiempo, donde todo parecía situado al azar en medio de un reino callado del desorden; sin embargo, pese a su apariencia caótica, todas las cosas ocupaban un espacio propio, como si estuviesen gobernadas por un orden indefinible y secreto. A uno y otro lado, en un abigarrado bosque de metal y madera, había cabeceros de cama, dos enormes colmillos de marfil labrados, varias imágenes de vírgenes talladas, máquinas de coser y radios antiguas, braseros y gramófonos. Todos aquellos objetos, que procedían de épocas y lugares remotos, parecían haber sido depositados allí solo para que fuesen envejeciendo despacio, pero en una incomprensible paradoja, al haber sido extraídos de sus espacios naturales, permanecían como preservados del paso del tiempo o situados fuera de él. Por el techo colgaban toda clase de lámparas, grandes peces disecados y algunas redes de pescar, que me trajeron, de golpe, recuerdos y olores de mi infancia. Las paredes estaban atestadas de cuadros, espejos con anchas molduras doradas, sables y angelotes de estuco, relojes de péndulo, crucifijos y platos de cerámica. En aquel arrumbadero de lo inerte, todo estaba alineado de tal manera que las cosas se apoyaban unas sobre otras con el inestable equilibrio de un castillo de naipes que, al menor roce, amenazaba con derrumbarse.

Al fondo, tras un pequeño mostrador de madera, un viejecillo de aspecto desarrapado y bonachón nos miraba con curiosidad. Supuse que era Baltasar, el anticuario del que tan afectuosamente nos había hablado don Ramiro y a quien Ricardo, que parecía decidido a llevar la iniciativa, le explicó brevemente el motivo de nuestra visita mientras yo me entretenía tocando las aletas de un pez espada. Estreché la mano grande y callosa que me tendió el viejo y me desagradó su tacto áspero, casi tan áspero como las escamas del pez disecado que acababa de tocar. Después de toda una vida entre trastos, pensé, quizá aquel hombre había acabado mimetizándose con ellos. Lentamente, igual que un molusco que saliera con esfuerzo de su caparazón, Baltasar salió de detrás del mostrador y nos pidió que le acompañáramos. Nos condujo por un estrecho pasillo de zócalos sucios y desconchados donde el olor, a medida que avanzábamos, se volvía cada vez más acre, como si el aire no se hubiese renovado en mucho tiempo.

Llegamos a una estancia mal iluminada por una bombilla donde, al contrario de lo que sucedía en la tienda, todo parecía situado provisionalmente, como a la espera de ser ordenado o clasificado. En uno de los rincones había varias montañas de libros amontonados encima de una mesa, en el suelo y sobre unos estantes medio carcomidos.

—Todos estos nos entraron la semana pasada, unos mil quinientos en total —calculó—. El que le mandé a don Ramiro estaba entre ellos, pero no sé si en la primera o en la segunda remesa, porque llegaron el mismo día.

Al oír, tan lejos de las aulas, aquel *don* al que estábamos tan habituados dentro de ellas, pensé que nuestro profesor había ido dejando por todas partes, no solo entre nosotros, la huella de su calidad humana y profesional. Por eso, más que un tratamiento de cortesía o de respeto, comprendí que aquella palabra era ya como una pieza que formaba parte no solo de su nombre, sino también de su identidad.

—¿Y no sabe usted cuáles son los de una y otra remesa? —preguntó Ricardo mientras se dirigía hacia los libros que estaban apilados en uno de los rincones.

—Eso es imposible saberlo, están todos mezclados. Esto es un almacén, no una biblioteca. Aquí hay semanas que pueden entrarnos quinientos o mil libros y otras en las que no entra ninguno. Muchas veces se compran al peso y se venden según van llegando. Bastante hago yo con lo que hago, y bastante hace también mi hijo, que es el que se encarga de echarles una ojeada para ver si hay algo que pueda interesarles a clientes como don Ramiro.

—Pero sabrá por lo menos quiénes eran sus dueños —insistió Ricardo, ya con un gesto visible de preocupación.

—Sí, eso sí. Las facturas sí las tenemos.

Respiramos los dos con alivio y me puse a mirar unos cuantos libros que permanecían amontonados sobre una cómoda desvencijada.

—¿No le importa que echemos un vistazo? —le pregunté.

—Podéis mirar todo lo que queráis, pero ahí no encontraréis nada que os interese. Mi hijo ya se encarga de revisarlos todos uno por uno.

Regresó a la tienda con paso inseguro y vi a Ricardo encender un cigarrillo con mucha lentitud, como disponiéndose para una búsqueda muy larga; en apenas unos minutos, entre el humo, el polvo de los libros y el olor a humedad, la atmósfera de aquella sentina se volvió irrespirable. Estaba ya a punto de decirle que nos marcháramos cuando le vi volverse hacia mí con un libro en la mano. Lo abrió por las páginas finales y en aquel espacio tan reducido su voz sonó más grave y cavernosa que nunca mientras decía: «¿Qué haré, cuando entre en tu cámara y retraimiento y la halle sola? ¿Qué haré de que no me respondas, si te llamo? ¿Quién me podrá cubrir la falta que tú me haces?».

Aquellas eran unas frases de Pleberio que siempre me habían emocionado de un modo especial y que allí, lejos del escenario, adquirieron de pronto una resonancia destemplada y lúgubre. Solo acerté a responderle que la sombra de aquella obra parecía perseguirnos por todas partes, y luego, como si los dos hubiésemos interpretado el hallazgo de aquella *Celestina* como el mejor de los augurios, continuamos curioseando por entre la balumba de libros hasta que por fin, después de un rato, convencidos de que no había nada de interés, regresamos a la tienda. Al vernos llegar, el viejo, parapetado tras su mostrador de madera, se puso a rebuscar entre los papeles de una mugrienta carpeta:

—Las facturas tienen que estar aquí. Mi hijo es un lince para los libros, pero algunas veces me descoloca las cosas y a mí me gusta tenerlo todo muy ordenado. —Se mojó el dedo índice en la lengua para humedecer su piel reseca y escamosa, y pensé que, después de tantos años de convivir entre tanta cochambre, su organismo habría generado algún antídoto contra los ácaros y contra toda clase de bacterias—. Lo único que recuerdo es que una de las remesas pertenecía a un militar retirado y la otra a un actor de teatro.

Ricardo y yo cruzamos una mirada de satisfacción con la que nos dijimos que si había por medio un actor de teatro, seguramente nos encontrábamos en el buen camino, y como confirmación allí estaba aquel ejemplar barato de *La Celestina*, que con toda seguridad le habría pertenecido a él. Como si hubiera estado compartiendo mis propios pensamientos, Ricardo dejó el libro sobre el mostrador, lo acarició ilusionadamente y sonreímos los dos mientras veíamos a Baltasar hurgando entre los papeles de su carpeta.

—De ese militar poco os puedo decir, porque no sé nada de él —continuó, mientras de vez en cuando seguía mojándose el dedo con leves lengüetazos—; solo que es, o más bien fue, teniente de infantería; pero ¿veis aquella cómoda de ahí, esa vitrina y aquellos cuadros de enfrente? —Fue dirigiendo nuestra mirada con su índice hacia un lado y otro de la tienda—. Entraron en la otra remesa, la del actor. Lo vendió todo en el mismo lote, además de otros cuantos trastos que no recuerdo ahora mismo. Ese hombre se desprendió de casi todo, no deben de irle muy bien las cosas...

Ricardo y yo volvimos a mirarnos y supuse que él también sentiría la misma curiosidad que yo por conocer a aquel actor que debía de ser, ya sin ninguna duda, la persona a quien buscábamos. Mientras tanto, Baltasar continuó hurgando entre sus papeles hasta que por fin encontró lo que buscaba.

Dejó las dos facturas sobre el mostrador y no pude resistir la tentación de compararlas. En una de ellas, la que estaba a nombre de Gabriel Recarte, solo aparecían registradas como mercancía cuatro cajas de libros, sin especificar la cantidad exacta de ejemplares. En la otra, a nombre de Román Garcés, se detallaba una larga y minuciosa lista de cosas entre las que figuraban no solo la cantidad de novecientos treinta y dos libros, sino también una cómoda, una vitrina, siete óleos, dos espejos y algunos otros objetos más. Deduje que el primero había vendido sus libros al peso, aunque viendo el precio de venta pensé que más bien los había regalado. Román Garcés, por el contrario, había recibido una considerable cantidad de dinero.

Anotamos las direcciones y los teléfonos de cada uno y, tras agradecerle al viejo todas sus atenciones, salimos de allí pensando que la fortuna había comenzado siendo con nosotros más benévola de lo que podíamos haber imaginado. Como señal de tan buenos augurios, allí estaba aquel ejemplar de *La Celestina* que Ricardo acababa de comprarse y que llevaba bien apretado contra su pecho, como si se tratara de algún amuleto. Al pasar otra vez bajo la estatua del héroe de Cascorro, los dos pensamos, aunque no nos atrevimos a decirlo, que si aún existía lógica en el mundo, el dueño de *Las lágrimas de Belisa* y el dueño de esa *Celestina* tenía que ser el mismo. Ricardo levantó el libro por encima de su cabeza, en un gesto con el que parecía saludar a Eloy Gonzalo, y dijo:

—Seguro que estás pensando lo mismo que yo.

—No sé tú, pero yo estaba pensando en ese actor. Su nombre me quiere sonar.

—Lo que yo pensaba es que este libro —enarboló *La Celestina* como si estuviera sosteniendo una antorcha que nos guiara entre las tinieblas— podría ser como una llave mágica que nos abra alguna puerta.

Yo no creía que fuese ninguna llave mágica, ni siquiera un talismán, pero sentía una curiosidad cada vez más creciente por conocer a aquel actor, cuyo nombre me resultaba vagamente familiar y de cuyas estanterías supuse que habría salido el libro que nos había enseñado don Ramiro. Con la misma determinación con la que me había guiado por aquel laberinto de calles estrechas y empinadas, Ricardo decidió que él se encargaría de llamar por teléfono a Román Garcés y que me avisaría en cuanto tuviera alguna novedad que contarme.

Para mi sorpresa, aquella misma noche me llamó para decirme que había hablado con él y nos había citado el lunes por la tarde en su casa.

6

Vivía en una céntrica calle del barrio de Salamanca y, mientras caminábamos hacia su casa, recordando las palabras de Ricardo yo no dejaba de pensar que aquel día, el último de junio, podía abrirse para nosotros alguna puerta que nos condujese hacia un mundo desconocido, tal vez lleno de prodigios, o al menos de sorpresas y aventuras.

Y como para hacer más real ese deseo, recordé que con la cena de la noche anterior otra puerta había comenzado a cerrarse: la puerta de toda una etapa de nuestra vida que, con la representación de *La Celestina,* quedaba definitivamente clausurada. Aquella cena del domingo, a la que habían acudido todos los compañeros del grupo de teatro, había sido mucho más que una despedida de fin de carrera: había sido también como el acta de defunción de Bambalinas 9 y la confirmación de que nuestros caminos seguirían rumbos diferentes. Las dos horas que duró la cena fueron como un tiempo en el que, tácitamente, habíamos decidido situarnos fuera de la realidad. Dejamos a un lado las rivalidades, las tensiones, todos los turbios sentimientos que nos habían dominado durante el último curso y nos recreamos en el lado más amable de nuestros recuerdos, como si pretendiéramos hacer más fuerte y duradero un vínculo que ya solo pertenecía a nuestro pasado. Todos teníamos la certeza de que el futuro de cada uno era un territorio resbaladizo y brumoso donde nadie se atrevía ni siquiera a asomarse, y sabíamos también que a partir de aquel día nuestros destinos, aunque se rozaran en algún punto, acabarían alejándose. Por eso, más allá de los chistes y de las bromas, había siempre una nostalgia excesiva en nuestros recuerdos, como si Bambalinas 9 perteneciera ya a una época muy remota de nuestra vida.

Pero ya terminados los postres, seguramente animados por el alcohol, los recuerdos comenzaron a disiparse y, poco a poco, con un recelo casi supersticioso, nos atrevimos a hablar de los proyectos que cada cual tenía para después del verano. Había quien, como Sandra Valero, se había propuesto encerrarse durante una larga temporada para prepararse las oposiciones, mientras que otros, como Irene Vidal y Agustín Castillejo, aún no sabían para dónde tirar. En una situación parecida nos encontrábamos Ricardo y yo, aunque los dos tuvimos la precaución de no airear el proyecto en el que nos habíamos embarcado. Marcos Villarrubia quería dedicarse a la literatura, aunque aún no tenía muy claro si por los caminos de la poesía o por los de la prosa; y Alfonso Rivas reconoció que quizá se había equivocado de carrera, porque comenzaba a darse cuenta de que lo que le interesaba de verdad era la política.

Oyendo a Alfonso Rivas, con su retórica de papagayo activista, entraban ganas de agarrarse a una pancarta o de atrincherarse en una barricada y gritar contra las injusticias sociales, contra un mundo que estaba hecho por y para los poderosos. Escuchándole parecían adquirir sentido las señas de identidad de una generación que era la nuestra y que, según él solía decir, se movía a trompicones, dando tumbos y palos de ciego sin saber cuál era su sitio todavía.

Por alguna razón inexplicable, aquella cena de despedida, aún tan reciente, parecía pertenecer ya a una noche antigua y lejana, como si se tratara de una especie de dintel del tiempo por donde habíamos salido de un mundo en el que habíamos estado viviendo hasta entonces. Y ahora, mientras esperábamos a que Román Garcés nos abriera la puerta, yo no dejaba de pensar que bajo aquel otro dintel, el de su casa, quizá aparecería el hombre que iba a cambiar el rumbo de nuestro destino.

No me sorprendió su aspecto, con una larga melena blanca que le llegaba hasta los hombros y una perilla que le daba un aire bohemio y casi anacrónico; pero aunque la edad de galán maduro se le había pasado ya hacía algunos años, aún quedaban en él las huellas de una antigua apostura y un empaque seductor.

—Perdonad que la casa esté tan poco acogedora —se disculpó—, pero es que ando de mudanza.

Había espejos de diversos tamaños por todas las paredes y hasta las mochetas de los muros de carga estaban también recubiertas de espejos desde el techo hasta los rodapiés. Primero pensé que tanta acumulación de espejos sería un síntoma de narcisismo agudo, pero luego, recordándome a mí misma ante el espejo de mi armario, supuse que allí, frente a ellos, Román Garcés habría ensayado una y mil veces los gestos o las palabras de sus personajes y, si había decidido no venderlos junto con el resto de los muebles, era porque significaban mucho para él: tal vez los consideraba como una imagen multiplicada de su propia personalidad o como un archivo donde guardaba las diferentes identidades de los personajes a los que había dado vida.

Los sillones y el sofá estaban cubiertos por sábanas y nos sentamos en dos sillas, de alto y recto respaldo, tan incómodas como solemnes. Frente a mí, Román Garcés, en una pose relajada y elegante, tenía aspecto de encontrarse actuando, o a punto de hacerlo, en medio de un escenario vacío. Enseguida Ricardo le resumió el motivo de nuestra visita, dándole los detalles que no le había dado por teléfono y él, que mientras escuchaba respetuosamente a Ricardo había hecho ya varios movimientos de negación con la cabeza, nos confirmó lo último que esperábamos escuchar:

—Siento mucho decepcionaros, pero ese libro que andáis buscando no era mío. Entre los que le vendí a ese anticuario es cierto que había mucho teatro, sí, al fin y al cabo ha sido la pasión de mi vida; pero el más antiguo no iba más allá de 1900. Alguna obra de Benavente, de Marquina y autores así. Obras muy conocidas y de poco interés para un bibliófilo.

—Y también una *Celestina* —apuntó Ricardo.

—Sí, también había una *Celestina*, pero era una edición muy barata. La tenía desde mis tiempos de estudiante.

En el gesto de decepción de Ricardo, que era también el mío, advertí una sombra de desconfianza, como si dudara de la sinceridad de sus palabras. Pero no había ninguna razón para que nos mintiera; por eso de repente sentí como si los muros de un edificio recién construido se derrumbaran ante nuestros pies, mientras pensaba quc la lógica del mundo, si es que aún quedaba alguna, acababa de desvanecerse por completo. Al ver la incredulidad dibujada en nuestra cara, Román Garcés se sintió obligado a insistir:

—Podéis estar seguros de que ese libro del que me habláis no salió de mi casa. No soy un bibliófilo, pero sabría reconocer al instante el valor de un libro así. Y más aún tratándose de teatro, como os podéis imaginar.

—Claro —asintió Ricardo mientras me dirigía una mirada con la que parecía estar comprendiendo, de pronto, aquella evidencia.

—Todos esos libros solo tenían para mí un valor afectivo —dijo señalando las baldas como si aún los libros permanecieran allí, o como si al menos alguna extraña impregnación de papel o de tinta hubiese quedado atrapada entre los anaqueles vacíos—. Algunos, como ya os he dicho, los tenía desde mis tiempos de la facultad. Pero lo único valioso que he vendido eran los cuadros y algunos muebles. La casa adonde me mudo es bastante más pequeña y he tenido que desprenderme de muchas cosas.

Había dicho aquello como si la venta de sus cosas no formara parte de un fracaso, sino más bien con la serenidad o la resignación de alguien que, desde un bote salvavidas, viera hundirse un barco que era ya demasiado grande para él. Miré las estanterías desnudas, que parecían los huesos de un esqueleto inútil, los perfectos rectángulos que los cuadros habían dejado marcados en las paredes, y pensé que aquellos huecos debían resultarle dolorosos por mucho que pretendiera disimularlo.

Vi a Ricardo removerse en su silla y supuse que, a partir de aquel instante, la figura de Román Garcés había perdido todo interés para él. A mí, sin embargo, me seguía resultando tan seductor como al principio. Lejos de inspirarme ninguna compasión, había algo en él que me atraía, quizá su aire de superviviente que, pese a haberlo perdido casi todo, aún conservaba intacto el orgullo, ese orgullo del héroe vencido que había aprendido a encajar, con la misma dignidad, los éxitos y las derrotas.

—Toda mi vida se la he dedicado al teatro —continuó— y os aseguro que no me arrepiento de ello. Es una profesión dura y sacrificada, y algunas veces muy ingrata, pero es como un pozo del que, una vez dentro, ya no se puede salir. Cualquier día te das cuenta de que fuera de un escenario no tiene sentido tu vida y entonces ya no hay remedio: lo quieras o no, estás ahí atrapado para siempre.

De repente la figura de Román Garcés se me apareció como la imagen materializada y futura de nosotros mismos, una imagen a la que todos los miembros de Bambalinas 9 habíamos decidido renunciar. Llevada por un sentimiento de solidaridad con él, o quizá para demostrarle que comprendíamos el significado de sus palabras, le hablé de nuestro grupo y de todos los montajes que habíamos hecho durante los últimos cinco años. Garcés pasó de la sorpresa inicial al asombro cuando oyó que *La Celestina* figuraba también en nuestro repertorio.

—Esas son palabras mayores —dijo en un tono sincero de admiración—. Muy pocos, dentro del gremio, se han atrevido a llevarla a la escena. Supongo que, después de eso, estaréis trabajando en nuevos proyectos.

—El grupo se ha disuelto —apuntó lacónicamente Ricardo, y me pareció que sus palabras también se disolvían de pronto en el vacío de aquel salón donde el silencio, durante algunas pausas, resultaba tan denso y angustioso como el de los escenarios cuando estaba a punto de levantarse el telón.

—Qué pena —se lamentó—. Me gustaría decir que me sorprende pero no, la verdad es que lo entiendo. Esta es una profesión que ofrece muy poco a cambio de darlo todo, aunque también tiene sus compensaciones, claro. Los jóvenes de ahora quizá os habéis vuelto demasiado cómodos, buscáis la vida fácil y segura, y hay que reconocer que la vida de un actor es muy inestable, demasiado inestable.

Miró alrededor, quizá dudando si el adjetivo que acababa de usar era el más adecuado, y su rostro fue ensombreciéndose mientras abría los brazos como en un intento de abarcar con ellos todo el espacio vacío de la casa.

—Aquí podéis ver los resultados de una vida entera dedicada al teatro... Se vive todo el tiempo pendiente del teléfono y un buen día, sin saber cómo ni por qué, el teléfono deja de sonar.

Mis ojos buscaron el teléfono, que estaba situado sobre una mesilla de cristal, en el hueco que habría ocupado algún otro mueble, y me pareció que allí, en ese espacio que resultaba demasiado grande, el teléfono adquiría un aspecto desamparado y postizo. Hubo un nuevo silencio, que volvió a recordarme aquellos segundos angustiosos que precedían a la subida del telón; Ricardo aprovechó entonces para sacar su paquete de tabaco y, tras pedirle permiso con la mirada, encendió un cigarrillo.

—En un país donde se cierran los teatros pero se llenan los estadios y las plazas de toros, es evidente que algo no funciona muy bien. —Con un rictus de amargura, fijó los ojos en el gran espejo que había sobre el sofá como si en él estuviese viendo reflejada la historia de su vida, y continuó—: «¡Ay, mísero de mí, y ay, infelice...!». Qué triste paradoja la nuestra. Primero tuvimos que luchar contra la censura y después tuvimos que seguir luchando contra la indiferencia.

El verso de Calderón, que había recitado sin afectación y arrastrando las palabras casi en un suspiro, me sugirió una nueva imagen de él, menos heroica que la del superviviente de un naufragio, pero más humana y también más desengañada. Pensé que, al desprenderse de sus cuadros, sus muebles y sus libros, la actitud de Román Garcés tenía mucho de Segismundo; marchándose de aquella casa, que le traía recuerdos de tiempos mejores, tal vez a lo que estaba renunciando, igual que un eremita, era a todas las pompas y vanidades del mundo. Su nueva casa, mucho más modesta, sería como el último refugio del ermitaño, donde ya no mantendría otros vínculos con la realidad exterior que el de sus propios recuerdos.

—¿Sabéis lo que os digo? Creo que habéis hecho bien en dejar el teatro.

Sus ojos se pasearon de nuevo, con un brillo nostálgico, por las baldas vacías, por el gigantesco espejo y por los desolados rincones del salón, y en ese instante yo habría dado cualquier cosa por asomarme, a través de alguna rendija, a sus pensamientos, a sus emociones o a los fantasmas de los personajes que Román Garcés había interpretado a lo largo de su carrera y que permanecerían adheridos, como una impregnación espectral, al azogue de todos los espejos de la casa.

—¿Usted también lo ha dejado? —Me arrepentí de la pregunta nada más hacerla, porque pensé que podía resultar inoportuna.

—No del todo, pero estoy en ello. Aún me llaman, de tarde en tarde, para algún papel secundario, pero poca cosa. Lo suficiente para ir tirando y para mantener viva la ilusión, que no es poco.

Hubo otro largo silencio, durante el cual vi que Ricardo buscaba con la mirada algo parecido a un cenicero y Román Garcés, al darse cuenta, se dirigió a algún lugar de la casa de donde regresó con un platillo de café en la mano.

—Perdona —se disculpó—, hace tiempo que dejé de fumar.

Ricardo sacudió la ceniza sobre el plato y me dirigió una mirada que interpreté como una invitación a que nos marcháramos. Para hacer más visible su impaciencia, miró su reloj y, aunque yo hubiese preferido que nos quedásemos un rato más, me levanté.

—Y también siento mucho, de verdad, no haber podido ayudaros en lo de esos libros —añadió Garcés, que parecía atrapado en una espiral interminable de lamentaciones—. Espero que tengáis suerte.

Nos acompañó hasta la puerta y, mientras entrábamos en el ascensor, tuve la certeza de que a él también le habría gustado que se prolongase un poco más nuestra visita. Supuse que, nada más cerrar la puerta, volvería a aquel salón donde tantas veces habría ensayado sus monólogos delante del espejo, y seguramente volvería a susurrar aquel verso de Segismundo, arrastrando de nuevo las palabras como en un suspiro que le arañaría la garganta. Y lo mismo que el personaje de Calderón, se sentiría encerrado dentro de aquel espacio vacío que era como un reino de la soledad, un reino de largos silencios donde tal vez seguía viviendo con la única esperanza de que el teléfono sonara.

7

Mientras yo aún continuaba imaginando a Román Garcés frente a su espejo, a mi lado Ricardo caminaba cabizbajo, quizá pensando que acabábamos de dar nuestro primer paso en falso. No nos había fallado la intuición, ni tampoco aquel ejemplar de *La Celestina* que Ricardo pretendía convertir en una especie de amuleto: lo que había fallado era más bien la realidad. Nos habíamos dejado engañar por las apariencias y habíamos confiado en la lógica, pero ahora debíamos aceptar que el sentido común no era la fuerza que ordenaba las cosas y que *Las lágrimas de Belisa* podían no haber salido de las estanterías de un actor de teatro, sino de las de un teniente de infantería. Unas cuantas frases del monólogo de Pleberio, dirigidas contra el mundo, acudieron entonces a mi memoria y me imaginé a Román Garcés pronunciándolas, con voz estremecida y rota, en el silencio de su casa vacía: «Yo pensaba en mi más tierna edad que eras y eran tus hechos regidos por alguna orden; agora, visto el pro y la contra de tus bienandanzas, me pareces un laberinto de errores...».

De repente Ricardo, que mantenía los pies apoyados con mucha más firmeza que yo en la realidad, se detuvo y sacó un papel de su cartera:

—¿Sabes lo que estoy pensando?

—Que no hemos empezado con buen pie —aventuré.

—Eso también, pero yo no me fiaría mucho de ese hombre, podría habernos mentido.

—¿Y qué razones podía tener para mentir?

—No tengo ni idea, pero ya sabes lo bien que mienten los actores. Al fin y al cabo es su profesión. —Me enseñó el papel que había sacado de su cartera, donde vi anotada una dirección—. Lo que estaba pensando es que podríamos acercarnos ahora a ver a ese teniente. Si la orientación no me falla, creo que vive a unos veinte minutos de aquí, poco más allá de Manuel Becerra. Solo es un paseo, y de todas formas la tarde ya la tenemos perdida.

Pensé que Ricardo estaba poniendo mucho más interés o más empeño que yo en aquel asunto, o puede que solo tuviera más prisa, así que reconocí que no era una mala idea y nos encaminamos a buen paso hacia la casa del militar. No tardé en comprobar que no solo el sentido de la orientación de Ricardo era excelente, sino que además había calculado, con bastante precisión, el tiempo que tardaríamos en llegar. Veinte minutos después, ya en el portal, un hombre de cuerpo achaparrado y ojos saltones nos saludó desde el interior de un chiscón acristalado. Respondimos a su saludo y Ricardo le preguntó si vivía allí un tal Gabriel Recarte.

—Vivir, vive —respondió con cierta sorna el portero—, pero ahora no está en casa. ¿Quién pregunta por él, si puede saberse?

Ricardo se encargó de responder a su pregunta y añadió que se trataba de un asunto urgente, pero aquel hombre, tras su parapeto de cristal, debía de estar bastante acostumbrado a desconfiar de la gente y sobre todo de los desconocidos como nosotros.

—¿Urgente para ustedes o urgente para él? —preguntó.

—Urgente para todos —respondí.

—El señor Recarte se marchó de vacaciones hace unos días. ¿Y cuál es ese asunto tan urgente, si puede saberse?

Ricardo le puso al corriente de todo, extendiéndose demasiado en algunos detalles, y antes de que terminase de hablar, el portero ya había decidido que aquel asunto carecía de la urgencia que nosotros pretendíamos.

—Pues lo siento mucho, pero tendrán que esperar: el señor Recarte no vuelve hasta septiembre. —Los dos hicimos un parecido gesto de desconsuelo y el portero, estirándose igual que un pez dentro de su pecera, continuó—: De todas maneras, por si les sirve de algo, les diré que yo mismo ayudé a don Gabriel a embalar esos libros. Eran cuatro cajas, pero yo no recuerdo ningún libro en especial. A mí, si les digo la verdad, todos me parecieron iguales.

Le miré con compasión o con desprecio al imaginarme la escena en la que aquel hombre habría ido cogiendo los libros de las estanterías, cada uno con su portada, con su tamaño y su peso distintos, con su color y hasta con su olor diferentes, y luego los habría introducido en las cajas con la misma sensibilidad que si se tratase de un montón de hortalizas. Y pensé que si el teniente Recarte tenía para los libros la misma sensibilidad que el portero, podíamos dar por perdidas todas nuestras esperanzas.

—Al menos sabrá adónde se ha ido de vacaciones —preguntó Ricardo.

—A un pueblo del sur de Francia, donde vive su hija, que está casada con un ingeniero francés. Es la única familia que le queda. Su mujer murió hace unos meses.

A Ricardo se le escapó un gruñido de desaliento, tal vez pensando, igual que yo, que fuera cual fuese aquel pueblo nos quedaba demasiado a trasmano para hacer una escapada. Y con un tono que le salió casi de súplica, dijo:

—Si pudiera darnos un teléfono donde localizarle, a lo mejor podríamos ir adelantando algo.

Sacó una agenda de algún cajón y nos leyó un número de teléfono que Ricardo anotó con mucho esmero en un papel, como si del buen trazo de su caligrafía fuera a depender nuestra suerte. Recordé a Ricardo enarbolando su ejemplar de *La Celestina* y diciendo, mientras pasábamos bajo la estatua de Eloy Gonzalo, que aquel libro podía ser un talismán o una llave que nos abriera todas las puertas. Pero ahora, cuando las dos primeras puertas se habían cerrado ante nuestras narices, no nos quedaba más que aquel número al que Ricardo parecía aferrarse con fe renovada.

Cuando llegamos a la plaza de Manuel Becerra nos detuvimos un momento como si, ante una encrucijada, no supiésemos muy bien qué camino elegir. La luz interminable de junio rebosaba sobre los tejados y desde allí se alargaba con tenacidad por el horizonte cerrado de la plaza, que de pronto me pareció un lugar desangelado y triste. En uno de sus extremos, una modesta iglesia de ladrillo oscuro, y en el centro de la rotonda un grupo de cipreses contribuían a darle un aspecto aún más desolado. Más que una plaza, aquel espacio circular atravesado por dos grandes avenidas era en realidad un sitio de paso, el lugar ideal para una despedida, pensé, uno de esos lugares sin identidad propia y sin perfiles reconocibles que se olvidan en cuanto se abandonan. Por eso Ricardo, tal vez imaginando que esa tarde iba a ser la última que estaríamos juntos antes del verano, me agarró del brazo con suavidad pero con firmeza y, antes de que pudiese reaccionar, estábamos ya ante la puerta de una cafetería.

—Te invito a una cerveza. O a un café, o a lo que tú quieras.

Preferí un té frío y allí, apoyados en la barra, mientras hablábamos de *Las lágrimas de Belisa* y nos preguntábamos qué azares habrían llevado el libro hasta el teniente Recarte, me sentí extraña al lado de Ricardo. Era la primera vez desde que nos conocíamos que estábamos solos, frente a frente, en un bar, y eso me producía una sensación rara. No acababa de comprender, o no quería comprenderlos, los motivos por los que me había elegido a mí como pareja en aquel asunto, y me negaba a aceptar que lo hubiese hecho solo por mantenerse cerca de mí precisamente cuando nuestros caminos, disuelto ya el grupo de teatro, comenzaban a alejarse. Pero al elegirme lo que sí había conseguido de momento era que yo empezase a mirarle de otra manera, con ojos en los que había al mismo tiempo preocupación y gratitud, confusión y cariño.

De repente alzó su jarra de cerveza, ya casi vacía, la puso ante sus ojos como si pretendiera verme a través del grueso cristal, y supe que estaba a punto de darle un giro a la conversación.

—¿Sabes lo que me pasa últimamente? —Se frotó la frente como si le doliera la cabeza o pretendiera alejar algún mal pensamiento, y me pareció advertir en sus ojos el brillo de alguna obsesión—. Que tengo pesadillas. O mejor dicho, una pesadilla, porque casi siempre es la misma. Resulta que me encuentro sobre un escenario, yo solo, unas veces recitando monólogos y otras intentando recordar alguna frase que se me ha olvidado. Aunque no se ve a nadie, sé que el teatro está lleno, y también sé que alguien debería salir a acompañarme en la escena, pero no aparece nadie. Después de un rato en silencio digo alguna frase de Pleberio, pero me salen unos gallos espantosos y el público se ríe. Intento salir del escenario pero el suelo empieza a hundirse bajo mis pies y me quedo allí atrapado mientras la gente sigue riéndose... Es una sensación horrible. ¿Nunca has tenido un sueño parecido?

Traté de explicarme a mí misma el significado de aquel sueño, que con tanta claridad hablaba de su soledad y de sus miedos, y solo le dije que lo único que le ocurría, como a todos los demás, era que echaba de menos el teatro, aunque esa carencia seguramente se le manifestaba a cada uno de manera distinta. Durante años habíamos vivido como protegidos dentro de la cálida placenta que había sido para nosotros el escenario, y ahora, una vez roto el cordón umbilical, solo veíamos ante nosotros un horizonte de indecisiones, de dudas y temores. Por eso Ricardo, que era de naturaleza más débil, seguía regresando al interior de ese útero que había sido hasta entonces un refugio para él, pero que se le estaba convirtiendo en un nido de pesadillas.

—Hace mucho tiempo que yo no tengo sueños —confesé—, o por lo menos no los recuerdo. Lo más parecido a una pesadilla, que me persiguió durante mucho tiempo, tiene que ver con mi pasado.

No tenía ninguna intención de entrar en detalles porque eso suponía remover aguas turbias dentro de mí, pero Ricardo se me quedó mirando en silencio y me vi obligada a continuar.

—Son escenas de mi infancia donde se mezclan las pesadillas y los recuerdos. Después de la muerte de mi padre empecé a tener unos sueños en los que me veía navegando en un barco de pesca, o en una barca de remos, no sé. Solo sé que alguien iba conmigo y que era un hombre, aunque nunca llegué a reconocerle porque estaba siempre de espaldas a mí, unas veces remando y otras agarrado al timón. El sueño solo consistía en eso, en que íbamos por el mar, siempre de noche o en medio de la niebla, y ese hombre se limitaba a estar ahí, mirando hacia delante, dirigiendo el rumbo del barco... Y otras veces con esas imágenes se mezclaban las de otro sueño, mucho más extraño, en el que solo aparecía una mujer.

Hice una pausa y sentí un escalofrío, como cada vez que acudía a mi memoria la visión de aquella figura siniestra.

—¿Una mujer? —preguntó Ricardo, decidido a escarbar en unos lodos donde a mí me apetecía muy poco adentrarme.

—Una mujer mirándome desde el final de una escalera. Era una silueta borrosa y no hacía ni decía nada, solo estaba allí, parada en el último peldaño, y aunque estaba frente a mí tampoco conseguía verle nunca la cara. No sé si estaba ahí para protegerme, para amenazarme o para vigilarme, pero me daba miedo, la verdad es que me daba mucho miedo. De vez en cuando se le movía el pelo al soplar la brisa, tenía una melena rizada muy larga, y a veces me llegaba desde algún sitio un insoportable olor a pescado...

—Es natural. Teniendo la lonja cerca de tu casa y con un padre pescador...

—Ya. Y con una madre y una hermana mayor que se han pasado toda la vida trabajando en una pescadería, mientras yo me he dedicado a zanganear, o a estudiar, que para mi hermana viene a ser lo mismo. Ella me lo ha echado en cara muchas veces.

—Pues la melena de esa mujer yo diría que se parece mucho a la tuya —dijo, y de repente tuve la sensación de que Ricardo prefería no seguir hurgando en las vísceras de mi pasado, que quizá eran también las de mi presente. Con el dorso de su mano dio un leve manotazo al pelo que me caía sobre los hombros y, como si ese gesto que acababa de hacer formara parte del mismo ritual, apuró su segunda cerveza, encendió lentamente un cigarrillo y después, con una servilleta de papel, se secó las gotas de sudor que le brotaban por las sienes y por la frente. Hacía un calor pegajoso, que invitaba a cualquier cosa menos a las reflexiones; a pesar de todo me preguntó, o se preguntó a sí mismo, quiénes serían aquella mujer de la escalera y aquel hombre del barco, pero solo pude responderle que llevaba bastantes años intentando averiguarlo.

—Quizá lo sepas después del verano —aventuró.

Aunque me hubiese gustado preguntarle qué razones le llevaban a semejante suposición, preferí desviar la conversación hacia terrenos menos comprometidos para mí y le pregunté dónde iba a marcharse de vacaciones.

—Donde siempre: al páramo. —Por su tono desganado supuse que no estaba dispuesto a hablar mucho de sí mismo, y presentí que aquel nuevo tema de conversación iba a agotarse nada más iniciado, pero luego continuó—: Mi madre anda bastante pachucha y necesita a alguien a su lado. Intentaré convencerla para que se venga a pasar el próximo invierno conmigo, aunque me parece que no está para viajes. Pero yo tampoco estoy para andar detrás de ella. Ya puedes imaginarte lo que me espera allí: mucha paciencia y muchos paseos por el monte. Y también muchos libros, que es lo único que se puede usar en mi pueblo contra el aburrimiento. Por cierto, he empezado a leer uno que te recomiendo si no lo has leído: *Bajo el volcán*.

Hice un movimiento de negación con la cabeza y, sin demasiado interés, le pregunté de qué trataba.

—De borracheras, de estricnina y de amores perdidos —respondió secamente—. ¿Y tú, dónde piensas marcharte?

Le respondí que también donde siempre. Los dos nos quedamos a la espera de que el otro continuase, pero hubo otro largo silencio durante el cual yo me dediqué a darle vueltas al té y él se pidió otra cerveza. Mientras tanto, me lo imaginé vagando por los montes, fundiéndose como una sombra más entre las sombras, perdido por aquellas soledades donde habría aprendido, desde niño, a moverse como un lobo huidizo y desorientado. Y mientras él iba y venía por esa tierra de nadie, a muchos kilómetros de distancia yo andaría tostándome en la playa, nadando o paseando por el borde de los acantilados; o en el peor de los casos, igual que otros veranos, ayudando a mi madre y a mi hermana en la pescadería. Y esta última posibilidad me trajo a la memoria un desagradable olor a pescado podrido.

—¿Sabes lo que deberíamos hacer antes de las vacaciones?

Aquella pregunta de Ricardo me hizo pensar que estaba dispuesto a seguir llevando la iniciativa y supuse que lo único que pretendía era prolongar un poco más aquel repentino vínculo que gracias a don Ramiro había surgido entre nosotros: un vínculo tan frágil que a cada instante parecía a punto de desvanecerse y que quizá no sobreviviría a los dos largos meses que teníamos por delante. Nuestras vacaciones, como venía ocurriendo desde hacía varios años, iban a ser dos mundos sin comunicación entre sí, un tiempo de desconexión y de olvido al final del cual no se divisaba más que un incierto horizonte de incógnitas.

—Cuando sepamos algo de ese teniente, creo que deberíamos ir a despedirnos de don Ramiro. Conviene que le tengamos al corriente de todo, creo que es lo menos que podemos hacer por él. Pero si no quieres venir, iré yo solo.

Pensé que esa visita nos la podíamos ahorrar llamándole por teléfono, pero acepté porque comprendí que aquella era una forma que Ricardo tenía de permanecer más tiempo a mi lado, aferrándose a mí con la misma tenacidad con que la luz de aquella tarde de junio se negaba a desaparecer de los rincones de la plaza.

—Por mí podemos ir mañana mismo si quieres. Yo me marcho dentro de tres días y necesito uno entero para hacer las maletas.

Ilusionado y satisfecho, me dirigió una mirada de gratitud; luego seguimos hablando de *Las lágrimas de Belisa* y de aquellos otros libros que quizá, ocultos en algún lugar, estaban esperándonos. Y durante un buen rato su optimismo volvió a resultarme contagioso; pero después, ya en la plaza, mientras esperábamos mi autobús, que iba en dirección opuesta al suyo, sentí que nuestras vidas, aunque el destino parecía empeñarse en lo contrario, caminaban también, como nuestros autobuses, en direcciones diferentes.

8

No eran todavía las diez de la mañana cuando me despertó el teléfono; aún medio adormilada, escuché al otro lado la voz de Ricardo diciéndome que me esperaba a las doce en la casa de don Ramiro. Había conseguido hablar con el teniente Recarte y le había dicho que sí, que recordaba perfectamente el libro por el que le preguntaba, pero que no le traía muy buenos recuerdos. Por eso, y porque se trataba además de una historia muy larga, se había negado a hablar por teléfono sobre el asunto. Poco antes de las doce llegué al portal de la calle Quintana donde Ricardo, entre jovial e impaciente, estaba ya esperándome.

Mucho menos jovial era el aspecto de don Ramiro, cuyo semblante de preocupación o de cansancio se acentuaba más aún porque estaba sin afeitar y eso resaltaba los rasgos afilados de su rostro. Le noté más deteriorado, como si el ritmo de su envejecimiento se hubiese acelerado. Llevaba un largo batín de seda oscura y tal vez por eso, porque era la primera vez que le veíamos sin su traje, su figura me pareció más frágil que nunca y su paso más lento e inseguro mientras avanzaba por el largo pasillo de su casa.

Enseguida Ricardo, tomando una vez más la iniciativa, le resumió a don Ramiro, sin omitir detalles, todos los pasos que habíamos seguido hasta su conversación telefónica con Gabriel Recarte. Por detrás de los cristales de sus gafas, a don Ramiro se le iluminaron las pupilas al comprobar que habíamos localizado al dueño del libro, aunque apenas tardó unos segundos en recobrar su aire apesadumbrado:

—Es una lástima que no podáis hablar con él hasta septiembre; para entonces puede que hayan cambiado ya algunas cosas, al menos en la facultad.

Supuse que uno de aquellos cambios a los que se refería era el de su propio despacho, que seguramente para esas fechas se encontraría ya ocupado por otro; y pensé también, aunque eso solo tenía que ver con mi propia nostalgia, en el salón de actos vacío, donde ya no estaríamos ninguno de nosotros, los de Bambalinas 9, ensayando las tardes de los martes.

—Me refiero a mí sobre todo —aclaró—. Ya sabéis que en septiembre estaré oficialmente jubilado y Daniel Carvajal será el nuevo decano. Conviene que tengáis cierta cautela con él.

Se levantó con dificultad del sillón, abrió una carpeta que había sobre la mesa, extrajo un papel con membrete y sello de la facultad, y me lo entregó a mí, en un gesto de confianza que le agradecí.

—Es un certificado donde se os acredita como investigadores de la universidad. Quizá os pueda ser útil en algún momento. Es el último impreso oficial que he firmado como decano.

Se lo pasé a Ricardo y por un momento tuve la sensación de que en ese papel había quedado impreso, esta vez con sello oficial, el nuevo vínculo que había surgido entre nosotros. Alguna misteriosa fuerza se empeñaba en unirnos más allá de nuestra voluntad, y mientras veía a Ricardo leer aquel folio timbrado, sentí que nuestros mundos quedaban irremisiblemente atrapados dentro de un círculo que seguía estrechándose cada vez más.

—¿Y por qué debemos tener cuidado con Daniel Carvajal? —pregunté, a sabiendas de que con la pregunta iba a poner en evidencia mi ingenuidad.

—Por muchas razones, pero sobre todo porque tendrá todos los poderes para hacer cuanto le convenga; y en cuanto a mí, para entonces ya solo seré un profesor del que casi nadie se acordará.

—Sabe usted de sobra que eso no es verdad —replicó Ricardo.

—Agradezco mucho vuestro cariño, pero eso no va a cambiar la realidad. Y la realidad es que Carvajal, como ya os dije, es un hombre muy ambicioso y suele conseguir todo lo que se propone. Mis diferencias con él vienen de lejos y, si llegara a enterarse de este proyecto, no dudaría en apropiarse de él para su propio beneficio. A partir de ahora con más razón todavía, porque yo dejaré de ser un obstáculo para él.

—Por nosotros puede estar tranquilo —dijo Ricardo, dirigiéndome una mirada con la que parecía reclamar mi asentimiento o mi complicidad.

—Lo sé, pero él es muy inteligente y muy sibilino. Si os digo que tengáis mucho cuidado con él es porque usa las tácticas de un animal carroñero, nunca ataca de frente; pero cuando las elige le gusta observar a sus víctimas desde cierta distancia, como si disfrutara estudiando sus debilidades. Lleva así varios años conmigo, merodeando en torno a mí, pero sin atreverse a dar el último paso porque, en el fondo, me respeta demasiado. Ahora me temo que ha llegado su momento. He estado sosteniendo durante toda mi vida que ese teatro anterior a *La Celestina* existía y eso me ha costado muchos sinsabores, incluso las chanzas de algunos colegas que han intentado desprestigiarme. Pero desde hace algún tiempo, algunos de ellos, incluso el propio Carvajal, comienzan a admitir esa posibilidad, aunque como una hipótesis puramente teórica, claro, y eso que aún no saben lo que nosotros sabemos.

Necesitó hacer una larga pausa para tomar aire. Mientras tanto, a mí me pareció que la figura de don Ramiro, que tanta seguridad nos había sabido transmitir desde la tarima, adquiría ahora una apariencia desvalida, casi menesterosa; y su cuerpo, hundido dentro del sillón, parecía solo el caparazón vacío de un inquilino cuyos pensamientos se encontraran muy lejos de allí.

—Por desgracia para mí, he estado casi media vida esperando que ocurriera esto y ahora, cuando por fin ha ocurrido, tengo el presentimiento de que es ya demasiado tarde.

Mientras la voz de don Ramiro parecía ir destejiéndose en hebras cada vez más tenues de melancolía, vi a Ricardo esforzándose por encontrar alguna frase de ánimo, pero no debió de acertar con las palabras precisas; se limitó a llevarse la mano al bolsillo de su pantalón, dispuesto a sacar el paquete de tabaco, aunque finalmente se contuvo. Luego me miró a mí con un gesto que tenía algo de llamada de auxilio, pero tampoco estuve demasiado inspirada, porque en esos instantes solo se me venían a los labios palabras que estaban cargadas de gratitud y de piedad.

—He pensado que podríamos hacer público el hallazgo de *Las lágrimas de Belisa* pero, conociéndole como le conozco, sé que Carvajal no permitiría que nadie le robase ni un ápice de protagonismo, y menos ahora que está a punto de ser el nuevo decano. Además, tiene a su alrededor a una serie de papanatas que estarían dispuestos a cualquier cosa con tal de complacerle. Por eso prefiero seguir confiando en vosotros, creo que no me defraudaréis.

—Descuide, no le defraudaremos —repitió Ricardo.

Aquellas palabras conjuraron, al menos momentáneamente, la inquietud de don Ramiro. Durante unos minutos tuvo un arrebato de locuacidad y nos habló otra vez, emocionado, de *Las lágrimas de Belisa*; pero a medida que transcurrían los minutos su voz se fue apagando poco a poco hasta convertirse en un tenue hilo de sonidos que solo su fuerza de voluntad parecía capaz de hilvanar. Al mismo tiempo, su semblante iba ensombreciéndose y los movimientos de sus manos se volvían cada vez más lentos, como si su voz fuera una llama que, al debilitarse, dejara también sin energía al resto de su cuerpo.

Antes de despedirnos, nos pidió que le acompañáramos hasta su habitación. Allí, frente a su cama, en la balda más alta de unas estanterías atestadas de libros, nos señaló el estuche rojo de cartón que ya conocíamos:

—Si algún día me ocurriera algo, quiero que sepáis que el libro está aquí.

Sus palabras me produjeron una desazón inexplicable, como si estuvieran cargadas de malos presagios, y vinieron a sumarse a todos los sentimientos contradictorios que me habían dominado a lo largo de los últimos días. En muy poco tiempo había pasado de la indiferencia a la ilusión, del escepticismo a la impaciencia, del desconcierto a la esperanza, y ahora, contagiada por la actitud del propio don Ramiro, sentí que me invadía un temor casi supersticioso. Aunque Ricardo solía ser anímicamente mucho más inestable que yo, no dejaban de sorprenderme, sin embargo, su determinación y su serenidad, dos cualidades que yo desconocía en él, y que quizá no eran más que una máscara con la que disfrazaba su lealtad a don Ramiro.

Ricardo había aprendido en el escenario a meterse en la piel de otros personajes y ahora se encontraba desempeñando un papel que no era el suyo, pensé, pero al que se entregaba tan tenaz y voluntariosamente como siempre: el papel de vasallo leal que estaba dispuesto, más allá de su propio interés, a darlo todo por don Ramiro. Un escudero que quizá había empezado a creerse su propia fábula y se veía a sí mismo como héroe y a mí como heroína en aquella insólita aventura. El lobo solitario se había transformado en perro guardián, pero a su lado yo no solo estaba muy lejos de sentirme una heroína, sino que ni siquiera veía aún con claridad cuál era el papel que me correspondía.

Don Ramiro nos despidió con un trémulo apretón de manos, Ricardo le prometió que volveríamos en septiembre, en cuanto tuviésemos nuevas noticias del teniente Recarte, y yo me quedé con la amarga sensación de que los dos meses que teníamos por delante eran un periodo demasiado largo de espera, un paréntesis inútil y prescindible que iba a devolverme una vez más, como todos los veranos, al tiempo muerto de mis peores recuerdos.

9

Tardé un día entero en hacer las maletas, no por pereza, sino porque me gustaba recrearme en esa tarea que siempre era para mí como una manera de disfrutar anticipadamente de los viajes. Desde el momento de abrirlas hasta el de cerrarlas, todo lo que cabía dentro de ellas era como una imagen comprimida del tiempo, una especie de agenda apresurada y minuciosa de todo lo que estaba por venir. Disfrutaba mucho llenándolas porque, al hacerlo, era como si en su interior fuese guardando proyectos, aunque después la mayoría no se cumpliesen; por eso las mías llevaban siempre un exceso de carga. Dejar abierta la maleta durante horas, siempre encima de la cama, asomarme de vez en cuando a ella para hacer recuento de lo que me faltaba y añadir algo nuevo era para mí más que un rito o una costumbre: era una manía contra la que me sentía incapaz de luchar, sobre todo cuando las maletas que debía preparar eran las de ida.

En los viajes de regreso me detenía menos con el equipaje, quizá porque las maletas de vuelta están hechas con prisa y por eso son un reflejo de precipitación y desorden, como todo aquello cuyo único destino es la lavadora. Las maletas que se preparan para el regreso tienen algo de baúl provisional donde se guarda, atropelladamente, todo lo que fue; son un mundo revuelto y caótico, en el que no existe jerarquía ni orden, ni tampoco ese esmero que se pone en las cosas cuando se hacen con ilusión y sin prisa. Las maletas de los viajes de vuelta suelen tener el rastro horrible de la arruga, la textura de lo usado, el aspecto cansado y viejo de lo que ya cumplió su misión o su ciclo y por ello dejó de interesarnos. En ellas, más que la ilusión de los proyectos, lo que hay es una impregnación de nostalgia porque en su interior, entre los pliegues de la ropa arrugada, se apelmazan los recuerdos, los olores de los sitios que ya se visitaron, las páginas sin misterio de algún libro que ya leímos, la memoria de las cosas que, para bien o para mal, ya sucedieron.

Pero en las maletas de ida conviven apretadamente, como en ningún otro lugar, todos los objetos en los que tenemos depositada alguna clase de esperanza. Sus capas de ropa, meticulosamente ordenadas según su tamaño, su forma o su peso, son como pliegues que formaran parte de un único y abigarrado organismo; su distribución en un espacio tan pequeño tiene algo de apresurado calendario donde están anotados los proyectos de los días que nos disponemos a vivir. En ellas todo conserva el olor de los armarios, la tersura de la ropa doblada con mimo, y sus rincones son espacios donde se hace posible la sorpresa: una prenda que no se ha estrenado todavía, el misterio de un libro recién comprado y cuya lectura es como una promesa de las aventuras que nos aguardan... En las maletas de ida hay una emoción indefinible que se parece mucho a la esperanza, o tal vez al misterio de esos lugares que están aún por descubrir; en ellas rebosa la ilusión de lo aún no vivido, son como un horizonte en miniatura en cuyas capas superpuestas se oculta alguna secreta palpitación de futuro.

Sin embargo aquella maleta, a la que había estado asomándome durante un día entero, no tenía el misterio ni la emoción de las maletas de ida. Todo estaba en ella perfectamente doblado y ordenado, pero me pareció que allí dentro lo que faltaba era la impaciencia y la ilusión de otras ocasiones; en cambio sobraba una buena dosis de incertidumbre o de miedo. Y al cerrarla el ruido de la cremallera sonó como el trallazo de un látigo, como si en realidad estuviera cerrando con ella una etapa entera de mi vida.

Ya en la calle, camino de la estación, noté que la maleta pesaba demasiado, pero supuse que no era por el peso de la ropa, sino más bien por el peso de las dudas, y también por la nostalgia de todo lo que dejaba atrás, que de pronto parecía pertenecer a un tiempo lejano y clausurado. Una vez en el tren, mientras veía al fondo alejarse la ciudad, volví a tener el presentimiento de que aquel viaje no era de ida sino de vuelta, y mi regreso tal vez no sería, como en tantas otras ocasiones, solo un paréntesis, sino la estación terminal de un trayecto que, al cerrarse circularmente después de cinco años, me devolvía al punto de partida.

Cerré los ojos y no volví a abrirlos hasta que sentí en la piel una humedad salitrosa que ya anunciaba la cercanía de la costa. Al fondo, un poco adormilada todavía, vi la claridad azulada del mar, y su luz excesiva me produjo una sensación dulce y aniquiladora, como si penetrase de pronto en otra dimensión nueva donde el tiempo se detenía y la realidad se difuminaba entre las imágenes de mi memoria.

Parada en el andén, comprendí de pronto que no llevaba en la maleta un equipaje para las vacaciones, sino más bien un equipaje para la vida. Allí dentro, igual que dos trofeos que hubiera conseguido después de un largo y azaroso periplo, llevaba una carrera recién terminada y cinco cursos enteros dedicados, a ratos, al teatro. Dos trofeos que ahora empezaban a producirme una insoportable sensación de vacío y que pesaban mucho más que la ropa, como también pesaban menos todas las sombras del pasado que las zozobras del futuro.

Mientras salía de la estación, sentí que Madrid, Bambalinas 9, Ricardo y Marcos Villarrubia eran ya nombres borrosos y distantes, que comenzaban a desvanecerse como si estuvieran escritos sobre la arena de la playa. Y con un sentimiento que estaba entre la decepción y la nostalgia, pensé que, salvo por la promesa que Ricardo y yo le habíamos hecho a don Ramiro, en el fondo no me quedaba ninguna otra razón para volver.

10

Sin embargo, volví antes de lo previsto, porque hacia mediados de agosto me llamó Ricardo para darme una mala noticia: había muerto don Ramiro.

No pudo o no quiso darme demasiados detalles por teléfono, entre otras razones porque la viuda tampoco se los había dado a él; tan solo me explicó que la impaciencia, o quién sabe si algún raro presentimiento, le habían llevado a adelantar un par de semanas su regreso a Madrid. Pero había ocurrido todo tan deprisa que la tarde que decidió hacerle una visita a don Ramiro se encontró a su mujer ya vestida de luto.

Esa noche, como en los peores momentos de mi infancia, volví a soñar con ahogados que me miraban con los ojos abiertos desde dentro del agua, y volví a tener pesadillas de tempestades y barcos que se hundían en el mar. Vi también, en uno de esos sueños, a la misteriosa mujer de la escalera, con su larga melena ondeando al viento, observándome desde arriba, quieta y silenciosa, entre una densa bruma que me impedía reconocer los rasgos de su cara. Entre unas y otras pesadillas, desde una zona fronteriza que no pertenecía por completo a la vigilia ni al sueño, me despertaba y veía la imagen de don Ramiro pronunciando aquellas palabras con las que se había despedido de nosotros y que de pronto se me antojaban premonitorias: «Si algún día me ocurriera algo, quiero que sepáis que el libro está aquí».

Pensé que los sueños y los proyectos de don Ramiro probablemente iban a morir con él, pero mientras escuchaba a lo lejos el fragor de las olas, creía oír, confundida con la de mi padre, la voz de don Ramiro llamándome desde su tumba, recordándome que había depositado su confianza en mí y no podía traicionarla. Y mientras me imaginaba a Ricardo esperándome impaciente, yendo y viniendo sin rumbo por las calles de Madrid, sentía que *Las lágrimas de Belisa* empezaban a convertirse ya para mí en algo casi irreal.

Así, como zarandeada por unas olas que me llevaban de unas dudas a otras, me pasé toda la mañana intentando decidir si lo que más me convenía era quedarme o regresar. Tal vez aquella indecisión tenía mucho que ver con lo que Marcos Villarrubia solía denominar mi condición anfibia, una metáfora suya con la que intentaba decirme, a su manera, que había en mí una dualidad que no solo tenía que ver con mi alma, sino también con los dos únicos lugares que me habían hecho ser lo que era: el pueblo y la ciudad; y con lo que cada uno de ellos representaba: el pasado y el futuro, la nostalgia y las ilusiones, los recuerdos y la realidad.

El problema era que esas dos partes no estaban bien ensambladas dentro de mí, y aquella era la causa por la que me sentía incompleta cuando alguna de ellas me faltaba. En ambas quedaban siempre cabos sueltos o piezas descosidas, y estaba segura de que lo más juicioso no era renunciar a ninguna de las dos, sino intentar suturarlas. Sin embargo, llevaba ya cinco años buscando el modo de hacerlo y no lo había encontrado todavía. Cada vez que me marchaba de un sitio o del otro, se apoderaba de mí la sensación de que huía, quizá por eso me entretenía tanto haciendo las maletas, porque deseaba y temía al mismo tiempo que cada nuevo viaje pudiera ser el último. Pero ahora todos los azares parecían conjurarse para que renunciara a una de esas dos partes mal encajadas que luchaban dentro de mí.

Finalmente, con la certeza de que una vez más estaba huyendo de allí, hice la maleta de vuelta sin demasiada ilusión y, sintiéndome una sirena que se arriesgaba a salir de sus aguas protectoras para avanzar con torpeza en tierra firme, monté en el tren, cerré los ojos y no volví a abrirlos hasta que apareció a lo lejos la estación.

Allí, apoyado contra una de las columnas metálicas del andén, con una expresión sombría, estaba Ricardo esperándome. Al igual que me había ocurrido aquel día al verle bajo la estatua de Eloy Gonzalo, me pareció que llevara no unos minutos, sino años enteros esperando, como si la de esperarme se hubiese convertido ya en una condición de su existencia. Su gesto se volvió más sombrío aún cuando comenzó a contarme los detalles de la muerte de don Ramiro:

—Por lo visto tenía un tumor en el páncreas, con metástasis muy avanzada. Según me dijo su mujer, se lo habían descubierto varios meses antes, pero prefirió no decírselo a nadie. De todas formas, no sé si es muy fiable lo que diga su mujer, me dio la impresión de que se le ha ido un poco la cabeza, o a lo mejor ya se le había ido antes; recuerda que, según nos dijo él, andaba algo distraída...

—Así que él lo sabía —dije acordándome de sus palabras y del aspecto demacrado que tenía la última vez que le vimos.

—Lo sabía y seguramente también sabía que ni siquiera llegaría a tiempo de jubilarse. Creo que por eso decidió poner el asunto de los libros en nuestras manos.

Bajo la claridad metálica de la estación comprobé que mi piel tenía un brillo tostado y luminoso, muy distinto al color mate y ajado de la piel de Ricardo. Me quitó la maleta de las manos, en un brusco arranque de cortesía que le agradecí, y mientras avanzábamos hacia el vestíbulo pensé que, quizá sin pretenderlo, con ese gesto estaba advirtiéndome de que era él quien seguía llevando la iniciativa. Yo, por el contrario, continuaba sumida en un pozo de confusión y de dudas.

—¿Qué vamos a hacer entonces? —le pregunté.

—Seguir adelante, por supuesto. Don Ramiro confió en nosotros y debemos cumplir nuestra promesa. Creo que ahora más que nunca debemos hacerlo por él. Sobre todo por él. Si no lo hiciéramos yo no podría dormir tranquilo ni una sola noche.

Aquellas palabras me parecieron un argumento incontestable, pero si en ese instante me hubiese sugerido que abandonáramos el proyecto, yo lo habría aceptado con la misma naturalidad. Como si mis ojos, acostumbrados a otras claridades, no se hubieran adaptado todavía a la luz opaca de la ciudad, me encontraba como en el interior de un laberinto de pasadizos oscuros en los que necesitaba la luz o la ilusión o la fe de Ricardo para orientarme. Y ahí estaba él, a mitad de camino entre lazarillo y lacayo, llevando mi maleta, que era lo mismo que llevarme a mí de la mano por entre un mundo lleno de incertidumbres y zozobras.

—Pero lo peor de todo no te lo he dicho todavía —añadió.

Bajábamos las escaleras hacia el metro, él siempre por delante de mí, y se volvió para mirarme con un gesto contrariado, pero por mucho que me esforcé no se me ocurrió nada que pudiese empeorar las cosas más aún. Bajando aquellos peldaños mugrientos y mientras me acordaba de Marcos Villarrubia, pensé qué clase de animal mitológico encajaría con la personalidad de Ricardo, pero no encontraba ninguno que respondiera a la imagen que yo tenía de él. Seguramente la suya no era una identidad anfibia, como la de Marcos y la mía, o al menos yo no veía dos partes claramente diferenciadas en él. Su principal virtud era la tenacidad y gracias a ella, como la gota de agua que insiste hasta horadar la roca, había logrado vencer su timidez y sus miedos hasta acabar ofreciendo, en el escenario, lo mejor de sí mismo.

—El libro ha desaparecido.

Me di cuenta de que, aunque mi cuerpo acababa de llegar a Madrid, mi cabeza continuaba aún de vacaciones. No fui capaz de captar el verdadero sentido de las palabras de Ricardo y estuve a punto de preguntarle a qué libro se refería, pero en el último instante, sobresaltada, pensé en *Las lágrimas de Belisa* y me sentí como golpeada por un violento zarpazo que me situó de repente ante la realidad.

—La universidad ha comprado su biblioteca; y nuestro libro, como ya te imaginarás, también estaba incluido. Según me dijo la viuda, todo ha sido por iniciativa de Daniel Carvajal. Y, por cierto, no sabes lo agradecida que estaba, se ve que le han pagado un buen pellizco.

—¿Y tú crees...?

Dejé la pregunta sin terminar porque en realidad no era ni siquiera una pregunta. Solo era un temor pronunciado en voz alta. Era un grito de alarma que él supo interpretar perfectamente completando la idea que yo había dejado inacabada.

—Yo prefiero creer que Carvajal no tenía ninguna sospecha de que ese libro existía, porque de lo contrario habrá que pensar que todo ha sido una sucia maniobra para apoderarse de él. A mí lo que me resulta sospechoso es que se dieran tanta prisa en llevarse los libros, apenas unos cuantos días después del entierro y además en pleno agosto. Y lo peor es que fue el propio Carvajal, en persona, quien estuvo en la casa cerrando el trato con su mujer y dirigiendo las operaciones de embalaje. Está claro que tenía mucho interés en que todos esos libros salieran cuanto antes de allí.

Los túneles del metro, aquel calor pegajoso al que no venía acostumbrada, o quizá sus inesperadas palabras, me produjeron una angustiosa sensación de claustrofobia, y de pronto pensé que Ricardo no solo no iba guiándome por los oscuros pasadizos de ningún laberinto, sino que probablemente estaba tan desorientado y tan perdido como yo.

—Pues si el libro ha caído en sus manos, tenemos poco que hacer —dije, con la esperanza de que Ricardo me contradijera; pero se limitó a asentir y se quedó cabizbajo. Allí, parados en medio de un andén casi desierto, como dos fantasmas recién salidos de unas catacumbas, me acordé de mi pueblo y ese recuerdo me trajo un intenso sabor a sal y un olor a pescado podrido.

—Solo nos queda esperar unos días más a ver qué nos cuenta el teniente Recarte. Es la única ventaja que tenemos sobre Carvajal, si es que tenemos alguna.

Miré hacia uno de los extremos del andén y vi, al fondo del túnel, los faros de un tren que se aproximaba. Entonces me pareció que aquellas últimas palabras de Ricardo eran también como un fogonazo de luz que se encendía al final de ese otro túnel por donde nosotros nos movíamos cada vez más desorientados. Una luz débil y demasiado lejana, pero a la que ya no teníamos más remedio que seguir aferrándonos.

11

Después de varios días en los que el aburrimiento fue aún mucho peor que el calor bochornoso de finales de agosto, el primero de septiembre amaneció gris y lluvioso, casi otoñal, aunque yo preferí ver en esa lluvia un presagio de que nuestra suerte cambiaría. Con más impaciencia que prisa, llegué al mismo bar de Manuel Becerra donde Ricardo y yo nos habíamos despedido a principios del verano; lo primero que me advirtió, nada más verme, fue que debíamos tener mucho tacto con el teniente Recarte, porque le había parecido, al menos por teléfono, un tipo desconfiado y algo impertinente. Y me sugirió, de paso, que le dejara a él llevar las riendas del asunto, una sugerencia innecesaria porque ya me había acostumbrado a eso desde el principio.

Desde su chiscón de cristal, el portero nos sonrió con sus ojos saltones. Su cara volvió a recordarme la imagen fosilizada de algún pez que llevase encerrado allí desde el Cretácico. Con un gesto amable, con el que parecía insinuarnos que nos recordaba de la vez anterior, nos indicó el piso donde Gabriel Recarte nos estaba esperando.

Yo me lo había imaginado seco y estirado, con una cierta apostura derrengada por la edad y ese aire marcial que les suponía a todos los militares de cierta graduación, pero el hombre que nos recibió ante la puerta era corpulento, de la misma estatura que Ricardo, y supuse que, vestido de uniforme, su figura debía de resultar intimidatoria. Tenía ademanes enérgicos, que seguramente conservaba de su oficio, y se movía con una agilidad impropia de sus años y de sus kilos. Enseguida comprobé que hablaba en un tono alto y destemplado, que quizá también le habían dejado las rutinas de su oficio.

Ricardo repitió todo lo que seguramente le habría dicho ya por teléfono, a lo que el teniente parecía atender más por cortesía que por verdadero interés; mientras tanto, yo iba del sable que colgaba de la pared, sobre el sofá, a la gran foto de matrimonio que había sobre el aparador, o iba de otras fotos más pequeñas, donde siempre aparecía él vestido de uniforme, a una caja de madera primorosamente labrada que, rodeada de postales, reposaba sobre una de las baldas inferiores. Entre otros adornos, la caja tenía numerosos apliques negros en forma de medallones, y la doble moldura rectangular de su tapa servía de marco a otra moldura en forma de rombo, en cuyo interior se combinaban rosetas de diversos tamaños formando una figura que me recordó vagamente a la Cruz de Calatrava. Aquella caja parecía lo único valioso en aquel salón, decorado con un pésimo gusto, al que las fotos de familia y los múltiples objetos diseminados por las estanterías sin libros contribuían a darle un aire de rancio mausoleo.

—Así que ahora resulta que mis libros le interesan a la universidad —dijo por fin, como si aquella fuese la única conclusión a la que era capaz de llegar tras haber escuchado a Ricardo—. ¿Y no tendrá la universidad, digo yo, cosas más importantes de las que preocuparse?

No supimos qué responder, pero comprobé que la observación de Ricardo sobre el carácter de aquel hombre era bastante atinada. Nos miraba con recelo, como si su oficio también le hubiese enseñado a desconfiar de la gente, sobre todo de los desconocidos como nosotros que, para mayor desgracia, éramos universitarios.

—La universidad no es más que una fábrica de holgazanes, perdonen ustedes que sea tan directo —continuó, y con esas palabras pensé que solo pretendía mantenerse a cierta distancia de nosotros, o refugiarse en una trinchera desde la que nos estaba insinuando que no tendríamos nada fácil su colaboración—. Menos universidades y más cuarteles, eso es lo que hace falta en este país.

Convencidos de que habría sido una imprudencia replicar, permanecimos callados y durante esos instantes de desconcierto comprendí que su trinchera, la que yo me había imaginado, no era para defenderse de nosotros, sino más bien para pasar al ataque frontal, a un encarnizado cuerpo a cuerpo al que, también por su oficio, él estaba mucho más acostumbrado que nosotros. Ricardo hizo ademán de sacar un cigarrillo, pero tras mirar alrededor y comprobar que no había nada parecido a un cenicero, se dio cuenta a tiempo de que ser fumador, además de universitario, podía actuar como una combinación explosiva en su currículum.

—Aquí lo que hace falta es disciplina, mucha disciplina, y eso no lo enseñan en la universidad. Los jóvenes de ahora creen que solo con estudiar se puede conseguir todo en la vida, pero no. Los de mi generación tuvimos que luchar de otra manera para conseguir lo que queríamos..., aunque al final la verdad es que tampoco conseguimos mucho.

Extendió las palmas de las manos, en un gesto que no supimos interpretar al principio, y mirándolas yo pensé que aquellas manos habrían sostenido su pistola y su sable, pero también habrían sostenido *Las lágrimas de Belisa,* aunque nunca hubiese llegado a leerlo. Con toda seguridad, esas palmas extendidas conocían el destino del libro, pero Gabriel Recarte no mostraba, al menos por el momento, ninguna intención de revelárnoslo.

—Esto es lo único que puede cambiar el mundo, las manos. Lo demás son monsergas. Y los libros, cosa de señoritos. Eso es la universidad, una fábrica de señoritos.

Aunque no podíamos darle la razón porque ninguno de los dos nos identificábamos con tal condición de señoritos, algo nos decía, interiormente, que no debíamos contrariarle, porque cualquier comentario que hiciésemos podía volverse contra nosotros.

—¿Para eso perdimos una guerra, para que nuestros hijos y nuestros nietos acabaran leyendo libros? —continuó, en un tono de reproche que ya no iba dirigido a nosotros, sino que era más bien una queja contra el mundo, una queja en la que seguramente estaba concentrando muchos recuerdos y muchos sinsabores—. Este barco ha perdido el rumbo y cualquier día se va a ir a pique. Las cosas están a punto de reventar por algún sitio y seguro que reventarán. Y mientras tanto la universidad no tiene cosas más importantes de las que preocuparse que de ese maldito libro...

Ricardo y yo nos pusimos en alerta creyendo que Gabriel Recarte había decidido salir, por fin, de su trinchera. Era la primera vez que se refería directamente a *Las lágrimas de Belisa* y lo había hecho con desprecio, lo cual venía a confirmarnos que, como ya le había dicho en su momento a Ricardo, no debía guardar de él muy buenos recuerdos.

—¿Y por qué tiene la universidad tanto interés en ese libro? —preguntó.

—Porque es muy antiguo, ya se lo he dicho varias veces —aclaró Ricardo, que había sacado del paquete un cigarrillo y lo mantenía entre sus dedos, sin atreverse a encenderlo—. Y además porque podría llevarnos hasta otros libros tan antiguos como ese.

—Puede que usted llegara a leerlo —añadí, tratando de que su atención se centrase en lo único que nos interesaba.

—¿Yo? —protestó, como si intentara liberarse del peso de alguna acusación—. Yo he leído muy pocos libros en mi vida, lo tengo que reconocer. Pero también reconozco que no me ha hecho ninguna falta. A mi mujer sí, a ella le gustaba leer, aunque algunas veces leía para no aburrirse, que para eso se escriben los libros, para matar el aburrimiento. —Miró el retrato que había sobre el aparador y pensé que estaría calculando todas las horas de aburrimiento o de lectura que el matrimonio le habría acarreado a su mujer—. A ella le gustaba que yo le regalara libros de vez en cuando. Todas esas baldas estaban llenas de libros...

Todas esas baldas, que Gabriel Recarte nos señalaba con cierto orgullo melancólico, no eran más que cinco anaqueles que formaban parte del mueble del salón y que ahora estaban atestados de fotos, postales y piezas de cerámica. Recordé la casa de don Ramiro, donde las estanterías eran como un gran andamiaje sobre el que se sostenían todas las paredes, y se me ocurrió que quizá las estanterías de una casa reflejaban, mejor que las fotos de familia, la biografía y la personalidad de quienes la habitaban.

—Me dijo usted que ese libro no le traía buenos recuerdos —dijo Ricardo, dispuesto a que la memoria del teniente no se desviara demasiado de nuestro objetivo.

—Ese libro... —Le salió casi un suspiro y se quedó con la mirada fija de nuevo en el retrato de matrimonio, como si solo allí estuviera el resorte que pudiese activar sus recuerdos. Ricardo y yo contuvimos la respiración; nos quedamos contemplando también el retrato, donde los ojos de aquella mujer nos miraban con una expresión dulce que parecía surgir desde un tiempo lejano y tenebroso en el que estábamos a punto de adentrarnos—. Ese libro tiene una historia muy larga.

Tras una mirada con la que parecía estar valorando nuestro interés o nuestra capacidad de atención, se acomodó en su silla como preparándose para un largo viaje y, con los ojos puestos en uno de los retratos que había en la pared, prosiguió:

—Yo tenía poco más de veinte años y estaba haciendo por entonces el servicio militar. Hablo del año treinta y seis, para que se vayan ustedes situando. Tenía un destino bastante cómodo, de conductor, o por lo menos fue muy cómodo hasta el día en que esos libros se cruzaron en mi camino, porque mi vida ya nunca volvió a ser igual desde entonces. Aquella tarde, sin darnos ninguna explicación, a mí y a otro soldado de mi compañía nos llamaron para hacer un viaje. Solo nos dijeron que debíamos ir a recoger unas mercancías, esa fue la palabra que utilizó el sargento Casas, y después había que transportarlas a otro lugar, aunque tampoco nos dijeron adónde. Yo supuse que muy lejos de Madrid porque el viaje, según nos dijo el sargento, sería cosa de un par de días entre la ida y la vuelta...

—¿Y esa mercancía eran los libros? —preguntó Ricardo con impaciencia, mientras daba un par de nerviosas caladas a su cigarrillo apagado.

—Les acabo de decir que nosotros no sabíamos nada, solo que teníamos que transportar unas mercancías. Yo al principio pensé que sería un cargamento de armas o de munición, y todavía seguí pensándolo después, cuando cargamos en El Escorial aquellas cajas, nueve en total, que pesaban como si estuviesen llenas de plomo...

—Así que estaban en el monasterio —musité para mí misma al mismo tiempo que miraba a Ricardo, que repitió en voz más alta mis últimas palabras, como tratando de encontrar en ellas algún significado que a los dos se nos escapaba. En ese instante Gabriel Recarte dio una palmada sobre la mesa y, con un tono desabrido, refunfuñó:

—Si van a interrumpirme ustedes a cada paso, no acabaremos nunca. Piensen que hace muchos años de aquello y necesito concentrarme. Es una historia que he contado muy pocas veces y me va a costar mucho recordar algunos detalles.

Le pedí disculpas y le rogué que continuara con su relato. Me miró desafiante, se alisó las canas de las sienes en un gesto con el que parecía estar ordenando las hebras dispersas de sus recuerdos, y continuó:

—A poco de montar en el camión, saliendo ya de El Escorial, el sargento Casas nos había dicho que nos esperaba un largo viaje: eso fue lo único que hablamos durante todo el trayecto, que acabó siendo, por lo que sucedió después, mucho más corto de lo que estaba previsto. El sargento solo añadió, poco más adelante, que esa noche dormiríamos en Sigüenza, donde había un destacamento de cenetistas. Mientras atravesábamos Madrid empezó a llover con fuerza y eso fue como un aviso de que algo iba a torcerse por el camino.

Gabriel Recarte hizo un leve chasquido con la lengua. Aprovechando su pausa, miré de reojo a la mujer de la fotografía que colgaba sobre el aparador, y su sonrisa vino a anunciarme que aquella historia, por mucho que se torciera, debía tener por fuerza un desenlace feliz.

—Pasamos Alcalá sin ningún sobresalto, pero poco después de Guadalajara, cuando ya estaba anocheciendo, nos cogieron por sorpresa. Ya nos habían advertido que en Guadalajara había un destacamento de nacionales y tuvimos la mala suerte de ir a toparnos, precisamente, con una batida de reconocimiento. Entre la lluvia y lo poco que se veía a aquellas horas, ninguno de nosotros nos dimos cuenta de que estaban emboscados cerca de la carretera y, subiendo la cuesta de Torija, al salir de una curva nos acribillaron. Solo recuerdo el ruido de los cristales rotos, el tableteo de los disparos y los gritos de mis dos acompañantes. Ninguno tuvimos tiempo de reaccionar. Una de aquellas balas me atravesó el hombro y perdí el control del camión, que se salió de la carretera. Luego sentí un fuerte golpe en la frente y perdí el conocimiento.

Nos miró como dándonos tiempo a que le hiciéramos alguna pregunta, pero ante el giro inesperado que había dado su relato, nos habíamos quedado absortos escuchándole y no deseábamos otra cosa sino que continuara. Agradecido por nuestro silencio, o quizá por el interés que vio reflejado en nuestros ojos, tragó saliva y prosiguió:

—No sé cuánto tiempo pasó, puede que solo unos minutos, pero la siguiente escena que recuerdo es que alguien estaba zarandeándome mientras otros soldados hacían lo mismo con mis compañeros. De pronto oí decir a alguien a mis espaldas: «Estos dos están muertos, mi sargento». Abrí un poco los ojos y solo vi el agua que caía por el parabrisas agujereado. Al salirse de la carretera, el camión había ido a estrellarse contra un árbol. «A este tampoco le queda mucho», dijo el que había estado zarandeándome a mí. A mis espaldas oí a alguien dar la orden de registrar el camión y a los pocos minutos uno de los soldados, desde la parte de atrás, gritó: «Aquí solo hay libros, mi sargento». «¿Cómo que libros?», oí preguntar. «Nueve cajas llenas de libros», repitió la misma voz.

»El sargento, que se había acercado hasta mi ventanilla, soltó una carcajada y me preguntó que para qué eran aquellos libros.

»Yo pensé que sería peor reconocer mi ignorancia, porque podía parecer que estaba encubriendo algo, y se me ocurrió decir que eran libros para distraer a la tropa. Antes de volver a preguntar, soltó otra risotada, que los demás corearon: "¿Así es como queréis ganar la guerra, cabrones, distrayendo a la tropa?". "Estos rojos nos han salido cultos", terció otro entre la carcajada general. "Se les habrá acabado la munición, mi sargento, y a lo mejor pensaban atacar con ellos", oí gritar a otro.

»Seguí oyendo sus chanzas y vi de reojo que, a mi lado, el sargento se había callado de repente y luego ordenó que le trajeran uno de aquellos libros. Se situó frente a la luz de los faros y allí mismo, bajo la lluvia, lo inspeccionó con mucho interés, se detuvo en unas cuantas ilustraciones y, después de hojearlo una y otra vez, preguntó muy serio: "¿Alguno de vosotros sabe leer?".

»Hubo un largo silencio, durante el cual solo oí el ruido del agua contra el cristal del parabrisas. Por fin uno de los soldados vino a cuadrarse, muy orgullosamente, ante él: "Yo, mi sargento". "Pues lee, a ver qué clase de libros son estos", le ordenó.

»El soldado se situó frente a la luz de los faros, intentó leer en voz alta, pero enseguida tropezó con la endemoniada letra de aquel libro y no sé si llegó a leer tres o cuatro palabras seguidas. Lo intentó en otras páginas pero tampoco lo consiguió. "No se entiende muy bien lo que dice, mi sargento, tiene unas letras muy raras, pero parecen versos".

»Desconcertado, el sargento me miró esperando que yo le diese alguna explicación, pero yo me encogí de hombros, como para darle a entender que no había nada que explicar. A él debió de parecerle muy extraño todo aquello y ordenó que echaran un vistazo a las demás cajas, y después de un buen rato, el mismo soldado, desde dentro del camión, repitió: "Son todos por el estilo, mi sargento".

»Convencido de que esas cajas no tenían ningún interés para ellos, el sargento tiró dentro del camión el libro que tenía en sus manos y fue a caer sobre el charco de sangre que se había formado a los pies del sargento Casas. Luego me miró fijamente, vi que se echaba mano a la cartuchera y en ese momento creí que iba a rematarme allí mismo. Pero al final tuvo piedad de mí o quizá solo prefirió ahorrarse una bala porque, en el estado en que me encontraba, seguramente pensó que no tardaría mucho en desangrarme, y dijo: "Pues vámonos, que aquí ya estamos perdiendo el tiempo".

»Se marcharon y me dejaron allí con una brecha en la frente, una bala en el hombro y dos muertos en el camión.

—Y con nueve cajas llenas de libros —añadió Ricardo, sin poder disimular su satisfacción.

Gabriel Recarte aprovechó aquella interrupción para sacar un pañuelo y limpiarse con él unas gotas de sudor que le caían por las sienes. Después miró a Ricardo, que se había puesto a morder el filtro del cigarrillo, y luego me miró a mí como invitándome a hacerle alguna pregunta; pero lo único que vio en mi cara fue la impaciencia por seguir escuchándole.

—Para pensar en libros estaba yo. En ese momento comprendí que si aquel hombre no me había pegado un tiro no había sido por piedad, sino más bien para alargar mi agonía. Me limpié la sangre de la frente, me até un pañuelo alrededor y, con unos trozos de cinta aislante, me taponé como pude la herida del hombro y pensé que, al fin y al cabo, había tenido mejor suerte que mis dos compañeros. Tenía un brazo inutilizado, pero no me quedaba más remedio que marcharme o desangrarme allí mismo. Recordé lo que el sargento nos había dicho al empezar el viaje, que en Sigüenza había un destacamento de cenetistas, y pensé que aquel sería el lugar más seguro para que me curaran las heridas, si es que llegaba a tiempo...

En aquel instante sonaron tres largos timbrazos en la puerta y pensé que nunca había oído unos timbrazos más inoportunos. Absortos como estábamos, Ricardo y yo nos sobresaltamos y Gabriel Recarte, por primera vez en todo el tiempo, sonrió:

—Es Martina, que viene a arreglar la casa. Tiene llave, pero le tengo dicho que llame siempre tres veces antes de entrar.

La chica, muy avispada y desenvuelta, nos saludó sin reparar demasiado en nosotros, y se dirigió directamente hacia la cocina.

—Es la hija del portero —aclaró el teniente Recarte—: viene todos los días a hacerme la comida. Así, de paso, me hace compañía.

Martina nos había devuelto de golpe a la realidad y supuse que, igual que yo, Ricardo continuaría aún extraviado en medio de aquella noche de lluvia, en aquellos descampados alcarreños por donde un camión cargado de libros avanzaba hacia Sigüenza. Pero Gabriel Recarte, distraído con la llegada de la muchacha, había regresado también a la realidad y parecía no encontrar de nuevo los caminos que le condujesen a aquella carretera perdida en su memoria. Pidió un vaso de agua a Martina y, mientras se lo bebía pausadamente, pensé que se habría ahorrado muchos esfuerzos si hubiera comenzado su historia por el final, pero comprendí que alargando su relato quizá intentaba también prolongar nuestra compañía. Por eso, cuando ya se disponía a continuar de nuevo, miré el cigarrillo que Ricardo sostenía, aún sin encender, entre sus dedos, y dije:

—Se me está ocurriendo que, si todavía le queda un rato para terminar, podíamos invitarle a comer en algún sitio.

—A mí me parece bien —asintió Ricardo sin titubear.

Gabriel Recarte se negó al principio. Necesitamos insistir un poco para convencerle, pero al final aceptó y unos minutos más tarde estábamos ya en la calle, Ricardo a su izquierda y yo a su derecha, igual que dos escoltas que quisieran proteger sus más oscuros recuerdos contra cualquier clase de amenazas.

Entramos en un restaurante cercano que, según nos aseguró para nuestra tranquilidad, estaba al alcance del bolsillo de universitarios y militares retirados. Enseguida comprobamos la familiaridad y el afecto con que le trataban todos los camareros, y uno de ellos nos condujo hacia una de las mesas más apartadas, la misma que había ocupado tantos domingos con su mujer durante años.

—No había vuelto por aquí desde que ella murió, hace ya cinco meses —confesó apesadumbrado. Pedimos los menús que Gabriel Recarte nos recomendó, acompañados con una jarra de vino que él cnseguida se puso a paladear despacio, aunque no sin cierto recelo—. El médico me lo tiene prohibido, pero si no me mató aquella bala, no va a matarme el vino a estas alturas.

Ricardo encendió un cigarrillo mientras el camarero colocaba los cubiertos sobre la mesa y pensé que aquella sería la señal que Gabriel Recarte aprovecharía para continuar su relato, pero sus recuerdos parecían haberse detenido en algún punto al que no podía o no quería regresar.

—Una parte de la vida te la amargan tus superiores, o tus jefes, según, y la otra te la amargan los médicos. Yo ya estoy en la segunda.

—Nosotros ni siquiera hemos llegado todavía a la primera —admití.

—Ya llegaréis, ya llegaréis. No creáis que os vais a librar.

Advertí que era aquella la primera vez que nos tuteaba, quizá como una manera de aproximarse a nosotros o de agradecernos, anticipadamente, la invitación. Volvió a echar un trago y, como si el vino le hubiese recordado de pronto la razón por la que estábamos allí, preguntó:

—¿Y dónde lo habíamos dejado?

—En el camión, camino de Sigüenza —se apresuró a responder Ricardo.

—Camino de Sigüenza... —repitió como si le costara un gran esfuerzo regresar a aquella escena—. Ese maldito viaje se me hizo interminable. Seguía lloviendo, tenía el brazo izquierdo casi inutilizado y tuve que apañármelas para conducir solo con una mano. Había perdido mucha sangre y me encontraba muy débil, pero al final llegué. Se me empezaba a nublar la vista, pero lo conseguí. Nada más entrar en Sigüenza, recuerdo que me detuve ante el primer convento que encontré. Otra de las pocas cosas que el sargento Casas nos había dicho por el camino era que allí todos los conejos habían huido de sus madrigueras...

Le miramos con sorpresa, aunque sin atrevernos ninguno de los dos a interrumpirle, y él, muy atento a todos nuestros gestos, aclaró:

—Quiero decir que todos los conventos habían sido abandonados. Los frailes y las monjas nos temían como a la peste, la verdad es que tenían motivos para ello. Al parecer, solamente había permanecido allí una congregación de ursulinas, que se habían quitado los hábitos para dedicarse a labores de enfermería. Los demás conventos habían sido ocupados y se utilizaban como hospitales o caballerizas y como almacenes de armas y munición. Eran un sitio ideal para albergar a la tropa. Dios no estuvo aquella vez de nuestra parte, pero por lo menos nos prestó su casa, o más bien habría que decir que se la cogimos prestada nosotros; y después, a lo mejor en venganza, bien caro nos cobró el alquiler. —Sonrió sin ganas, aunque la sonrisa se le acabó congelando en una mueca de tristeza—. El caso es que nada más detener el camión a poca distancia de las puertas, vi a alguien acercarse; fue entonces cuando debí de desmayarme, porque a partir de ese momento ya no recuerdo nada más.

Echó otro trago de vino y lo saboreó largamente mientras el camarero dejaba los primeros platos sobre la mesa; después, entre bocado y bocado, continuó:

—Cuando volví a abrir los ojos habían pasado ya dos días, según me dijeron después. Lo primero que vi fue que tenía vendados la frente y el hombro. Estaba en una celda muy pequeña, donde apenas había espacio para el camastro, una mesita y una silla. Estuve solo durante un buen rato, pero no dejaba de oír ruidos y voces y mucho trajín de pasos por todas partes, hasta que al final apareció una mujer. Se llamaba Amalia. Casi siempre iba acompañando al médico, un hombre que no me cayó especialmente simpático y cuyo nombre ya ni recuerdo; pero otras veces venía ella sola y se entretenía hablando conmigo. Era de unos treinta años, tenía el pelo corto y hablaba con mucha dulzura, pero también era, al mismo tiempo, muy enérgica a su manera. Y muy guapa, tenía unos ojos azules muy hermosos. Reconozco que, después de mi esposa y de mi madre, ella fue la mujer más importante de mi vida. Siempre sospeché, desde el principio, que era una de aquellas ursulinas que hacían de enfermeras, pero nunca quiso o no se atrevió a reconocerlo. Tenía algo muy especial, no sé cómo explicarlo. Ella fue la que me curó y me dio fuerzas para recuperarme. Estuve aún un par de días más sin levantarme de la cama, porque ella no me lo permitió, y al final, un día que me encontraba con más fuerzas, me levanté y me animé a dar unos paseos por allí. Todas las celdas del convento estaban ocupadas por heridos y el claustro se había convertido en patio de armas.

—¿Y qué ocurrió con los libros? —le interrumpió Ricardo, adelantándose a hacer una pregunta que ya me rondaba a mí también por la cabeza.

—Ya no volví a verlos más. El mismo día que recobré la conciencia, el jefe de aquel destacamento me preguntó cuál era el destino de esas cajas que transportábamos en el camión, pero yo solo le dije lo que sabía, que es lo mismo que os he contado a vosotros.

Ricardo y yo nos miramos con desconsuelo, sin acabar de creernos que todo aquel edificio que Gabriel Recarte estaba reconstruyendo para nosotros se desmoronase de golpe. Era como si nos hubiese llevado de la mano por una larga escalera hasta dejarnos al final, en el último peldaño, angustiosamente asomados al vacío.

—¿Y no se le ocurrió a usted preguntarle a ese hombre qué habían hecho con ellos? —volvió a preguntar Ricardo, con un tono en el que había tanta incredulidad como reproche.

—Pues no, la verdad. ¿A quién podían interesarle unos libros en aquellos momentos?

—¡Esos libros tenían más de cinco siglos de antigüedad!

—¡Como si hubiesen tenido las letras de oro! Allí lo único que importaba era salvar el pellejo. Lo único que había por todas partes era miedo, mucho miedo... Recuerdo que uno de aquellos días cayó muy cerca de mi celda una bomba de la aviación italiana. Cada día entraban nuevos heridos y algunos, con menos suerte que yo, se quedaron enterrados por allí, en cualquier parte, en los alrededores del convento.

En la cara de Ricardo vi reflejado un gesto de desesperación y supe que aquella era también mi propia cara. Por algún perverso azar, alguien había decidido que aquellos libros salieran del escondrijo en el que habían permanecido ocultos durante siglos, y que fueran luego transportados hacia un incierto destino en mitad del infierno. Era como si nosotros tratáramos de superponer en una sola imagen dos tiempos distintos que no acababan de encajar bien: a un lado se encontraba aquel mundo, ajeno e incomprensible para nosotros, del que Gabriel Recarte nos hablaba; en el otro lado estaba el sueño de don Ramiro, que había despertado de su olvido de siglos para acabar perdiéndose absurdamente en medio de la guerra.

—Comprenderéis que teníamos preocupaciones más importantes. El único libro que llegó a mis manos fue el que habían encontrado dentro del camión, sobre el charco de sangre del sargento Casas. No sé si por esa razón, por las manchas de sangre que tenía, me lo dejaron en la mesita. Supongo que fue Amalia, la enfermera, quien se encargó de eso, y al final decidí quedármelo como recuerdo de aquella noche en la que salvé milagrosamente la vida. A decir verdad, ese libro y la cicatriz que la bala me dejó en el hombro fueron los únicos recuerdos que me quedaron de entonces. Lo demás está todo aquí.

Se tocó con el dedo índice la frente y, tras otro largo trago de vino, supuse que allí iba a dar por concluida su historia. Mientras tanto, yo traté de encontrar alguna pregunta que le hiciera regresar a aquellos dos días durante los cuales el rastro de los libros se había perdido, a saber si para siempre.

—¿Y no había una biblioteca o algo parecido en aquel convento? —pregunté.

—Sí, claro que había una; era una sala poco más grande que las demás celdas, pero también estaba convertida en enfermería. Recuerdo que allí había algunas estanterías llenas de libros, pero no sé si los nuestros los llevaron allí.

—Habría sido lo más razonable —terció Ricardo.

—Allí lo único razonable era afinar bien la puntería.

Recarte se encogió de hombros en un ademán de indiferencia más que de disculpa, y luego continuó hablando de bombardeos y trincheras y de muertos que se quedaban sin enterrar en los descampados; pero todo eso se había transformado ya para nosotros en el decorado de un mundo irreal que nos resultaba completamente ajeno. Aunque seguíamos escuchándole, los dos nos habíamos quedado detenidos, como en el interior de un pliegue del tiempo, en aquellos dos días que él había permanecido inconsciente, y todos sus recuerdos posteriores carecían de interés para nosotros, aunque él seguía demorándose en su relato como si ese fuera el precio que debíamos pagar por la información que nos había proporcionado. Oyéndole tuve la certeza de que nuestro sueño de bibliotecas y camiones cargados de libros era como un extraño anacronismo que se superponía a la imagen de aquel otro mundo de bombardeos y conventos en llamas que el teniente se empeñaba en revivir para nosotros.

Mientras seguíamos escuchándole, pensé que aquella mujer llamada Amalia tal vez habría sido la única persona capaz de apreciar el valor de una obra como *Las lágrimas de Belisa.* Según el teniente nos la había descrito, se tratase de una monja o de una enfermera, sus rasgos comenzaban a aparecer ante mí como los de un ángel entre los fuegos del infierno; y supuse que si gracias a su azarosa intervención se había salvado uno de los libros, también gracias a ella podrían haberse salvado los demás. A mi lado, Ricardo masticaba distraídamente y de cuando en cuando me miraba de reojo como dándome a entender que habían dejado de interesarle ya las palabras de Gabriel Recarte, que continuaban llevándonos erráticamente de unos pueblos a otros y de unos a otros campos de batalla, en un relato lleno de atrocidades de las que nos sentíamos cada vez más alejados.

Sin embargo, de pronto escuché algo que volvió a atraer mi atención. Súbitamente el teniente cambió el tono de su voz y pareció enternecerse mientras decía que el único buen recuerdo que le había dejado la guerra, en el frente de Guadalajara, había sido el del día que conoció a la muchacha que, años después, habría de ser su esposa. Me acordé entonces de la mujer que aparecía en la mayor parte de los retratos de su casa y, mientras Ricardo seguía masticando con los ojos perdidos en el plato, le escuché con atención:

—Por entonces estábamos en la brigada que mandaba un general al que llamaban el Campesino, y sucedió a mediados de marzo, en uno de esos pocos días que fueron de gloria para nosotros. Incluso el mal tiempo nos fue favorable, como si hubiera querido ser nuestro aliado para destrozar a las tropas italianas. Había llovido mucho durante varios días y los aeródromos fascistas estaban inutilizados por los barrizales. En unas cuantas maniobras recuperamos Trijueque, Brihuega, Masegoso... Precisamente fue allí, en Brihuega, donde conocí a Conchita. Aquel día entramos en el pueblo al anochecer, con una ventisca que helaba la sangre, y en un sobrado, enterradas entre la paja, encontramos a tres muchachas tiritando de frío. Parecían animalillos asustados. Aunque eran las tres muy guapas, yo me fijé sobre todo en ella, que era la mayor. Llevaban muchas horas escondidas allí y todavía recuerdo cómo nos abrazaron cuando les dijimos que no tuvieran miedo, que éramos de los suyos. Yo creo que fue en aquel mismo momento, mientras nos abrazaban, cuando me enamoré de ella. Tenía entonces diecinueve años, toda su familia había muerto en los bombardeos, y yo creo que, desde ese día, siempre fui para ella el héroe que la rescató de aquel sobrado.

Su voz se quebró un poco; aunque trató de contener la emoción, tuvo que tragar saliva un par de veces antes de continuar:

—Durante todo el tiempo que estuvimos en Brihuega, que fueron varios meses, nos vimos a ratos y llegamos a trabar una buena amistad, pero no nos hicimos novios hasta unos años después. Cuando nos marchamos de allí decidí regalarle aquel libro, no para que lo leyera, sino solo para que tuviera algún recuerdo mío: era lo único que tenía para darle. Amalia, que sí lo había leído, me había dicho que contaba una historia de amor y, aunque sabía que ella no entendería aquella endemoniada letra, pensé que por lo menos le quedaría un buen recuerdo de mí. Así que antes de despedirnos, con una navaja le raspé al libro las manchas de sangre reseca que tenía en la cubierta, le arranqué las dos o tres primeras páginas, que también estaban manchadas, y desde entonces, según me dijo luego, cada noche, hasta que nos casamos, lo tuvo en su mesilla y solo lo abría y lo acariciaba pensando en mí; aunque leerlo, lo que se dice leerlo, yo creo que no llegó a leerlo nunca.

Quizá aquella escena del sobrado me habría parecido conmovedora en otras circunstancias, pero en esos momentos, tras escuchar que la enfermera le había dicho que *Las lágrimas de Belisa* contaba una historia de amor, regresé en mi imaginación al convento de ursulinas, tratando de seguir los pasos de aquella mujer que había tenido la curiosidad o el valor de leer un libro de amor en medio de un escenario donde solo había ruido de metralla y tufo de pólvora y de muerte. Aquellos ojos azules con que Gabriel Recarte la había descrito se abrían de nuevo ante mí como dos faros entre las tinieblas de un laberinto. Miré con cierta ternura al teniente, que seguía hablando con el orgullo y la emoción de quien, al menos por una vez, se había sentido un héroe entre los barrizales de Brihuega, y no pude evitar hacerle una nueva pregunta:

—¿Y qué fue de aquella mujer, la enfermera?

Un poco contrariado ante mi pregunta, quizá porque la única mujer que en esos instantes ocupaba sus pensamientos era la suya, tardó unos segundos en responder:

—Yo estuve en Sigüenza hasta abril del treinta y siete, y después ya no volví a verla. Supongo que se quedaría allí hasta el final de la guerra, pero cualquiera sabe lo que fue de ella. Algunas veces he pensado que esa mujer no era de carne y hueso, sino más bien un ángel, un ángel de verdad en medio del infierno. Había otras enfermeras en aquel convento, pero ella era distinta, tenía un don especial.

Habíamos pedido un café en lugar del postre y, en silencio, los tres nos entretuvimos echando el café en la taza y removiéndolo luego con la cucharilla, como si de aquel modo quisiéramos poner en orden, cada uno a un ritmo distinto, nuestros pensamientos.

—El médico también me tiene prohibido el café, pero un café no mata a nadie. —Bebió un sorbo y los músculos de su cara se contrajeron en otra mueca en la que quizá se mezclaban el sabor amargo del café y el sabor aún más amargo de sus recuerdos, por eso se tomó su tiempo antes de continuar—. Lo peor vino después. Estuve en el frente del Ebro y después de aquello quedaba ya muy poco que hacer. Hubo una desbandada y, al terminar la guerra, unos cruzaron los Pirineos, a otros los fusilaron sin más y algunos nos echamos al monte, pensando que desde allí podríamos organizar focos de resistencia. Pero estaba todo perdido. Aguantamos unos meses viviendo como alimañas en el monte, pero acabaron cogiéndonos. A mí me encerraron casi tres años en el penal de Ocaña y de todo ese tiempo solo guardo el recuerdo de las cartas que me enviaba Conchita y una caja de madera que tallé para ella. Esa caja era lo único que me daba fuerzas para continuar vivo. Cada semana le añadía un aplique nuevo, y esa era mi manera de ir contando los días...

Recordé la caja que había visto sobre una de las estanterías de su salón y me emocioné al comprobar que no me había equivocado: aquella caja no solo era el objeto más valioso de su casa, sino también, posiblemente, el más valioso de su vida.

—Desde allí me trasladaron al Valle de los Caídos, a donde llevaban a los presos para redimir sus penas, y aquello fue casi peor aún que la cárcel. Vivíamos en chabolas, malcomiendo y picando piedras en las canteras. Para qué os voy a contar todas las penurias que sufrimos allí. Hasta el año cuarenta y siete no me soltaron y, cuando por fin me vi libre, ya casi con treinta años, de pronto no supe qué hacer con mi vida. Lo había perdido todo, no solamente la guerra. Tenía que empezar de cero, pero me sentía como un desecho humano y ni siquiera sabía por dónde empezar. Fue entonces, en un arranque de desesperación, cuando decidí ingresar en el ejército. Aunque parezca mentira, esa fue mi primera salvación. La segunda llegó pocos años después, cuando me casé con Conchita.

Gabriel Recarte había ido bajando el volumen de su voz, como si estuviera ya deseando terminar o se le hubiesen agotado las energías que necesitaba para seguir hablando. A esas alturas, Ricardo y yo estábamos tan fatigados como él y en el fondo agradecimos que pasara casi de puntillas sobre aquellos últimos episodios en los que no había querido extenderse seguramente para no remover las aguas más turbias de su memoria. Y tras aquel breve descenso a unos infiernos a los que apenas nos había permitido asomarnos, me pareció que volver a mostrar interés por los libros sería una actitud desconsiderada y egoísta por nuestra parte.

—Parece un cuento de terror, aunque por suerte con final feliz —musitó Ricardo, que se había quedado como sobrecogido mirando los posos de su taza de café.

—De terror, sí —matizó Gabriel Recarte—, pero de cuento nada. Lo que os he contado es la historia de diez años de mi vida.

Pagamos la cuenta, acompañamos al teniente hasta la puerta de su casa y, mientras nos despedíamos de él, se me antojó que no solo había perdido su empaque marcial, sino que también parecía un poco más avejentado, como si aquellos diez años de su vida, al recordarlos después de tanto tiempo, hubiesen depositado sobre sus hombros el peso de alguna carga insoportable.

Camino de Manuel Becerra, noté que Ricardo andaba cabizbajo, con la misma expresión ausente que le había visto poco antes mientras miraba los posos de su taza de café. Dio varias caladas seguidas a su cigarrillo, dejando que el humo le inundara los pulmones antes de expulsarlo en densas bocanadas, y supe que ese gesto, que ya le había visto a menudo entre bambalinas, era una señal de nerviosismo, de enojo o de preocupación, o probablemente de las tres cosas a la vez.

—Me parece que no hemos adelantado gran cosa —dijo por fin—. Este buen hombre nos ha contado casi toda su vida y creo que al final seguimos más o menos donde estábamos.

—Pues yo diría que hemos adelantado mucho —le corregí, casi sorprendida de mi propio optimismo—. De momento, sabemos varias cosas que antes no sabíamos: por ejemplo, que esos libros existen, que salieron de El Escorial y que acabaron en un convento de Sigüenza. ¿No crees que eso ya es haber adelantado bastante? —Movió negativamente la cabeza y yo, quizá porque estaba aún conmovida por el relato del teniente Recarte, sentí que dentro de mí nacía una ilusión nueva que surgía en el momento más oportuno, cuando el ánimo de Ricardo comenzaba a ofrecer los primeros síntomas de debilidad—. Y sabemos, además, que gracias a esa enfermera se salvaron *Las lágrimas de Belisa.* Es verdad que no tenemos mucho donde agarrarnos, pero puede que esa mujer sea el único hilo del que podamos tirar de momento.

Se le escapó una carcajada incrédula y comprendí que estaba perdiendo la serenidad o la paciencia, ya conocía esa manera suya casi compulsiva de fumar mordiendo la boquilla del cigarro mientras la atenazaba, al mismo tiempo, entre sus dedos pulgar y corazón. Le había visto hacerlo muchas veces antes de salir al escenario o cuando se sentía inquieto y contrariado; entonces pensé que, fuesen o no acertadas mis intuiciones, quizá convenía que a partir de aquel momento empezara a llevar yo la iniciativa.

—¿Y cómo crees tú que podríamos tirar de ese hilo? Hace más de cuarenta años de eso y, para colmo, con una guerra de por medio.

—Por lo que nos ha dicho de ella, esa mujer debía de ser una monja y, si aún vive, por muchos conventos que haya en Sigüenza no sería tan difícil encontrarla. —Se quedó pensativo, como buscando argumentos que demostrasen lo descabellado de mis palabras, pero no debió de encontrar ninguno convincente—. Aunque eso solo lo comprobaremos si vamos allí. A lo mejor no nos vendría mal un día de turismo. Al fin y al cabo, no perderemos nada con ello. Sería un buen pretexto para conocer al Doncel.

—Sí, puede que eso no sea mala idea —admitió.

La imagen de don Martín Arce, que recordaba haber visto en algunas fotografías, se me apareció de pronto como un señuelo que el azar ponía caprichosamente ante nosotros. La expresión serena y dulce de su rostro, pero sobre todo su libro abierto entre las manos, acudían a mi imaginación como un guiño de complicidad, como una señal del destino, que quizá se empeñaba en poner a prueba nuestra paciencia o en mantener vivas aún nuestras esperanzas.

12

Con esa ilusión nos despedimos hasta el día siguiente y con esa imagen del Doncel llegué a casa, decidida a ordenar todos los datos que bullían alborotadamente en mi cabeza, pero las alegrías se disiparon en cuanto escuché los dos mensajes que tenía grabados en el contestador del teléfono. El primero era de Marcos Villarrubia, que solo me había llamado para saludarme y para preguntarme por las vacaciones. El otro era de Daniel Carvajal y me decía que necesitaba hablar urgentemente conmigo.

Mi primer impulso fue llamarle inmediatamente, pero cuando ya tenía marcado su número pensé que no debía precipitarme. Si Carvajal me llamaba con tanta urgencia, pensé, solo podía ser porque había descubierto entre los libros de don Ramiro *Las lágrimas de Belisa* y tal vez querría hacerme algunas preguntas o buscar en mí alguna clase de complicidad o colaboración. No se me ocurría ningún otro posible motivo que justificara su llamada. Escuché varias veces el mensaje para intentar descubrir algún matiz que delatara sus intenciones, pero su voz era tan opaca y su timbre tan neutro que solo conseguí captar en sus palabras un cierto tono apremiante. Al final, tras pensármelo mucho, decidí que lo mejor sería aplazar la llamada hasta después de nuestro viaje a Sigüenza.

Llené la bañera, convencida de que con el agua, como tantas veces, se desvanecerían todas mis inquietudes, y a medida que la espuma y las sales minerales entraban por los poros de mi piel, una sensación de placidez me fue inundando y mis pensamientos comenzaron a saltar de Ricardo a Marcos

Villarrubia y a Daniel Carvajal, todos ellos tan distintos y, al parecer, por unas u otras razones, tan necesitados de mí. Con la serenidad que el contacto del agua solía producirme, me sentí repentinamente halagada al pensar que tres hombres, por motivos distintos, estaban esperándome; empecé a imaginármelos como juguetes que yo podía manejar a mi antojo, dueña de su alma y de su cuerpo, y situada en el centro de un escenario por donde ellos se movían igual que marionetas sin voluntad. Tres hombres sin demasiada relación entre sí, pero en cuyo centro me encontraba yo, articulándolos como un eje o como un jugador que moviera entre sus dedos tres cartas de una misma baraja. Aquellos eran los ases de una baza afortunada en la que, sin embargo, no podía permitirme el farol de jugar con todos al mismo tiempo, porque no solo eran diferentes, sino además incompatibles. Y por eso sabía que estaba obligada a realizar algo muy parecido a una cuidadosa tarea de descarte.

Mientras pensaba aquello, me di cuenta de que estaba acariciándome el vientre y los muslos con la esponja, y comenzaba a sentir una sensación voluptuosa que recorría todo mi cuerpo desde las sienes hasta los dedos de los pies. Estimulada por el roce tibio del agua y por el de mis propias manos, se me ocurrió pensar si aquellos tres hombres, que eran tan diferentes en su forma de ser, serían también tan distintos como amantes. Y llevada por esa fuerza caprichosa de la fantasía, al tiempo que me embadurnaba de espuma me dio por imaginar cuáles serían las costumbres o las maneras amatorias de aquellos tres hombres que estaban llamando —o así quería creerlo yo— a las puertas de mi vida, o a saber si también a las de mi cama.

A Ricardo me lo imaginaba obsesionado con el pecho de las mujeres, quizá porque buscaba en ellas a esa madre que había estado siempre en el centro de su vida y de cuyo dominio aún no había logrado liberarse por completo. De tener alguna fijación fetichista, supuse que la suya serían los sujetadores, y sentí un morboso placer al imaginarme su mesita de noche llena de sujetadores de todos los colores y tallas, que cada noche olería, tocaría y besaría pensando seguramente en los pechos de sus dueñas. En el cuerpo a cuerpo me lo imaginaba acariciando, estrujando o mordisqueando los pezones igual que le había visto mordisquear tantas veces el filtro de sus cigarrillos, con un deseo de niño grande y nervioso. Le veía amando con prisa y con torpeza, y estaba segura de que, después de eyacular, tendría la costumbre de quedarse otra vez acurrucado sobre esos pechos en los que, además de placer, probablemente también buscaba protección y consuelo.

A Daniel Carvajal, por el contrario, me lo imaginaba amando con la lentitud y la serenidad de los hombres maduros, esos hombres que besan despacio porque saben que la prisa es uno de los peores enemigos del amor. Carvajal sería de esos amantes meticulosos que primero invitan a cenar a una mujer para ir allanando el terreno y que suelen dejarse la carne para el postre, sabedores de que es entonces cuando adquiere su sabor más auténtico. Él se recrearía en cada caricia, con suavidad aunque también con una cierta pasión enérgica, como buscando siempre la sumisión del cuerpo que tuviera entre sus brazos. Y para que esa sumisión fuera completa, seguro que le gustaba volver de espaldas a las mujeres y morderles la nuca y el cuello, pellizcarles las caderas y azotarles suavemente las nalgas.

Me sorprendí acariciándome el pubis y continué aquella exploración como si fueran otras manos las que lo hacían, mientras con la izquierda me acaricié los pezones, que asomaban endurecidos entre la espuma. Aunque alguna vez había tenido un sueño erótico con él, nunca había imaginado qué clase de amante sería Marcos, y tuve que hacer esfuerzos para verlo desnudo y despojado de todas las máscaras con las que solía convertir cada instante de su vida en una pura actuación. Tal vez era de esos que no resultaban tan brillantes en la cama como en una tertulia o sobre un escenario; uno de esos amantes de pirotecnia y fuego fatuo que ponían demasiado énfasis en la ceremonia o ponían más interés en el introito que en el coito, en palabras que recordaba haberle oído decir a él mismo. Seguramente era poco convencional en la cama, o tal vez era como un animalillo sumiso que sabía usar la lengua con tanta habilidad para hablar como para lamer. Y como estaba condenado a sobreactuar dentro y fuera de los escenarios, me lo imaginaba recorriendo con su lengua el sexo de alguna mujer sin rostro, que podía ser yo misma, y deteniéndose en algún momento para decir, por ejemplo, que los poetas siempre habían cantado al amor y no al sexo porque eran unos reprimidos y se les iba la fuerza por la pluma más que por la bragueta.

Contemplados desde mi fantasía, los tres eran como maneras distintas del amor, y solo reunidos en un mismo cuerpo, o disfrutados a la vez, podían constituir un organismo perfecto, esa perfección que, en las relaciones sexuales, yo aún no conocía y posiblemente nunca llegara a conocer, porque tal vez no existiese más allá de mi bañera. Y mientras me imaginaba a Ricardo mordisqueando mis pezones, a Daniel besándome la nuca y a Marcos lamiéndome como un animalillo sumiso, las primeras convulsiones de un orgasmo largo e intenso me llegaron a través de la espuma.

Me quedé relajada un buen rato y poco a poco, a medida que iba desapareciendo la sensación de placer, se fue disipando también la imagen de los tres hasta que cada uno acabó adquiriendo su aspecto real. Entonces se me apareció la imagen de Ricardo con su olor a tabaco y sus grandes manazas, que parecían diseñadas para cualquier cosa menos para la caricia; vi a Marcos subiendo, peldaño a peldaño, hacia la peana de su más indeseable vanidad, y finalmente oí la voz de Daniel Carvajal repitiendo en mis oídos, con un martilleo amenazador, que necesitaba hablar urgentemente conmigo. Y los ases de aquella baraja que unos momentos antes, en mi imaginación, me habían hecho sentirme afortunada y dominadora, se hundieron en el agua de la bañera y desaparecieron por el sumidero dejando solo algunos rastros de espuma azulada.

Y mientras me ponía el albornoz con la rara sensación de que me enfundaba una coraza protectora, de pronto me sentí sola y al mismo tiempo culpable y avergonzada sin saber por qué.

13

Había decidido no decir nada a Ricardo de la llamada de Daniel Carvajal, al menos hasta no tener una idea clara de cuáles eran sus intenciones; quizá por eso, porque me sentía presa de algún oscuro sentimiento de culpa, estuve muy poco comunicativa durante buena parte del viaje, hasta que poco más allá de Guadalajara Ricardo me dio un leve codazo y me señaló, a través de la ventanilla del tren, unos parapentes que planeaban majestuosamente a lo lejos.

—Mira. Tiene que ser algo muy parecido a un orgasmo, ¿no te parece?

Sorprendida por sus palabras, que me hicieron recordar el buen rato que había disfrutado la noche anterior en la bañera, me quedé contemplando el suave planeo de los parapentes, que se recortaban con sus lonas de colores contra el cielo intensamente azul de la mañana, y más allá de los cuales resaltaba, con cierta gallardía, la cumbre azulada del pico Ocejón. Ricardo no era muy dado a los chistes o a las sutilezas verbales, y menos aún a las insinuaciones eróticas, por eso aquella frase me pareció impropia de él; encajaba más bien con el estilo de Marcos Villarrubia, y por un instante las figuras de ambos, igual que me había ocurrido en la bañera, se fundieron en una misma imagen.

No respondí a su pregunta, pero le miré con inquietud al ver la extraña sonrisa con la que se había quedado mirándome, como si desde alguna rendija o a través del ojo de alguna misteriosa cerradura hubiera podido contemplar la escena de mi baño.

—Hablando de orgasmos, te voy a contar un secreto.

Por la sonrisa que seguía dibujada en sus labios deduje que, por muy intrascendente o ingenuo que fuese aquel secreto suyo, iba a dejarme en desventaja ante él, porque el mío, el secreto de la llamada de Daniel Carvajal, yo había decidido guardármelo celosamente para mí, al menos por el momento.

—Anoche soñé contigo. Fue un sueño casi erótico.

Volvió a desconcertarme aquella naturalidad con la que, tan contrariamente a su costumbre, se había adentrado en un terreno tan íntimo, y sentí de verdad no tener la suficiente confianza con él para decirle que él era uno de los tres hombres con los que yo había compartido, la noche anterior, un buen rato de placer en mi bañera.

—¿Qué quiere decir casi erótico? —le pregunté, aunque no estaba demasiado segura de que me interesara oír los detalles.

—Pues eso, que se quedó en el casi. Estábamos en la catedral de Sigüenza, tú y yo solos, en la capilla del Doncel, y yo iba explicándotelo todo, igual que un guía turístico. Entonces sucedió algo muy extraño. Entró una ráfaga de aire y la melena del Doncel comenzó a moverse. Tú te abrazaste a mí diciendo que aquella escena te recordaba a no sé qué leyenda de Bécquer y yo respondí a tu abrazo con otro más fuerte y también con unas cuantas caricias, pero eso sí, bienintencionadas... En ese momento se oyó un golpe en la puerta, entró otra ráfaga de viento más fuerte y las páginas del libro de Martín Arce comenzaron a moverse. Entonces el abrazo que nos dimos fue más apretado todavía y creo que hasta llegamos a besarnos, pero no tuvimos tiempo de saborearlo siquiera, porque de pronto la estatua del Doncel se incorporó y, amenazándonos con el libro en alto, empezó a caminar hacia nosotros. Echamos a correr, y lo que parecía que iba a ser un sueño erótico se transformó en una pesadilla angustiosa porque nos persiguió primero por las naves de la catedral y después por las calles de Sigüenza...

No pude evitar reírme ante aquella grotesca escena que Ricardo me describía, aunque poco a poco la sonrisa se me fue desvaneciendo hasta convertirse en un rictus de preocupación:

—Espero que no sea un sueño premonitorio —dije.

Me miró de reojo y entonces comprendí que aquella no había sido una frase afortunada, o que, en el mejor de los casos, era demasiado ambigua porque no dejaba muy claro si mi deseo se refería solo a la primera o a la segunda parte del sueño, o a ambas a la vez.

Volvió a mirar por la ventanilla y, como si los dos nos hubiésemos quedado pensando en el verdadero sentido de aquel equívoco, apenas volvimos a hablar hasta que, por fin, apareció Sigüenza a lo lejos, con sus casas y sus calles recostadas sobre una loma. Unas nubes cárdenas coronaban las torres de la catedral, donde el Doncel, pensé sin poder evitar otra sonrisa, seguiría con su libro entre las manos, detenido en ese gesto sereno e impasible que solo había sido absurdamente perturbado por nosotros durante el sueño de Ricardo.

A poca distancia de la estación nos topamos con un parque de álamos en cuyo extremo se alzaba el convento de ursulinas donde Gabriel Recarte, según nos contó, había aparcado su camión aquella noche de lluvia. No pude contener una viva emoción al pensar que aquel vehículo habría estado allí detenido unas horas, o quizá un día entero, ante la portada circular y bajo la mirada protectora de la Purísima, sin que nadie supiera muy bien qué hacer con su insólito cargamento de libros. Ante la puerta del convento me invadió un extraño desasosiego, como si temiera que al otro lado hubiese un mundo, completamente ajeno al nuestro, al que no nos sería posible acceder. Durante los segundos que tardaron en abrirnos sentí que éramos como dos intrusos a punto de entrar en un territorio que ya solo pertenecía al tiempo muerto de la historia, y del que por alguna misteriosa razón habríamos de ser expulsados.

Nos abrió la puerta una monja muy joven, a la que calculé mi edad más o menos, y Ricardo repitió atropelladamente la letanía que, a modo de presentación, ya había empleado en otras ocasiones; luego le entregó el papel con sello de la universidad que nos había dado don Ramiro y, mientras ella lo leía con un gesto de confusión y desconcierto, se me ocurrieron unas palabras mucho más directas a las que solo cabían dos respuestas posibles: una podía conducirnos, de golpe, a la frustración y la otra a la esperanza.

—En realidad a quien buscamos es a sor Amalia.

Ante nuestra sorpresa, como si aquel nombre hubiese activado algún resorte mágico e invisible, la novicia sonrió y con un gesto de extrema amabilidad nos invitó a pasar y luego a sentarnos en un banco de madera que había en el vestíbulo. Con una mezcla de incredulidad y satisfacción, miré a Ricardo, que no estaba menos sorprendido que yo al ver que mis intuiciones habían resultado tan certeras. Sin embargo, mucho más cauto, me dijo que podía tratarse de una coincidencia y que quizá aquel nombre no correspondiera a la mujer que buscábamos. Solo le respondí que debíamos esperar para comprobarlo y, mientras tanto, me dejé invadir por el silencio y por la atmósfera de sosiego que allí se respiraba.

Todo alrededor, desde la madera de las puertas a las losetas del suelo, o desde la pintura de las paredes a los altos zócalos de azulejo, tenía un lustre excesivo, casi aséptico, y supuse que no quedaba ni rastro del antiguo convento que Gabriel Recarte había conocido. Pero el aire parecía detenido y olía a tomillo o a ajedrea, o a alguno de esos otros aromas del monte que yo, más acostumbrada al yodo y al salitre, nunca había sido capaz de distinguir. Aromas que seguramente provenían del pequeño claustro que se veía al fondo, a través de una puerta acristalada. Aquel lugar parecía la plácida antesala de un mundo aparte, inmune a todas las asechanzas del exterior, y me costaba creer que un aire tan puro hubiese estado alguna vez contaminado por el olor de la pólvora y el ruido de las armas. Al poco rato apareció la monja y, con las mismas maneras afables, nos condujo por una larga galería con puertas a ambos lados, alguna de las cuales me imaginé que sería la celda donde a Gabriel Recarte, en otro tiempo, le habían curado sus heridas.

Nos detuvimos ante una de ellas y me quedé un poco sobrecogida ante la imagen de la mujer que apareció frente a nosotros, sentada ante una mesa, al fondo de una espaciosa celda. Por un gran ventanal que daba al claustro, entraban unos haces de luz que iluminaban el contorno de su cuerpo, de manera que apenas se adivinaban los rasgos de su cara. De espaldas a ese foco de claridad, su hábito negro parecía rodeado de una aureola luminosa y las partículas de polvo que flotaban en el aire se me antojaron una rara emanación de santidad. Debido al fuerte contraluz, su cara y sus manos, únicas partes visibles de su cuerpo, permanecían en penumbra y por un momento me pareció más una imagen espectral que una figura de carne y hueso. Ricardo y yo nos habíamos quedado detenidos bajo el dintel, sin decidirnos a entrar hasta que escuchamos su voz, una voz cálida y armoniosa que sonó en nuestros oídos como si fuera el mejor de los salvoconductos:

—Pasad, pasad. Creo que sé lo que andáis buscando.

14

Avanzamos lentamente hacia ella, con el temor de que el ruido de nuestros pasos sobre las baldosas hiciera desvanecerse aquella imagen casi irreal que parecía estar apenas sostenida por los haces de luz. Ya mejor adaptados a la claridad, pudimos ver con más nitidez su rostro, aún oscurecido por el contraluz. No era tan mayor como yo me la había imaginado, aunque sus ojos, de un azul intenso, me confirmaron que se trataba de la mujer a la que buscábamos.

—Sabía que, tarde o temprano, alguien vendría a preguntar por aquellos libros —dijo mientras nos devolvía el papel timbrado que Ricardo le había entregado en la puerta a la novicia.

Los dos nos miramos sin saber qué decir y yo pensé que solo se podía responder a sus palabras con una sonrisa de agradecimiento. Al contrario de lo que había hecho el teniente Recarte, que nos había paseado con su camión por media Castilla antes de llevarnos de trinchera en trinchera por todos los barrizales de la Alcarria, aquella mujer había empezado centrándose, sin preámbulos ni rodeos, en lo único que nos interesaba. Y supe que, a partir de ese instante, ella sería la única dueña no solo de la conversación, sino también de nuestras voluntades.

—Yo sabía que aquellos libros, por su antigüedad, debían de ser muy valiosos, y estaba segura de que alguien vendría a reclamarlos. —Su voz era dulce y reposada, la misma cuyos efectos casi balsámicos nos había descrito Gabriel Recarte—. Pero, la verdad, después de tantos años reconozco que ya me había olvidado de ellos.

Comprendí que no iba a ser necesario hacerle demasiadas preguntas y pensé, mientras la veía rodeada de los haces de luz que entraban por el ventanal, que solo un milagro podía haber materializado a esa mujer ante nosotros. Me fijé en el pequeño crucifijo metálico que, clavado sobre un trozo de madera, había en uno de los extremos de la mesa y, aunque no recordaba haber ido a misa desde el día de mi primera comunión, me entraron ganas de rezar un padrenuestro.

—Antes de nada, lo que sí me gustaría saber, por curiosidad, es cómo habéis llegado hasta mí.

Ricardo se aprestó a contarle, esta vez con mayor orden que a la novicia, la forma en que siguiendo el rastro de *Las lágrimas de Belisa* habíamos conocido a Gabriel Recarte. Al escuchar aquel nombre, el rostro de sor Amalia, aunque oscurecido por la penumbra del contraluz, pareció iluminarse de repente.

—Él no sabía que usted era monja —añadí—, pero lo sospechaba. Y guarda muy buen recuerdo suyo, de eso puede estar segura.

—Yo también me acuerdo de él, aunque por desgracia fueron muchos los heridos a los que tuvimos que atender. Desde aquella noche que llegó casi desangrado al convento no dejé de sentir por él un afecto especial, por eso le dediqué también una atención especial. Era casi un crío, pero le recuerdo, sobre todo, por aquel libro manchado de sangre que encontramos en el camión...

Sonrió, o al menos a mí me pareció que sonreía, aunque luego pensé que más bien aquella era su expresión natural, un gesto en el que había una infinita comprensión por el sufrimiento o por las debilidades humanas. Su cara, de aspecto sereno y de facciones armoniosas, era de una palidez que resaltaba más aún en contraste con el color negro de su hábito. Aquella mujer, pensé, era como una flor de invernadero que permanecía allí preservada no solo del paso del tiempo, sino también de todas las mezquindades del mundo.

—Él no podía saber que yo era monja —continuó—, no podíamos pasearnos alegremente por el pueblo con los hábitos, habría sido una imprudencia o, peor aún, una provocación. En cuanto se supo que un batallón republicano avanzaba hacia aquí, el nuestro y todos los demás conventos se quedaron vacíos. Solo nos atrevimos a quedarnos unas cuantas de mi congregación.

Recordé la curiosa frase con la que el teniente había descrito aquella desbandada, diciendo que todos los conejos habían huido de sus madrigueras, y mientras veía la luz entrando a raudales por el ventanal, sentí que Sigüenza comenzaba a ejercer sobre mí una fascinación irresistible. Era como si la atmósfera de aquel convento, con sus lejanos aromas de monte, me proporcionara una visión diferente de las cosas, una visión que estaba a mitad de camino entre la alucinación, la realidad y el espejismo.

—Hacían falta médicos y enfermeras, y sabíamos que en ningún sitio íbamos a ser más útiles que aquí. Aquella pobre gente nos necesitaba, fueran del bando que fuesen. Teníamos que estar al lado de los que sufrían, lo demás nos importaba poco. No fuimos ni más valientes ni más fuertes, quizá solo más honestas que muchas otras compañeras nuestras que prefirieron marcharse.

Hablaba con una voz tenue y acompasada, pero firme al mismo tiempo, y sus palabras me producían un vago efecto hipnótico. Sin embargo, Ricardo no parecía demasiado afectado por las mismas sensaciones que me dominaban a mí, y aprovechando una pausa de la monja le preguntó qué había ocurrido con los libros durante los dos días que Gabriel Recarte había permanecido inconsciente. En el rostro de sor Amalia asomó un gesto sombrío que se desvaneció enseguida y, como si hubiera decidido quedarse con la parte más amable de sus recuerdos, volvió a sonreír otra vez.

—Aquellos libros nos tuvieron intrigados a todos durante varios días. Nadie sabía qué hacer con ellos y ni siquiera el propio Gabriel sabía cuál era su destino, o al menos nunca nos lo dijo. Yo, al principio, solo me preocupé de recoger el que ya conocéis, el que habían encontrado dentro del camión sobre un charco de sangre. Yo misma me encargué de limpiarle un poco las manchas; supuse que tendría algún valor especial para él, pero creo que ni siquiera lo abrió durante todo el tiempo que estuvo aquí. Tuve la curiosidad de leer algunas páginas y comprendí enseguida que era un libro muy valioso. Recuerdo que contaba una hermosa historia de amor.

—Los que ahora nos interesan son los otros libros —la interrumpió Ricardo, impaciente—, los de las nueve cajas que iban en el camión.

Sor Amalia se quedó pensativa y, mientras tanto, solo escuchamos un alboroto de pájaros que llegaba desde el claustro. Ricardo y yo contuvimos la respiración, a sabiendas de que sus siguientes palabras iban a ser como un hilo demasiado frágil que podría servirnos para salir del laberinto o para perdernos definitivamente dentro de él.

—Yo estaba allí, al lado de Gabriel, el día que un oficial le preguntó por aquel cargamento de libros. Pero él o no sabía nada o no quiso responder. De todas formas, a mí me pareció que Gabriel no tenía ningún interés por esos libros, así que hablé con el oficial y le pregunté qué pensaban hacer con ellos. Me dijo que, si no se me ocurría una idea mejor, iban a quemarlos allí mismo, delante de las puertas del convento, porque en esos momentos, añadió, todo lo que no servía para ganar la guerra no servía para nada. Entonces le dije que se desentendiera del asunto, que yo misma me encargaría de encontrarles un hueco en algún sitio. Conseguí que llevaran las nueve cajas a la biblioteca, que estaba convertida en enfermería, y allí se quedaron en un rincón, sin desembalar siquiera.

Las palabras de sor Amalia fluían de sus labios con una levedad casi acariciante, como gobernadas por un sentido común que resultaba muy tranquilizador para nosotros. Recordando las palabras de Recarte, la figura de la monja se me apareció de nuevo como la de un ángel avanzando con un crucifijo y una antorcha encendida entre la oscuridad de la guerra; pero mientras miraba otra vez de reojo el pequeño crucifijo de su mesa, una sombra de inquietud me hizo temer, de repente, que aquellos azares favorables no durasen demasiado.

—¿Entonces los libros se quedaron aquí? —preguntó Ricardo con cierto entusiasmo.

—Estuvieron aquí unas semanas, sí, pero este no era lugar para esos libros. —Hizo con la cabeza un gesto de negación casi imperceptible, pero suficiente para que yo comprendiera que estaban a punto de confirmarse mis temores—. En realidad este no era lugar para nada: era mitad cuartel y mitad hospital. Uno de esos días, durante un bombardeo de la aviación italiana, se incendió parte de la biblioteca aunque, por fortuna, la mitad de los libros pudieron salvarse. Aquel fue un día de milagros. Otra de las bombas cayó sobre la iglesia, pero no llegó a estallar. Atravesó el tejado y fue a parar al centro del altar, casi a los pies de la imagen de la Virgen del Rosario. Después de aquello muchos pensaron que Dios, al menos por una vez, estaba de parte de los soldados republicanos. Y como para darles la razón, pocos días más tarde vivieron cerca de aquí una de sus victorias más sonadas... Pero volviendo a los libros, a mí se me ocurrió que lo mejor sería llevarlos al Seminario Mayor, que tenía la mejor biblioteca de la provincia. Yo conocía a Néstor Hervás, que era el bibliotecario por entonces, y se comprometió a cuidar de ellos. Recuerdo que me dijo, exactamente, que se encargaría de buscarles un lugar seguro.

Ni Ricardo ni yo nos atrevimos a preguntar nada, tal vez porque era mayor nuestro miedo que nuestra curiosidad, tan solo nos limitamos a esperar a que continuara. Pero ella se encogió de hombros y me pareció que su cuerpo se empequeñecía comprimido por la presión de los haces de luz que la rodeaban.

—Poco más puedo deciros —continuó—. Unos días después fusilaron al obispo y se complicaron mucho las cosas. Para todos nosotros, la gente de hábito quiero decir, fue un golpe muy duro. Los pocos religiosos que quedaban se marcharon. Néstor Hervás prefirió quedarse, y también lo fusilaron pocos días después. Néstor Hervás era un hombre muy especial, un verdadero sabio. Era el mejor profesor de Teología del seminario, pero en los últimos meses le había dado por meter la sotana en asuntos políticos y no se lo perdonaron. No sé si conseguiría poner los libros, como me dijo, en lugar seguro, pero mucho me temo que no deberíais haceros demasiadas ilusiones: hiciera lo que hiciera con ellos, el seminario quedó bastante dañado durante la guerra. Y los pocos libros que se salvaron fueron trasladados a la biblioteca del Palacio Arzobispal, que, por cierto, también sufrió un incendio...

—¡Maldito país de pirómanos! —bramó Ricardo, removiéndose con nerviosismo en su asiento; y mirándole me acordé de la estatua de Eloy Gonzalo, cuya figura adquirió en mi imaginación un aire vengativo y siniestro.

Sor Amalia dirigió a Ricardo una mirada bondadosa en la que había un fondo de resignada amargura, y yo pensé que, a medida que avanzábamos en nuestra búsqueda, nos hundíamos en un suelo que se iba volviendo cada vez más fangoso.

—Después de la guerra bastante tuvimos con reconstruir todas las ruinas. Tengo que reconocer que acabé olvidándome de esos libros, aunque también es verdad que el nuevo obispo mantuvo unas relaciones un poco más distantes conmigo, no sé si como represalia por no haber huido en su momento, igual que hicieron casi todos... Pero ahora, con el obispo actual, todo es muy diferente. Tengo muy buena relación con él y si vais de mi parte, seguro que os recibirá encantado. Es un buen hombre.

Hizo un gesto con las manos extendidas, como si hubiese decidido cerrar una página de sus recuerdos para abrir otra, y luego preguntó:

—¿Y qué ha sido de Gabriel en todo este tiempo?

Miré a Ricardo como invitándole a que fuese él quien le diera noticias de su vida, pero comprendí que no tenía ningunas ganas de hacerlo, así que le resumí a sor Amalia todo lo que el teniente nos había contado, extendiéndome un poco más en aquel encuentro que había tenido con su futura mujer en el sobrado de Brihuega. Luego concluí repitiéndole que guardaba de ella el mejor de los recuerdos y que, después de su esposa y su madre, ella había sido la mujer más importante de su vida. Noté que se emocionaba, se levantó y con unos pasos lentos pero ágiles, que parecían casi levitantes, salió al pasillo. Al poco rato volvió con una pequeña caja de cartón entre las manos.

—Me gustaría que le llevarais esto de mi parte, son unos dulces que hacemos aquí.

Le prometí que lo haríamos y, al rozar sus mejillas con un beso de despedida, sentí su contacto terso, que no parecía de materia, sino de algún tejido suave y vaporoso. Ya en la calle se me vino otra vez a la memoria la imagen de Eloy Gonzalo, con su antorcha y su lata de gasolina, y pensé que ella sí era una auténtica heroína, aunque el suyo nunca había sido el heroísmo de los grandes gestos que pasan a la historia con letras mayúsculas, sino el de los grandes sacrificios anónimos. Una heroína que miraba el mundo con misericordia y que había limpiado la sangre de *Las lágrimas de Belisa* con el mismo amor de enfermera, de novia o de madre, con el que había limpiado también la sangre de tantas heridas. Una heroína que para nosotros tenía algo de Ariadna y que, al contrario del héroe de Cascorro, no llevaba una antorcha, sino una vela en su mano para guiarnos a nosotros a lo largo del laberinto por donde avanzábamos cada vez más desorientados.

15

Aunque desde el convento podíamos haber caminado casi en línea recta hasta el Palacio Arzobispal, nos habíamos internado por otro laberinto, no menos tortuoso, de calles estrechas y empinadas que tenían el aspecto de un escenario medieval expresamente montado allí para Ricardo y para mí, únicos protagonistas de un drama que alguien, desde algún lugar, parecía estar escribiendo para nosotros.

Yo iba pendiente de los detalles de las fachadas, de los caprichos de la rejería, de los cambiantes colores de la piedra arenisca, que a veces adquiría tonalidades mates y erosionadas, y otras veces se volvía de una intensidad rojiza y brillante. Pero Ricardo, con la frente y el cuello sudorosos, sobre todo cuando las calles se empinaban, caminaba con lentitud y entre resuellos, sin levantar la vista de aquellos suelos empedrados por donde yo me movía —según me dijo en algún momento— con la agilidad de una pantera. Le recordé que habíamos ido allí también a hacer turismo y me miró con cierta pesadumbre.

—Empiezo a estar un poco cansado de que nos manden de un sitio para otro. —Sacó su paquete de tabaco y encendió mecánicamente un cigarrillo, pero allí parado, en mitad de la cuesta, comprendió que lo último que sus pulmones necesitaban era una inyección de nicotina—. Tengo la sensación de que siempre que damos un paso adelante, damos otros dos hacia atrás.

A aquellas alturas, a pesar de la entereza que había mostrado hasta entonces, yo ya sabía que aquellas variaciones de ánimo formaban parte de su carácter. Por el contrario, yo comenzaba a sentirme cada vez más fuerte o más segura de mí misma. Intenté animarle y le dije que tenía el presentimiento de que el Palacio Arzobispal iba a ser el punto final de nuestro recorrido.

—Pues mis presentimientos lo que me dicen —replicó secamente— es que habría hecho falta un milagro para que esos libros se salvaran de tantos incendios. Y nunca he creído en milagros.

Reconocí que tenía toda la razón y, por una asociación inevitable, al oír la palabra milagro recordé el crucifijo de la mesa de sor Amalia y una vez más me entraron unas ganas absurdas de rezar un padrenuestro. Solo otro milagro como el de aquella bomba que no llegó a estallar, repetí para mis adentros, podía haber salvado los libros, eso era cierto; pero una parte de ese milagro ya se había cumplido al encontrarnos con sor Amalia, y tal vez solo otro milagro podía haber hecho posible que, cuarenta años antes, los libros hubiesen caído precisamente en sus manos.

—En este país todo lo hemos solucionado siempre con una antorcha y una lata de gasolina —insistió—. ¿Te acuerdas de Eloy Gonzalo? Pues ahí lo tienes. El monumento al pirómano. A poco que escarbemos, en la historia de España no vamos a encontrar mucho más que eso: pirómanos, sermones de curas y pelotones de fusilamiento.

Me acordé otra vez de aquella estatua y también pensé que quizá llevaba más razón de la que yo hubiera deseado, pero solo se me ocurrió decirle que estaba exagerando demasiado.

—Exagero todo lo que tú quieras, pero eso no cambia las cosas. Aquí, desde que empezó a funcionar la Inquisición, llevamos siglos quemándolo todo. Empezaron con las brujas, siguieron con los herejes, después continuaron con los libros, con las iglesias, con los montes... Debe de ser un gen incendiario que llevamos dentro. El caso de Eloy Gonzalo supongo que solo es un ejemplo más.

Lo del gen incendiario me resultó gracioso, sonreí sin ganas, y él, quizá estimulado por aquella sonrisa, se puso a describirme un escenario dantesco de brujas y herejes ardiendo en las hogueras, de santos asados a la parrilla y vírgenes quemadas en los altares, de monjas que salían de los conventos con los hábitos chamuscados, de bibliotecas en llamas y pueblos enteros reducidos a cenizas, y de bibliotecas donde miles de libros ardían como yesca... Y en medio de aquel espectáculo casi apocalíptico, aparecía de pronto el héroe de Cascorro, junto a muchos otros de su estirpe incendiaria, dispuestos a quemar todos los museos y todos los palacios y todas las bibliotecas del mundo.

Mientras pasábamos bajo el arco de una de las puertas de la antigua muralla, le recordé que también habían ardido Troya, Alejandría y Cartago, y mucho después Roma, París y Lovaina, y tantos otros lugares con los que nada tenía que ver el gen incendiario de Eloy Gonzalo, y de repente, tal vez porque no estaba dispuesto a darme la razón o para que yo comprendiera que en el fondo me la daba, cambió el tono de su voz y me susurró casi al oído:

—¿Pasamos a ver al Doncel?

De pronto me di cuenta de que estábamos frente a la catedral. Al ver abierta la puerta, recordé el sueño de Ricardo y un escalofrío, en el que había una mezcla de temor y deseo, recorrió todo mi cuerpo. Estuve a punto de ceder a la tentación, pero en el último instante pensé que había alguna trampa oculta en aquella visita y, sobre la marcha, se me ocurrió el único pretexto que podía resultar oportuno:

—Mejor lo dejamos para después. Creo que primero deberíamos ir a ver al obispo.

Aceptó a regañadientes y bajamos hacia el Palacio Arzobispal, cuyas suntuosas escalinatas me parecieron un signo que no solo ponía en evidencia un desnivel físico, sino también un desnivel jerárquico, porque contemplado desde abajo, a pie de calle, aquel edificio resultaba de una grandiosidad excesiva, que muy poco tenía que ver con la sobriedad arquitectónica de su fachada. Mientras Ricardo subía las escaleras resoplando, yo me había adelantado unos metros y, después de pulsar el timbre, me quedé esperándole en la puerta, apoyada contra la base de las dobles columnas de la portada.

—Me parece que fumas demasiado —le dije.

—Hay vicios peores —replicó, y estuve a punto de preguntarle a qué vicios se refería, pero en aquel instante apareció tras la puerta un seminarista de aspecto aniñado, que nos miró con extrañeza, como si estuviese viendo a un par de turistas descarriados. Enseguida cambió la expresión de su cara cuando yo le anuncié que veníamos de parte de sor Amalia, y tuve la certeza de que ese nombre iba a convertirse en el salvoconducto que nos abriría todas las puertas de aquel monumental edificio en cuya portada se leían, sobre un escudo, las palabras *Ex alto*.

El seminarista nos condujo al interior, nos invitó a sentarnos en una gran sala y poco más tarde regresó para decirnos que tendríamos que esperar aún porque el obispo se encontraba indispuesto y el secretario andaba despachando unos asuntos urgentes. Allí sentados, mientras transcurrían los minutos y se iba adueñando de nosotros una sensación de desamparo, tuve el presentimiento de que nuestra suerte comenzaba a torcerse. Acaricié la caja de dulces que nos había dado sor Amalia y eché de menos su voz suave y melodiosa. Frente al olor a patio fresco del convento, aquellos espacios grandes y desolados se me antojaron demasiado suntuosos, iluminados por una claridad fría y muy poco hospitalaria.

Aún tuvimos que esperar quince minutos más hasta que apareció un hombre que, con un timbre casi funcionarial en su voz, nos saludó con una seca cordialidad con la que me pareció que pretendía ser amable sin conseguirlo del todo. Llevaba el pelo muy corto, casi rapado, y tenía las mejillas enrojecidas y brillantes, como si acabara de afeitarse. Primero se disculpó por el retraso y luego nos dijo que el obispo se encontraba indispuesto pero que él, como secretario suyo, se encargaría de atendernos encantado.

Creyendo que su nombre conjuraría las malas vibraciones que aquel hombre había despertado en mí, dije que veníamos de parte de sor Amalia; él se limitó a sonreír mientras Ricardo, con un tono que ya me resultaba maquinal y monótono, comenzó a explicarle los motivos de nuestra visita.

Le escuchó con aparente atención al principio, pero no tardó en interrumpirle y comprendí enseguida que si ni siquiera había tenido la consideración de recibirnos en un despacho era porque no estaba dispuesto a perder mucho tiempo con nosotros.

—Me temo que esos libros no están en nuestra biblioteca.

Ni a Ricardo ni a mí nos sorprendieron sus palabras, porque llevábamos ya más de veinte minutos prevenidos para una respuesta de ese estilo. Pero lo peor, por su voz apremiante, era que el secretario del obispo, como yo había sospechado, no parecía dispuesto a prolongar demasiado la conversación.

—Hace ya más de cuarenta años de aquello —añadió—. Es verdad que todos los libros que pudieron rescatarse del seminario fueron trasladados aquí, pero piensen que este edificio sufrió también un incendio. A mí al menos no me consta que esos libros figuren en nuestros fondos bibliográficos. De todas formas, la biblioteca lleva cerrada varias semanas, se están haciendo unas obras de remodelación y lo único que puedo garantizarles es que nosotros gestionaremos debidamente el asunto.

Los dos nos quedamos con la duda de cuál sería el significado exacto de sus últimas palabras y por eso el secretario se vio obligado a añadir alguna aclaración:

—Lo pondré en conocimiento del señor obispo y me encargaré de pasarle un informe al bibliotecario. En unos cuantos días, si esos libros están aquí, recibirán ustedes noticias nuestras.

Me devolvió el documento donde estaban estampados el sello de la universidad y el nombre de don Ramiro y, al recogerlo, me sentí como si acabara de firmar una rendición. Pero Ricardo sacó de pronto un cigarrillo, lo encendió despacio y en su manera de recrearse en cada movimiento, con esa calma aprendida en los escenarios, comprendí que se había puesto a fumar en una actitud que tenía mucho de desafío o de provocación. Le vi aspirar el humo parsimoniosamente y expulsarlo luego en una espesa bocanada con la que pareció envolver la pregunta que ya tenía preparada:

—Entonces, ¿cuándo tendríamos que volver otra vez?

—No será necesario que vuelvan. Para ahorrarles molestias, yo mismo me encargaré de enviarles un informe.

—Preferiríamos hablar personalmente con el bibliotecario —insistió Ricardo—, o echar un vistazo a la biblioteca, si puede ser.

—En ese caso tendrán que esperar unos días, ya les he dicho que está cerrada por obras. Si me dejan algún número de teléfono les llamaremos. —Le apunté mi teléfono y el de Ricardo en un papel; luego añadió—: Y ahora, si me disculpan, tengo varios asuntos urgentes que atender.

Nos acompañó hasta la puerta, nos despidió con la misma cortesía distante con que nos había recibido y ya en la calle comenzamos a caminar despacio, sin ninguna dirección precisa. Noté que Ricardo, perdida ya la serenidad que había aparentado hasta entonces, volvía a dar unas caladas hondas y compulsivas a su cigarrillo.

—¿No tienes la sensación de que no le hemos caído muy bien a ese tipo? —le pregunté.

—La única sensación que tengo es de que acaban de darnos un portazo en las narices.

Comprendí su respuesta porque en aquellos momentos yo sentía también algo muy parecido, y poco más tarde, cuando llegamos otra vez ante la catedral, la decepción de Ricardo se acentuó al ver que la puerta ya estaba cerrada. Y supuse que eso, aunque no llegó a decirlo, fue para él como un segundo portazo que le impedía ver cumplido su sueño de abrazarme en la catedral junto a la tumba del Doncel. A partir de ese instante cayó en un estado de apatía del que ya no volvió a recuperarse en toda la tarde, ni siquiera cuando, después de comer, estuvimos deambulando por aquellas calles que parecían haber perdido de pronto todo su encanto. Y con la amarga sensación de que nos quedaban allí demasiadas cuentas pendientes, cogimos el tren de regreso.

Ya anochecía cuando llegamos a Madrid. Lo primero que hicimos fue dirigirnos a la casa de Gabriel Recarte, que no pudo disimular su sorpresa cuando le dimos noticias de sor Amalia y tampoco pudo evitar que las manos le temblaran mientras abría la caja de dulces, como si temiera encontrarse concentrados allí todos los recuerdos o todos los fantasmas de su pasado.

—El médico me tiene prohibidos los dulces, pero no puedo hacerle un desprecio a aquella mujer. —Mordió uno de los pastelillos y nos ofreció la caja para que hiciésemos otro tanto—. Ha sido un milagro que la hayáis encontrado allí después de tantos años.

Aclaré que solo a él le debíamos aquel encuentro milagroso y, radiante de satisfacción, cogió otro pastelillo y le fue dando pequeños mordiscos mientras escuchaba muy atentamente todos los detalles de nuestra conversación con ella. Sin embargo, reaccionó con indiferencia cuando le hablé de nuestra breve visita al Palacio Arzobispal y pensé que, si no le había interesado el destino de los libros cuarenta años antes, era natural que continuara sin interesarle. Después de tanto tiempo, nosotros habíamos aparecido en su vida para despertar dentro de él algunos de sus mejores recuerdos y también muchos de los más amargos, pero los libros no figuraban en ninguna de esas dos páginas del álbum de su memoria. Cuando por fin terminé de hablar se quedó unos instantes pensativo.

—Tenéis que hacerme un favor.

—Si está en nuestras manos, cuente con ello —le aseguré.

—Claro que está en vuestras manos. Tenéis que acompañarme algún día a hacerle una visita a esa mujer. No quiero morirme sin volver a verla.

Ni siquiera necesité mirar a Ricardo para saber que estaba pensando lo mismo que yo: que aquello, más que un favor, podía ser el mejor de los pretextos para regresar a Sigüenza. Le prometimos que no tardaríamos mucho en hacer ese viaje. Y aquella promesa, junto con el sabor de los pastelillos, consiguieron endulzarnos al mismo tiempo los ánimos y el paladar.

Sin embargo, cuando llegué a casa y recordé el mensaje que Daniel Carvajal me había dejado en el contestador, volvió a apoderarse de mí una desazón inexplicable. Lo escuché de nuevo un par de veces y al fin me decidí a llamarle, pero no cogió el teléfono. Luego volví a escuchar el mensaje de Marcos Villarrubia y pensé que en los últimos días había ido dejándome demasiados cabos sueltos por todas partes. Y mientras contemplaba a la mujer de la lámina de Hopper, sentí que los fragmentos de la mujer inconclusa que yo había sido siempre en lugar de ensamblarse se encontraban cada vez más descosidos.

16

Tardé aún varios días en localizar a Daniel Carvajal, que acababa de regresar de Londres, donde había estado una semana por asuntos profesionales, según me aclaró. Y esa aclaración, que me pareció innecesaria y casi pronunciada en tono de disculpa, me hizo sospechar que pretendía congraciarse conmigo. Pero me sorprendió más aún que quisiera invitarme a cenar aquella misma noche. No era muy urgente, me dijo, pero quería hablar conmigo cuanto antes y prefería hacerlo cara a cara en vez de por teléfono. A partir de ese instante ya no tuve ninguna duda de que la única razón de aquella cita eran *Las lágrimas de Belisa.*

Me había dicho que pasaría a recogerme en su coche, un detalle que seguramente carecía de importancia para él, pero que a mí, más que halagarme, me llenaba de turbación. Bajé a la hora convenida y él ya estaba allí, esperándome dentro del coche, enfundado en un traje color crema que le daba una sobria elegancia aunque, para sorpresa mía, había prescindido de la corbata, que casi formaba parte de sus señas de identidad; un toque informal que en el fondo agradecí porque no desentonaba demasiado con los vaqueros negros y el jersey blanco que yo, tras un buen rato dudando ante el armario, había elegido para la ocasión.

Mientras atravesábamos Madrid me dijo que, para evitar sobresaltos o encuentros inoportunos, había elegido un restaurante fuera de la ciudad, y aquella precaución al principio me pareció natural, porque supuse que me llevaría al mismo restaurante donde habría llevado antes a otras mujeres, probablemente también alumnas suyas. Y comprendí que no me había equivocado cuando imaginé, en la bañera, que Daniel era de esos hombres que invitaban a cenar a sus víctimas antes de llevárselas a la cama. A medida que pasaban los kilómetros, estuve tentada varias veces de preguntarle cuáles eran las razones de aquel interés tan repentino por hablar conmigo, pero otras tantas pensé que aún no eran ni el momento ni el lugar adecuados. Seguramente esperaría a tenerme frente a él para observar a plena luz todos mis gestos, porque las suyas eran, al fin y al cabo, las tácticas de un animal carroñero, como don Ramiro le había definido. Aquellas palabras y sus demás advertencias me hacían mantenerme en guardia, y la desconfianza se acentuaba también con el recuerdo de Ricardo, con quien no había vuelto a hablar desde nuestro viaje a Sigüenza.

Comenzaba a anochecer y el interior del coche iba quedando envuelto en una penumbra casi íntima a la que nuestros cuerpos parecían ir adaptándose con lentitud. Alguna vez, distraídamente, me rozaba el codo al hacer algún cambio de marchas, y yo reaccionaba tratando de evitar el contacto mientras me esforzaba por convencerme a mí misma de que en aquella cita no había, por mi parte, ninguna clase de deslealtad. Sin embargo, ese sentimiento de alerta se agudizó cuando vi que nuestro viaje terminaba en El Escorial. Recordé entonces que, según el relato de Gabriel Recarte, era de allí de donde había partido el camión de los libros, y mientras procuraba no establecer relaciones precipitadas, temí que Daniel Carvajal también conociera ya la historia que nos había contado el teniente.

El restaurante estaba próximo al monasterio y no era tan elegante como yo había supuesto, aunque sí bastante coqueto; enseguida uno de los camareros nos condujo ante una mesa situada junto a un gran ventanal. Ya sentados, al verme indecisa releyendo una y otra vez los platos y los precios, me sugirió que me dejara aconsejar por él; seguí su consejo, pero al instante me arrepentí de haberlo hecho porque deduje, por su sonrisa, que habría interpretado aquello como un signo de debilidad o, peor aún, de sumisión. Entonces, como si intentara continuar una conversación que aún no habíamos comenzado, me preguntó:

—¿Prefieres que empiece por el principio o por el final?

—Mejor por el final —respondí, aunque también podía haber dicho lo contrario, porque no estaba muy convencida de lo que prefería en realidad.

—Me alegro de que no te gusten los preámbulos. A mí tampoco me gusta perder el tiempo dando rodeos. —Sacó del bolsillo interior de su chaqueta un papel, lo desdobló muy cuidadosamente y lo puso delante de mí—. Aquí tienes. Es la copia de un contrato. Léelo y ya me dirás si te interesa.

Mi desconcierto se transformó en incredulidad cuando empecé a leerlo; al terminar, aún sin levantar los ojos del papel, él comprendió que aquel comienzo tan brusco iba a necesitar algunas explicaciones.

—Ya sabía yo que empezar por el final no iba a ser la solución más rápida. —Esperó a que el camarero nos sirviera el vino y continuó—: No sé si sabrás que, después de la muerte de Ramiro, van a cambiar un poco las cosas en la facultad. Algunos de esos cambios ya estaban previstos porque, al fin y al cabo, acababa de jubilarse, y en ese reajuste nos ha quedado una vacante.

Intenté disimular mi perplejidad, pero él ya tenía previsto que le preguntaría por qué razón era yo la elegida, y se anticipó a mi pregunta:

—Es una plaza de adjunta y se trataría de dar muy pocas clases, de momento. Me parece que tú tienes el perfil idóneo. Aunque yo no te conozco mucho, las referencias que me han llegado de otros profesores han sido excelentes.

Mi cara debía de reflejar de un modo demasiado visible una mezcla de ofuscación y desconfianza, porque estaba segura de que él no había puesto aún todas sus cartas sobre la mesa. Aunque había dicho que no le gustaban los rodeos, yo no podía evitar la sensación de que estaba dando un lento merodeo en torno a mí, como un animal que acechara a alguna presa atolondrada de la que, sin embargo, no acababa de fiarse por completo.

—Entre esos cambios hay uno que me afecta a mí. Voy a ser el nuevo decano y quiero cambiar algunas cosas, me gustaría rejuvenecer algunos departamentos que últimamente andaban bastante anquilosados. Hacen falta ideas nuevas y gente con ilusión, y eso es algo que resulta difícil de encontrar en algunos funcionarios. —Hizo otra pausa y no dejó de mirarme fijamente mientras el camarero ponía los platos sobre la mesa—. Tengo varios proyectos para el futuro y en alguno de ellos me gustaría que tú colaborases...

—Supongo que todo eso sería a cambio de algo —le interrumpí con frialdad, pero también con la inquietud de quien ya se sentía dentro de un cerco que comenzaba a estrecharse peligrosamente.

—A cambio de tu confianza, nada más.

Necesité tiempo para imaginar cuál sería el significado exacto que pretendía darle a aquella palabra y cuántas serían las trampas o los sacrificios que llevaría aparejados; por eso, mientras intentaba ganar unos segundos, me llevé la copa a los labios y di unos cuantos sorbos seguidos, tan cortos y maquinales que apenas llegaron a mojarme la garganta. Él hizo lo mismo, a la espera de alguna respuesta mía que no llegué a darle, y me limité a pedirle que fuese un poco más explícito. Le vi llevarse una mano al cuello de la camisa, como si buscara aflojarse el nudo de la corbata, pero aquel movimiento fallido, unido a mi silencio, cuajaron en un gesto que me pareció de contrariedad. Entonces comprendí que había dado por concluido su asedio y estaba a punto de pasar al ataque directo.

—Supongo que ya sabrás que nuestra facultad ha comprado la biblioteca de Ramiro. Entre sus libros hemos encontrado uno muy valioso y sospecho que tú sabes de ese asunto algo más que yo.

Traté de no perder la naturalidad y, como no estaba muy segura de si aquello era una afirmación o una pregunta, me puse a desmigar el pan distraídamente para darle a entender que no estaba dispuesta a avanzar por ahí.

—Ya sabes que por los pasillos de la facultad todo se acaba sabiendo, y yo si puedo presumir de algo es de tener buenas fuentes de información. Me dijeron que a finales de junio tu amigo Ricardo Valle y tú estuvisteis en el despacho de Ramiro. Después fue su mujer quien me dijo que habíais estado un par de veces en su casa, aunque la pobre no fue capaz de darme muchos más detalles; eso me bastó para suponer que, antes de morir, Ramiro os habría revelado ese secreto que tenía tan celosamente guardado. Caí en la cuenta de que tu amigo Ricardo está haciendo la tesina sobre el teatro medieval y de que Ramiro era quien se la dirigía, así que las cosas empezaron a cuadrarme. Lo que ya no veo tan claro es el papel que tú juegas en todo esto, pero confío en que me lo puedas aclarar.

Como buscando en ella un parapeto con el que protegerme, me llevé otra vez la copa a los labios, aunque no llegué a beber, y la sostuve en la mano agarrándola con el absurdo temor de que, si la soltaba, el mundo podría derrumbarse a mi alrededor. Mientras los ojos de Daniel Carvajal, fríos y desconfiados, adquirían un brillo casi verdoso, pensé que las advertencias de don Ramiro y todos los recelos de Ricardo se acababan de materializar de golpe sobre la mesa de aquel restaurante, donde de pronto me sentí sola, débil y acorralada.

—Ese libro puede cambiar la historia de la literatura, creo que eso ya lo sabes. Y también sabrás que lo más importante de todo es que ese volumen viene a demostrar la existencia de otros libros. No sé cómo llegó a manos de Ramiro, porque su mujer tampoco fue capaz de decírmelo, pero estoy convencido de que tú sabes algo más que quizá me quieras contar.

Sus palabras, cordiales e implacables como una herramienta de doble filo, caían sobre mí con la precisión de un bisturí, pero también con la tenacidad de un taladro. Sin embargo, aparenté todo el temple del que fui capaz y esperé a que el camarero nos dejara las lubinas sobre la mesa. Aunque el pescado nunca había sido mi plato favorito, me había dejado aconsejar por él y temí de repente que aquella concesión pudiera llevarme a otras mucho más peligrosas. Por eso, aparentando una firmeza que era más fingida que real, intenté responderle con su misma claridad y contundencia:

—Así que lo del contrato es un chantaje.

—Digamos mejor que se trata de mutuo interés —matizó—, o mejor aún, de mutua necesidad. La universidad necesita esos libros, tú necesitas ese contrato, yo te necesito a ti. Creo que todos podemos hacer un buen negocio.

Aquel rápido triángulo de necesidades y de relaciones con las que no me acababa de identificar me pareció no solo caprichoso, sino también incompleto:

—Suponiendo que existan, no sé dónde están esos libros —reconocí, con la convicción y la tranquilidad de que no estaba mintiendo—; pero aunque lo supiera, creo que hay otras dos personas que también deberían entrar en ese juego de intereses.

—Si lo dices por Ramiro, no te preocupes, su memoria va a seguir honrándose como se merece. Tengo intención de crear una cátedra de teatro, o algo parecido, con su nombre. De momento ya he recompensado a su viuda con la compra de la biblioteca. Y en cuanto a ese amigo tuyo, Ricardo Valle, tendría la posibilidad de terminar su estudio con un material de valor incalculable. No tengas ninguna duda, todos ganamos con esto.

Observé su gesto reposado y expectante, con aquel aire un poco insolente de quien estaba acostumbrado a conseguir siempre lo que se proponía, y pensé que se le había olvidado explicar cuáles eran sus propios beneficios en aquel reparto de intereses. Recordé otra vez a Ricardo y a don Ramiro y me sentí sucia y desleal por haber aceptado aquella cena que, como había sospechado, no era más que una trampa, una de las muchas trampas que Carvajal tal vez me tenía preparadas.

Estaba comenzando a perder el apetito, pero me llevé un pedazo de lubina a la boca y, mientras lo masticaba, tuve la antigua sensación de que estaba comiéndome a mi padre, igual que me había ocurrido muchas veces durante mi infancia. Tragué con asco un par de bocados más, pero sentí algo parecido a una señal de alarma encendiéndose en mi estómago y supe que aquel pescado iba a dejarme en el cuerpo huellas mucho peores que las que el recuerdo de mi padre iba a dejarme en el ánimo. Noté un sabor agrio subiéndome desde el estómago hasta la garganta y apuré de un trago el vino de mi copa, quizá para mitigar la acidez o para espantar mis temores. Después, con un ademán que no necesité explicar con palabras, le di a entender que no estaba dispuesta a seguir hablando de aquel asunto. Hubo un largo silencio durante el cual solo oí un murmullo de voces, un ruido de cubiertos que chocaban contra los platos y finalmente la voz del camarero, que se había acercado a nuestra mesa para preguntarnos por el postre.

—Tienes tiempo para pensártelo —dijo por fin—. No hay prisa para firmar ese contrato, pero tampoco convendría retrasarlo demasiado. He empezado a recibir ya las presiones de algunos compañeros; como puedes imaginarte, es una plaza bastante golosa...

Meditabundo, cogió el papel muy lentamente, como a la espera de que yo detuviese el movimiento de su mano y, con un asomo de decepción, se lo guardó de nuevo en el bolsillo interior de la chaqueta.

—Y otra cosa —añadió, endureciendo un poco su tono de voz, aunque no llegó a resultar inquietante ni amenazadora—. Decidas lo que decidas, conviene que esta conversación se quede entre nosotros. Por el bien de todos, ni tu amigo Ricardo ni ninguna otra persona relacionada con la facultad deben saber nada de esto.

El malestar del estómago se me había subido a la garganta y allí se me instaló con el desagradable sabor de un vómito. Igual que cuando era niña, pensé que los cuerpos de los náufragos, disueltos en la lubina, se habían confabulado contra mí y estaban causando estragos en mi digestión. Pero en el fondo sabía que aquella solo era una forma de tranquilizarme a mí misma, porque en el origen de esa acidez no estaban los jugos gástricos, sino más bien unos sentimientos que se alimentaban de la incertidumbre o del miedo, de la vergüenza o de la culpa. Después del postre quiso invitarme a una copa, pero no le mentí al decirle que no tenía el cuerpo para copas sino para un buen lavado de estómago, aunque lo que necesitaba en realidad, pensé, era un lavado de conciencia.

Durante el viaje de regreso comencé a sentir unos agudos retortijones y supuse que mis tripas se habrían contagiado de la misma inquietud que atenazaba mis pensamientos, y en cuanto llegué a casa vomité en el lavabo y después, como si se tratara de una penitencia que me duró toda la noche, estuve yendo y viniendo de mi habitación al cuarto de baño y arrepintiéndome de haber probado la lubina, pero sobre todo de haber aceptado aquella maldita cena por la que ya estaba pagando un precio demasiado alto en forma de retortijones y remordimientos.

17

Igual que una culebra en su escondrijo, estuve varios días sin salir de casa, con fiebre y con las tripas todavía revueltas, luchando contra mi mala conciencia y contra aquella tormenta que se había desatado dentro de mis intestinos. Pero como si mi cuerpo o mi alma me preocuparan menos que mi futuro, el primer día que por fin pisé la calle no fue para ir a un médico ni a un psicólogo, que era lo que probablemente necesitaba, sino al cuchitril de una echadora de cartas.

Fue Irene Vidal quien, involuntariamente, tuvo la culpa de ello. Recordé que en nuestra cena de despedida nos había hablado de una vidente que le había leído su futuro y le había vaticinado, entre otras cosas, que un viaje cambiaría su vida. Quizá porque aún me encontraba bajo los efectos de la fiebre, o porque estaba mucho más desesperada de lo que creía, llamé a Irene para pedirle la dirección de la pitonisa y me confirmó, con esa euforia de los que se saben dueños de su destino, que se habían cumplido una por una todas las predicciones del tarot, entre ellas la de ese viaje que ya había comenzado a cambiar su vida.

Tenía su consulta en un piso próximo a la plaza de Cascorro, y eso lo interpreté como una señal de que mi futuro quizá estaba conectado con Ricardo y con *Las lágrimas de Belisa.* En el portal, de paredes mugrientas y desconchadas, había un cartel donde, con el nombre de Erinia, se anunciaba la vidente. Me sorprendió aquel nombre tan llamativo que, según recordaba de la mitología griega, era el equivalente a las furias latinas. Unas criaturas monstruosas, con cabezas tocadas de serpientes, que eran las diosas infernales de la venganza y que perseguían a los criminales o los acosaban hasta matarlos o volverlos locos. Según el cartel, además de vidente era curandera, echadora de cartas, quiromántica, masajista espiritual y médium, y tenía más de treinta años de experiencia en todos los campos de la alta magia. En letra más pequeña, con una palabrería que me pareció más propia de un anuncio de quitamanchas, se aseguraba, entre otras memeces, que a través de ella la solución a cualquier problema era rápida, eficaz y garantizada. Y todo ello vino a confirmar mi idea de que los adivinos, con bola de cristal o sin ella, no eran más que unos embaucadores que, como buenos charlatanes de feria, se dedicaban a jugar con la ingenuidad, con la desesperación o con la buena fe de la gente.

Por una escalera que crujía como si fuera a derrumbarse a cada paso bajo mis pies, subí hasta el rellano de la primera planta. El cuchitril donde Erinia ejercía sus buenas o sus malas artes era un cuartucho sin ventilación, con un fuerte olor a sándalo y a cera. Su profusa decoración lo hacía parecer aún más pequeño de lo que era en realidad, y todo tenía un aire de abigarrado retablo donde convivían impúdicamente la religión, la hechicería y la magia. Dos hachones encendidos y una lámpara sobre la mesa camilla le daban al cuarto una iluminación tenue e indecisa. Colgados por las paredes había algunos pósteres, entre ellos uno que representaba la figura de un ahorcado y otro una virgen con el corazón atravesado por siete cuchillos; un calendario azteca, un afiche con un gigantesco ouroboros y una máscara de madera, y alrededor, colgados de alcayatas, rosarios, herraduras e innumerables objetos que supuse tendrían un valor de amuletos.

Más que de bruja o de furia mitológica, Erinia tenía más bien el aspecto de una matrona muy entrada en carnes, y sus mejillas mofletudas y sonrosadas le transmitían una apariencia bonachona. Llevaba el pelo recogido en una larga trenza entrecana y tenía un tono muy apacible al hablar. Debió de notar, nada más verme, mi actitud recelosa y, tras preguntarme mi nombre y recordarme el suyo, me invitó a sentarme en la única silla que había frente a ella. Me quedé mirando alrededor, como tratando de encontrarle algún sentido decorativo a aquella caótica mezcla de objetos, entre los que ella parecía tener muy asumido su papel de grotesca y oronda sacerdotisa.

—Pareces un poco nerviosa, pero no te preocupes, suele pasar, sobre todo si es la primera vez que vienes a un sitio como este. —Su voz tenía un timbre cálido y envolvente que se me antojó maternal o protector—. Algunos dicen que este ambiente les da un poco de miedo, pero a lo que le tienen miedo en realidad no es a mí, sino a esto.

Señaló con su dedo índice la baraja que había en el centro de la mesa y reconocí que aquel lugar tenía algo de sobrecogedor; pero a pesar de las juiciosas palabras de Erinia, se me ocurrió que el único miedo que yo sentía en aquellos momentos era el miedo al ridículo.

—A lo que tienen miedo es a enfrentarse a su destino. Y ese destino está escrito aquí, en estas cartas. —Cogió mi mano izquierda entre las suyas, acarició con sus dedos las líneas de mi palma y añadió—. Y también aquí, claro.

Por suerte no dijo que el destino estuviera también escrito en la bola de cristal que había tras ella, sobre una estantería, porque eso me habría decepcionado bastante; le dije que solo me interesaba saber lo que me decía el tarot. Acto seguido cogió delicadamente las cartas y las barajó con mimo y con mucha parsimonia antes de situarlas en el centro de la mesa. Alargué la mano derecha para hacer el corte al que estaba invitándome, pero me detuvo mientras decía:

—El corte debe hacerse con la izquierda.

Pensé que si había pretendido abrir el libro de mi destino con la mano equivocada, aquel no era el mejor de los comienzos y, confusa, me dispuse a realizar el corte con la izquierda. Antes de hacerlo, me quedé unos instantes imaginando que todos los innumerables caminos de mi futuro, si es que estaban ya trazados, se congregarían de golpe en ese corte azaroso, en esa primera elección que me situaría, ya sin remedio, ante un laberinto de bifurcaciones sin posible regreso al punto de origen. Corté por fin y mostré la carta: era una damisela elegante que abría las mandíbulas a un perro, y enseguida intenté buscar algún significado a aquella figura, pero no se me ocurrió ninguno. Muy ceremoniosamente, Erinia situó esa primera carta junto a mí y después fue ordenando, por parejas, las ocho siguientes, hasta situar la última en el extremo opuesto, como cierre de una pasarela por donde imaginé a mi sombra caminando insegura para no tropezar con los obstáculos que saldrían a su paso. Intenté adivinar en su cara algún gesto que delatara sus pensamientos, pero su expresión neutra y concentrada no reflejaba ninguna clase de emociones. Las miró una y otra vez, como si estuviera examinando las páginas sueltas de un libro desencuadernado, y dijo por fin:

—Veo que tienes algún problema serio. Pero en general lo que te dicen es positivo.

Se me ocurrió que aquello formaba parte de alguna estrategia que consistía en dejar desde el principio contentos a todos los clientes y le rogué que no me mintiera, aunque lo que viese en las cartas no fuera del todo favorable.

—Yo me limito a interpretar lo que veo. Mira: esta primera carta, en la que aparece como consultante la Fuerza —se refería a la damisela— te otorga recursos para dominar las situaciones y te da esperanzas de éxito. Tienes determinación y coraje; debes confiar en tu poder, porque podrás obtener lo que te propongas. Estas otras —continuó, señalando la primera pareja, que estaba formada por una estrella y la siniestra imagen de un ahorcado—, marcan el mundo de los afectos. Es una combinación poco favorable para tus relaciones; aquí noto algunas vibraciones negativas. Puedes tener conflictos, alguna separación, discusiones familiares o sentimentales, algo así...

Analicé la relación que sus palabras podían tener con mi propia vida, pero me parecieron alusiones tan vagas como las que alguna vez había leído en los horóscopos de los periódicos. Si todas sus predicciones eran tan imprecisas como aquellas, pensé, la visita iba a resultar mucho más decepcionante de lo que había imaginado.

—La siguiente pareja —prosiguió—, la de la Luna con el Emperador, se refiere al poder y a la autoridad; habla de un posible ascenso o de un éxito en el plano social o laboral. Podría tratarse de algún proyecto que tienes entre manos y que se podría materializar a corto o medio plazo.

Miré con cierto interés esas dos cartas y por primera vez sentí que sus palabras podían encajar, aunque con demasiada vaguedad, con mis planes futuros. Luego miré a Erinia, que permanecía muy atenta a las siguientes cartas buscando en ellas nuevas señales de mi destino.

—Las dos siguientes, el Sol y el Mundo, hablan del dinero, del bienestar económico; ahí veo bastante seguridad, tus méritos personales te permitirán disfrutar de cierto poder. No es nada inmediato y parece que te surgirán algunas dificultades al principio, pero una vez que las superes gozarás de una gran estabilidad. —De nuevo sus palabras me trajeron a la memoria el lenguaje vacío y genérico de los horóscopos de la prensa, y me pareció que aquello era una manera de decir mucho sin arriesgar demasiado, pero comprendí que eso formaba parte de las reglas del juego—. Estas dos que ves a continuación son la carta número XIII y la Papisa, y la combinación de las dos no resulta demasiado favorable. Te avisan de alguna dolencia física o psicológica, de algún disgusto, o simplemente de algo que te causará mucha inquietud, puede que vayas a atravesar momentos de gran melancolía, tristeza... Quizá se trate de algo relacionado con las dos primeras cartas, algo que tenga que ver con tu vida afectiva, puede que con la familia.

Pensé que aquella mujer podría estar esforzándose de verdad por ordenar las páginas descosidas de mi destino, y no dejaba de asombrarme su capacidad para improvisar mensajes congruentes a partir de aquellas figuras en donde yo solo veía, por ejemplo, un horrible esqueleto segando yerbas con su guadaña, una elegante señora con pamela abriendo las mandíbulas a un perro o un rey que iba montado en un carro tirado por caballos, que a mí me recordaba a la diosa Cibeles. De hecho, algunas de sus observaciones encajaban a la perfección conmigo, aunque era tal su vaguedad que podrían haber encajado con cualquiera. También podía suceder, y era esta la solución más sensata que se me ocurría, que Erinia, con todas las buenas y las malas artes de su oficio, tan solo estuviera tomándome discretamente el pelo mientras, con su voz dulzona y protectora, iba hilvanando para mí la misma sarta de tópicos que repetiría muchas veces ante tantas víctimas incautas como yo. En cualquier caso, para no dar por perdida del todo la visita, prefería creer que en el emparejamiento de aquellas cartas, el Sol y el Mundo, la Luna y el Emperador, el número XIII y la Papisa, tenían algo que ver no solo la decisión de mi mano al cortar la baraja, sino también los misteriosos designios del azar, que actuaban contra mi voluntad o por encima de ella.

—Y esta última, el Carro, que es la carta que te da el mensaje —concluyó, ajena a mis elucubraciones y a mis dudas—, es también una carta positiva. Te dice que debes tener confianza en ti, que tus posibilidades son buenas y realizables. El consejo que te quiere transmitir es que debes tener fe en tus propias ilusiones, y también firmeza y decisión para llevarlas a cabo. En los momentos de duda, piensa siempre que el Carro te da fuerzas para continuar adelante; te transmite el mensaje de que nunca debes abandonar la ruta que hayas decidido seguir. Y por cierto... —me miró fijamente y luego volvió a examinar las cartas, como si no estuviera muy convencida de lo que veía—, puede que todo eso tenga algo que ver con un viaje...

—¿Un viaje? —la interrumpí.

—Un viaje que podría cambiar tu vida, o que quizá tenga algo que ver con tus proyectos. Un viaje en el que veo también a un hombre.

Sugestionada por aquellas palabras, apareció en mi mente la imagen del hombre que, de espaldas a mí, me llevaba en su barco en medio de una tormenta, y luego surgieron en mi imaginación las calles empinadas de Sigüenza y la estatua del Doncel, y consideré muy seriamente la posibilidad de que Erinia fuese algo más que una mera charlatana de barraca; pero al instante, recordando lo que Irene Vidal había dicho la noche de nuestra despedida, pensé que su destino y el mío, según la vidente, comenzaba a tener demasiados puntos en común, y eso me llevó de nuevo a desconfiar de sus palabras.

No fui capaz de contener una sonrisa irónica al pensar que lo del viaje quizá sería uno de los clichés que la pitonisa utilizaba para ilusionar a todas las almas ingenuas que, como yo, acudían a su consulta. Traté de hacer un rápido resumen mental de todos los datos que me había proporcionado, y de pronto me pareció que, en vez de predecirme el futuro, lo que había hecho era describir mi presente, como si más que en las cartas hubiera sido capaz de leer en mis ojos o en mi cara. Salvo el viaje, que parecía formar parte obligada de su repertorio, no me había resuelto ninguna duda ni tampoco me había aportado nada que yo no hubiese sospechado antes; pero tal vez esa era la clave del éxito de cualquier vaticinio: moverse en unos márgenes de ambigüedad suficientes para que después la realidad pudiera ajustarse a ellos.

En el caso bastante improbable de que Erinia no fuese una vulgar timadora, y si de verdad en aquellos arcanos estaba escrito mi futuro, lo único que la vidente me había revelado, como mucho, eran las letras sueltas de un mensaje cifrado, y era solo a mí a quien correspondía ordenarlas para que adquiriesen algún significado coherente. De manera que estaba, más o menos, como al principio. Y un poco mareada por el olor a sándalo y a cera derretida, le pagué y salí de allí con las mismas dudas con las que había entrado.

18

Ricardo empezaba a impacientarse a medida que transcurrían los días sin que nos llegaran noticias de Sigüenza. Aunque seguía trabajando a ratos en su tesina, había llegado a un punto muerto del que no sabía cómo salir y, según me dijo, necesitaba con urgencia *Las lágrimas de Belisa* para continuar adelante. Suponiendo que, a aquellas alturas, el libro estaba ya en manos de Daniel Carvajal, me llamó una tarde para decirme que había decidido hablar con él: solo para intentar negociar, añadió, aunque era consciente de que se encontraba en desventaja. Además, las relaciones entre ellos nunca habían sido buenas; por eso me pidió que le acompañara, convencido de que yo podría actuar de puente entre los dos.

Con tal de no verme en semejante trance, estuve a punto de sincerarme con él y contárselo todo, pero me sentí atrapada entre uno y otro, en medio de una maraña de promesas, mentiras y lealtades, donde cualquier dirección que eligiese estaba segura de que sería la equivocada. Entonces recordé a Erinia asegurándome que, en los momentos de duda, el Carro me daría fuerzas para seguir adelante y nunca debía abandonar el camino que hubiera decidido emprender. El problema era que aún no sabía cuál era ese camino, y al final, empujada por el temor, por la cobardía o por mi propio egoísmo, solo fui capaz de advertirle a Ricardo que mis relaciones con Carvajal no eran mucho mejores que las suyas; y mientras se lo decía recordaba avergonzada la cena en El Escorial y notaba otra vez, en mis tripas, los retortijones que me había provocado la lubina, como si fuesen señales de alarma con las que mi cuerpo estuviera defendiéndose de alguna amenaza.

Comencé a resignarme, pues, a lo que parecía inevitable: encontrarme cara a cara ante los dos, convertida en el vértice de un peligroso triángulo de complicidades, mediando entre uno y otro con un doble disfraz, y compartiendo con cada uno un secreto diferente que el otro no debía conocer, a sabiendas de que estaría engañándolos a ambos. Según me la imaginaba, aquella escena podía resultar tan insoportable para mí como si me encontrara entre un marido y un amante que ignoraran que les estaba poniendo los cuernos al uno con el otro.

A partir de ese instante supe que Ricardo pasaba a formar parte de la madeja de secretos y engaños que yo iba tejiendo a mi alrededor. En el centro de aquella maraña, yo misma empezaba a sentirme atrapada entre mis propios hilos, aunque esa situación angustiosa me producía al mismo tiempo una inexplicable sensación de dominio. Me sentía como si yo fuese el nudo que atara dos cuerdas sin conexión entre sí, un nudo que a medida que las cuerdas se tensaban por uno y otro lado, iba haciéndose cada vez más fuerte.

En aquellos primeros días de octubre los pasillos de la facultad estaban aún casi vacíos y, al pasar frente al salón de actos, de pronto Ricardo me agarró del brazo y, antes de que pudiese reaccionar, me encontré frente a aquel patio de butacas donde habíamos pasado tantas horas y del que conservábamos tantos y tan buenos recuerdos. Le vi subir al escenario, imitando los pasos torpes de Pleberio, y en el silencio del salón comenzó a recitar, con su voz cavernosa, algunos fragmentos de su monólogo en los que hacía una dura diatriba contra el amor, saltándose frases a su antojo, como siempre había hecho: «Pero ¿quién forzó a mi hija a morir, sino la fuerte fuerza del amor? [...] ¿Quién acompañará mi desacompañada morada? [...] Ni sé si hieres con hierro, ni si quemas con fuego. Sana dejas la ropa; lastimas el corazón. Haces que feo amen y hermoso les parezca. ¿Quién te dio tanto poder? ¿Quién te puso nombre que no te conviene? Si amor fueses, amarías a tus sirvientes; si los amases, no les darías pena. Si alegres viviesen, no se matarían, como agora mi amada hija

[...]. Enemigo de amigos, amigo de enemigos, ¿por qué te riges sin orden ni concierto?».

Sus últimas palabras se quedaron resonando con un eco sordo entre las paredes del salón y le dediqué unos cuantos aplausos que hicieron aún más visible la soledad y el vacío. Quizá esperaba que yo subiera al escenario y me arrancase con alguna de mis frases favoritas, pero todas ellas no habrían hecho más que resaltar la ausencia de Marcos Villarrubia; y mientras me mantenía allí como una simple espectadora, pensé que la cándida Melibea a la que yo le había prestado mi voz y mi cuerpo se había volatilizado, tal vez ya para siempre, dentro de mí.

Lentamente, Ricardo se puso a caminar de un lado a otro del escenario, como si estuviese despidiéndose de un territorio propio que ya había dejado de pertenecerle, y viéndole moverse al ritmo de los crujidos de la tarima, me pareció que no solamente se había quedado solo dentro del escenario, sino que también se estaba quedando solo fuera de él.

Salimos de allí hacia el departamento de Daniel Carvajal, pero comprobamos que estaba cerrado. Fue Lorenzo Blanco quien nos explicó que se había trasladado al antiguo despacho de don Ramiro y, al verle allí sentado en un sillón de cuero, recién estrenado su nuevo cargo de decano, la suya se me antojó la estampa de un elegante usurpador. Olía aún a madera nueva y a barniz reciente y las viejas estanterías habían sido sustituidas por unas vitrinas acristaladas que le daban a aquel espacio un aire más confortable. También la mesa había sido reemplazada por otra nueva, de madera más noble, y sobre ella reinaba un orden muy distinto al de su antiguo propietario. Después de saludarle con un frío apretón de manos, Ricardo se quedó mirando alrededor, sorprendido por aquellos cambios y seguramente pensando lo mismo que yo.

—Ya veis que las cosas han empezado a cambiar en esta casa. —A pesar de la amabilidad casi excesiva con la que había decidido recibirnos, no pude evitar el recuerdo de la lubina, y un sabor a vómito me subió hasta el paladar—. Decidme, ¿qué os trae por aquí?

Se había dirigido a mí suponiendo que sería yo la responsable de aquella visita, pero desvié los ojos hacia Ricardo que, titubeante, se llevó la mano a un bolsillo buscando el consuelo del tabaco y, por fin, con mucha más brevedad de la que yo esperaba, le explicó el problema que tenía con su tesina. Mientras se acariciaba el nudo de la corbata, Carvajal sonrió como para demostrarnos que estaba dispuesto a ser comprensivo.

—Como os acabo de decir, estamos cambiando algunas cosas y esos cambios no solo afectan a la decoración de los despachos. —Clavó sus ojos en mí, quizá para que recordara que algunos de esos cambios también podrían afectarme. No fui capaz de sostenerle la mirada y reparé en un cactus que había sobre un estante, en un pequeño tiesto de plástico. Después volvió a centrar su atención en Ricardo.

—Tu trabajo de investigación es una de esas cosas que tengo pendientes. Ya he pensado en ello, no te preocupes, llevamos unos días de mucho ajetreo, pero el asunto es demasiado interesante como para que lo echemos en olvido. He decidido que yo mismo me voy a encargar de dirigírtelo. Es lo menos que puedo hacer por la memoria de Ramiro.

Aunque no había ningún resabio de cinismo en su última frase, supuse que aquella decisión no era una buena noticia para Ricardo, a quien vi intentando disimular su desconcierto, y le recordé paseándose unos minutos antes por el escenario vacío, en una imagen donde ahora se fundían la desolación de Pleberio y la suya propia. Con los ojos de un náufrago que hubiese entrevisto los brumosos perfiles de alguna isla lejana, se quedó a la espera de algún comentario mío; pero yo, como una amante infiel para los dos, había decidido mantenerme en un cómodo terreno neutral desde donde volví a sentirme un nudo entre ambos extremos de la soga, un nudo que comenzaba a tensarse peligrosamente y que me hacía ser cada vez más fuerte aunque quizá también más miserable. Esquivé su mirada y fijé la mía en las baldas de aquellas estanterías nuevas por si acaso localizaba entre los libros el tejuelo raspado de *Las lágrimas de Belisa*, pero era evidente que Daniel Carvajal le había reservado un escondrijo menos visible y mucho más seguro.

Ricardo se apoyó contra el respaldo de la silla, seguramente para aparentar la serenidad que ya empezaba a faltarle, encendió un cigarrillo y me pareció que estaba a punto de jugar una última baza en la que él y yo aún estábamos juntos; una baza desesperada en la que se veía obligado a enseñar unas cartas y a ocultar otras. Pero los dos sabíamos que aquella partida estaba perdida de antemano.

—Don Ramiro nos habló de un libro que podía ser muy importante para mi estudio: una obra de teatro anterior a *La Celestina*. Nos lo enseñó un día en su casa y prometió que me lo dejaría, pero desapareció este verano, cuando la universidad compró su biblioteca...

Daniel Carvajal sonrió abiertamente, con esa confianza que le daba el saberse no solo dueño del libro, sino también de la situación y hasta de mi propia complicidad.

—Por eso no debes preocuparte tampoco. Ese libro está ahora en poder de la facultad, que es donde siempre tenía que haber estado. Es demasiado valioso para que ande circulando por ahí de mano en mano, pero cuando lo necesites estará a tu disposición, por supuesto.

—Es que lo necesito ya. —El énfasis que Ricardo puso en la última palabra hizo que resonara en el despacho como el chasquido de un látigo, y fue como si en ese adverbio hubiese concentrado de golpe la urgencia de todas sus ilusiones y todos sus proyectos. Pero Carvajal no estaba acostumbrado a ceder, ni mucho menos a permitirse ninguna clase de piedad.

—Ten paciencia. Ya os he dicho que estamos haciendo algunos ajustes y antes de eso hay que resolver ciertos asuntos pendientes: cuestiones administrativas y otras rutinas por el estilo. Pero dispondrás de ese libro en el momento oportuno, tienes mi palabra.

Por la mirada de Ricardo deduje que iba a preguntarle quién tenía el derecho a decidir el momento oportuno, pero debió de parecerle tan obvia la respuesta que ni siquiera se atrevió. Durante los segundos de silencio que siguieron, Ricardo trató de encontrar algún argumento con el que convencer a Carvajal, pero solo acertó a mascullar una pregunta que le salió tímida y entrecortada:

—Entonces, ¿qué hago con la tesina?

—Esperar. De momento, esperar. Y mientras tanto, puedes ir entreteniéndote con el doctorado.

Ricardo volvió a mirarme con la esperanza de que yo interviniese, pero con otro gesto evasivo le insinué que, al igual que poco antes en el salón de actos, yo estaba allí de simple espectadora. Y tras otro silencio prolongado, al fin decidió que no teníamos nada más que hacer allí. Se levantó, salió del despacho con la mirada un poco perdida, y yo salí tras él sin despedirme siquiera de Carvajal.

Ya en la calle, Ricardo sacó su paquete de tabaco y estuvo manoseándolo durante varios minutos, como si pretendiera convencerme a mí, o a sí mismo, de que era capaz de dominar la tentación de fumar. Pero tras esos instantes de duda encendió otro cigarrillo y le dio unas caladas rápidas y compulsivas, esas caladas suyas que algunas veces parecían ayudarle a tomar decisiones.

—¡Ese cabrón no quiere que termine la tesina! —farfulló.

—¿Por qué no iba a querer? —Intenté tranquilizarle sin demasiada convicción, porque en el fondo sabía que cualquier conjetura que cruzara por su cabeza estaría más que justificada.

—Si pretende dirigírmela él es para manejarme a su antojo. Se ha apoderado del libro y quiere mantenernos controlados. A saber qué andará tramando. ¿No te das cuenta de que nos tiene en sus manos?

Solo quería darme cuenta de que estaba empezando a llover y prefería no pensar demasiado. El contacto frío de las primeras gotas de lluvia me trasladó al mar de mi pueblo y me sentí arrastrada por una marea que, lejos de mantenerme flotando sobre las olas, amenazaba con tragarme. Pensé en el absurdo viaje del que me había hablado la vidente y sentí que mis pies comenzaban a hundirse en algo muy parecido a un material fangoso. Corrimos hacia la parada del autobús y allí, bajo la marquesina, nos quedamos un buen rato callados.

—Tenemos que volver a Sigüenza —dijo de pronto.

—¿Así, por las buenas? —pregunté sorprendida—. Nos dijeron que ya nos llamarían.

—No van a llamarnos, estoy seguro. No me fío de aquella gentuza y tampoco me fío de este canalla. ¿Recuerdas lo que nos dijo don Ramiro?

—Nos dijo muchas cosas...

—Nos dijo que tuviéramos mucho cuidado con él. Y seguro que tiene algo entre manos. Tenemos que ir a buscar esos libros. Si no vienes conmigo iré yo solo.

Aquellas palabras vinieron a confirmarme que entre Ricardo y yo se había abierto, a lo largo de aquella mañana, alguna distancia insalvable. Primero se había sentido solo sobre el escenario, luego había vuelto a sentirse solo en el despacho de Carvajal y ahora estaba dispuesto, en un arrebato de desesperación, a marcharse solo a Sigüenza, y quizá también a visitar él solo el sepulcro del Doncel. Le imaginé vagando solitario por las naves de la catedral y, acordándome de su pesadilla, sentí la misericordia que Carvajal no había sentido por él y comprendí que esta vez no podía abandonarle.

—¿No piensas decir nada? —preguntó.

Me había quedado contemplando la lluvia, que repiqueteaba con violencia sobre la marquesina, y le respondí que sí, que iríamos a Sigüenza, pero que debíamos hacerlo sin precipitación, meditando mucho cada paso que diéramos para no equivocarnos. No pude darle más detalles en aquel instante porque varias ideas bullían dentro de mi cabeza y necesitaba sentarme a pensar con tranquilidad. Me sentía atrapada entre dos lealtades, o peor aún, entre dos mentiras, y eso me causaba un profundo desasosiego; pero también, acordándome de algunas de las cosas que me había dicho Erinia, por primera vez comenzaba a tener fe en mis propias ilusiones, a sentirme dueña de aquella trama cuyos hilos solo yo parecía capaz de desenredar.

19

Me asusté cuando llegué a casa y me vi en el espejo, empapada y con el pelo pegado a la cara, las mejillas afiladas, el rímel convertido en un borrón oscuro alrededor de mis ojos, y los huesos de la clavícula que parecían querer salirse de mi cuerpo, en una estampa que me resultó digna de compasión. Lo primero que hice fue llenar la bañera y hundirme en ella y, mientras oía caer la lluvia en la calle, comencé a sentirme como en el interior de una placenta protectora. El roce de la espuma en mi piel fue haciendo que, poco a poco, las ideas fluyeran en mi cabeza como si el agua me proporcionara la lucidez que me había faltado durante toda la mañana. Acordándome otra vez de Marcos Villarrubia, pensé que el de las aguas era verdaderamente para mí un reino protector, la concha que no solo me devolvía a mis orígenes, sino que también tenía la virtud de reconciliarme conmigo misma y con todo lo que me rodeaba.

Desde ese estado de placidez que iba invadiéndome me alegré de haber acompañado a Ricardo a la facultad, porque había sido una forma de decirle a Carvajal que, a pesar de todo, no cedería a su chantaje, que seguía estando al lado de Ricardo; y también un modo de demostrarle mi fidelidad a don Ramiro, cuya memoria él ya había intentado borrar de su despacho y probablemente también de su vida. Después pensé que no era tan mala idea la de volver a Sigüenza porque, aunque en el Palacio Arzobispal nos diesen otro portazo, si al menos cumplíamos el deseo de Gabriel Recarte de ver a sor Amalia y además conseguíamos saldar nuestra deuda con el Doncel, podíamos dar por bien aprovechado el viaje.

Después de hablar con Gabriel Recarte lo dejé todo dispuesto para el sábado. Poco después de las nueve estábamos frente a su portal, donde el teniente ya nos estaba esperando en animada charla con el portero. Vestía un elegante traje oscuro, con corbata negra, y ese aspecto impecable me hizo pensar que, después de tantos años sin verla, quería presentarse ante sor Amalia en perfecto estado de revista. Más de cuarenta años después, aquel viaje era para él, según nos dijo luego, una cuenta que tenía pendiente con su pasado. Llevaba un paquete muy bien envuelto en papel rojo y atado con una cinta de seda azul, del que solo nos dijo que era un regalo para sor Amalia.

En cuanto montamos en su coche y arrancó, me pareció que los dos, el coche y él, eran como dos piezas de un engranaje que no acababan de encajar muy bien, como si hubiesen perdido cada uno la costumbre del otro. Por eso, después de los primeros tirones, el teniente se vio obligado a justificarse:

—No he vuelto a conducir desde que murió mi mujer —confesó mientras intentaba buscar una postura cómoda y relajada—; pero eso sí, siempre he tenido buenas manos al volante, podéis estar tranquilos. El único accidente que he tenido en mi vida ya os lo conté, fue el del camión...

Después de oír aquello, mientras abandonábamos Madrid, sospeché que iba a ser un viaje muy largo, no solo porque sería un regreso a lo más oscuro de su pasado, sino también porque, debido a la falta de costumbre, conducía con excesivas precauciones. Tardamos más de una hora en llegar a las cuestas de Torija y a partir de allí, tras aminorar un poco la marcha, tomó el desvío hacia Brihuega. Entonces comprendí que aquella parada ya la tenía prevista desde el principio en su hoja de ruta.

—No he vuelto allí desde entonces —dijo, con un deje en el que había más de disculpa que de nostalgia—. Espero que no os importe si nos desviamos un poco.

Difícilmente podíamos oponernos, en primer lugar porque la decisión ya estaba tomada; en segundo lugar porque el regreso a aquel pueblo tal vez suponía para él un reencuentro consigo mismo y con lo mejor de su pasado, y además porque sus recuerdos tiraban de él con una fuerza contra la que seguramente era incapaz de luchar. Sabiendo todo lo que ya sabíamos de Gabriel Recarte, pensé que Sigüenza era para él como un descenso a los abismos de su memoria, que iba a abrirle de nuevo antiguas heridas, mientras que Brihuega era un islote perdido en mitad de ese infierno, un alto en el camino que quizá tendría para él los efectos balsámicos y reparadores de un oasis. Entre las tinieblas de los años más duros de su vida, Brihuega era una rendija de luz donde había encontrado el amor, la esperanza, el consuelo; y ni Ricardo ni yo nos sentíamos con derecho a impedir que reviviese aquellas emociones.

Nos había dicho que no había vuelto allí desde entonces, y enseguida comprobé que no nos mintió, porque nada más entrar en el pueblo su manera de conducir se volvió más torpe y descoordinada; parecía incapaz de atender al mismo tiempo a los frenos, a los intermitentes, a la palanca de cambios, a las señales y a los edificios que se agolpaban a su alrededor. Miraba desorientado a izquierda y derecha, como si fuera guiándose por un rayo que iluminara débilmente sus recuerdos, y parecía perdido por unas calles que no reconocía y por donde no acababa de encontrar lo que buscaba. Todo le resultaba nuevo y desconocido, y le costaba adaptar lo que veía a las imágenes borrosas que conservaría grabadas en su mente. Por fin, como orientándose a tientas entre la oscuridad o entre la nevisca y la metralla de aquella lejana noche de marzo, creyó que había encontrado el lugar que buscaba, pero una señal de dirección prohibida le obligó a adentrarse por un laberinto de callejas estrechas y rampantes de las que tardamos un buen rato en salir. Fuimos a desembocar a un frondoso parque, por donde yo recordaba que ya habíamos pasado al entrar en el pueblo.

—Recuerdo que el sobrado estaba por allí. —Mientras aparcaba, señaló hacia un lugar impreciso, donde un puñado de casas se arracimaban en uno de los lugares más elevados del pueblo—. Estaba muy cerca de la muralla y desde ahí se veía, justo abajo, al fondo de la calle, la torre de una iglesia.

Bajamos caminando por la que parecía la única calle ancha y recta del pueblo, desde la que un sinfín de callejuelas estrechas y retorcidas se encaramaban laderas arriba. Gabriel Recarte miraba con sorpresa o con curiosidad a uno y otro lado, sin acabar de reconocer lo que veía, salvo cuando nos topábamos con alguna iglesia; entonces sí, entonces se sentía obligado a ejercer como anfitrión nuestro, aunque sus palabras no hacían sino agrandar más aún la distancia que había entre la realidad y sus recuerdos. Aquella iglesia había sido almacén y granero de piensos, aquella otra la recordaba como cuartel y caballeriza, ese convento había sido completamente arrasado por los bombardeos, a aquel otro le habían prendido fuego con las monjas dentro...

Lo que él recordaba, todavía con un escalofrío de horror, era un mundo devastado, un paisaje de escombros, desolación y ruinas, un monumental cementerio cuyos límites iban mucho más allá de los muros del castillo árabe. Pero frente a él, a ambos lados de la calle, se iba abriendo una estampa de casas nuevas, con fachadas en piedra o pintadas de salmón y de almagre, rematadas por coquetos aleros. Y esos dos mundos, que no acababan de ensamblarse dentro de él, continuaban superponiéndose en su cabeza mientras caminábamos, muy despacio, por una de las costanillas que ascendían hacia la muralla. Una vez arriba, jadeante, Gabriel Recarte miró alrededor tratando de buscar alguna referencia clara que, sin embargo, no acababa de encontrar.

—Fue por aquí, de eso estoy seguro, pero está todo muy cambiado.

Anduvimos un corto trecho siguiendo la muralla y por fin se detuvo ante una casa de tres plantas cuya parte superior estaba rematada en una especie de buhardilla acristalada. Sonrió primero con satisfacción; luego se quedó mirando con tristeza la angosta callejuela que, escaleras abajo, se precipitaba serpenteando hacia la avenida principal, donde destacaba al fondo, sobre un dédalo de tejados, la torre rectangular de una iglesia.

—Esta era la casa, ya no tengo ninguna duda. —Se quedó contemplando aquel recinto acristalado y nosotros nos quedamos mirándolo con él, presos de su misma nostalgia, como si pretendiéramos hacer nuestras las imágenes que él estaba reviviendo—. Aquella fue una noche horrible, seguramente la más fría que yo recuerdo haber pasado nunca, creo que ya os lo conté la última vez. Veníamos embarrados hasta el cuello de arrastrarnos por las trincheras y, cuando subimos a ese sobrado, las muchachas se asustaron al vernos; pero después nos trataron como si fuésemos los héroes que habían venido a salvarles la vida. Después de aquello las llevamos a sus casas, pero la de mi Conchita había quedado destruida por completo. Para qué os voy a contar. A su madre la encontramos muerta bajo los escombros, y su padre había muerto también unas semanas antes, así que se marchó a vivir con una tía suya y con ella vivió hasta que nos casamos. Desde aquel día creo que ya no dejamos de pensar ni un momento el uno en el otro. Ese sobrado fue lo único bueno que me trajo la guerra.

Tragó saliva, carraspeó y tosió un par de veces, quizá atenazado por la emoción o por la fatiga. Ricardo, que no parecía muy interesado en las palabras del teniente y que también jadeaba aún por el esfuerzo de la subida, aprovechó la pausa para encender un cigarrillo. Gabriel Recarte miró el paquete de tabaco y, tras unos instantes de duda, cogió un pitillo que Ricardo se apresuró a encenderle.

—Hace años que lo dejé, pero ya qué más da. En aquellos años nos matábamos por un cigarrillo... Bueno, la verdad es que nos matábamos por cualquier cosa. —Sonrió amargamente y se dio cuenta de que Ricardo y yo no supimos o no quisimos reírle aquella gracia; entonces decidió continuar con su monólogo—. Desde entonces yo tuve un doble motivo para vivir, porque sabía que ella estaría esperándome en este pueblo. Luego la guerra, la de todos, se perdió; pero la otra, la mía propia, siempre viví con la sensación de que la había ganado, incluso en aquellos años que pasé en el penal, que fueron bastante más duros. Aquella caja que labré en la cárcel para Conchita fue para mí como un calendario; un calendario donde yo iba contando los días que me faltaban para verla. Cada aplique, cada esquirla, cada viruta, eran como un día menos en esa cuenta atrás. Si no hubiese tenido esa ilusión, la de volver a verla algún día, a lo mejor yo también, lo mismo que les ocurrió a tantos, me habría muerto de rabia o de tuberculosis, o de tristeza, o qué sé yo... No sé si os lo he dicho ya: esa caja es el regalo que le llevo a sor Amalia. Después de las de mi mujer, sé que no puede estar en mejores manos.

Allí, de pie en aquella calle y frente a aquella casa que apenas reconocía pero ante la que se habría quedado el resto de su vida, el de Gabriel Recarte me pareció un cuerpo sin realidad, un fantasma que ya pertenecía, más que al nuestro, a un mundo espectral que era el de sus recuerdos. Era un extraño superviviente que se afanaba en reconstruir los perfiles de un tiempo desmoronado, último testigo de un escenario en ruinas donde los escombros de los bombardeos y los lodazales del campo de batalla habían sido sustituidos por un coqueto decorado de piedras nuevas y pintura resplandeciente. Así se había escrito siempre la historia, pensé, con trazos de tinta o de sangre que eran borrados de nuevo por la cal viva y por el agua purificadora del tiempo. Todas las batallas, incluso las más sangrientas, eran como surcos abiertos en el barro, trincheras que con los años volvían a lodarse con tierra renovada; arañazos dolorosos y profundos, sí, pero que la lluvia acababa borrando con el transcurrir imparable de las generaciones.

La de Gabriel Recarte era la memoria de un mundo agonizante que ya apenas se sostenía viva sobre el soporte de su cuerpo, y cuando él y otros tantos como él desapareciesen, su turbio recuerdo se desvanecería igual que se había desvanecido aquel sobrado que ahora contemplaba con ojos emocionados. Y acordándome del héroe de Cascorro, pensé que de aquellas batallas, como de tantas otras, solo perduraría el frío testimonio de las estatuas que, en el escenario impasible de las plazas, proclamaban el orgullo de los vencedores o la desolación de los vencidos.

Regresamos al coche y salimos de Brihuega con la sensación de que nos habíamos asomado fugazmente a algún balcón que solo daba al vacío. Y cuando media hora más tarde divisamos al fondo las torres de la catedral de Sigüenza, pensé que la nostalgia de Gabriel Recarte volvería a activarse y nos recordaría de nuevo la noche que llegó allí en su camión cargado de libros. Sin embargo, se mantuvo en silencio, aferrado al volante como si necesitara todas las fuerzas de su cuerpo para conducir o se sintiera sobrecogido por la presencia cada vez más próxima de sor Amalia. Ni siquiera habló cuando aparcó junto a la puerta del convento, donde casi medio siglo antes había llegado desangrándose, y tampoco despegó los labios cuando una novicia, la misma de la vez anterior, tras abrirnos la puerta nos condujo hasta la celda donde sor Amalia, esta vez sí, se quedó muy sorprendida al vernos a los tres.

Fue el teniente el primero que, tras dejar el paquete rojo entre mis manos, avanzó hacia ella y le besó las manos mientras la monja, como probablemente había hecho otras veces cuando estaba herido, le acariciaba la cabeza. Y no necesitó preguntar su nombre para reconocerle:

—¡Gabriel, cómo me alegro de volver a verte!

Nos miró a nosotros con una sonrisa de agradecimiento y de pronto comprendí que Ricardo y yo íbamos a ser actores secundarios en aquella escena. Se habían quedado agarrados de las manos, igual que dos sombras del pasado que ni siquiera necesitaran hablarse porque se lo decían todo con el tacto. Luego sor Amalia nos invitó a sentarnos pero Ricardo, que había permanecido callado durante casi todo el viaje, dijo:

—Después de tanto tiempo tendrán ustedes muchas cosas que contarse. Mientras, nosotros tenemos que ir a hacer una visita a la catedral.

Le devolví el paquete rojo a Gabriel Recarte y, antes de salir, sor Amalia nos preguntó si habíamos tenido suerte en nuestra anterior visita al Palacio Arzobispal. Le respondí que no, que no nos había servido de mucho su aval, pero que más tarde volveríamos a intentarlo.

—Yo os acompañaré después a ver al obispo —dijo contrariada—. Hace días que tengo algún asunto que tratar con él.

Aunque no había en la estancia el fuerte contraluz de la primera vez, me pareció que aquella mujer volvía a tener una apariencia algodonosa y etérea, y de nuevo me la imaginé con una vela en la mano, igual que un espectro que regresara del pasado para certificar que los recuerdos de Gabriel Recarte aún estaban vivos y, de paso, para guiarnos a nosotros a través de las oscuras galerías por donde, casi a ciegas, seguíamos aún avanzando.

20

Las puertas de la catedral esta vez sí estaban abiertas.

Quizá porque veníamos acostumbrados a la luz de la calle, de pronto me sentí dentro de un espacio sombrío, casi lúgubre. Los escasos puntos de luz no solo resultaban insuficientes, sino que incluso las vidrieras, tanto la del gran rosetón central como las de las ojivas laterales, apenas dejaban pasar la claridad exterior; más que dejar pasar la luz parecían adensarla hasta convertirla en una extraña materia vaporosa y multicolor. Enseguida Ricardo se puso a ejercer de cicerone en aquel lugar que él ya había visitado en sus sueños, y yo disfruté mientras le oía hablar de las capillas, de los tapices, de los cuadros, de la sillería del coro, de las verdes y jaspeadas columnas salomónicas que se retorcían en el monumental templete del trascoro. Luego, como si llevara todo el viaje aguardando aquel momento, me condujo hasta la capilla que teníamos enfrente y allí apareció, ante nosotros, la figura yacente del Doncel, con su libro entre las manos y envuelta en su silencio de alabastro.

—Ahí lo tienes —dijo, con la ilusión de quien sentía estar desvelando un secreto—: don Martín Vázquez de Arce, caballero de Santiago. Murió, con solo veinticinco años, luchando contra los moros en la vega de Granada, en 1486. Su padre, que era comendador de la Orden, recuperó su cadáver y dispuso que le enterraran aquí, en esta capilla...

Mientras continuaba su letanía, había puesto, con aire distraído, su mano sobre mi hombro, y yo le escuchaba con atención, pero atenta también a la presión que su mano ejercía sobre mí, mientras no dejaba de preguntarme si estaría repitiéndose, en todos sus detalles, la escena de su sueño. Reparé en aquella sonrisa con aires de Gioconda del rostro del Doncel, y posé mi mirada sobre sus manos, que me parecieron esculpidas con una rara asimetría: la derecha, de apariencia masculina, aparecía en un escorzo tenso, con los dedos extendidos en un efecto de tenaza sobre el libro; la izquierda, en cambio, era de textura más femenina, las venas del dorso le daban un efecto de palpitación y de vida, y sus dedos se apoyaban tan relajadamente y con tanta levedad sobre el libro que apenas parecían rozar las páginas.

Cuando por fin concluyó su relato, Ricardo se volvió hacia mí y de repente comprendí que su sueño habría comenzado de aquella misma manera o de alguna otra muy similar, porque le vi aproximar su cara a la mía, quizá con temor o solo con cautela, hasta rozarme los labios. Y en vista de mi falta de respuesta, me dio un suave mordisco al que yo tampoco respondí, porque en aquellos instantes estaba mirando de reojo a la figura del Doncel, quizá con el absurdo temor de que alguna corriente de aire moviese las páginas de su libro. Pero solo se oyó, en el otro extremo de la catedral, el crujido de la puerta al abrirse y unos pasos lentos que comenzaron a avanzar hacia nosotros por la misma nave donde nos encontrábamos.

Ricardo, seguramente también recordando su sueño, se volvió hacia la tumba de don Martín, como para comprobar si su beso había provocado en la estatua algún efecto, y luego volvió a acercar su boca a la mía, pero esta vez, aprovechando que los pasos continuaban aproximándose, aparté la mejilla, me fijé en el texto que decoraba la capilla y le pedí que me lo leyese. Una por una, como quien ya se sabía el texto casi de memoria porque se había documentado a conciencia, me fue deletreando aquellas frases hasta que un par de turistas se pararon ante nosotros y nos quedamos los cuatro callados, en un tenso silencio en el que parecía haber algo de lucha territorial por aquel espacio que ya no nos pertenecía por completo.

Con un gesto le indiqué a Ricardo que continuáramos adelante, y avanzamos por la girola hasta la otra nave, deteniéndonos de vez en cuando en alguna de las capillas. Sin embargo, me pareció que, sin haber renunciado del todo a su papel de guía, Ricardo había perdido buena parte de su locuacidad, y no quise pensar que era yo la responsable de ello. Preferí creer que era aquella atmósfera sombría de la catedral lo que había minado su jovialidad o su ilusión, porque allí dentro las cosas parecían, en verdad, sometidas a un acelerado proceso de desgaste, de ahí que todo tuviese un aire de deterioro y abandono. La propia luz, más que el paso del tiempo, parecía haber limado con su roce todas las aristas de la piedra, de manera que en algunos tramos los sillares y la base de las columnas presentaban un aspecto casi ruinoso. Toqué uno de esos tramos en los que eran más visibles las huellas de la erosión y comprobé que la piedra se desmoronaba entre mis dedos lo mismo que un azucarillo mojado.

En un recorrido circular que nos había devuelto al punto de partida, estábamos de nuevo junto a la puerta, todavía en aquella penumbra que tenía algo de protector y también algo de onírico. El aire, que las vidrieras del rosetón multiplicaba en haces polícromos, adquiría allí una densidad casi sólida, una cualidad táctil que parecía desgastar con su roce no solo la materia, sino también las emociones y los sentimientos. Quizá por eso, pensé, Ricardo había entrado allí con un estado de ánimo que se parecía mucho a la esperanza, pero poco a poco, a medida que habíamos ido sumergiéndonos en aquel espacio de penumbras, esos sentimientos se habían enfriado dentro de él hasta transformarse en una sensación de frustración y vacío.

Yo aún continuaba sintiendo en mis labios el contacto de los suyos, un contacto demasiado leve y efímero, pero que parecía crecer con una fuerza mucho más poderosa que la de todas las erosiones que nos rodeaban. Los dos sospechábamos que al otro lado de la puerta, cuando regresáramos a la luz de la calle, aquel efecto se desvanecería, y el recuerdo del beso pasaría a ser algo tan irreal como el sueño de Ricardo. Por eso, consciente de que no podía desaprovechar la magia del instante, alargó su mano hasta mi pelo y volví a oler su aliento a tabaco mientras sentía la presión suave de sus dedos en mi cintura intentando atraerme hacia él, pero le rechacé de nuevo.

Salimos a la calle y, mientras regresábamos en silencio al convento, los dos intentábamos convencernos de que lo ocurrido solo había sido una prolongación de su sueño, un paréntesis de irrealidad que debíamos olvidar cuanto antes para que no se interpusiera entre nosotros la sombra rencorosa del Doncel.

21

Cuando llegamos al convento, Gabriel Recarte y sor Amalia aún continuaban enfrascados en sus recuerdos, ajenos a cuanto les rodeaba, como dos islotes fuera del tiempo, como reliquias de otra época que solo se alimentaran de su propia memoria. Allí, junto al crucifijo, estaba la caja envuelta aún en su papel rojo, testigo de un mundo clausurado que solo pertenecía ya al tiempo muerto de la historia. En cuanto nos vio entrar, el teniente le entregó el paquete a sor Amalia y, entre palabras de agradecimiento, ella se puso a desenvolverlo con todo el mimo del que eran capaces sus manos blancas y delicadas, surcadas de finísimas venas azules que parecían una prolongación sin brillo de sus pupilas. Cuando sor Amalia por fin dejó al descubierto la caja de madera labrada, cuya historia Gabriel Recarte le habría contado ya, sus ojos resplandecieron con una mirada de emoción en la que se adivinaban los reflejos de alguna lágrima.

—Está vacía —dijo el teniente, con la voz un poco temblorosa, mientras la monja abría la caja con mucha lentitud, como si temiera que algún fantasma, encerrado en su interior, pudiera levantar el vuelo.

Sor Amalia acarició la caja igual que habría acariciado un cuerpo vivo, y por su gesto emocionado deduje que ella también sabía lo mismo que nosotros: que aquella caja era como un dietario labrado pacientemente por la desesperación y el sufrimiento de Gabriel Recarte; pero también, como él mismo nos había dicho en Brihuega, era una crónica de su esperanza, una especie de calendario de madera donde había dejado grabados, un día tras otro, su amor y sus ansias de aferrarse a la vida.

—No está vacía, Gabriel, no está vacía —negó melancólicamente sor Amalia—. Hay dentro mucho amor y mucho sufrimiento.

Unos minutos después, acompañados de sor Amalia, íbamos camino del Palacio Arzobispal y, a medida que nos aproximábamos, noté que se iba adueñando de Gabriel Recarte cierto nerviosismo. Supuse que su misión la había dado por concluida y que, a partir de aquel momento, Sigüenza ya no tenía interés para él. Cuando llegamos ante la puerta del palacio, el teniente dio unos pasos atrás y dijo que se negaba a entrar en aquel lugar porque no le traía buenos recuerdos y además porque nunca le habían gustado las gentes de hábito.

—Yo también soy gente de hábito —replicó sor Amalia.

—Sí, pero es diferente.

—Entre los hábitos y los uniformes, al fin y al cabo, no hay tanta diferencia —terció Ricardo.

Gabriel le dirigió una mirada severa, se estiró como si de pronto echara de menos el empaque marcial de su uniforme, y pensé que le respondería con alguna impertinencia. Pero tal vez se dio cuenta a tiempo de que el uniforme, como casi todo en su vida, formaba ya parte de su pasado y por eso, mientras Ricardo pulsaba el timbre, se limitó a agachar la cabeza ante la mirada comprensiva de sor Amalia. Unos segundos después vi a Gabriel Recarte traspasando la puerta con el mismo recelo que si atravesara la entrada del purgatorio, y su corpulenta figura me pareció que se encogía un poco dentro del traje. Me imaginé que en el interior de su cabeza se estaría reavivando alguna remota memoria de incendios y fusilamientos, de bombardeos y emboscadas, contra la que tantos años después quizá seguía luchando aún como si se tratara de un tormento a la vez doloroso y purificador.

—No hace falta que nos acompañes, hijo —dijo sor Amalia al seminarista que nos había abierto la puerta—, me sé de sobra el camino. Prefiero darle una sorpresa al obispo.

Avanzamos por el amplio corredor y, al pie de las escaleras, bajo una elegante cúpula decorada con signos zodiacales, sor Amalia se agarró con suavidad al brazo de Gabriel Recarte, como lo habría hecho tantas veces durante su convalecencia por los pasillos del convento. Más que ayudarle a subir aquellos peldaños, supuse que lo que pretendía era apoyarse en él, al mismo tiempo que le ayudaba a enfrentarse a sus peores fantasmas. Y mientras subíamos, pensé absurdamente que, llegada la ocasión, me habría gustado llevar a aquella monja delante de mí cuando me encontrara subiendo las escalinatas del cielo o, si no fuera tanta mi suerte, bajando las del infierno.

Al fondo, la puerta del aposento del obispo estaba entreabierta y, al vernos aparecer allí sin previo aviso, reaccionó con la misma sorpresa que si hubiese visto congregados frente a él a cuatro emisarios del averno, o al menos a tres, porque la presencia de sor Amalia era la única que podía resultarle familiar y tranquilizadora.

En aquel hombre, que era más bien escuálido y de rasgos indefinidos, no había nada que destacara; sin su alzacuello o sin el gran crucifijo de plata que colgaba sobre su pecho, y sin la pompa que se respiraba en aquel suntuoso despacho, posiblemente tendría el aspecto de una persona vulgar que habría pasado desapercibida en cualquier sitio. Fue sor Amalia quien se encargó de justificar tan inesperada visita, disculpándose por haberse saltado los protocolos debidos; fue ella también quien se encargó de hacer las presentaciones y quien, ante su mirada atónita, en pocas palabras le puso al corriente del asunto que nos había llevado hasta allí.

Observé que el obispo trataba a la monja con cierta familiaridad, aunque también con un respeto que tenía algo de veneración. Quizá debido a que él era unos doce o quince años más joven, o debido a la confianza o a las cuentas que hubiera pendientes entre ambos, me pareció que existía entre ellos una relación en la que las jerarquías se anulaban o incluso se invertían. Tal vez por eso se disculpó cuando sor Amalia le reprochó que no hubiese tenido la cortesía de recibirnos a Ricardo y a mí la vez anterior.

—Nadie me informó de aquella visita —dijo con una aparente franqueza—. Ni tampoco se me ha dicho nada de esos libros que buscan. En mi descargo solo puedo decir que de esos asuntos, como de casi todos, se encarga Santos Aguirre, mi secretario personal.

—Creo que fue él quien nos atendió —apunté, mientras recordaba las maneras viscosas del hombre que nos había recibido en el vestíbulo y que, ahora caía en la cuenta, ni siquiera había tenido el detalle de decirnos su nombre.

—No es por justificarle —añadió, mirando a sor Amalia como si fuera la única capaz de comprender la verdadera intención de sus palabras—, pero son demasiadas las cosas importantes que Santos Aguirre tiene entre manos. Las obras de vuestro convento son una de ellas, no creas que lo echamos en olvido, pero tenemos también pendientes las del Seminario Mayor, que son mucho más urgentes. Además, últimamente las cosas no marchan todo lo bien que quisiéramos. La Iglesia va por un lado, el Gobierno por otro y los militares, para más inri, van por el suyo...

—Usted me perdonará que le interrumpa —atajó Gabriel Recarte con una cordialidad que, sin embargo, estaba cargada de autoridad y firmeza—, pero los militares van por donde tienen que ir.

El obispo dudó unos instantes y se produjo un silencio durante el cual temí que el teniente se dejara arrastrar por sus peores recuerdos. Sin embargo, sintió la mano de sor Amalia sobre su brazo y aquel gesto apacible actuó sobre él como el más persuasivo de los argumentos.

—Creo que esa no es una cuestión en la que debamos entretenernos ahora —sugirió el obispo y acto seguido nos miró a Ricardo y a mí, con un ademán conciliador que, por fortuna para nosotros, venía a anunciar un cambio de tema—. En cuanto a esos libros, estaremos encantados de echaros una mano, siempre que esté a nuestro alcance, claro. Vosotros diréis qué es lo que necesitáis exactamente.

—De momento, solo echarle un vistazo a la biblioteca —propuso Ricardo.

—Si solo se trata de eso, podéis contar con ello. Ha estado cerrada varias semanas por unas obras, pero ahora mismo aviso al bibliotecario.

Se levantó y, viéndole caminar hacia una de las dos puertas laterales, pensé que la figura del obispo presentaba un aspecto no solo vulgar, sino también algo desamparado. La noble madera labrada de su mesa y el alto respaldo de su asiento, revestido de cretona roja con apliques dorados, parecían realzar su autoridad e incluso su estatura, pero alejado de allí era como si hubiese perdido de repente toda la dignidad de su rango. Entonces recordé la austeridad de la celda de sor Amalia y comprendí que, al contrario que la del obispo, la de la monja era una dignidad que emanaba desde su propio interior y lo imantaba todo con su sola presencia. Luego recordé también a Daniel Carvajal, cuya primera decisión tras estrenar su cargo de decano había sido cambiar los muebles de su despacho, y volví a pensar que todos los espacios, tarde o temprano, acababan siendo una prolongación o un reflejo de la personalidad de sus inquilinos.

El obispo regresó al poco rato acompañado de un hombre de aspecto distraído y huraño que nos acompañó hasta la biblioteca.

22

La sala era amplia y diáfana, con unos grandes ventanales que tenían bajadas las persianas. Salvo el suelo de tarima nueva, a la luz de los fluorescentes todo adquiría un brillo viejo y gastado. Varias mesas rectangulares y numerosas sillas recién barnizadas se alineaban en una perfecta simetría, en un orden que me resultó frío, monótono, y que solo podía explicarse por su falta de uso. Adosadas a las paredes había decenas de estanterías, la mayoría de ellas acristaladas, donde los lomos dorados, rojizos y verdosos de los libros ponían el único contrapunto de color en aquel espacio que parecía no haberse ventilado en mucho tiempo y que me produjo cierta sensación de clausura y vacío.

—La biblioteca no se utiliza mucho últimamente —reconoció el bibliotecario—. Según las temporadas, está semanas enteras cerrada. De tarde en tarde hay quien viene a hacer algún trabajo de investigación, pero poco más.

Pensé en el triste destino de aquellos libros que llevarían meses o años sin abrirse, y por contraste me acordé de la biblioteca de nuestra facultad, bastante más modesta, pero donde había, a cualquier hora, ese continuo trajín de los lugares de paso. En nuestra biblioteca los libros, como todo alrededor, tenían el aspecto de lo provisional, incluso el silencio poseía allí una cualidad rumorosa. Por el contrario, en aquella sala el silencio estaba como mineralizado, era un silencio que emanaba de los propios libros y desde ellos se propagaba por toda la estancia. Las portezuelas acristaladas que protegían algunas de aquellas estanterías, pensé, quizá las preservaban del polvo, pero también las mantenían aisladas del mundo. A pesar de los gigantescos ventanales, la escasa luz que se filtraba por las rendijas de las persianas parecía adquirir una consistencia mohosa que le daba al lugar un aspecto lúgubre y desolado.

—Aquellos son los libros más antiguos. —El bibliotecario señaló hacia uno de los rincones del fondo—. Son obras del XVIII y del XIX, y entre ellas están algunas de las que fueron trasladadas desde el seminario. Pero casi todas son religiosas y jurídicas. Nada que os interese, me imagino. Los libros que andáis buscando es posible que ardieran en el incendio del treinta y nueve, a mí al menos no me consta que hayan estado nunca aquí, y llevo ya más de veinte años de bibliotecario.

Nos acercamos a curiosear por las estanterías que acababa de indicarnos y al instante tuve el presentimiento de que íbamos a perder el tiempo. Antes incluso de echarle la primera ojeada a los libros, tuve la certeza de que allí, en efecto, no había nada que nos pudiese interesar. Lo único que me llamó la atención de algunos de aquellos volúmenes, sin duda los más antiguos, era que tenían los cantos pintados de dorado. Mientras Ricardo husmeaba por entre las baldas más altas, yo miré por los anaqueles inferiores y no tardé en comprobar que no me había equivocado.

Después de un rato comencé a pensar que quizá Ricardo y yo nos habíamos obsesionado con una quimera y me imaginé aquella sala, cuarenta años atrás, arrasada por el fuego, mientras negras nubes de humo salían por las ventanas llevándose para siempre el sueño de don Ramiro, que era también el nuestro. Oía la crepitación de las llamas devorando los libros y la madera, y veía retorcerse la piel y el cartón de las cubiertas, mientras la tinta reseca llenaba el fuego de signos y garabatos misteriosos que, tras danzar por el aire, se perdían en el cielo rojizo de Sigüenza. Y entre el horror de semejantes imágenes, vinieron a mi mente otra vez la estatua de Eloy Gonzalo y las palabras de Ricardo gritando con rabia que llevábamos en la sangre algún gen incendiario. Él, sin embargo, ajeno a mis pensamientos, había dejado ya de rastrear las estanterías, se había acercado a la mesa del bibliotecario y había empezado a hojear dos gruesos volúmenes que supuse que eran los libros de registro.

—Ahí —aclaró el bibliotecario, aproximándose— están registrados todos los libros que entraron a partir de 1940, cuando empezaron las obras de reconstrucción del palacio.

Abandoné las estanterías, me dirigí también hacia la mesa y me puse a hojear uno de aquellos volúmenes. En la primera página había escritas dos palabras, *Dux español,* debajo de las cuales figuraban dos cifras, la primera de ellas con dos números tachados; una cifra con demasiados dígitos para tratarse de un número de teléfono. A partir de la siguiente página, con primorosa caligrafía y precedidos del número 12, estaban anotados los títulos, autores, signaturas y fechas de entrada de los libros más antiguos, los que correspondían a las estanterías que habíamos estado mirando, todos ellos registrados con posterioridad a 1940. Aquel primer tomo, que presentaba el mismo tipo de letra hasta su última página, se cerraba en el año 1959. El otro tomo, en cuya primera página estaba detenido Ricardo, presentaba ya rasgos de una caligrafía muy diferente. No pude resistir la curiosidad de preguntarle al bibliotecario cuál era el significado de las dos palabras y de los números que figuraban al principio del primer volumen y él, encogiéndose de hombros, respondió:

—Al parecer son anotaciones que Néstor Hervás dejó escritas en el libro de registros de la antigua biblioteca del Seminario Mayor, pero a nadie se le ha ocurrido nunca que pudieran tener algún significado. Néstor Hervás fue el mejor bibliotecario que ha habido nunca no solo en Sigüenza, sino seguramente en toda España. Tenía fama de leerse cada libro antes de registrarlo, y además le gustaba hacer breves comentarios y observaciones de algunos que a él le parecían interesantes. Cuentan los que tuvieron la suerte de verlo que ese antiguo libro de registros era una auténtica joya. Llegó a tener anotados más de nueve mil volúmenes, y algunos de ellos comentados de su puño y letra. Si esos libros que andáis buscando cayeron en sus manos, no tengáis ninguna duda de que también los leyó.

—¿Y qué fue de ese libro de registros? —preguntó Ricardo con cierta aprensión, porque sospechaba, igual que yo, cuál era la respuesta.

—Por desgracia, según he oído decir, después del incendio del treinta y nueve no quedaron de él más que unas cuantas páginas. A ese incendio sobrevivieron apenas dos centenares de libros, entre ellos algunos que habían sido trasladados aquí desde el seminario. Son esos de ahí, los más antiguos, los que tienen el canto dorado. Treinta y dos en total.

Señaló hacia las estanterías donde Ricardo y yo habíamos estado mirando unos minutos antes y los dos comprendimos a un tiempo la evidencia: que aquellos eran los compañeros de viaje de *Las lágrimas de Belisa*, los supervivientes de las nueve cajas que sor Amalia había puesto en manos de Néstor Hervás. Todos ellos figuraban, por orden de antigüedad, en el tomo primero del libro de registros que yo tenía entre mis manos, pero el más antiguo era de 1767. El bibliotecario permaneció como a la espera de que le hiciésemos alguna pregunta más, pero Ricardo y yo nos habíamos quedado mirando hacia la estantería del rincón, mientras pensábamos con desconsuelo que si aquello era todo lo que se había salvado de unos y otros incendios, nuestra búsqueda estaba ya a punto de finalizar.

—La letra de ese primer tomo —continuó, como si se sintiera obligado a explicar lo que parecía una obviedad— es la del primer bibliotecario que hubo aquí a partir del año cuarenta; y la del segundo tomo es la mía. Le sustituí en el cincuenta y nueve, después de su muerte, y desde entonces llevo más de veinte años encargado de esta biblioteca. Os podéis imaginar que la conozco como la palma de mi mano y os aseguro que aquí no hay libros tan antiguos como los que buscáis.

Con menos curiosidad que desaliento, regresamos de nuevo a aquella estantería acristalada y hojeamos, uno por uno, todos los libros que tenían el canto dorado, negándonos a aceptar que, tras una larga cadena de fatalidades, esos treinta y dos volúmenes fuesen los únicos restos que quedaran de las cajas que Gabriel Recarte había transportado en su camión.

Y ante la mirada indulgente del bibliotecario, por primera vez tuvimos la certeza de que *Las lágrimas de Belisa* eran ya el último pecio de aquel naufragio del que tantas veces nos había hablado don Ramiro.

23

Regresamos al despacho del obispo y los tres, al vernos entrar, interrumpieron su conversación y nos miraron expectantes, pero no necesitamos decir nada para que supieran lo que nuestras caras decían por sí solas. Fue el obispo quien decidió romper el silencio con unas palabras que pretendían ser solidarias pero que estaba muy lejos de reflejar la desolación que nosotros sentíamos.

—Esos libros debieron de arder en el incendio. Todos deberíamos entonar un *mea culpa* porque todos, de una u otra manera, fuimos responsables.

No comprendí muy bien si aquella culpa tenía algo que ver con la conversación que ellos habrían mantenido durante nuestra ausencia, o si se refería a la guerra o solo al incendio de la biblioteca, o si tal vez pretendía, con esa frase, redimir los pecados de todos los españoles o los de toda la cristiandad; pero Ricardo y yo le dirigimos una mirada que estaba entre la decepción y el rencor, luego miramos a Gabriel Recarte, que se limitó a poner un gesto de resignación, y pensé que los hábitos y los uniformes, como Ricardo había insinuado poco antes frente a las puertas del Palacio Arzobispal, parecían haberse aliado fatalmente en aquella historia para dar al traste con nuestras ilusiones.

—Una verdadera lástima —continuó el obispo, como enfrascado en un monólogo en el que nadie parecía dispuesto a participar—. El seminario tenía la mejor biblioteca de la provincia, y tenía también, por cierto, el mejor bibliotecario posible: Néstor Hervás. Pero tuvieron mala suerte los dos. Que se perdieran esos libros, y tantos otros, no deja de ser solamente una anécdota más. Todos perdimos mucho en aquella guerra.

Vi a Gabriel Recarte removerse incómodo en su silla y seguro que, una vez más, echó de menos su uniforme mientras decía:

—Sí, eso es verdad, pero unos perdieron más que otros.

Sor Amalia permanecía cabizbaja, como si hubiera vuelto a instalarse en un territorio neutral que, como antaño, estaba por encima de las rencillas y de las mezquindades humanas. Me la imaginé, cuarenta años antes, con sus ojos intensamente azules y sus manos delicadas, con la misma actitud bondadosa de quien sabía que su única misión en el mundo era hacer que cicatrizaran las heridas.

—Y ese Hervás —continuó el teniente, con un tono algo más desabrido—, ¿no era un cura fascista al que fusilaron en la puerta del Seminario Mayor con una biblia y un crucifijo en las manos?

—Lo fusilaron, sí —reconoció sombríamente el obispo—, pero yo tuve la suerte de conocer a Néstor Hervás y, más allá de sus ideas políticas, puedo decir que fue una persona excepcional y un profesor extraordinario.

—Yo no sé si sería buen profesor o no, pero sí sé que iba diciendo por ahí, entre otras cosas, que España lo que necesitaba era otro Cid que metiera en cintura a todos los enemigos de Cristo.

El obispo se palpó el crucifijo que colgaba sobre su pecho, en un gesto con el que parecía apelar a su autoridad, y mientras sor Amalia alargaba su mano hasta tocar suavemente el antebrazo de Gabriel Recarte, yo recordé aquellas dos palabras, *Dux español*, que había visto escritas en el libro de registros de la biblioteca.

—Néstor Hervás despertó muchas vocaciones, entre ellas la mía... Pero todo eso ya pertenece al pasado y no conviene desenterrar ahora viejos fantasmas. Es cierto que unos más que otros, pero todos perdimos demasiado en aquella guerra. —El obispo nos miró a Ricardo y a mí sin dejar de acariciarse el crucifijo, como si en él buscase alguna forma de protección—. En cuanto a esos libros que buscáis, creo que son también fantasmas del pasado, igual que nuestro seminario. La guerra lo destruyó, pero los edificios se recuperan y se levantan siempre sobre sus ruinas. Sin embargo, hay algo peor que todo eso, algo que acaba condenando a algunos lugares a una forma de destrucción mucho peor que la de las bombas...

Durante los instantes de silencio que siguieron, supuse que todos sintieron la misma curiosidad que yo por saber a qué clase de destrucción se refería.

—La falta de vocaciones: esa es la verdadera ruina del Seminario Mayor. Yo fui seminarista y lo conocí en tiempos mucho mejores, cuando todas las aulas estaban llenas. Pero hoy las aulas se van quedando vacías y a este paso acabarán por cerrarse. Las obras no terminan nunca y todavía siguen rehabilitándose algunas dependencias, pero todo eso parece una inversión inútil, porque la situación empeora cada año. Los jóvenes de hoy andan muy alejados de la religión...

Aunque había utilizado la tercera persona, su última frase la había lanzado contra nosotros mientras nos miraba a Ricardo y a mí para que sintiéramos algo parecido al peso de una acusación, pero el único peso que podíamos sentir era el de la decepción y la rabia, porque, como él mismo había dicho, andábamos persiguiendo fantasmas del pasado. Unos fantasmas encuadernados en piel que formaban parte de un mundo ya abolido que, al desvanecerse, se los había tragado también sin remedio. Allí, junto a nosotros, estaban sor Amalia y Gabriel Recarte para dar testimonio de que los libros alguna vez habían sido reales, pero las paredes de aquel palacio y las del Seminario Mayor se habían transformado con el tiempo en un gran sumidero de llamas, de confusión y ruinas, donde su rastro había desaparecido tal vez para siempre.

—En fin —concluyó el obispo, dando por finalizada la conversación mientras se levantaba—, siento mucho no haberos sido de mayor utilidad, pero estamos a vuestra disposición para todo lo que necesitéis.

Nos tendió la mano y uno tras otro se la fuimos estrechando antes de salir de allí y, después de cerrarse la puerta de la calle a nuestras espaldas, me imaginé a Ricardo pensando que nos despediríamos de Sigüenza, por segunda vez, con dos nuevos portazos: el primero se lo había dado yo misma en el interior de la catedral, y el segundo acabábamos de recibirlo dentro de aquel odioso palacio contra el que se venían estrellando una y otra vez nuestras esperanzas.

Mientras bajábamos hacia el convento, el teniente dijo que nos debía una comida a los dos y le rogó a sor Amalia que nos acompañase. Añadió que no se trataba de una invitación, sino más bien de una orden, la última que estaba dispuesto a dar en su vida, y ella no fue capaz de negarse. Fue una comida en la que Ricardo y yo asumimos desde el principio el papel de espectadores, mientras ellos daban rienda suelta a unos recuerdos que a nosotros ya no nos emocionaban, ni nos interesaban siquiera, quizá porque en los últimos días los habíamos oído demasiado. Cuando por fin nos despedimos de la monja y montamos en el coche, abrumados por el peso de una memoria que ni siquiera nos pertenecía, me quedó la agria sensación de que también nosotros habíamos perdido en aquella guerra algo que parecía ya irrecuperable.

Tampoco el regreso fue mucho más entretenido. Al igual que había hecho en el viaje de ida, Ricardo prefirió sentarse en el asiento trasero y ese fue su modo de decir que renunciaba a la conversación. Yo sentía, detrás de mí, su presencia inquietante y a veces intentaba buscarle en la penumbra del coche, pero se había situado en un ángulo que me impedía verle por el retrovisor. Gabriel Recarte tampoco estuvo muy hablador y solo al pasar cerca de Brihuega volvió a recordar aquellos días de frío y barro que habían precedido a su encuentro con Conchita. Yo le escuché en silencio hasta que, quizá comprendiendo que se repetía demasiado, se calló. Y no volvimos a hablar hasta que, ya muy cerca de Madrid, mis pensamientos regresaron a la biblioteca del Palacio Arzobispal, a aquellas dos palabras y a los números que habíamos visto escritos en la primera página del libro de registros.

Entonces me volví hacia Ricardo, dispuesta a sacarle de su ensimismamiento.

—Estás muy callado. ¿En qué piensas?

—Venía pensando en el Doncel.

Todos mis sentidos se pusieron en alerta porque supuse que a aquellas alturas la estatua de Vázquez de Arce se habría convertido para él en la imagen de un doble desengaño: por un lado el de los libros y, por otro, el de los besos que me había negado a darle. Y ambas decepciones, estaba segura, Ricardo las vería proyectadas, igual que dos muecas de sarcasmo, en el rostro sereno y en el libro abierto del Doncel. Estaba a punto de preguntarle si no le había resultado misteriosa la figura de Néstor Hervás, por quien todos, salvo Gabriel Recarte, parecían sentir tanta admiración, cuando las palabras de Ricardo estallaron en mi cara como una bofetada:

—Y también estaba pensando que esta es una noche ideal para irse de putas.

Aquella era su voz, pero lo que yo oí detrás de mí fue la voz del rencor y del desprecio. Era su voz de niño grande y solo, envenenada también por el despecho o por la frustración. Su voz de niño tímido y contrariado que nunca se habría atrevido a decir aquello mirándome a los ojos, pero que allí, agazapado entre la oscuridad protectora del coche, debía de sentirse inmune a la vergüenza. Y cuando poco después Gabriel Recarte nos dejaba en la plaza de Manuel Becerra, decidí que no era el momento oportuno para responder a aquella ordinariez. Ni siquiera tenía ningún derecho a responderle, pero comprendí que, a partir de aquel momento, algo se había roto definitivamente entre los dos.

24

Pocos días después del viaje a Sigüenza, Irene Vidal me llamó para preguntarme por mi visita a la vidente, pero enseguida me di cuenta de que no era ese el verdadero motivo de su llamada. Después de resumirle con mucha vaguedad lo que me habían dicho las cartas, cambió repentinamente de tema para decirme que había estado con Ricardo y que había vivido con él lo más parecido a una pesadilla.

Según ella, se habían encontrado por casualidad en un bar, pero los encuentros con Irene solían tener muy poco de casuales y supuse que aquel tampoco había sido cosa del azar. No podía imaginármela entrando sola en un bar donde nadie la esperara, aunque ese bar fuese el Pensilvania, donde en otros tiempos habíamos pasado muchas tardes y algunas madrugadas, y al que habíamos dejado de acudir hacía más de un año, cuando la armonía de Bambalinas 9 ya comenzaba a resquebrajarse. Desde entonces solo lo seguía frecuentando Agustín Castillejo, aunque también Ricardo de cuando en cuando se dejaba caer por allí. Irene no solía dar puntada sin hilo ni daba pasos en balde, por eso enseguida sospeché que detrás de ese encuentro, tan azaroso en apariencia, se encerraba alguna intención oculta.

Solo me contó lo que le interesaba y me lo contó además embarulladamente, aunque yo estaba ya acostumbrada a leer entre líneas sus palabras. En el escenario Irene no solo había aprendido a actuar sino además a fingir, y también había aprendido, igual que yo, que la mentira no era más que una cuestión de perspectiva; por eso, cuando hablábamos, las dos nos manteníamos siempre en alerta, porque sabíamos que lo que dijéramos podía ser mucho menos importante que lo que calláramos.

El caso es que aquella noche se encontró allí con Ricardo y, una copa tras otra, después de la tercera ginebra comprendió que ya no podría dejarle solo; después de la cuarta a él se le desató la lengua, comenzó a hablarle de Sigüenza y fue a partir de ese momento cuando le oyó ensartar tantas incongruencias que llegó a creer que había entrado en alguna clase de delirio. Temí, al escuchar aquello, que nuestro secreto hubiera dejado de serlo, pero lo único coherente que le oyó decir sobre nuestro viaje fue que habíamos estado en la catedral y que, ante la estatua del Doncel, había intentado besarme. Por fortuna, o al menos eso deduje por las palabras de Irene, a pesar del alcohol Ricardo tuvo la discreción suficiente para no hablarle de los libros, ni del teniente Recarte, ni de sor Amalia, ni de nuestra visita al Palacio Arzobispal y me imaginé que para Irene el viaje no había sido más que una inocente escapada turística, pero que explicaba, a su parecer, la extraña actitud que había tenido Ricardo aquella noche.

En un estado que ella misma describió a mitad de camino entre la borrachera y el delirio, le contó que había intentado besarme varias veces en la catedral y que después de eso el Doncel, celoso o escandalizado, se había levantado de su sepulcro y nos había estado persiguiendo por las calles de Sigüenza; y también le dijo que allí habíamos conocido a una monja que levitaba y tenía la carne traslúcida, y que nos había regalado unos exquisitos pastelillos de crema con marihuana. Le contó que habíamos visto conventos y palacios y bibliotecas ardiendo, y también a Eloy Gonzalo, o a algunos que se le parecían, rociando con su lata de gasolina las calles y caminando en procesión con teas encendidas, dispuestos a prenderle fuego a toda la ciudad. Le dijo que habíamos visto estrellarse contra un árbol un camión cargado de muertos, procesiones de curas desfilando ante un pelotón de fusilamiento, batallones de soldados que blandían crucifijos y sables, niñas que se morían de miedo o de frío en un sobrado mientras estallaban bombas a su alrededor y casas reducidas a escombros y cadáveres que se habían quedado sin enterrar sobre un campo de nieve.

En algún momento de la noche, entre ginebra y ginebra, Irene le había visto tomarse una pastilla, y eso le bastó para pensar que Ricardo se encontraba bajo los efectos de algún alucinógeno. Pero yo sabía que las palabras de Ricardo no estaban provocadas por ninguna droga, sino que eran una mezcla de sueños y recuerdos suyos, deformados por el rencor, por el alcohol o por su fantasía. Y todo aquello que a ella se le antojaba una sarta de disparates y escenas absurdas, para mí tenía toda la fuerza y toda la emoción de una realidad que habíamos escuchado o habíamos vivido juntos.

Más tarde, cuando por fin salieron de aquel bar y se pusieron a caminar sin saber hacia dónde, le vio dar patadas a los semáforos y a los contenedores de basura mientras maldecía las guerras civiles y las no civiles, y cada vez que encendía un cigarrillo se acordaba del héroe de Cascorro y escupía y gritaba de rabia, y maldecía a todos los pirómanos que habían convertido el mundo en un páramo maldito. A aquellas alturas, Irene no sabía muy bien si debía reírse o más bien horrorizarse ante semejantes ocurrencias, hasta que llegaron al Viaducto y allí, ante la barandilla, Ricardo se bajó la cremallera del pantalón y se puso a mear a sus anchas mientras gritaba que ni con todas las meadas del mundo podrían apagarse los innumerables fuegos de la historia; e Irene seguía cada vez más desconcertada, sin saber si debía reírse o llorar mientras él gritaba que se meaba encima de todos los fuegos y de todos los hábitos y todos los uniformes de la tierra.

Después le vio sentarse a horcajadas sobre la barandilla y desde allí, tambaleándose sobre el vacío, siguió escupiendo improperios contra la santa madre de todos los obispos y contra la no menos santa de los profesores universitarios. De vez en cuando se acordaba de *La Celestina* y mezclaba algunas frases de Pleberio con las suyas, pero lo hacía con tal naturalidad que había momentos en que ella no era capaz de discernir si estaba quejándose en serio o solamente actuaba.

Clamaba contra el amor y contra el mundo, como tantas veces lo había hecho sobre el escenario, encadenaba frases que ella conocía con otras que no acababa de reconocer, y a veces engolaba la voz, pero se le rompía en hipidos ridículos, en un patético monólogo que quizá en otro lugar habría resultado cómico pero que allí, asomado al vacío como un funámbulo, a ella le producía escalofríos de terror.

El actor que llevaba dentro le salió de nuevo y, con voz ronca y destemplada, le oyó gritar que el mundo era un desierto espantable, un horrendo cementerio de trincheras, un laberinto de errores y de huesos enterrados en los barrizales de la Alcarria; una morada de fieras que devoraban a las niñas en los sobrados, región llena de espinas, laguna llena de cieno por donde se arrastraban, con su antorcha en la mano, las huestes incendiarias del héroe de Cascorro; un prado de serpientes, un prado lleno de niñas que lloraban abandonadas en mitad de la guerra; un penal lleno de hombres que labraban cajas para no morirse de tristeza, o labraban la madera de su propio ataúd; un valle de lágrimas donde batallones de esclavos levantaban una cruz gigantesca; vana esperanza, falsa alegría, verdadero dolor; un paisaje de disciplinados pelotones de fusilamiento y de bibliotecas que ardían bajo el estruendo de las bombas, y cónclaves de obispos que intentaban apagar las llamas a hisopazos, mientras los generales y las monjas desfilaban con un fusil y una biblia en la mano, y con el uniforme y los hábitos manchados de sangre; río de lágrimas, río de sangre y de ginebra, dulce ponzoña, falsa alegría de besos que nunca se dieron en una catedral...

Cuando por fin, después de suplicarle mucho, Irene consiguió que se bajara de la barandilla, a Ricardo comenzaron a fallarle no solo la memoria sino también las piernas. Se quedó callado de pronto y, a duras penas, asido a la barandilla y a sus hombros, dando traspiés, lograron llegar hasta un banco de la plaza de las Vistillas, donde se derrumbó con todo el peso de su corpachón de niño grande. Vomitó toda la ginebra que se había bebido y toda la bilis que le quedaba en el cuerpo, y allí, sobre su regazo, se quedó dormido.

Eran ya las cuatro de la madrugada e Irene, igual que una Piedad grotesca, permaneció allí sentada hasta el amanecer, velando su sueño. Aquel fue para ella un amanecer frío y amargo, pero para Ricardo fue seguramente uno de los más felices de su vida porque al despertar encontró una mujer a su lado. Mientras Irene acariciaba su cabeza, Ricardo tal vez pensara en mí, o quizá llegó a pensar que, si algún día tuviese que elegir el momento de su muerte, elegiría sin duda aquella hora de luz fronteriza en la que había despertado entre los brazos de una mujer.

25

Daniel Carvajal estaba acostumbrado a conseguir siempre lo que se proponía y los caprichos del azar solían jugar, además, a su favor. Aunque su carácter soberbio no dejaba de granjearle muchas antipatías, por un raro instinto selectivo tenía el don o la habilidad de caer bien a las personas que le interesaban. Contemplado a distancia, tenía maneras de seductor, aunque resultaba algo arrogante, con una imagen que le hacía parecer poco accesible y que él mismo se encargaba de cultivar dentro y fuera de sus clases. A pesar de su fama de mujeriego, cuidaba tanto las formas o elegía tan escrupulosamente los escenarios de sus aventuras que en realidad nadie le había sorprendido nunca en un desliz con ninguna mujer. El suyo era un estilo de cazador discreto y la mayoría de los lances que se le atribuían, con profesoras o incluso con alumnas, eran solo habladurías de pasillo que no siempre tenían fundamento y que procedían a menudo del rencor o de la envidia. Muchos no le perdonaban que fuese atractivo y muchas tampoco le perdonaban que las ignorara o que incluso las tratase con desprecio.

De cerca, sin embargo, no era desagradable de trato, quizá excesivamente educado, con una corrección que a mí me resultaba fría y poco espontánea, como si a cada instante siguiera las instrucciones de un manual. Desde su manera de mirar hasta el corte impecable de sus trajes, todo en él irradiaba cierta disciplinada exquisitez, pero eso, aunque yo apenas había tenido ocasión de comprobarlo aún, formaba parte de sus refinadas tácticas de acoso y merodeo. Actuaba con lentitud y cautela, incluso con aparente indiferencia, como recreándose en largas ceremonias durante las cuales tendía minuciosamente sus redes. Don Ramiro había dicho de él que usaba estrategias de animal carroñero, pero a mí me parecía más bien un merodeador solitario que en sus maniobras de acecho actuaba con la paciencia de una rapaz y con el paso sigiloso de un felino. Como los buenos depredadores, se desenvolvía mejor en la oscuridad y quizá por eso sus pupilas, acostumbradas a la noche, tenían un leve brillo verdoso. Lejos de gustarle la carroña, le gustaba acechar a distancia a sus presas, estudiando todos sus movimientos, dejándolas moverse en libertad hasta que ellas mismas decidían entregarse a su zarpazo.

Pero yo, aunque ya había comenzado a intuirlas, no supe con certeza todas aquellas cosas hasta que me invitó a cenar por segunda vez. No debí haber aceptado, sobre todo después de los malos recuerdos que la primera cena me había dejado en el estómago y en la conciencia, pero no fue por debilidad: las circunstancias se conjuraron contra mí para impedir que rechazara su invitación. Después de lo que Irene me había contado de Ricardo, estuve varios días como anestesiada y con la sensación de que algo estaba sucediendo a mi alrededor sin que yo fuera capaz de percibirlo. Me sentía unas veces como la pieza inútil de algún engranaje que continuaba funcionando sin mí y otras veces se me antojaba que todo estaba detenido en torno a mí, como si mi destino se hubiese parado de pronto e, indeciso, no supiera muy bien hacia dónde llevarme.

La lámina de Hopper que tenía colgada en mi salón era como un espejo donde me veía reflejada: yo era igual que aquella mujer casi desnuda que, sentada en el borde de una cama triste, sostenía lánguidamente un libro entre sus manos y que, ante un par de maletas cerradas, permanecía como a la espera de que algo ocurriese, aunque sin saber qué esperaba o a quién tenía que esperar. Su rostro, oscurecido por una sombra leve y pudorosa, apenas conseguía ocultar la tristeza o la improbable esperanza que todo a su alrededor irradiaba. Esa habitación de hotel, donde todo tenía un aire de provisionalidad, me parecía de pronto el mejor reflejo de mi vida o de mi estado de ánimo.

El último viaje a Sigüenza nos había llevado hasta un callejón sin salida, *Las lágrimas de Belisa* habían escapado a nuestro control, a Ricardo me lo imaginaba buscando en las putas lo que no había encontrado en mí, y hasta Marcos Villarrubia parecía haber desaparecido en las últimas semanas. Y cada vez que me topaba con la mujer del cuadro tenía la sensación de que todos los cabos sueltos de mi vida, que ya eran demasiados, se quedarían sin unir para siempre. En aquel estado, en el que comenzaba a no distinguir la espera de la esperanza o de la desesperación, si alguien me hubiese llamado para dar un paseo por el infierno, seguro que no habría tenido ningún reparo en acompañarle.

Por eso aquel sábado, cuando Daniel Carvajal me llamó para invitarme a cenar, noté que la maquinaria de algún tren volvía a ponerse en funcionamiento. Y se ponía en marcha, además, en la dirección adecuada y a una velocidad casi vertiginosa, la misma velocidad a la que su coche, esa misma tarde y ante mi sorpresa, ponía rumbo hacia Guadalajara. Alguna voz desde mi interior me había susurrado al oído que si no me decidía a coger aquel tren mi vida podía quedarse detenida en una vía muerta, lo mismo que la mujer de Hopper, que parecía a punto de irse o a punto de quedarse, pero permanecía atrapada en un mundo melancólico de indecisión y soledad.

Como la vez anterior, tampoco me dijo dónde cenaríamos y al principio pensé que nos dirigíamos a Guadalajara, suponiendo que cincuenta o sesenta kilómetros eran el radio de acción en el que solía tender las redes de sus batidas nocturnas. Pero cuando dejamos atrás Guadalajara, comencé a sospechar que aquel viaje estaba cargado de intención; y cuando más tarde nos desviamos hacia Sigüenza, ya no tuve ninguna duda de que me había dejado llevar, con docilidad, hacia otra trampa. Y no pude evitar preguntarle por qué había elegido precisamente Sigüenza para aquella cena.

—Porque espero que Sigüenza me traiga más suerte que El Escorial.

Sonrió y yo me quedé valorando el equívoco que había en su respuesta, que no consiguió disipar mi incertidumbre porque tras la cena de El Escorial eran varios los asuntos que habían quedado pendientes entre nosotros. Ahora comenzaba a ver con claridad que ya antes de eso, desde la muerte de don Ramiro o, con más exactitud, desde que *Las lágrimas de Belisa* habían caído en sus manos, yo me había convertido en un objetivo fácil para él. Desde entonces, en un lento pero implacable acoso, quizá no había hecho sino desplegar sus redes en torno a mí. Y ahora me sentía como una ingenua adolescente a la que él perseguía con paciencia por unos territorios que le resultaban familiares y por donde yo, sin embargo, avanzaba con torpeza hacia la trampa fatal.

—¿Conoces Sigüenza? —me preguntó cuando pasábamos frente al Palacio Arzobispal.

—He estado un par de veces. —No fui capaz de mentir porque supuse que con aquella pregunta lo único que pretendía era poner a prueba mi sinceridad.

—Mucho mejor, así nos ahorramos la visita turística. Te invito a subir a lo más alto.

Recordando el lema *Ex alto* que figuraba sobre la portada del Palacio Arzobispal, supuse que su última frase tendría alguna doble intención y, como si pretendiera sacarme de dudas, mientras subíamos hacia el castillo me preguntó si había decidido ya algo sobre el contrato, pero le respondí que ni siquiera me había parado a pensar en ello.

Desde allí arriba, mientras atardecía, nos entretuvimos un rato contemplando la panorámica de la ciudad. Una luz rojiza iba bañando las aristas de las torres, la geometría irregular de los tejados, el laberinto de las callejuelas despeñándose hacia el parque donde se alzaba el convento de ursulinas. Las claridades del crepúsculo comenzaban a difuminar las formas, a suavizar las líneas, y una vez más pensé que aquella luz de Sigüenza poseía una cualidad erosiva, una fuerza que desgastaba las piedras y, al mismo tiempo, anulaba también las voluntades. Mirando las torres de la catedral recordé el trozo de columna que se había deshecho entre mis manos y tampoco pude evitar el recuerdo de los besos que Ricardo había intentado darme allí. Cada nuevo viaje a aquella ciudad debilitaba un poco más mis defensas, y ya comenzaba a sentirme tan frágil como la piedra arenisca, convencida de que no tardaría mucho en desmoronarme.

—Siempre me gusta subir a los puntos más altos de los lugares adonde voy. Es una manera de ver las cosas desde cierta distancia. —Intentó abarcar con su mano extendida toda la panorámica que se abría frente a nosotros—. Desde arriba todo resulta no solo más pequeño, sino también mucho más manejable. Por cierto, ¿no sufrirás acrofobia?

Me tuvo que explicar el significado de aquella palabra y no recordé ninguna escena de mi infancia en la que hubiese llegado a sentir vértigo ni miedo a las alturas, ni siquiera cuando me asomaba al borde de los acantilados y cerraba los ojos o me quedaba mirando hacia el horizonte, más allá de la línea del agua, y por unos instantes me sentía ingrávida, como si mi cuerpo, fundido con las rocas o disuelto en el aire, ya no formara parte de mí. Aunque no creí oportuno explicárselo, los únicos miedos que había en mi memoria procedían de una barca de pesca zarandeada por las olas, pero ni siquiera en esas ocasiones había llegado a sentir algo parecido al vértigo, porque las espaldas protectoras de mi padre estaban siempre frente a mí, proporcionándome una seguridad que desafiaba a los peligros y a las tormentas. El mío, aunque no se lo dije, más que miedo a las alturas era miedo a las profundidades, un miedo que venía de aquellos negros abismos que un día se tragaron a mi padre.

—Solo hay dos clases de personas —aseguró, mientras miraba a un grupo de turistas que bajaban por una de las calles empinadas que desembocaban en la explanada del castillo—: las que ven el mundo desde ahí abajo y las que lo ven desde aquí arriba. ¿Has decidido ya dónde quieres estar tú?

—¿No valen los términos medios? —pregunté, convencida de que seguía moviéndose por una zona de ambigüedades en la que yo me sentía siempre en desventaja.

—Los términos medios o acaban estancándose o terminan siempre en alguno de los dos extremos.

Miré hacia abajo, hacia las calles retorcidas y rampantes que se derramaban con suavidad hacia las vías del tren, y me fijé en aquellas fachadas cuyas piedras adquirían con la puesta de sol un intenso color rojizo, que a veces se volvía incandescente. Aquella luz invasora, pensé, tenía el poder de la lava líquida y cada tarde disolvía un poco más los perfiles de las cosas y, seguramente, también la voluntad de las personas. Aquella maldita luz de Sigüenza, que era capaz de destruir las piedras y que también habría destruido los libros, empezaba a actuar dentro de mí con una lentitud que era tan plácida como devastadora. Y mientras contemplaba las torres almenadas de la catedral, que se recortaban majestuosas sobre el aire incendiado de la tarde, de pronto, tras escuchar las palabras de Carvajal, me invadió una sensación de angustia que nada tenía que ver con la altura, sino más bien con la incertidumbre. La incertidumbre de no saber cuál era el lugar exacto que me correspondía o donde yo, en verdad, quería estar.

Y con esa misma sensación de mareo vi cómo los últimos rayos del sol se transformaban paulatinamente en una claridad cobriza, que después se fue volviendo gris y opaca, una claridad casi espectral bajo la cual comencé a sentirme vulnerable. Porque aquellas primeras sombras del atardecer anunciaban la llegada de un territorio nocturno donde Daniel Carvajal, con toda seguridad, sabría moverse con mucha más destreza que yo y con pasos mucho más firmes y seguros que los míos.

Entramos en el restaurante del parador y, en cuanto tuve la carta entre mis manos, lo primero que hizo fue recomendarme la trucha de Peralejos; pero ya bastantes secuelas me había dejado la lubina de El Escorial como para volver a tropezar con el pescado. Preferí carne y, tras ese acto de desobediencia con el que, ingenuamente, pretendí demostrarme a mí misma que aún era dueña de mis propias decisiones, me dejó hablar como si no quisiera de mí más que palabras y palabras. Me escuchaba con interés y con paciencia, como nunca ningún hombre me había escuchado antes, y cuando me callaba, él aprovechaba el silencio para hacerme alguna pregunta sobre el teatro, sobre mi pasado o sobre mis planes de futuro. Yo aún no era consciente de que me movía por un espacio cuyos límites él ya había acotado previamente. Me estaba estudiando más allá de mis palabras, en cada pausa y en cada gesto, en mi forma de masticar o en la manera de apartarme el pelo de la cara, y de cuando en cuando me miraba a los ojos y el brillo verdoso de sus pupilas se clavaba en las mías con el temple de un cazador avezado que estuviera observando a su presa. Era él quien había elegido el escenario, pero era yo quien no paraba de hablar, en un soliloquio tras el que parecía esconderse mi propia indefensión. Y mientras hablaba y masticaba, no dejaba de beber vino, un vino que era, sin ninguna duda, el más caro que yo había probado nunca.

Mis conocimientos de teatro eran los suficientes para saber que él había elegido un papel de protagonista pasivo; se había situado en el centro de la escena y desde allí gobernaba mis movimientos haciéndome girar en torno suyo, recreándose en su silencio mientras yo me perdía en un monólogo interminable que estaba, en realidad, vacío. Por eso, cuando llegó el momento del postre, noté que no solo no habíamos avanzado nada en la conversación, sino que además nos habíamos desviado mucho del hilo principal, y fue entonces cuando intenté regresar al punto de partida:

—¿Por qué hemos venido aquí? Ya es la segunda vez que te lo pregunto.

—Prefiero que seas tú quien me lo diga. —Aunque debió de comprender que no estaba dispuesta a prolongar más aquel juego, seguía empeñado en continuar su lento merodeo—. Ya te dije que tengo buenas fuentes de información, pero será mejor oírlo de tus labios.

Me sentí como atrapada dentro de una maraña en la que se enredaban mis palabras y mis pensamientos, y por el efecto del vino o por el de mi propia confusión, comencé a sentir algo parecido a un mareo. Pero lo peor de todo no era la certeza de verme acorralada, sino la de saber que mi voluntad, aunque me hubiese negado a probar la trucha de Peralejos, estaba a merced de la suya.

—No sé si habrá algo que no sepas ya —me defendí, con poca convicción.

—Solo sé que has estado dos veces en Sigüenza, y lo sé porque tú me lo has dicho. Lo que no me has dicho es a qué viniste. —Esperó a que el camarero le trajese la cuenta y, después de pagar, salimos a la explanada del castillo.

Me quedé mirando la ciudad, iluminada por unas farolas que lo envolvían todo en una claridad tenue y amarillenta, una claridad que, a aquellas horas, continuaría ejerciendo también sobre las piedras su erosión silenciosa. De las ventanas más altas de las tres torres de la catedral salían unos resplandores anaranjados que, sobre la negrura del cielo, parecían los reflejos de un incendio. Y allí abajo, impasible en su capilla plateresca, me imaginé al Doncel con su libro entre las manos y su serena sonrisa de alabastro, ajeno a la corrosión que destruía el mundo a su alrededor. De pronto noté que Carvajal se aproximaba a mis espaldas, y aunque no llegó a rozarme, su cercanía fue suficiente para que yo entendiera que aquel ritual de acechos estaba a punto de concluir.

—Vine a ver al Doncel, entre otras cosas.

Pensé en Ricardo y su recuerdo me produjo el mismo efecto que si la losa del sepulcro de Vázquez de Arce hubiese caído sobre mí. Caminé unos pasos a lo largo de la muralla y vi, al fondo, que las líneas de las calles y de los edificios se volvían borrosas. Creí que, por primera vez en mi vida, comenzaba a sentir auténtica acrofobia, aunque supuse que aquello tendría que ver más bien con los efectos del vino. Dispuesto a demostrar que él era el cazador y yo la presa, Daniel volvió a acercarse a mí y, mientras lo hacía, probablemente se excitó creyendo que le daba la espalda como una señal de sumisión, pero era más bien un gesto de cobardía o de vergüenza. Pensé, intentando convencerme a mí misma, que tal vez era allí donde quería estar, mirando el mundo desde lo alto, sintiéndome dominadora aunque también dominada, fuerte y al mismo tiempo desvalida, con aquella dulce sensación de mareo que parecía privar de realidad a las cosas.

—Has estado hablando durante toda la cena —me susurró casi al oído—, pero seguro que todavía tienes algo más que contarme.

Frente a las torres de la catedral, cuyo perfil iba difuminándose cada vez más ante mis ojos, no pude evitar otra nueva sensación de vértigo, que no estaba provocado por la altura sino por el recuerdo de Ricardo. Me imaginé, detrás de mí, las pupilas de Carvajal brillando en la penumbra con reflejos verdosos y, al acercarse un poco más, sentí el roce de su cuerpo, en un leve contacto con el que parecía invitarme a no seguir huyendo. Sabía que aquel era el momento exacto para darme la vuelta y recuperar, al menos con la mirada, la única marca territorial que me quedaba, pero no tuve ganas o valor para hacerlo, y poco después sus dedos se habían posado ya sobre mi cabeza y me acariciaban el pelo lentamente, con una ternura que al principio me pareció casi paternal. Luego, con la misma lentitud, sus dedos fueron bajando hacia mi cuello, me apartó la melena hacia un lado y mientras yo mantenía fija la mirada en la catedral y recordaba al Doncel, sentí en la nuca un par de besos que se convirtieron en suaves mordiscos. Aquel contacto de sus dientes me produjo primero un estremecimiento, luego un escalofrío, y a partir de ese instante, como si me hubiese inyectado alguna clase de veneno, supe que se había adueñado de mi cuerpo y, con él, de mi secreto y de mi voluntad.

Después de besarme, me miró con una dulzura que parecía impropia de unos ojos fríos como los suyos, y solo dijo que podíamos elegir entre volver a Madrid o quedarnos a dormir allí en el parador; una proposición que era más bien una cortesía por su parte, porque enseguida comprobé que la decisión estaba ya tomada de antemano. Cuando nos acercamos al mostrador de recepción y al decir su nombre le entregaron la llave, ni siquiera me sorprendió que tuviera ya la habitación reservada. Y cuando poco más tarde me encontraba en la cama con él y él mismo me desnudaba, me acariciaba sin prisa y volvía a besarme en la nuca, recordé a la mujer del cuadro de Hopper y sentí que mi tren había abandonado definitivamente su vía muerta; pero también supe que esos vagones, en los que no estaba ya Ricardo, avanzaban sin mi control y hacia una dirección desconocida.

26

Después de aquel fin de semana, el invierno amenazó con precipitarse de golpe y a varios días de lluvia les siguieron unos fríos que parecían anunciar el final anticipado del otoño. Un poco desconcertada por aquel brusco cambio de temperaturas y por lo que había ocurrido en Sigüenza, me sentí de repente como a la deriva en medio de un mar en calma pero en cuyos horizontes, al fondo, aparecían nubarrones inquietantes. Yo conocía el olor de las tormentas porque era una de esas sensaciones que me venían de la infancia, y ese olor era el mismo que inexplicablemente percibía, a tantos kilómetros del mar, en aquellos últimos días de octubre.

El desconcierto también se apoderaba de mí al asomarme a los armarios, donde aún tenía la ropa de verano mezclada con la de entretiempo, y sobre todo cuando me miraba al espejo y me negaba a reconocerme en aquella imagen de mí misma que llevaba ya demasiados años contemplando. Por eso se me ocurrió que quizá lo que necesitaba era una visita a la peluquería y una renovación de mi vestuario. Decidí cortarme el pelo y teñírmelo de negro, y mientras veía mis greñas, rubias y rizadas, en el suelo de la peluquería, tuve la rara sensación de que estaba asistiendo a mi propio entierro, como si al renunciar a mis rizos de Melibea estuviese renunciando a una parte de mi propia identidad. Me entristecía tanto pensar que mis bucles venusinos —como tanto le gustaba decir a Marcos Villarrubia— acabaran en cualquier contenedor de basura que a punto estuve de guardarme unos cuantos como recuerdo. Pero haber conservado un solo rizo de mi antigua melena, pensé, habría sido como reconocer mi propia inseguridad o hacer confesión, ante mí misma, de alguna clase de arrepentimiento. Y a aquellas alturas todos los caminos de regreso los tenía ya definitivamente cerrados.

Me dejé una melenilla corta que por detrás me insinuaba la nuca, con un flequillo por delante que me cubría casi toda la frente. Después de eso, me dediqué durante un día entero a saquear mis armarios y me deshice de blusas, pantalones, faldas y jerséis con la misma falta de piedad con la que me había deshecho de mi pelo. Tiré también una trenca y una chaqueta de punto que conservaba desde mi primer año de carrera; y cuando por fin quedaron vacíos la mitad de los cajones y la mayoría de las perchas, bajé las tres grandes bolsas que había llenado con toda esa ropa y, mientras las arrojaba a un contenedor, pensé otra vez que acababa de realizar una ceremonia que tenía mucho de entierro.

Después, durante varias tardes anduve de tienda en tienda, recorrí zapaterías, me perdí husmeando por los grandes almacenes en busca de gangas y disfruté, como nunca había disfrutado, eligiendo ropa interior para que, si se presentaban otras ocasiones, no me pillaran desprevenida con prendas de mercadillo. Fueron días agotadores en los que me vi dominada por una necesidad casi febril de renovarme, pero sentía una extraña ilusión entrando a los probadores y saliendo de ellos como si en sus espejos buscara esa pieza que aún me faltaba para completar mi metamorfosis. Agoté no solo el presupuesto del mes, sino también buena parte de mis ahorros, aunque al final, cuando me vi de nuevo con los armarios repletos, me sentí satisfecha igual que una culebra que, ante el cambio de estación, acabara de mudar su camisa.

27

Mientras tanto, seguía sin tener noticias de Ricardo y Marcos Villarrubia parecía empeñado en entrar y salir a su antojo de mi vida como si le perteneciera. Había estado llamándome durante los últimos días pero, con unos u otros pretextos, fui retrasando mi encuentro con él. Tenía el presentimiento de que últimamente se habían interpuesto demasiados secretos o demasiada distancia entre su mundo y el mío, aunque él no estaba dispuesto a que esa distancia siguiera agrandándose. Cuando me dijo por teléfono, con un tono confidencial, que tenía que contarme un secreto, supuse que se trataría solo de una de sus triquiñuelas para atraer mi atención, pero al mismo tiempo me sentí incómoda porque eran ya muchos los secretos que yo había dejado de compartir con él. A pesar de todo acepté, porque estar con Marcos era, al fin y al cabo, como abrir un paréntesis en mi vida, un paréntesis que me alejaba de la realidad y que tenía la virtud de hacerme olvidar durante un rato todos los problemas.

Seguía dándole a su tesina los retoques finales y en los últimos días había convertido las bibliotecas, igual que yo los probadores de las tiendas, en su segunda casa; por eso aquella mañana decidimos vernos en la biblioteca de la facultad. Cuando llegué estaba allí, en la misma mesa que habíamos ocupado tantas veces durante las épocas de exámenes, rodeado de libros, con el pelo revuelto y con aspecto cansado, tomando notas muy aplicadamente. Antes de llegar hasta él, me paseé por entre aquellas estanterías que conocía mejor que las de mi propio salón, y al comprobar que los libros de don Ramiro no aparecían por ningún sitio, pensé que aún seguirían embalados en los rincones de cualquier sótano.

Llevaba las botas altas recién compradas y no me había dado cuenta de que mi taconeo, en medio de aquel silencio que nunca era absoluto, llamaba demasiado la atención. O quizá no era el ruido de mis pasos, sino yo misma quien resultaba demasiado llamativa. Me había puesto también una chaqueta negra de piel, a juego con las botas, y una blusa oscura que estaba a tono con mi nuevo corte de pelo, y mientras iba dejando un rastro de perfume que olía a esencia de lilas, noté que dejaba también a mi paso un reguero de miradas curiosas y cuchicheos. Después de cinco años paseándome por allí con mis vaqueros rozados y mi melena rubia, me sentía en el interior de un espacio propio, pero también como una extraña a la que ya nadie reconocía. Todos, aunque algunos fuesen ya casi de mi edad, tenían un aire de adolescentes, o al menos a mí me parecían estudiantes de instituto más que de carrera. Mirándolos me vi reflejada en ellos y, acordándome de Daniel Carvajal, volvió a invadirme un vértigo que no se debía a las alturas, sino a la rapidez con la que estaba girando, en los últimos meses, la rueda de mi vida.

Me aproximé a la mesa donde estaba Marcos y, aunque me vio parada frente a él, le costó reconocerme. Se levantó a besarme tras una exclamación de sorpresa y, mientras me inspeccionaba de arriba abajo, advertí que no hacíamos muy buena pareja. Yo recién salida de la peluquería, él con las greñas revueltas y la barba más crecida que de costumbre; yo con mi flamante chaqueta negra y mis botas altas, él con su pantalón gastado y una camisa basta de cuadros que le daba un aire de leñador tirolés. Al instante nos convertimos en el centro de todas las miradas y por eso propuso que bajáramos a la cafetería. Y allí, mientras nos tomábamos un café, me dijo que lo más sorprendente de mi nuevo aspecto no eran ni el color ni el corte de mi pelo, ni siquiera las botas o aquella chaqueta que me hacían más alta y más elegante, sino el aire de mujer madura que irradiaba.

—Pues tú estás más o menos igual —le dije.

—No creas, yo también he cambiado un poco, aunque por fuera no se me note.

Hasta ahí duró mi protagonismo, apenas medio café, porque enseguida pasó él a ocupar el centro de la escena y, tras una breve pausa, continuó:

—¿Sabes que he pensado dedicarme a escribir?

Conociéndole como le conocía, aquellas palabras no podían sorprenderme mucho, y al ver que no habían causado en mí la sorpresa que esperaba, añadió que durante las últimas semanas había escrito unos cuantos poemas y también algo parecido a un cuento, y deseaba que yo fuese su primera lectora. Me lo dijo como si se tratara de un privilegio para mí, pero un privilegio que pretendía convertirme, de algún modo, en responsable de la decisión que tomara, y por eso le aconsejé que no se fiara mucho de mi opinión. De sobra sabía él que la poesía no era mi género favorito, como también sabía que encontraría lectores bastante más avisados que yo a poco que se esforzara en buscarlos.

—¿Y ese era tu secreto? —le pregunté.

—Ese era.

No captó o no quiso captar el tono de decepción que había en mi pregunta y otra vez pensé en los secretos que yo no le había contado todavía, y pensé también que, cualquiera que fuese mi opinión sobre sus versos, su decisión de dedicarse a escribir sería tan volátil como tantas otras que había tomado en su vida. Marcos Villarrubia era así de inconstante, se ilusionaba y se desilusionaba con la misma facilidad. No era la primera vez que se acostaba con un proyecto entre las manos y se despertaba por la mañana con otro diferente. A pesar de todo le dije, tan solo para halagarle, que estaba deseando leer esos poemas y me respondió que los tenía en su carpeta, que podía leerlos en la biblioteca mientras él terminaba su trabajo.

Al salir de la cafetería, en uno de los recodos del pasillo nos topamos con Daniel Carvajal charlando con Lola Merlo y con otros dos profesores, y los recuerdos de mi último fin de semana en Sigüenza, mezclados con un montón de sensaciones contradictorias, se me agolparon de repente hasta producirme en las mejillas un rubor intenso. La presencia de Marcos y la de los otros profesores impedía cualquier clase de confidencias y por eso se limitó a saludarnos con la misma frialdad que tenía por costumbre, porque los pasillos eran un territorio donde Carvajal no solía malgastar su tiempo ni su simpatía con los alumnos. Aunque a destiempo, debió de pensar que aquel encuentro casual era una buena ocasión para resolver alguno de los asuntos que habíamos dejado pendientes y por eso no me sorprendió oír su voz a mis espaldas:

—Por cierto, Sara, si tienes unos minutos pásate después por mi despacho. Quiero hablar contigo.

Por fortuna, Marcos estaba poco suspicaz aquella mañana, o tal vez estaba más pendiente de sus poemas que de mis asuntos, por eso no le extrañaron aquellas palabras y, una vez en la biblioteca, me senté frente a él dispuesta a compartir su secreto. Enseguida sacó unos folios de su carpeta y los colocó entre mis manos. Los poemas estaban escritos con tinta verde y con esa caligrafía suya, un tanto desmañada, que era el mejor reflejo de su alma. Mientras él fingía enfrascarse en sus libros, me puse a leerlos con la esperanza, un poco egoísta, de encontrar en ellos alguna apasionada declaración de amor o al menos una simple dedicatoria. Pero leí los dos primeros con interés, el tercero solo con curiosidad, los siguientes casi con desgana, y cuando terminé de leer el último traté de que no notara mi decepción y le dije que prefería reservarme la opinión para más tarde.

Acto seguido, sacó unos cuantos folios más y me los puso delante. Estaban escritos a máquina, en una prosa densa con enmiendas y tachaduras, y su llamativo título, «Fantasía botánica», me pareció prometedor. Me acomodé en el asiento y, aunque el encuentro con Daniel Carvajal me había descentrado un poco, me dispuse a leerlo con toda la atención de que era capaz, porque si en verdad yo era su primera lectora, pensé, y si de mí dependía la decisión de que Marcos se dedicara a la literatura, era preciso tomarme aquello con mucha más tranquilidad. Tal vez las musas, que a mi entender le habían negado su favor para el verso, hubieran sido más generosas con él para la prosa.

FANTASÍA BOTÁNICA

Son bien conocidas, desde la Antigüedad, las teorías de la metempsicosis, según las cuales las almas, tras la muerte corporal, se reencarnan en cuerpos de otras personas o animales. Pero mucho menos conocidas son otras teorías que afirman que el alma transmigra a un organismo vegetal.

Uno de los autores que más contribuyeron a difundirlas fue un monje tibetano que se pasó parte de su vida asegurando que había sido caña de bambú en alguna de sus existencias anteriores, y que gracias a esa condición de bambú había sobrevivido a varios naufragios.

Según tan curioso catálogo, el ciprés solitario es uno de los grandes privilegiados de la botánica. Su apariencia hierática y lo estilizado de sus formas le dan un cierto aire de dandismo; en él todo tiende a hacerse arrebato espiritual, sueño de elevación, énfasis contemplativo. Todo en el ciprés sugiere la tristeza de los corazones solitarios, por eso su hábitat natural son el silencio de los cementerios y el recogimiento de los claustros. Es un árbol sereno y metafísico y a él transmigran todos los diversos anacoretas y filósofos que en el mundo han sido. Desde su lejanía y su distancia, miran el mundo y sus oscuras vanidades con desprecio, porque en todo ciprés bulle siempre una corriente de savia senequista. Todo en ellos, desde la raíz hasta su última rama, es signo de aristocratismo y distinción; pero su elegante altivez no es más que un disfraz tras el que se ocultan personalidades tímidas y retraídas.

El bambú cimbreante (especie a la que pertenecen también el junco, el mimbre y el fresno norteño) se caracteriza por su gran flexibilidad, y por ello es frecuentado por gente volátil y tornadiza, de carácter más bien caprichoso e inestable. Los que transmigraron al bambú fueron aduladores leales, fieles recaderos, excelentes asesores, secretarios intachables, cargos de confianza que ramonearon al amparo del poder, gente urdidora y sutil dotada de gran habilidad para sortear toda clase de dificultades. Gracias a su extraordinaria resiliencia, el fresno y el bambú jamás sufren daño alguno como consecuencia de golpes, choques o cualquier otra forma de violencia, porque su elasticidad los hace muy adaptables y los capacita para ser buenos subordinados, por eso en su vocabulario nunca existió la palabra rebeldía. *Su tallo flexible y resistente les hace sobreponerse a toda adversidad, pues siempre saben ponerse al sol que más calienta. Son también excelentes nadadores de los que saben muy bien guardar la ropa, y suelen mantenerse a flote, como los nenúfares, cuando el mundo se hunde a su alrededor.*

La yedra trepadora se vale de sus brazos sarmentosos y sus raíces adventicias para agarrarse a los cuerpos que se interponen en su camino. En busca de luz y proyección, en su recorrido ascensional la yedra coloniza cuantos soportes sólidos encuentra a su paso y, una vez aferrada a ellos, no hay modo de librarse de su acción invasora. Busca el arrimo de las tapias o los troncos de los árboles porque sabe que cuanto más firmes sean sus soportes, más duradera será su existencia, y practica aquella estrategia que hizo famosa Lázaro de Tormes: la de arrimarse a los buenos para ser uno de ellos. Los que se reencarnaron en yedra fueron en vida gente ruin y medradora, oportunistas en general que buscaron el cobijo de la buena sombra en el buen árbol. Es una especie amorfa, pero singularmente tenaz y mimética, pues al carecer de forma propia adopta camaleónicamente las formas de los cuerpos ajenos. Es la garrapata del reino vegetal y su acción parasitaria puede acabar ahogando, con su espeso y verde follaje, a los árboles por los que trepa. Como el abrazo de una pitón, puede terminar asfixiando a su víctima, aunque la yedra, que es una planta afortunada, siempre encuentra nuevos troncos por donde seguir trepando en los poblados bosques de la vida.

El olivo centenario es un árbol austero y disciplinado, voluntarioso y pragmático. Su achaparrado aspecto, su tronco ahorquillado y nudoso, así como sus perennes hojas coriáceas lo hacen poco vistoso, pero el olivo no es un árbol amigo de apariencias. Rehúye los ornamentos y, desde su sobriedad car-

tesiana, se limita a dar fruto. No sabe de hueras retóricas, tan solo sabe del esfuerzo generoso, del sacrificio, de la entrega. Árbol tentado por las simetrías, tiende a alinearse en largas y monótonas hileras en las que el brillo de lo individual tiende a subordinarse a la eficacia del colectivo. Es, por todo ello, un árbol propicio para las personas que en su vida tuvieron apego a la disciplina y al rigor. Las almas de todos los gremios propensos al uniforme o al hábito están atrapadas en la gris geometría de los olivares.

El arbusto culebrero, al que transmigran todos los frustrados, los insatisfechos y los envidiosos incurables, es una planta que quiere y no puede, de ahí su natural frustración. Se mira a sí mismo y se ve feo, pequeño, sin flores y sin frutos, y luego mira alrededor, contempla la amarilla explosión de la retama, la olorosa floración de la jara o la inalcanzable estatura del árbol, y le gustaría ser árbol, jara o retama. Tiene el gesto sombrío e insatisfecho de quien aún no ha encontrado su lugar en el mundo, porque no se acepta a sí mismo y porque no ha aprendido el don de la humildad. Tiende a valorarlo todo por su apariencia, por su color o su tamaño, y no sabe que la naturaleza no ha establecido prioridades ni jerarquías. Ignora que la belleza no reside en las cosas sino en la forma de mirarlas, y también ignora que dentro de la vasta diversidad de la naturaleza nada es más ni menos importante, puesto que formas, tamaños y colores se engastan en un todo donde cualquier pieza resulta necesaria, como los engranajes de una maquinaria maravillosa y perfecta.

Continué leyendo con interés aquel extraño tratado de psicología vegetal y, a medida que avanzaba en la lectura, no podía evitar la tentación de ponerles nombres o caras conocidas a la mayoría de los retratos; y cuando por fin concluí, miré a Marcos con una mezcla de admiración y perplejidad, y pensé que si estaba llamado a seguir por los caminos de la literatura habría de ser, con toda seguridad, no por los del verso sino por los de la prosa. Me quedé también pensando a cuál de esas múltiples variedades vegetales estaría destinada mi alma, en el caso de que fuesen ciertas tales teorías sobre la transmigración, y luego vi a Marcos mirándome con un gesto apremiante, a la espera de que le diese mi opinión; pero mientras me guardaba los papeles en mi bolso solo le dije, en voz baja, que se la daría más tarde porque el decano me estaba esperando en su despacho.

28

Entré sin llamar y, al verle hablando por teléfono, retrepado cómodamente en su sillón de cuero, tuve la impresión de que acababa de violar su intimidad. Me hizo un gesto con la mano para que me sentara y, entre frase y frase, le vi mirarme como si no acabara de reconocerme del todo. Mi nuevo aspecto debía de resultarle tan desconcertante que de cuando en cuando le sorprendía en alguna mirada furtiva con la que parecía estar midiendo la distancia que había entre la mujer morena que tenía delante y la rubia que se había acostado con él en el parador de Sigüenza. Miré el cactus que había sobre una de las baldas y, llevada por la curiosidad, volví a leer unos cuantos párrafos del tratado botánico de Marcos, por ver si alguno de ellos encajaba con la personalidad de Carvajal:

> *El geranio doméstico es una planta que, en sus distintas modalidades de interior, de terraza o de patio, se caracteriza por su provisionalidad. Se diferencia de las demás plantas por su ausencia de raíces en el suelo, de ahí que su naturaleza esté definida por la movilidad. Su ubicación es irrelevante porque la maceta carece de anclajes. Aunque se diría que su condición de desarraigados los hace más libres e independientes, sin embargo los geranios resultan muy manejables porque carecen de convicciones profundas. Sufrieron la reencarnación de la maceta todos los nómadas, los exiliados, los viajantes, los interinos, los vagabundos y todos los peregrinos sin patria. También los cargos públicos, especialmente si son subsecretarios o viceconsejeros de algo, así como las personas que viven*

de alquiler, incluso los tránsfugas políticos, suelen transmigrar a esta especie que, en el fondo, tal vez solo sueña con una pensión vitalicia y con un trozo de tierra firme donde hincar sus raíces.

Frente a la provisionalidad que caracteriza a la maceta, la higuera es un árbol nutricio, tótem de las infancias felices, caracterizado por su espíritu de permanencia. Crece en el ámbito familiar de los patios y es, por ello, el árbol de los afectos, que proyecta siempre un poderoso haz de sombras maternales. Es el árbol de la memoria, propio de gente con una acentuada vocación regresiva; árbol de una raza odiseica que vive en estado de constante añoranza y que anhela el regreso a la Ítaca de sus orígenes; una Ítaca que, más que un lugar concreto, suele ser un espacio interior edificado sobre el humus de los recuerdos. Los reencarnados en higuera tuvieron siempre un tirón de poetas elegíacos y supieron crecer hacia las más hondas esencias de la tierra, sabedores de que solo a partir de las raíces puede elevarse, con firmeza, el vuelo de las ramas.

El abedul es un árbol elegante al que llaman «la dama de los bosques» por su airoso follaje, su blanca corteza y sus gráciles ramas. Su belleza resulta especialmente llamativa en otoño, cuando sus hojas se tornan de un amarillo intenso. La luz resulta esencial para su desarrollo, razón por la cual si crecen a la sombra mueren pronto. Es un árbol al que suelen transmigrar los pintores y los fotógrafos, y todos aquellos que tratan de captar, a través de la luz, toda la belleza (la visible y la oculta) de las cosas.

El sauce llorón tiene su hábitat más idóneo en las orillas de los ríos y junto al agua de los estanques. La flexibilidad de sus ramas caedizas le ha dado fama de árbol tristón y melancólico, de ahí que se hayan reencarnado en sauce las personas con inclinaciones depresivas. Pero los sauces, pese a lo que suele creerse, no ven en el agua lo que tiene de lágrima, sino más bien lo que tiene de espejo. Buscan contemplarse a sí mismos en su quieta superficie, de ahí que sea el árbol propicio para los narcisistas y para todos los ególatras en general, que se pasan la vida mirándose las hojas de su propio ombligo.

La cardencha de la llanura (especie a la que pertenecen también la ortiga, el cactus, el abrojo y el cardo borriquero) es una planta muy frecuentada por personas de carácter híspido, desapacibles en el trato y de comportamiento esquivo, que parecen estar siempre marchándose de todas partes. Son huidizos, ariscos, taciturnos y poco sociables y, al contrario que la zarza, no usan sus pinchos para adherirse, sino para evitar todo contacto con el mundo. Es la planta predilecta de los ermitaños, las monjas de clausura, los ejecutivos que viven encerrados en su despacho y los poetas que decidieron encerrarse en torres de marfil. Su hábitat natural son los dinteles de las puertas, porque siempre tienen una palabra de despedida preparada en los labios. Tras sus coronas de púas, en el fondo ocultan una personalidad frágil y sensible, o tal vez acomplejada, que necesitan proteger con sus corazas defensivas.

Absorbida por la lectura de aquellos retratos, ni me había dado cuenta de que Carvajal ya había colgado el teléfono y se había quedado mirándome. Guardé los folios y me dirigió unos cuantos requiebros que solo vinieron a confirmarme lo que ya sabía: que había acertado por completo con mi cambio de imagen. Y enseguida, como quien estaba convencido de que los preámbulos solo eran necesarios en la cama, se apresuró a decir:

—Tengo una reunión dentro de unos minutos y no puedo entretenerme mucho, así que abreviaré. —Sonreí al comprobar que la última descripción de Marcos no podía resultar más certera, porque Carvajal, en efecto, parecía tener siempre preparada alguna palabra de despedida—. Pensaba haberte llamado, pero aprovechando este encuentro, te diré que he dejado el asunto en manos de alguien que merece toda mi confianza: Sebastián Olivares, un buen amigo mío que tiene un cargo en el ministerio y se ha comprometido a ayudarnos en todo lo que pueda. Llevo varios días intentando mover unos cuantos hilos, pero no es fácil lidiar con la Iglesia, ya lo comprobaste tú misma. Después de todo lo que me contaste, no creo que haya muchas posibilidades de encontrar esos libros, puede que desaparecieran en unos o en otros incendios, pero hay que intentarlo. Es cuestión de tiempo y de paciencia, aunque reconozco que yo no tengo mucho de lo uno ni de lo otro. Pero confío en Sebastián; él tiene bastantes más influencias que yo y hará todo lo que esté en sus manos, de eso no me cabe ninguna duda.

Mientras le oía hablar, yo luchaba contra mis propios recuerdos y contra las sensaciones que sus manos expertas habían dejado aquella noche en mi cuerpo, unas sensaciones que habían venido a confirmarme que Daniel Carvajal no era en la cama tan distinto de como me lo había imaginado. Ahora, a salvo ya de los efectos del vino y a salvo de las corrosiones del aire de Sigüenza, intentaba convencerme, sin ninguna clase de remordimientos, de que lo ocurrido allí había sido lo mejor para todos. Tal vez el azar había decidido sabiamente por nosotros, pensé, y al permitir que yo sometiera mi voluntad a la suya solo había pretendido mostrarnos, si es que existía, el único camino posible hacia los libros.

—De momento, lo único que sabemos con certeza es que ese Néstor Hervás del que me hablaste y al que le encomendaron la custodia de los libros fue en su tiempo todo un personaje al que admiraron y temieron al mismo tiempo. Era un cura falangista de aquellos que pretendían legitimar el alzamiento y de los que intentaron convertir el catolicismo, según ellos mismos decían, en una herramienta para salvar a España de la barbarie marxista. Y él, desde luego, lo hizo públicamente y sin ningún rubor: publicó artículos y soflamas en revistas de la Falange y, para que te hagas una idea, te diré que escribía que los comunistas y los anarquistas eran hijos de Caín, y otras cosas por el estilo. Era de los que veían la guerra como un acto de martirio y como una cruzada que se regía por la voluntad de Dios. Hubo muchos de esos, pero a este pájaro se ve que había que echarle de comer aparte.

Hizo una pausa para darme tiempo a ordenar o a digerir la información y durante esos segundos dejé que mi imaginación volara hasta el Seminario Mayor e intenté ponerle rostro y cuerpo a aquel enigmático personaje; pero sus rasgos se desvanecían en mi mente y no lograba retener de él más que la imagen borrosa de un fantasma.

—Los que lo fusilaron sabían muy bien a quién se enfrentaban. Una de esas revistas le dedica a su fusilamiento una crónica de varias páginas, supongo que un poco deformada o exagerada por el espíritu patriótico, pero te aseguro que no tiene desperdicio. Cuenta que fue fusilado ante la misma puerta del Seminario Mayor y que solo una de las cuatro balas penetró en su cuerpo. Había pedido que le dejaran morir con un crucifijo en una mano y una Biblia en la otra, y antes de la descarga cruzó los brazos sobre su pecho con tanta fortuna que una de las balas chocó contra el crucifijo, otra se incrustó en la Biblia, la tercera le hirió en el hombro y la cuarta ni siquiera llegó a salir del fusil porque se encasquilló. Cuenta el cronista que cuando Hervás vio aquello, avanzó hacia los soldados blandiendo el crucifijo mientras los llamaba hijos de Satanás y perros marxistas, y asegura también que, al verle avanzar hacia ellos, algunos huyeron despavoridos. Esa es la palabra que utiliza el cronista: despavoridos. Fue el sargento que comandaba aquel pelotón quien tuvo que rematarlo de un tiro en la cabeza. Supongo que en esto hay tanto de leyenda como de realidad, pero hay que reconocer que no deja de tener su gracia. Si te interesa leer esos artículos, están en la Hemeroteca Nacional, puedes darte una vuelta por allí.

Supuse que, aunque decidiera ir a la Hemeroteca y me leyese aquellos artículos, no iba a descubrir nada nuevo o al menos nada que ya no hubiera descubierto él, porque a partir de ahora, fueran cuales fuesen mis movimientos, sabía que Daniel Carvajal me llevaría siempre mucha ventaja; y además esas historias de fusilados, de incendios, saqueos y otras formas de barbarie ya empezaban a empalagarme, por eso ni siquiera me tomé la molestia de anotar los nombres de esas revistas y diarios de la época, todos ellos de resonancia muy patriótica, que me recordaron aquellas dos palabras que había visto escritas en el libro de registros de la biblioteca del Palacio Arzobispal.

—Lo que ocurriese con los libros antes de su muerte —prosiguió— es un secreto que Néstor Hervás se llevó con él a la tumba, y de lo que sucediera después tampoco parece que hayan quedado demasiadas huellas. Pero por lo poco que sabemos hasta ahora, el de ese hombre es el único rastro que se puede seguir.

Las palabras *Dux español* acudieron de nuevo a mi memoria y, como no recordaba haberlo hecho antes, le hablé de ellas y de los números que había anotados debajo, y también de aquella curiosa costumbre que, según nos había contado el bibliotecario, tenía Néstor Hervás de escribir comentarios sobre los libros que registraba.

—Son dos palabras muy propias de un falangista —admitió, y miró su reloj como insinuándome que no podía prolongarse más la conversación—. En fin, ya veremos. Te tendré al corriente de cada paso que demos, pero me temo que todo esto nos llevará algún tiempo. De momento, puedes estar tranquila, el asunto está en buenas manos.

Me mostró sus palmas extendidas y recordé sus manos, lentas y suaves, recorriendo mi cuerpo; pero al instante, para alejar de mí semejante recuerdo, pensé que era la primera vez que me encontraba en aquel despacho sin la compañía de Ricardo; y eso, más allá de mi mala conciencia, me produjo un sentimiento de indefensión. Sentí un leve escalofrío y temí que la sombra de don Ramiro gravitara por allí, tal vez para reclamar unos derechos que le estaban siendo usurpados, o para advertirme de nuevo que las tácticas de Carvajal eran las de un animal carroñero. Le dije que no convenía que nos olvidáramos de Ricardo y, acordándome de la última conversación que los tres habíamos tenido allí mismo, le pregunté cuál era el lugar que él ocupaba en sus planes.

—El mismo lugar que ha ocupado hasta ahora —respondió—, ya hemos hablado de eso alguna vez. De momento, sigo confiando en tu discreción. Y otra cosa: recuerda que lo del contrato sigue en pie. Suceda lo que suceda con los libros, tengo la intención de crear para el próximo curso esa plaza. Aún tienes tiempo para decidirte.

Por su mirada y por el tono de su voz, que se había suavizado bastante en las últimas frases, deduje que había sinceridad en sus palabras, aunque también comprendí que su actitud hacia Ricardo continuaba siendo taimada y recelosa. Reparé de nuevo en el pequeño cactus que había tras él y, recordando la curiosa definición de Marcos, pensé que esa planta, sin ninguna duda, era una perfecta radiografía verde de su alma. Algo de cactus tenía, en efecto, la apariencia exterior de Daniel Carvajal, aunque me parecía mentira que detrás de su cubierta de espinas aquel hombre fuese capaz de albergar en la intimidad tanta ternura. Y mientras salía del despacho pensé que quizá el áspero y atractivo caparazón de su físico era como el exoesqueleto de un molusco, una dura coraza que le servía para proteger un interior que era mucho más frágil de lo que aparentaba.

29

Al fondo del pasillo, apoyado contra la barandilla, estaba esperándome Marcos con su carpeta llena de versos bajo el brazo; y mientras me aproximaba hacia él con un ruidoso taconeo, iba pensando en la respuesta que le daría a la pregunta que, estaba segura, ya me tenía preparada:

—¿Qué quería ese sinvergüenza?

—Nada importante: va a dirigirle la tesina a Ricardo y lleva varios días intentando localizarle. —Me había propuesto mentir solo a medias y lo hice con la naturalidad a la que ya estaba últimamente muy acostumbrada. Y con esa misma naturalidad intenté desviar enseguida la conversación hacia Ricardo—. Por cierto, ¿tú sabes algo de él?

—No he vuelto a verle desde la cena. Ya sabes que nunca he tenido mucho trato con él.

Me alegré en el fondo de que no hubiese ninguna comunicación entre ellos y me di cuenta de que la maraña de secretos, silencios y verdades a medias que yo tenía urdida a mi alrededor se iba enredando tanto que en cualquier momento podría acabar estrangulándome. Por fortuna, Marcos parecía muy ajeno a mis reflexiones y a mis temores, y había decidido ya adentrarse en otro tema que era mucho más interesante para él y menos comprometido para mí.

—Bueno, ¿me vas a decir qué te han parecido los poemas?

—¿Quieres mi opinión sincera o prefieres la otra?

—Prefiero la sincera; para darme la otra ya están los demás.

—Pues entonces te diré que no me han gustado mucho. Creo que tienen demasiada cáscara y poco fruto, o sea, mucha retórica. De todas maneras no deberías hacerme ningún caso, ya sabes que la poesía nunca ha sido mi fuerte.

Caminábamos pisando las hojas secas del paseo, por donde tantas veces habíamos repasado los diálogos de nuestros personajes, y Marcos se quedó de pronto cabizbajo, como si en el ruido crujiente de las hojas estuviese oyendo el de sus propios versos pisoteados. Pensé que había sido demasiado sincera y procuré endulzarle un poco el acíbar de mis palabras.

—Pero la prosa sí me gusta. Es mucho más original, tiene toques de humor, ironía, fuerza imaginativa y una gran capacidad de observación. Y no te lo tomes a mal, pero yo diría que incluso hay más lirismo ahí que en los propios poemas. Lo único que le falta a ese texto, creo yo, es un argumento.

—Ya lo sé. Quería escribir un cuento pero me salió algo más parecido a un catálogo; no sé si seré capaz de rematarlo. A lo mejor es que no valgo tampoco para narrador.

Aquellas dudas de autoestima me ofrecían la imagen de un Marcos Villarrubia desconocido para mí, y me sentía extraña en un papel en el que era yo quien debía halagar su vanidad.

—A lo mejor lo que sucede es que no has acertado con el género, pero la idea resulta muy original, aunque no acabe de funcionar como cuento. Además, no he podido evitar ponerles cara a algunos de esos retratos. Seguro que al escribirlos has pensado en algunas personas que conocemos...

—Por supuesto que no —replicó tajante—. No seas malpensada, son más bien arquetipos. Al fin y al cabo se trata de un juego literario.

Decidí participar en aquel juego que, además de literatura y de mucha finura psicológica, tenía buenas dosis de perversidad, y le pregunté si veía al alma de Daniel Carvajal destinada, por ejemplo, a transmigrar en un cactus.

—A ese le veo más bien como una yedra trepadora. La suya solo puede ser la planta donde van a parar los oportunistas y los medradores. Aunque sí, puede que por su carácter también tenga algo de cactus; no sé, no le conozco lo suficiente.

Saqué de mi bolso aquellos folios y, mientras el suelo crujía bajo nuestros pies con un ruido de insectos aplastados, le pedí que leyera de nuevo el párrafo donde describía a la yedra trepadora. Lo hizo sin énfasis, con el mismo tono neutro con el que hubiese leído un manual de botánica, y reparé en algunos matices que antes me habían pasado desapercibidos: por ejemplo, que ese tipo de personalidades poseían una gran habilidad para parasitar a sus presas, y pensé que Daniel podría estar utilizándome a mí para lograr sus objetivos; tal vez, cuando los alcanzara, me abandonaría para buscar, al igual que la yedra, un nuevo soporte en el que sostenerse.

—Y a mí, ¿cómo me ves? —le pregunté, con tanta inquietud como curiosidad.

—A ti te veo más bien reencarnándote en abedul, que es un árbol elegante al que le sienta muy bien el otoño.

Agradecí aquel halago y algunos otros que me dedicó, aunque me sonaron tan vacíos y retóricos como sus poemas. Parecía evidente que Marcos no era capaz de ver más allá de mi cuerpo, pero si hubiera conseguido adentrarse un poco más en mi interior, me habría visto reflejada en el fresno o en el bambú, por mi condición de nadadora entre dos aguas, una nadadora experimentada que sabía nadar muy bien con una mano y guardar la ropa con la otra. O peor aún, quizá también habría visto en mí algo de yedra, una yedra urdidora que, en una rara simbiosis, estaba utilizando al propio Daniel como soporte para conseguir unos fines muy parecidos a los suyos...

—Aunque pensándolo mejor —añadió—, creo que también tienes algo de *Cercis siliquastrum.*

—¿Y qué clase de planta es esa?

—Es un árbol que tiene una extraña leyenda. Se me ha olvidado incluirlo en el catálogo, pero no te preocupes, un día de estos te llevaré a verlo: hay varios en el Retiro.

Me miró con una sonrisa que pretendía ser enigmática y, dispuesta a espantar las sombras hacia las que me conducían mis pensamientos, le pregunté en qué plantas de su catálogo se imaginaba reencarnado a Ricardo.

—Como a toda la gente poco sociable, creo que le iría bien un destino de cardencha, que es también la familia a la que pertenecen los cactus y todas esas plantas que utilizan las espinas para protegerse. —Echó un rápido vistazo a sus papeles y me pareció que aquel juego iba a dar mucho más de sí de lo que ambos suponíamos—. Aunque tampoco le sentaría mal el arbusto culebrero, porque creo que no ha encontrado todavía su lugar. Los que son como él parece que no se encuentran a gusto en ningún sitio, pero en realidad con quien no están a gusto es consigo mismos. Y puede que tenga también algo de maceta, yo apostaría a que es de esos que no echan raíces en ninguna parte.

Aquellas palabras, aunque no muy alejadas de la realidad, me sonaron demasiado crueles y pensé que era verdad que Ricardo iba de un lado a otro sin encontrar lo que buscaba, pero también era cierto que todas las puertas iban cerrándose a su paso. Por eso prefería creer que había en él algo de higuera y, antes que como maceta o como arbusto, me imaginé su alma echando raíces en medio de un patio, alargando sus ramas en busca de esos afectos que nunca había tenido sobrados. Finalmente, le pregunté cuál era el destino que se imaginaba para sí mismo y comprobé que su autoestima había vuelto a los niveles acostumbrados.

—Yo tengo mucho de ciprés, me encantan esos árboles porque apenas se les ven el tronco ni las ramas, son todo copa de arriba abajo; es como si hubieran aprendido que esas dos cosas, el tronco y las ramas, no son más que el esqueleto de los árboles, y el esqueleto nunca es elegante enseñarlo. ¿Te has dado cuenta de que son lo único vivo que hay en los cementerios? Miran con desprecio a la muerte y se alzan triunfantes sobre ella, por eso creo que son la mejor imagen de la inmortalidad. Si hubiera clases sociales en el reino vegetal, yo creo que los cipreses serían aristócratas. Me gustan porque son sencillos y elementales, pero al mismo tiempo su sencillez está llena de orgullo y de arrogancia, no sé cómo explicarlo.

Aunque no se lo dije, no necesitaba explicarme nada porque le conocía lo suficiente para saber que estaba hablando de sí mismo. Hablara de lo que hablase, él siempre estaba en el centro de sus palabras. Lo suyo aún no llegaba a ser enfermizo, pero a veces se me antojaba que lo peor de Marcos Villarrubia era que se creía Marcos Villarrubia, es decir, el personaje que él mismo había creado y que continuamente se esforzaba por alimentar. El peligro era que con el tiempo ese personaje creciese demasiado y acabara destruyéndole.

—Y además de ciprés, yo creo que hay en mí algo de sauce, me gusta la idea de pasarme toda la eternidad viéndome reflejado en las aguas de un lago, por ejemplo. Pero, sobre todo, mi verdadero destino está en la secuoya, lo tengo muy claro. Ese párrafo lo he escrito en homenaje a mí mismo, no sé si te habrás dado cuenta.

Reconocí que no me había dado cuenta y acto seguido, con expresión indulgente, como si estuviera dispuesto a perdonar mi torpeza, comenzó a leer:

—«La secuoya es una especie poco común que puede alcanzar muchos metros de altura y, por su rareza, solo llega a convertirse en residencia de unos cuantos seres privilegiados: aquellos que, en cualquiera de los diferentes campos de la ciencia, el saber o las artes, destacaron por encima de los hombres de su tiempo. A la secuoya solo transmigran los precursores, los que se adelantaron al tiempo que les tocó vivir, y desde la inalcanzable atalaya de sus ramas contemplan sin vanidad y con misericordia la pequeñez y las oscuras mezquindades del mundo. Algunos fueron, ya en su época, reconocidos como genios, y otros simplemente fueron despreciados o incomprendidos, y por eso, como compensación, en su existencia vegetal se les concede el don de estar más próximos al cielo, ese cielo que, en la mayoría de los casos, les fue negado en vida...».

—¿Así eres tú?

—Pues sí, más o menos. La secuoya es el árbol de los que miran el mundo desde arriba, a una distancia desde la que todo se ve a su tamaño natural, o sea, muy pequeño. Es el árbol de los escépticos y de los incomprendidos en general, sean genios o no. Y también, por supuesto, es el árbol de los poetas que nunca encontraron el reconocimiento que se merecían. —Le vi reír histriónicamente y al final sus palabras adquirieron un inesperado tono de sarcasmo—. Así que no te han gustado mis poemas...

—No insistas —repetí, sorprendida de que aún le durase aquella escocedura—. Si tengo que elegir, te prefiero en prosa. Esa voz que me habla en los poemas no es la tuya, o yo por lo menos no la reconozco, podría ser la voz de cualquiera. Sin embargo, en la prosa sí veo que estás tú, y eso me basta. ¿No me has pedido que fuera sincera?

Habíamos llegado hasta la boca del metro y, mientras bajábamos las escaleras, me agradeció mi sinceridad. Después, mientras le veía dirigirse hacia un andén contrario al mío, se me ocurrió que, al fin y al cabo, los dos nos encontrábamos en situaciones muy semejantes, porque Marcos andaba tan desorientado con los géneros literarios como yo con los hombres que últimamente se asomaban a mi vida.

30

Durante varios días viví con la confusa sensación de que todo a mi alrededor, menos el tiempo, se había detenido. Era como si todas las personas que me rodeaban hubiesen decidido desaparecer momentáneamente para concederme un periodo de reflexión o de tregua. Y durante ese tiempo muerto tan solo viví a la espera de que algo ocurriese, de que alguien llamase a la puerta o, al menos a través del teléfono, me llegaran noticias del mundo. Pero con los primeros fríos las cosas parecían haber entrado en una especie de hibernación y yo misma, confundida con ellas, me sentía dominada por un letargo en el que había tanto de aburrimiento como de desesperación: un letargo que no afectaba solo a mi cuerpo y a mi ánimo, sino que también parecía formar parte de los tejidos más ocultos de la realidad.

En aquel estado me sentía como una barquichuela encallada entre los escollos, incapaz de moverme en ninguna dirección y aguardando el impulso de alguna marea salvadora que, sin embargo, no acababa de llegar. Y eso me mantenía en una angustiosa situación de provisionalidad, muy parecida a la de la mujer de Hopper, que siempre parecía a punto de irse o a punto de quedarse. Por eso aquella mañana, después de haberme pasado toda la noche durmiendo en el sofá, llené la bañera y durante casi una hora me sentí como sumergida en el interior de una placenta que me blindaba contra toda clase de amenazas. Y como si el efecto reparador del baño hubiese actuado más sobre mi alma que sobre mi cuerpo, cuando salí del agua me pareció que por el sumidero de la bañera desaparecían de golpe todas las inquietudes que me habían estado atenazando hasta entonces. Cuando salí a la calle noté que el aire frío de la mañana también tenía algo de purificador y me empujaba hacia una decisión que era ya para mí tan necesaria como irreversible.

Aún no eran las nueve cuando entraba en el despacho de Daniel Carvajal.

No fue sorpresa lo que advertí en sus ojos, sino más bien una mezcla de satisfacción y desconcierto, aunque él estaba muy acostumbrado a controlar sus emociones y enseguida me dirigió una sonrisa con la que pretendía insinuarme que mi presencia no le importunaba:

—No te he llamado antes porque lo nuestro no ha avanzado mucho desde la última vez —dijo, y me pareció que no era un mal comienzo aquel posesivo que nos situaba a los dos en un territorio de intereses compartidos—. Pero algunas novedades tenemos, y conviene que las vayas conociendo. Mi buen amigo Sebastián Olivares, del que ya te hablé, me sugirió que contratáramos a un investigador privado y así lo hicimos. Ha estado varios días en Sigüenza, hablando con unos y con otros y husmeando en el Palacio Arzobispal y en el Seminario Mayor. Pero la cosa va despacio. Ha charlado con algunos de los antiguos seminaristas que fueron alumnos de Néstor Hervás, entre ellos el actual obispo, y todos hablan con gran admiración de ese hombre, aunque también con bastante cautela. Debió de ser todo un personaje... Por las noticias que me van llegando, todo el mundo conoció a ese Hervás; sin embargo, salvo sus artículos en las revistas, no dejó ninguna huella real de su existencia. Parece una leyenda inventada por el falangismo, una de tantas. Pero de los libros, por supuesto, ni rastro.

Quizá porque era demasiado temprano o porque llevaba varios días con otras preocupaciones en la cabeza, me costó un poco situarme en el escenario y entre aquellos personajes de los que él hablaba con cierta familiaridad, como si pertenecieran ya a su propio mundo. Aunque últimamente yo venía presintiendo que todo se había detenido a mi alrededor, ahora tenía la certeza de que alguna poderosa maquinaria se había puesto en marcha, sin yo saberlo, y Daniel Carvajal, desde su despacho, gobernaba ya cada uno de sus movimientos y el ritmo de sus engranajes. Aproveché su pausa para recordarle cuál era el verdadero motivo de mi visita:

—He venido a firmar el contrato.

Oí mis propias palabras rebotando contra los cristales de las estanterías y volviendo hasta mí como un eco, como si hubiesen quedado atrapadas dentro de una caja de resonancias. Luego, mientras yo miraba el cactus que había por encima de su cabeza y me acordaba de Marcos Villarrubia, él se puso a buscar con mucha parsimonia en una de sus carpetas hasta que por fin dejó, distraídamente, unos papeles sobre la mesa.

—Me alegro de que por fin te hayas decidido. Es la mejor noticia que podías darme. —Revisó o fingió que revisaba algo y apenas tardó unos segundos en poner los papeles a mi alcance—. ¿A ti te gusta dar clases?

Temí que aquella pregunta encerrase alguna trampa y traté de retrasar la respuesta mientras fingía leer con atención los párrafos en los que figuraban mi nombre y algunos otros datos míos. Sin perder la naturalidad, solo acerté a responderle que aún no había tenido ocasión de comprobarlo.

—Te lo digo porque, de momento, tendrías que dedicarte más bien a otras tareas. Corrección de trabajos y exámenes, elaboración de bibliografía y cosas así. Yo tengo demasiado trabajo y tu colaboración me vendrá muy bien. Además, para serte sincero, te diré que no hay nada que más deteste que corregir exámenes. Y para qué te voy a engañar, en el fondo también detesto la docencia. —Me miró como si dudase de mi capacidad para entenderle y, al no ver en mí el gesto comprensivo que tal vez esperaba, se sintió obligado a matizar sus palabras—. Entiéndeme, quiero decir que tal como están las cosas, hoy por hoy resulta muy poco gratificante encerrarse en un aula con gente que no viene aquí a aprender, sino a sacarse un título con el menor esfuerzo posible. Y en cuanto a los profesores, qué te voy a decir que tú no sepas ya...

De repente me acordé de unas opiniones muy parecidas que le había oído a don Ramiro y repliqué que no solo entre los profesores, sino también entre los alumnos, había sus excepciones.

—Claro que las hay —admitió— y aquí estás tú para confirmarlo. Pero no quiero que te engañes. En cuanto a los profesores, aquí vas a encontrar compañeros, pero amigos pocos. Y rivales seguramente unos cuantos. Sabes que conmigo cuentas para lo que haga falta, pero no esperes encontrar muchos apoyos. No quiero que te desanimes, solo prevenirte ante lo que puede ocurrir. Si hablas con Lola Merlo, ella te podrá contar mejor que nadie cómo fue su experiencia. Te aseguro que no lo tuvo nada fácil, sobre todo al principio.

Yo tenía la espalda pegada contra el asiento y una fuerte tensión, que se prolongaba hasta mis rodillas, mantenía todos mis músculos en alerta. Aún no era capaz de discernir si sus palabras tenían más de advertencia que de consuelo, como tampoco sabía si agradecerle o reprocharle tanta sinceridad. Lo que sí me resultó desagradable fue que pretendiera equipararme, de algún modo, con Lola Merlo, y a punto estuve de decírselo; pero el turbio recuerdo de aquella noche en Sigüenza se interpuso entre mi voluntad y mis palabras.

—A mí me parece que eres fuerte y saldrás adelante. De todas formas, no te preocupes, no vas a estar sola: al menos me tendrás a mí. Lo cual, por otro lado, tampoco sé si debería consolarte demasiado. Sé que estoy en el centro de muchas envidias y no pocas ambiciones. Aunque todo eso, no sé cómo decírtelo, a mí me importa bien poco. Yo tengo otras aspiraciones. No quiero quemar mi vida entre estas paredes. La universidad se me queda pequeña. No sé si me entiendes.

Le entendía perfectamente, mucho mejor de lo que yo hubiera deseado, aunque lo que no acababa de comprender muy bien era la razón por la que me hacía aquellas confidencias, quitándose una máscara tras otra sin ninguna clase de pudor. Ni tenía la suficiente confianza conmigo ni tenía tampoco necesidad de sincerarse hasta tal extremo, aunque lo que más me sorprendía era que pretendiese conocerme incluso mejor que yo misma. Acababa de decirme que yo era fuerte y saldría adelante, y esas palabras me recordaron el mensaje que, según Erinia, el tarot me había transmitido a través de la carta del Carro: que debía tener fe en mis ilusiones y firmeza al llevarlas a cabo; y que, en los momentos de duda, el Carro me daría fuerzas para seguir adelante.

—Si tenemos la suerte de que los libros aparezcan —continuó—, serán un buen trampolín para conseguir metas mejores. Una buena campaña de prensa lo hará todo más fácil. Y si por desgracia no aparecieran, al menos nos quedará la posibilidad de agarrarnos a *Las lágrimas de Belisa,* aunque el efecto, naturalmente, no sería el mismo. A ese libro le faltan unas cuantas páginas que, para lo que a nosotros nos interesa, son esenciales: las que llevaban impreso el nombre del autor y su fecha de publicación. Sin esos datos habría demasiadas controversias y resultaría muy arriesgado sostener una tesis que en principio resulta descabellada. Por cierto, ¿te he dicho que ya lo he leído?

Moví negativamente la cabeza y le dirigí una mirada rencorosa que él prefirió esquivar, pero a través de la cual le miraban también, fríos y acusadores, los ojos de don Ramiro y de Ricardo.

—Si te digo la verdad, no me parece gran cosa, al menos por lo que respecta a sus valores literarios. A saber lo que dirían de él los críticos y los especialistas, pero a mí me parece una obra menor, y técnicamente tampoco es una maravilla. Tiene mucho menos sentido del tiempo y del espacio escénico que *La Celestina*, y ya es decir. Pero esa obra es, a día de hoy, nuestra única baza, o digamos mejor una especie de comodín que nos conviene tener muy bien guardado. Lo que sí debemos hacer de momento es seguir actuando con cierta discreción.

Dudé si con sus últimas palabras estaría refiriéndose a *Las lágrimas de Belisa* o a nuestras propias relaciones, y de pronto, mirando las hojas de aquel contrato que él se había puesto a acariciar como si fuesen láminas de mi propia piel, se me vino a la memoria la lubina de El Escorial y, mientras me subía hasta el paladar un sabor a pescado podrido, temí que, pese a las buenas intenciones que aparentaba, Carvajal pretendiera mantenerme envuelta entre las redes del chantaje. Todos los músculos de mi cuerpo se contrajeron de nuevo en una tensión que él debió de ver reflejada en mi cara, porque enseguida se apresuró a aclarar:

—Quiero decir que deberíamos ser cautos y no hacer oficial, de momento, lo del contrato. Más que nada para evitar suspicacias y malentendidos. Ya te he dicho que por aquí hay gente muy interesada en esa plaza y quizá algunos no te perdonarían que se te contrate sin haberse convocado un concurso de méritos. Me parece que ser mujer y además inteligente y atractiva son cosas que mucha gente no está dispuesta a admitir. Lo digo por Lola Merlo, pero también podría decirlo por ti. Así que, por tu propio bien, no te interesa aparecer de momento como una privilegiada. Creo que deberíamos esperar un golpe de efecto.

—¿Un golpe de efecto? —pregunté extrañada.

—El contrato podemos dejarlo firmado en cualquier momento, ahora mismo si quieres, pero lo mejor para todos sería no difundirlo hasta que hagamos pública la existencia de *Las lágrimas de Belisa* y de los demás libros, si es que aparecen. Así, al menos de puertas para adentro, todo el mundo lo aceptará como algo natural. El día que ante la prensa y ante todas las fuerzas vivas de la universidad tú misma cuentes la historia de esos libros te habrás ganado oficialmente esa plaza y nadie se atreverá a discutírtela. Cuestión de estrategia, nada más.

Reconocí que aquel plan no dejaba de tener su lógica y, tras firmar los papeles, me guardé una de las copias y me quedé mirándole como si nos encontráramos ante un tablero de ajedrez y le correspondiera a él realizar el próximo movimiento. De pronto se levantó, abrió una de las portezuelas acristaladas de la estantería y sacó unas carpetas que dejó ante mí.

—Si quieres ir curtiéndote un poco, te vendría bien corregir estos trabajos. A mí me harás un gran favor, porque no estoy dispuesto a perder el tiempo con ellos y tú puede que incluso disfrutes haciéndolo porque tratan, por cierto, sobre

La Celestina. Pero no esperes encontrar grandes cosas, seguro que muchos te resultarán decepcionantes, la mayoría de estos chavales no saben ni redactar. Tómatelo con calma, no necesito las calificaciones hasta dentro de un mes.

Añadió que me llamaría en cuanto tuviese alguna novedad y, confusa e ilusionada al mismo tiempo, me encaminé hacia la biblioteca con la esperanza de encontrar allí a Marcos Villarrubia. Sin embargo, no tuve tanta suerte. Me senté en una de las pocas sillas que quedaban libres y decidí echar una primera ojeada a las carpetas que Carvajal acababa de entregarme; pero enseguida noté que había despertado la curiosidad de todos los que compartían mesa conmigo. Tenían aspecto de ser alumnos de primero o de segundo curso y, sabiéndome el centro de sus miradas, de pronto comprendí que me había equivocado, que aquella biblioteca no era ya lugar para mí, ni tampoco era el sitio más apropiado para corregir aquellos trabajos.

Recogí las carpetas y decidí que lo más prudente era marcharme de allí. Tal vez aquel ya no era mi sitio, pensé, y acordándome de Marcos reconocí que no se equivocaba al definirme como una sirena, porque mi alma seguía estando escindida y tampoco tenía muy claro todavía cuál era mi verdadero lugar: continuaba anclada en un territorio que era el de la duda, en un punto fronterizo entre dos mundos a los que no acababa de pertenecer por completo. Y mientras salía de la biblioteca soportando el peso de tantas miradas sobre mí, me sentí sola e indecisa, como si caminara con pasos desorientados en busca de un espacio que pudiera reconocer como propio; me sentí frágil y un poco mareada, y acordándome del catálogo de Marcos Villarrubia pensé que en esos instantes yo era cualquier cosa menos yedra o bambú: era solo una sirena torpe que buscaba un charco de aguas salvadoras o, peor aún, quizá un triste geranio en busca de algún trozo de suelo en el que echar raíces.

La mujer de la escalera, con su melena movida por el viento, apareció de repente en mi imaginación y su figura brumosa me resultó tan inquietante o amenazadora como en las peores pesadillas de mi infancia. Y mientras bajaba aquellas otras escaleras de la facultad, camino de la calle, pensé que lo único que necesitaba era eso: un charco de agua o un trozo de tierra firme donde pudiera sentirme a salvo de miradas acechantes, donde no me supiera observada ni vigilada y donde, sobre todo, no tuviese que guardar secretos ni convivir con la culpa, con la deslealtad o la mentira.

31

Cuando volví a casa me encontré en el buzón un sobre con dos entradas para *Luces de bohemia.* Era un inesperado regalo de Román Garcés, que en una nota se disculpaba por no haber podido conseguir invitaciones para los demás miembros del grupo. Me resultaba doloroso no invitar a Marcos Villarrubia, que era un enamorado de Valle-Inclán, pero una de esas dos entradas pertenecía a Ricardo, y solo a él le correspondía el derecho a acompañarme. Además, hacía ya unas semanas que no habíamos vuelto a hablar y aquello lo interpreté como un guiño del destino, que se empeñaba en que aquel viernes volviésemos a encontrarnos.

Aceptó sin mucha ilusión y llegó más tarde que yo a la cita: esa fue para mí la primera señal de que la noche no terminaría bien. Se presentó unos minutos antes de comenzar la función y apenas tuvimos tiempo de saludarnos antes de quedarnos aislados, durante casi dos horas, en nuestras butacas. Ni siquiera se sorprendió al verme tan cambiada con mi nuevo corte de pelo, y solo me dijo que me quedaba mejor mi antigua melena de Melibea. Parecía cansado y tenía unas ojeras muy marcadas, como de haber dormido poco o de haber trasnochado mucho, y su barba de varios días le daba un aspecto descuidado y casi menesteroso. Pero lo que me resultó más inquietante fue su mirada, turbia y un poco distraída, que le hacía parecer ajeno a todo lo que nos rodeaba.

A la espera de que se alzase el telón, a mí me fue invadiendo un nerviosismo que me resultaba muy familiar: un hormigueo que me recorría las piernas, se me agarraba al estómago y terminaba adquiriendo la consistencia pastosa de un nudo en la garganta. Era la misma opresión que había sentido tantas veces, durante cinco años, antes de salir al escenario. Y cuando se alzó por fin el telón y aparecieron ante nuestros ojos Max Estrella y Madame Collet hablando en su guardillón, el nerviosismo desapareció para transformarse en un sentimiento donde había mucho de envidia, de frustración y de nostalgia.

Ricardo, sin embargo, permanecía impasible y con los ojos fijos en el escenario, como si estuviese ante una pantalla en blanco, ajeno a los aspavientos de los actores y a todas las emociones que yo sentía. Y entonces imaginé qué diferente habría sido todo con Marcos Villarrubia, porque él habría aprovechado para demostrarme a cada instante que la obra no tenía secretos para él. Me lo imaginaba susurrándome al oído frases de Max Estrella que me había repetido muchas otras veces, rozándome el lóbulo de la oreja mientras decía: «las letras no dan para comer. ¡Las letras son colorín, pingajo y hambre!»; o ahuecando la voz para exclamar con rabia, en la escena del calabozo: «¿dónde está la bomba que destripe el terrón maldito de España?». Posiblemente se atreviera también a tocarme la pierna, con un gesto entre casual y lascivo, para llamar mi atención unos segundos antes de que el desgraciado preso proclamara que «en España el trabajo y la inteligencia siempre se han visto menospreciados. Aquí todo lo manda el dinero». Y quizá repetiría ese gesto más adelante, en la penúltima escena, cuando oyese decir algo parecido a uno de los sepultureros: «En España el mérito no se premia. Se premia el robar y el ser sinvergüenza».

Pero Ricardo ni siquiera se inmutó cuando vio a Román Garcés vestido de albañil, alzando los brazos mientras denunciaba: «la vida del proletario no representa nada para el Gobierno»; ni tampoco cuando oyó a aquella mujer que, con su hijo muerto entre los brazos, no paraba de gritar: «¡Maricas, cobardes! ¡El fuego del infierno os abrase las negras entrañas! ¡Maricas, cobardes!». Solamente le vi removerse en su butaca y girarse un poco hacia mí, con gesto serio y pensativo, como si recordara otra escena parecida que él había vivido ya, cuando escuchó a Max Estrella decirle a don Latino: «llévame al Viaducto. Te invito a regenerarte con un vuelo».

Al oír aquellas palabras, recordé la escena que Irene Vidal había vivido con él en el Viaducto, y eso me hizo pensar que, pese a su apariencia imperturbable, quizá Ricardo no permanecía tan ajeno a lo que ocurría sobre las tablas; al contrario, supuse que estaría acordándose de Irene y de sí mismo, sentado a horcajadas sobre la barandilla, mientras veía reflejada en aquellos personajes su propia desesperación, su propia impotencia.

Y cuando por fin concluyó la obra y, tras los últimos aplausos se fue quedando vacío el patio de butacas, me sorprendió que Ricardo siguiera allí sentado, inmóvil y con la mirada perdida en algún lugar impreciso del escenario. Pensé entonces que habría decidido esperar a Román Garcés para saludarle y agradecerle el detalle que había tenido con nosotros, pero luego comprendí que no, que se había quedado conmocionado por todos los golpes que, una escena tras otra, había ido dándole la obra, golpes muy parecidos a los que, con la misma falta de misericordia, también a él le había dado la vida. Y tanto los unos como los otros Ricardo había sabido encajarlos con una indiferencia o con una entereza que eran tan solo aparentes, porque seguía allí pegado al respaldo de su butaca, como a la espera de que alguien le rescatase del abismo de horror en el que se había hundido. Fue entonces cuando vi a Román Garcés, aún enfundado en su mono de albañil, haciéndonos señas por detrás del telón para que subiéramos al escenario.

Aunque era la primera vez que pisábamos las tablas de un teatro de verdad, en aquel momento no sentí ni emoción ni nostalgia. Tampoco Ricardo pareció emocionarse mucho, más bien continuaba abstraído, como si la obra le hubiese sumido en un profundo estado de anestesia. Quizá unas semanas antes, como había hecho ante mí en el salón de actos de la facultad, no habría desaprovechado la oportunidad de recitar allí alguna frase de su monólogo, pero apenas despegó los labios durante los pocos minutos que estuvimos hablando con Román Garcés.

Seguramente por las exigencias de su personaje, se había afeitado la perilla, y eso le daba una apariencia menos bohemia, pero pese a su desarrapado aspecto de albañil a mí no dejaba de resultarme atractivo. Antes de que nos diera tiempo a agradecerle el detalle que había tenido con nosotros, nos preguntó por los libros, lo cual me hizo pensar que no buscaba nuestro agradecimiento ni nuestra admiración; lo único que nos había mandado con las entradas era, en realidad, un mensaje: un mensaje con el que pretendía recordarnos (y recordarse a sí mismo) que su nombre, aunque en letra pequeña, aún figuraba en los repartos de las mejores compañías.

Luego nos dijo que se había mudado ya a un piso mucho más modesto y más acorde con los papeles que le ofrecían, y nos dio su nueva dirección por si algún día nos animábamos a hacerle otra visita. Se le veía ilusionado y con ganas de hablar, como si quisiera resarcirse por las tres frases raquíticas que cada tarde, en la misma y única escena, le tocaba repetir. Pero Garcés enseguida se dio cuenta, como yo, de que Ricardo estaba muy poco atento a sus palabras, y cuando dijo que nos invitaba a cenar, al instante Ricardo se apresuró a decir que ya teníamos otro compromiso y yo me sentí obligada a ser cómplice de su mentira. Comprendí que Ricardo no estaba dispuesto a compartir aquella noche con nadie más que conmigo.

Y mientras se quedaba allí, viendo desde el borde del escenario cómo nos alejábamos por entre las butacas vacías, me lo imaginé solo en el salón de su nueva casa, recitando frente a un espejo el monólogo de Segismundo y tal vez intercalando, entre unas y otras estrofas, las tres únicas frases que le habían correspondido en aquel reparto: «El pueblo tiene hambre», «Se ha matado por defender al comercio, que nos chupa la sangre», «La vida del proletario no representa nada para el Gobierno». Tres miserables frases, indignas de un actor como Román Garcés, pero que él había gritado con desgarro y angustia, como si con ellas estuviera expresando su propio desengaño.

32

Me dejé guiar por Ricardo igual que cuando me condujo por las callejuelas del Rastro camino de la almoneda; pero habían ocurrido demasiadas cosas desde entonces. El breve paseo, ya tan lejano, por aquellas calles próximas a la Ribera de Curtidores, había sido como la entrada en un extraño laberinto en cuyo centro se alzaba, con su antorcha encendida, la estatua del héroe de Cascorro; y ahora, mientras caminábamos sin prisa por las calles de Chueca, pensaba que Ricardo y yo habíamos dejado de avanzar juntos, o puede que aún avanzáramos en la misma dirección y hacia la misma quimera, pero por caminos diferentes.

Hablamos poco de Sigüenza y menos aún de Daniel Carvajal, pero sí lo suficiente para que yo comprobara que nuestro último viaje le había dejado alguna herida muy mal cicatrizada. Lo que hubiese en el interior de esa herida yo no podía saberlo con certeza, pero lo que sí resultaba muy visible era la costra de rencor que la cubría. Tanto los libros como su tesina, la estatua del Doncel y el Palacio Arzobispal eran para él como engranajes de una rueda dentada que en algún momento se había detenido y que solo algún golpe del azar podría hacer funcionar de nuevo.

Cuando vi que entrábamos en el Pensilvania, temí que quisiera repetir conmigo el mismo viacrucis que había vivido con Irene Vidal y que les había llevado a los dos, tras pasar por el Viaducto, a amanecer en un banco de la plaza de las Vistillas. Hacía casi un año que yo no pisaba aquel lugar y, debido a la compañía de Ricardo o porque habían cambiado mis gustos desde entonces, me sentí incómoda en aquel ambiente donde había demasiada gente, demasiados decibelios, demasiado bullicio, demasiado humo, demasiada ambigüedad. Varias hileras de botellas polvorientas que decoraban las paredes y un gran fresco en el techo, con motivos dionisíacos, le daban al local un aire híbrido entre taberna antigua y templo pagano. No estaba concebido para bailar o para escuchar música, pero tampoco era el sitio ideal para mantener una conversación seria y reposada, que era lo que más nos convenía a los dos. Aunque el ruido aún no era insoportable, había el suficiente como para perderse la mitad de las frases y eso me hizo recordar a Marcos Villarrubia, a quien había oído decir alguna vez que el Pensilvania, a ciertas horas, era uno de esos lugares que obligaban a simplificar la sintaxis, lo cual era una forma de simplificar también las relaciones.

Entre empujones y codazos nos abrimos paso hasta la barra. Y una vez allí, como si hubiese reconquistado algún territorio que le pertenecía o sobre el que se consideraba con derecho, Ricardo se relajó, pidió una ginebra para él y una cerveza para mí, después encendió un cigarrillo, le dio dos o tres caladas profundas y de pronto pareció recobrar la locuacidad que le había faltado hasta entonces.

—¿Sabes con quién me encontré aquí una noche?

Lo sabía, pero pensé que era más prudente fingir que lo ignoraba y me limité a mover negativamente la cabeza.

—Con Irene. Pero solo recuerdo que bebí mucho y que cuando desperté en un banco de alguna plaza, ella estaba allí conmigo. Fue una noche muy rara.

—¿Le hablaste de Sigüenza?

—Estaba demasiado borracho para saber de lo que hablaba. Creo que incluso tuve alucinaciones. Cuando me desperté y vi que amanecía y que ella estaba allí, a mi lado, pensé que aquello también era una alucinación.

—Es que me dijo que le habías contado lo de la catedral...

Sus ojos, en los que por un instante creí que brillaba algún destello de esa alucinación, se volvieron opacos y sombríos mientras me preguntaba:

—¿La versión real o la del sueño?

—Creo que las dos.

—Podría ser, pero no me acuerdo de nada. —Dio un trago a su ginebra y miró alrededor como buscando a alguien entre tantos desconocidos—. A quien sí veo de vez en cuando por aquí es a Castillejo.

Agradecí aquel giro que acababa de darle a la conversación, porque la sombra de Irene no dejaba de causarme inquietud. Cada vez veía con más claridad que solo ella, después de aquella noche con Ricardo, podía haber informado a Carvajal de nuestras escapadas a Sigüenza, aunque no era capaz de ver con tanta claridad qué clase de relación habría entre los dos. Conociendo sus tácticas, pensé, tal vez Daniel estaba utilizándola del mismo modo que me utilizaba a mí, pero lo que más me preocupaba eran los oscuros motivos que habrían llevado a Irene a convertirse en su confidente. Y entre unos y otros, situado en el centro de un torbellino de intereses al que era totalmente ajeno, Ricardo me parecía cada vez más solo y más desamparado.

Como si yo también me hubiese contagiado de esa desorientación suya, desde que salimos del teatro no habíamos encontrado un solo tema de conversación que durase poco más de un breve intercambio de frases, y habíamos ido saltando de unos asuntos a otros sin centrarnos en ninguno. De *Luces de bohemia* habíamos pasado a *Las lágrimas de Belisa*, de Román Garcés a Daniel Carvajal, del Palacio Arzobispal a la estatua del Doncel, o del recuerdo de don Ramiro a su propia tesina, que todavía continuaba estancada; pero todos esos temas se nos agotaban enseguida porque nos conducían al punto terminal de algún mal recuerdo o a algún terreno resbaladizo por donde los dos evitábamos adentrarnos.

—¿Y cómo le va? —me interesé, a sabiendas de que Agustín Castillejo constituía para ambos un territorio neutral por el que podíamos movernos sin miedo a ocultaciones o mentiras.

—Sigue como siempre, ya sabes cuál es su filosofía de la vida: petas, tetas y braguetas.

—Ese no va a sentar nunca la cabeza. —Sonreí al recordar aquel curioso lema con el que Agustín solía resumir su forma de ver el mundo.

—Le va muy bien así, ¿por qué iba a sentarla?

—No sé, por dignidad.

Al instante me arrepentí de haber pronunciado aquella palabra y nuestras miradas evitaron encontrarse, como si los dos estuviésemos calculando la dosis de dignidad que a cada uno nos correspondía.

—¿Por dignidad? —preguntó sorprendido—. A saber qué será eso de la dignidad. A él esa clase de vida le da para pagar el alquiler y para mantener sus vicios. Hace lo que quiere y, además, lo que le gusta. Ya cambiaría yo toda nuestra dignidad por la suya.

La música me estaba destrozando los tímpanos y Ricardo me estaba destrozando los argumentos. No tenía ningunas ganas de discutir y temía que cualquier réplica mía enrareciera más aún la situación. Me agarré a la cerveza y comprendí que el tema de Castillejo, por muy neutral que fuese para nosotros, tampoco iba a dar mucho de sí. Comencé a ver con claridad que no eran los temas de conversación, sino nosotros mismos, los que llegábamos enseguida a un punto terminal más allá del cual solo existían las sombras del reproche y del rencor.

—Este sitio ha cambiado mucho últimamente —continuó—. Ni te imaginas la gente que viene por aquí. Ahora todavía es temprano, pero ya verás a partir de las doce. —Miró su reloj para comprobar que aún no eran ni siquiera las once, y me horrorizó pensar que pudiéramos quedarnos allí una hora más—. Vienen artistas, ejecutivos, pintores y gente así. Incluso algún profesor de universidad a quien tú conoces... No hará falta que te diga su nombre. Y todos vienen buscando lo mismo: sexo fácil.

Pensé en Lorenzo Blanco y no fui capaz de imaginármelo buscando por allí chaperos a altas horas de la madrugada, y por eso hice un gesto de incredulidad que a Ricardo debió de resultarle fingido o por lo menos exagerado.

—No te hagas la ingenua, Sarita, algunas veces parece que todavía no te has bajado del escenario.

Yo me consideraba, sobre todo en mis relaciones con él, cualquier cosa menos ingenua, y más aún después de todo lo que estaba sucediendo últimamente, pero de pronto me encontré muy cómoda ante esa imagen que Ricardo daba de mí, una imagen que me reconciliaba conmigo misma y me devolvía de nuevo a mis bucles rubios y a mi perdida candidez de Melibea. Le vi apurar su ginebra y mordisquear luego, con aire ausente, la rodaja de limón antes de continuar:

—A Agustín nunca le han tirado mucho los libros, ya le conoces, pero es un tío listo, bastante más listo que nosotros. Se dio cuenta enseguida de que una cosa es lo que nos enseñaban en la universidad y otra muy distinta lo que se aprende en la calle. El teatro, las clases y todas esas zarandajas no eran más que una forma de tenernos ocupados y entretenidos. Pero el mundo de verdad está aquí, Sarita; a pie de barra se tiene una mejor perspectiva de las cosas. Y desde aquí lo único que se ve es que el sexo y el dinero son las dos cosas que mueven el mundo, aunque no sé si exactamente en ese orden.

—No sé si me estaré quedando anticuada, pero para mí el sexo es otra cosa.

—¿Ah, sí? ¿Y qué es para ti?

Chupeteó ruidosamente la cáscara de limón mientras esperaba mi respuesta y pensé que aquella noche todo se conjuraba para llevarme hacia los bordes más escabrosos de mí misma. Casi me ruboricé al pensar que, a mi edad, quizá no estaba aún preparada para responder a aquella pregunta, aunque sí estaba segura de que Ricardo se equivocaba al creer que no me había bajado del escenario todavía.

—No sé —vacilé y miré alrededor como buscando alguna respuesta—. Supongo que una manera de compartir algo.

—Eso es como no decir nada. Se pueden compartir muchas cosas: una copa, el tiempo, el placer, un rato de conversación, la soledad...

—No creo que la soledad pueda compartirse.

Se encogió de hombros, como si no estuviera dispuesto a que la conversación se perdiera en esa clase de vaguedades, escupió un trozo de limón dentro del vaso y luego se puso a remover los hielos con el dedo. Traté de imaginarme con cuántas mujeres habría estado en la cama, o con cuántas putas habría intentado comprobar si la soledad era posible compartirla, pero algo me decía que, en el fondo, su vida sexual no era muy diferente a la mía. Y un sentimiento de solidaridad, de compasión o de ternura me invadió de repente al recordar los comentarios que Marcos Villarrubia le había dedicado a propósito de su clasificación botánica. Le había definido, por su carácter, como esas cardenchas que usaban sus pinchos para protegerse, o como las macetas que no echaban raíces en ningún sitio y por eso carecían de anclaje en el suelo, lo cual equivalía a decir que carecían de anclaje en el mundo; pero yo prefería seguir imaginándole como una higuera que alargaba sus ramas o sus brazos en busca de afectos. De pronto hizo ademán de pedir otra ronda, pero a mí aún me quedaba casi media cerveza y no estaba dispuesta a que la situación se me fuera de las manos.

—Mejor nos tomamos la copa en otro sitio —sugerí—. Aquí hay demasiado ruido.

Aceptó sin replicar, pagó y salimos a la calle. Hacía frío, pero me pareció que era un frío que no venía de la noche sino del interior de mí misma. Me apreté un poco contra él, quizá buscando instintivamente calor o protección, y mientras cruzábamos la plaza me rodeó los hombros con un brazo, primero con cierto recelo, tal vez temiendo que fuera a rechazarle de nuevo, y después con mayor decisión.

—¿Dónde me piensas invitar entonces?

Las dudas que me asaltaron en aquel momento no tenían nada que ver con el lugar que, entre los muchos posibles, estaba obligada a elegir, sino más bien con la sensación de encontrarme al borde de algún abismo cuya única salida era el salto al vacío. Y mientras andábamos camino de ninguna parte, volví a acordarme de Irene y pensé que, fuera cual fuese el lugar que eligiéramos, podríamos acabar en el Viaducto o, peor aún, en cualquier banco de las Vistillas. Se me ocurrió que lo más razonable era dar por terminada la noche allí mismo, pero la imagen del Doncel acudió a mi mente para recordarme que no podía fallarle de nuevo. Igual que había ocurrido con Daniel Carvajal en Sigüenza, me sentía vulnerable y atrapada dentro de una pegajosa tela de araña en la que, sin embargo, esta vez era yo misma quien estaba urdiendo los hilos.

—Podemos ir a mi casa.

Oí mis propias palabras como si no fueran mías o me llegaran devueltas por algún eco que las hacía extrañas e irreconocibles, y mientras esperábamos el autobús comprobé que él las había escuchado también con desconcierto, aunque quizá llevaba varias horas, o varios años, esperando escucharlas. Y después, mientras nos dirigíamos hacia mi barrio, pensé que no eran las mejores circunstancias, ni tampoco el hombre a quien más deseaba en el mundo en aquellos momentos, pero al menos tenía la satisfacción de que estaba saldando una deuda no solo con Ricardo, sino también conmigo misma. Prefería creer que no había sido mi voluntad, sino unas fuerzas superiores a ella, lo que me había arrastrado a tomar aquella decisión, en la que había más curiosidad que deseo y quizá también algún impulso de piedad y desagravio.

Fue seguramente el miedo, o la costumbre, lo que le llevó a continuar bebiendo en mi casa; y fue la rabia, mezclada con el alcohol, lo que le desató la lengua de golpe, porque después de las dos primeras copas le dio por hablar con la misma tenacidad con la que fumaba y bebía, aunque tras esa máscara de humo, de alcohol y de palabras, yo sabía que se ocultaba un niño asustado, un niño huidizo y rencoroso que parecía haber olvidado la verdadera razón por la que estábamos allí. Con el tercer vaso de ginebra se puso a recitar fragmentos del monólogo de Pleberio y, mientras miraba a la mujer de Hopper, de pronto soltó tres o cuatro tacos, se acordó de la madre y de todos los muertos de Carvajal y juró que estaba dispuesto a conseguir como fuese *Las lágrimas de Belisa.*

Con un dedo le cerré los labios y después, a sabiendas de que sería la única manera de hacerle olvidar aquel asunto, le di un beso que fue apenas un roce, casi una insinuación a la que sabía que él no dejaría de responder. Al instante se dulcificó su expresión y aunque tenía la mirada turbia, me miró fijamente como si le costara reconocerme o como si recordara que esa situación la había vivido ya alguna vez, y me besó.

Apestaba a tabaco y alcohol, y sentí como una lija el roce de su barba cuando empezó a besarme el cuello y los hombros mientras me desabrochaba precipitadamente la blusa y me acariciaba los pechos con menos delicadeza de la que yo hubiera querido. Recordé que durante una de las fantasías de mi bañera había imaginado que Ricardo sentiría una fijación casi enfermiza por el pecho de las mujeres, y comprobé que al menos en eso no me había equivocado. Pero la escena imaginaria y la real se parecían muy poco. Tuve que repetirle varias veces que no se diera prisa porque disponíamos de toda la noche, pero le faltaba aplomo o le sobraba deseo, y cuando empezó a mordisquearme los pezones creí que estaba ensañándose conmigo o vengándose por todas mis malas acciones, aunque acepté aquello como si fuese el principio de una larga penitencia.

Cuando, con la misma falta de delicadeza, comenzó a desabrocharme el pantalón, decidí que el sofá no era un lugar cómodo para ninguno de los dos, y le llevé de la mano hasta mi habitación. Cada uno en un lado de la cama, nos fuimos desnudando en un raro ceremonial sin ceremonia que me resultó frío y rutinario. Finalmente, sin mirarnos y como llevados por una antigua costumbre, nos abrazamos y sentí su corpachón moviéndose sobre mí con movimientos bruscos y acelerados que no lograban ocultar su ansiedad y su torpeza. Tras unos minutos hizo una pausa, tosió un par de veces y luego continuó acariciándome, como si buscase desorientado por todo mi cuerpo la llave secreta que activara esa erección que no acababa de llegarle. Quizá estaba demasiado borracho o demasiado asustado, o tal vez yo tampoco contribuí mucho, salvo con la paciencia, a que la noche nos dejara un recuerdo mejor, pero comencé a desear que aquella escena, con orgasmo o sin él, terminase cuanto antes.

—Creo que has bebido demasiado —intenté justificarle—. Si quieres lo dejamos.

Pensé que, por terquedad o por orgullo, se negaría a aceptar mi sugerencia, pero me sorprendió la rapidez y la docilidad con que aceptó su propia rendición. No dijo nada, se dio media vuelta y no tardó en quedarse dormido.

Cuando desperté por la mañana, se había marchado ya. Seguramente se fue al amanecer, a esa hora indecisa en que las primeras claridades apenas le permitirían ver, en el espejo del recibidor, su propia sombra deslizándose de puntillas. O quizá ni siquiera quiso mirarse al espejo para no ver reflejada la imagen de su resignación o su vergüenza. Y allí, sentada sobre la cama, casi desnuda como la mujer del cuadro, pensé que lo único que iba a quedarme de aquella noche con Ricardo era un intenso olor a tabaco en toda la casa y un fuerte escozor en los pezones, porque en el resto de mi cuerpo ya no quedaba ni rastro de sus caricias torpes y aceleradas.

Pero sabía que tanto lo uno como lo otro, el olor a tabaco y el escozor de mi piel, durarían mucho menos que el amargo recuerdo que esa noche iba a dejar en su memoria y en la mía. Y como si tuviera prisa por desprenderme de todas esas huellas que me habían quedado de él, me metí en la bañera.

33

Para olvidarme de aquella noche aciaga con Ricardo, me dediqué a corregir los trabajos sobre *La Celestina*, a los que me entregué con tanto empeño como si a través de ellos estuviese purgando el peor de mis pecados. Leía y repasaba minuciosamente la horrenda mecanografía de aquellos folios, llenos de tachaduras y enmiendas; ponía o quitaba tildes y comas, marcaba con círculos rojos las faltas de ortografía y subrayaba todas las incorrecciones expresivas, de manera que las páginas iban adquiriendo el aspecto de un galimatías con rojos sobre negros que nadie, salvo yo misma, habría sido capaz de entender; y todo eso lo hacía con la convicción de que eran los errores de mi propia vida lo que en realidad estaba corrigiendo.

Y cada vez que me topaba con alguna frase de Melibea, de Calisto, de Pleberio o de la vieja alcahueta, venían a mi recuerdo Marcos Villarrubia, Ricardo o Irene Vidal, igual que fantasmas que lucharan por hacerse reales en un mundo del que habían sido desterrados y del que se negaban a desaparecer. Yo había calculado que, a un ritmo de tres o cuatro trabajos diarios, tardaría casi un mes en corregirlos, pero a los pocos días ya llevaba corregidos más de la mitad y entonces me puse a releerlos de nuevo, con la esperanza de encontrarles alguna sustancia que me hubiese pasado inadvertida; sin embargo, cuanto más los revisaba me parecían más insustanciales. Y mientras subrayaba, entrecomillaba y llenaba el papel de círculos rojos y anotaciones en los márgenes, comprendí la razón por la que aquellos textos me resultaban tan planos, tan elementales, tan insulsos. Era como si, ante una nuez, se limitaran a lamer la cáscara sin saborear su fruto, o peor aún, sin sospechar siquiera que en su interior pudiese haber fruto. Cuando analizaban los personajes y sus conflictos solo veían en ellos lo que tenían de literatura, pero se olvidaban de la vida y del drama que latía detrás de cada uno. Eran incapaces de comprender que allí hubiese emociones o sentimientos verdaderos.

Leyendo aquella sarta de banalidades me di cuenta de que casi todos los personajes de *La Celestina*, al menos los principales, hablaban de mí misma y del mundo que me rodeaba. Un mundo donde había contemplado, y muy de cerca, las más turbias ambiciones, la mentira y el engaño, el rencor y la desesperación, pero también el amor. Todos esos sentimientos los había visto y aún continuaba viéndolos a mi alrededor, dentro de un gran escenario en cuyo centro me encontraba yo. De mí hablaban la inocencia de Melibea, pero también la deslealtad de Sempronio, el egoísmo y las palabras arteras de la vieja hechicera, incluso la fe ciega y la pasión de Calisto. En todos los personajes encontraba alguna actitud, alguna emoción o algún gesto con los que identificarme, o despertaban en mí algún recuerdo que conseguía avergonzarme o estremecerme.

Las frases del monólogo de Pleberio, que algunos trabajos citaban sin orden y con prisa, eran las que me producían mayor turbación, porque me situaban ante la imagen de Ricardo yendo y viniendo solo por el escenario mientras clamaba contra el amor y contra el mundo. Pero no menos turbación me producían las palabras seductoras de Calisto, que me traían el recuerdo de Marcos apretándose contra mí mientras tergiversaba aquel verso de Garcilaso: «Oh más dura que mármol... ¿no lo notas?».

Como no tenía nada mejor que hacer, me pasé el fin de semana corrigiendo los trabajos que me quedaban, y el martes, con mis tres carpetas bajo el brazo, decidí acercarme a la facultad.

Nada más bajar del autobús vi unos cuantos grupos de alumnos que repartían octavillas y otros que se diseminaban en corrillos por los jardines y que se limitaban a estar ahí, como a la espera de una orden o alguna consigna que les autorizara a pasar a la acción. Aunque la situación era de calma aparente, había en ellos algo de fieras al acecho que estuvieran afilando sus garras antes de saltar sobre una presa. Y mientras subía los peldaños de la entrada esquivando a unos y a otros, se me vinieron a la memoria recuerdos de otras movilizaciones en las que nosotros, los miembros de Bambalinas 9, solo habíamos participado a distancia, igual que figurantes en medio de un escenario donde siempre eran otros los que acaparaban el protagonismo.

Atravesé el vestíbulo y avancé hasta el salón de actos, de donde salía en esos instantes un estruendo de gritos y de aplausos. Al asomarme allí creí, absurdamente, que iba a encontrarme sobre el escenario con nuestros propios fantasmas: con el de Calisto y Pleberio, con el de Irene Vidal preparando alguna de sus pócimas, o con mi propia imagen peinándome la larga cabellera rubia delante del espejo; pero la realidad me ofreció una escena, mucho más prosaica y violenta, de voces que clamaban contra la subida de tasas y contra la nefasta gestión de la universidad y del Gobierno. Y apoyada en el quicio de la puerta, volví a recordar lejanas movilizaciones que para nosotros, los del grupo de teatro, no habían sido más que un ruido de fondo, algo parecido a una banda sonora que nos había acompañado durante años pero que nos resultaba siempre extraña y ajena, como si emitiera sus señales en una frecuencia con la que no acabábamos de sintonizar.

El alboroto del salón de actos despertó dentro de mí un contradictorio sentimiento de nostalgia por aquellos días subversivos con los que nunca nos habíamos identificado plenamente, pero me despertó, sobre todo, la antigua sensación de encontrarme en tierra de nadie, como un islote que careciera de suelo firme, sola e indecisa en medio de un territorio que se quedaba al margen de todas las batallas y todas las reivindicaciones. Allí, bajo el ancho dintel de la puerta, me sentí igual que un soldado perdido entre dos fuegos, sin saber cuál de los dos era el enemigo real o sin saber siquiera si había algún enemigo contra el que fuera preciso luchar. Lo mismo que antaño, tuve la impresión de que a un lado estaban las barricadas y al otro los antidisturbios, y yo allí en medio, sin decidirme por ninguno de los dos, siempre sirena entre dos aguas, como si mi condición anfibia me llevara a quedarme a mitad de camino de todo, bajo la cómoda frontera de los dinteles.

Me di media vuelta y, camino del despacho de Carvajal, me topé por el pasillo con Lorenzo Blanco y con Lola Merlo. Él, tan discreto y educado como solía, desde la distancia cortés que había mantenido siempre conmigo me tendió una mano lánguida y afectuosa; ella, tan ceñida como de costumbre, se limitó a mirarme de arriba abajo con un gesto de curiosidad, y enseguida, como si aquel revuelo que nos rodeaba perteneciera para ellos a una rutina que prefiriesen ignorar, se interesaron por mí, sorprendidos de verme por allí en un momento tan inoportuno. Les mostré tímidamente las carpetas, como si aquel fuese el único aval que justificara mi presencia:

—He venido a traerle unas cosas a Carvajal.

—Pues le encontrarás en la cafetería —dijo Lorenzo—. Venimos ahora mismo de allí. No sabemos si al final habrá subida de tasas, pero lo que sí va a subirnos a nosotros es la tensión por culpa de la cafeína.

Vi que se les dibujaba a los dos una sonrisa de sarcasmo y luego Lola Merlo se me quedó mirando con un interés que me pareció desmesurado:

—Te noto más delgada. ¿A qué te dedicas ahora?

Aquellas dos observaciones, por separado, tal vez habrían resultado neutras, incluso la primera de ellas podría haberla recibido como un halago, pero unida a su pregunta supuse que se convertía en una consecuencia que escondía alguna intención aviesa. Una intención que no acababa de agradarme porque le atribuía a mi delgadez una cualidad casi enfermiza. En todo caso preferí pensar que lo que en realidad pretendía decirme era «me repatea que estés tan delgada» o algo por el estilo, y solo había que ver las curvas de sus caderas o las de su pecho exuberante para comprender que en sus palabras hubiese también cierta dosis de envidia mal disimulada.

—Estoy esperando mi oportunidad —respondí, a sabiendas de que eso era como no decir nada, y por ello me vi obligada a añadir—: Tengo algún proyecto entre manos.

Miró con descaro las carpetas como si intuyese que tenían algo que ver con mis proyectos, y durante unos segundos temí que ella estuviera viendo reflejada en mí su propia historia o, dicho de otra manera, que también hubiese tenido que pasar por aquella misma fase de correctora de trabajos infames en la que yo me encontraba. De haber sido así, pensé con no poca malicia, probablemente también estaría viéndome como a una posible rival.

—¿Algún proyecto sobre teatro? —preguntó—. Fue una lástima lo de vuestro grupo. Erais muy buenos.

Había franqueza en su voz y, recordando que Lola Merlo se había deshecho en elogios el día de nuestro estreno de *La Celestina*, se me ocurrió que detrás de sus carnes sensuales podría haber un corazón tan tierno y generoso como su cuerpo, y que tal vez era yo quien, mezquinamente, proyectaba sobre ella mis propios sentimientos de territorialidad. Un poco confundida, confesé que el teatro y Bambalinas 9 no eran ya más que un grato recuerdo para todos nosotros.

—Y no solo erais buenos como actores. Yo creo que con vosotros se ha marchado una de las mejores promociones de esta facultad —añadió Lorenzo Blanco, mientras miraba alrededor con una mueca de resignación y desprecio—. Esto es lo que tenemos ahora: huelgas, asambleas, movilizaciones...

—Nosotros también nos movilizábamos. —De nuevo me sentí extraña dentro de aquel «nosotros» en el que yo no acababa de sentirme del todo incluida, y vi a Lorenzo dirigirme una mirada de desaprobación.

—Aquello era distinto. Hace unos años estas cosas tenían otra intención, otra frescura... Ahora todo huele un poco a rancio. Mucha asamblea, mucha octavilla, mucha pancarta y mucha reivindicación, pero a mí me parece que la mayoría de estos muchachos no sabe muy bien adónde quiere ir. Es como si se sintieran víctimas pero no supieran muy bien de qué. Y no vamos a ser nosotros, quiero decir los profesores, quienes se lo expliquemos. Nosotros estamos aquí para explicarles otras cosas.

Sus palabras, que tenían un fondo mucho más ácido de lo que aparentaban, me dieron una imagen exacta de mí, porque era esa misma desorientación la que yo había sentido en otros tiempos en los que, según él, todo tenía otra intención y otra frescura. Miré a Lola Merlo, que se había limitado a asentir maquinalmente, y no supe qué responder.

—Y por cierto —continuó Lorenzo—, si ves a Marcos dale recuerdos de mi parte. Ha hecho una tesina excelente, aunque lo suyo no es el estudio ni la investigación, y creo que el doctorado tampoco le ilusiona mucho. Para lo que tiene un gran talento es para la literatura, ya se lo he repetido muchas veces. Pero me parece que tampoco sabe muy bien hacia dónde quiere ir. Creo que necesita a alguien que le marque el camino. En fin, si tienes que hablar con Daniel, no te entretengas más. Tiene dentro de un rato una reunión con los representantes de la asamblea.

Me dirigí hacia la cafetería, que estaba más concurrida de lo que yo hubiera deseado, y desde la puerta intenté localizar a Carvajal, pero fue él quien tuvo que salir a mi encuentro. Con una sonrisa forzada que no lograba disimular su sorpresa, me condujo hacia la única mesa que había libre y, ante las miradas furtivas de unos y otros, comprendí que mi visita no podía resultar más indiscreta ni más inoportuna.

—No hacía falta que te dieras tanta prisa. Ya te dije que no necesitaba esas calificaciones de momento.

Se apresuró a coger las carpetas como si de ese modo pretendiera dejar claro ante todos que eran el único vínculo que había entre nosotros y pensé que al menos tendría la curiosidad de abrirlas o de preguntarme por las notas, pero su interés o sus preocupaciones estaban en otra parte. A pesar de todo, le hice un rápido balance de los resultados y no se sorprendió cuando le resumí el raquítico porcentaje de aprobados que llevaba en la lista.

—Ya te dije que no ibas a encontrar gran cosa. Esos críos están más pendientes de otros asuntos, como habrás podido comprobar ahí afuera. Gracias de todos modos por tu esfuerzo.

Comprendí la inutilidad de mi esfuerzo y él, percatándose de mi decepción, miró a un lado y a otro como para darme a entender que no era el momento propicio para hacer confidencias:

—Con un poco de suerte —dijo casi en un susurro—, en un par de semanas podremos hacer público lo tuyo. Las últimas novedades que me han llegado de Sigüenza apuntan a que aquellas dos palabras y los números que había anotados en el libro de registros podrían contener alguna clave.

—¿Alguna clave? —repetí, mientras recordaba las palabras *Dux español* intentando encontrarles algún significado.

—Sería muy complicado explicártelo ahora. Sebastián Olivares te lo explicará, en su momento, mucho mejor que yo. Además, hay ciertos detalles que aún no están claros y no conviene hacerse demasiadas ilusiones, pero lo que sí te diré es que ese cura, Néstor Hervás, sabía muy bien lo que hacía.

De repente le noté ofuscado, como si intentara decirme algo y no encontrara las palabras precisas para hacerlo:

—Y otra cosa: ¿hace mucho que no ves a tu amigo Ricardo?

Me desagradó aquel brusco cambio de tema y el nombre de Ricardo cayó sobre mí como el peor de los augurios. Le aclaré que llevaba unos días no solo desconectada de Ricardo sino también del resto del mundo.

—Entonces no sabrás que ayer vino a hacerme una visita.

—Supongo que para hablar de su tesina —aventuré, y le vi mover negativamente la cabeza mientras sus ojos adquirían un inquietante brillo verdoso.

—Entró en mi despacho cuando yo no estaba. Me encontré revueltas las estanterías y los cajones. No sé lo que andaría buscando, pero me lo puedo imaginar.

—¿Estás seguro de que fue él?

—Seguro no. Pero algunos le vieron rondando cerca de mi despacho. Podría denunciarle por eso, pero no lo voy a hacer, prefiero llevar el asunto con discreción.

—Seguramente está desesperado —murmuré, y me di cuenta de que acababa de pronunciar un pensamiento en voz alta.

—Todos andamos muy nerviosos últimamente —replicó, endureciendo el tono de voz—, pero hay barreras que no se pueden traspasar. Si le ves dile de mi parte que no se le ocurra volver a hacer ninguna tontería.

Miró su reloj, cogió las carpetas e hizo ademán de levantarse, pero cambió de idea y luego continuó.

—En fin, no puedo entretenerme más. Tengo una reunión a las doce con los representantes de la asamblea. Si quieres esperarme, te invito después a comer.

—Ya tengo un compromiso —mentí.

—En ese caso, lo dejamos para otro momento. Con un poco de suerte, cualquier día de estos podremos comer en Sigüenza. —Hizo algo parecido a un guiño y miró alrededor antes de continuar—: Y quién sabe si con postre incluido.

Le dirigí una mirada inexpresiva que no llegó a reflejar la irritación que aquellas últimas palabras me produjeron. Después se levantó y, ante la mirada curiosa de algunos profesores, salí tras él. Con las carpetas bajo el brazo, le vi alejarse por el pasillo y, mientras sorteaba elegantemente los corrillos que encontraba a su paso, traté de convencerme de que aquel no podía ser el hombre que, siempre de espaldas, aparecía a veces en mis sueños, aferrado al timón de un barco que avanzaba, con el rumbo perdido, entre las olas.

34

Alarmada por lo que Daniel Carvajal me había dicho de Ricardo, le llamé varias veces aquel mismo día y también los siguientes, pero no conseguí localizarle. La idea de que se hubiese atrevido a entrar en el despacho del decano con la intención de llevarse *Las lágrimas de Belisa* venía a demostrar por un lado su desesperación y por otro me confirmaba que había decidido actuar por su cuenta, algo que me parecía casi natural, porque yo había hecho lo mismo mucho antes que él. Ricardo había recibido en los últimos meses demasiados portazos, incluidos los míos, por eso ya nada me podía sorprender, y menos aún que nuestra sociedad se hubiera disuelto definitivamente. En realidad esa ruptura se había iniciado ya en la catedral de Sigüenza, entre aquellas piedras erosionadas que se desmoronaban al tocarlas; y después se había acelerado a partir de la noche que habíamos dormido juntos en mi casa.

Cada vez veía con más claridad que *Las lágrimas de Belisa* y la memoria de don Ramiro habían sido un hilo demasiado frágil que nos había mantenido unidos en algo que tan solo era un proyecto común, pero en el que Ricardo tal vez había depositado excesivas esperanzas. Ahora, sin embargo, cuando las palabras *Dux español* aparecían como una rendija de luz en el horizonte, necesitaba ver a Ricardo, sincerarme con él, explicarle que todos mis devaneos con Carvajal no habían sido más que una calculada estrategia para llegar hasta los libros, una estrategia de la que ni él ni don Ramiro habían quedado nunca excluidos.

Mientras tanto, después de varias semanas sin noticias suyas, uno de aquellos días me llamó Marcos Villarrubia para quedar conmigo, tan solo para hablar de nuestras cosas, según dijo, lo cual significaba que quedábamos, naturalmente, para hablar de sus cosas. Marcos, que parafraseando a su autor favorito solía definirse como guapo, ateo y antisentimental, vivía siempre al borde de la realidad, en una zona fronteriza entre el mundo que le rodeaba y el suyo propio, y en eso, por lo que tenía de centauro, se parecía mucho a mí; pero esas dos mitades de su alma estaban mucho mejor ensambladas que las mías, de manera que la literatura y la vida eran para él una misma cosa, o al menos eran cosas bastante parecidas.

Habíamos quedado en una tasca antigua que estaba frente a Capitanía, una de esas tabernas con mostrador de zinc y vino de frasca que a mí siempre me habían parecido más bien para viejos o para turistas, y aquel fue el punto de partida del curioso paseo con el que esa tarde se había propuesto sorprenderme.

Cuando llegué, poco después de las cinco, él ya se había tomado la mitad de su café y, apoyado contra la barra, hojeaba distraídamente unos folios en uno de esos escorzos suyos con los que parecía situado en el centro de algún escenario. Enseguida, tras el primer intercambio de frases, comprobé que las novedades avanzaban a un ritmo muy diferente en la vida de cada uno, porque mientras en la mía habían ocurrido bastantes durante las últimas semanas, en la suya apenas había sucedido nada digno de contarse. Quizá por eso no tardó en regresar a la conversación de la última vez que habíamos estado juntos y que yo tenía olvidada por completo. Y también por eso no le encontré ningún sentido a la pregunta que me hizo de repente, una pregunta que no era sino un modo de llevar la conversación hacia donde a él le interesaba, que era, como casi siempre, las inmediaciones de su propio ombligo:

—¿Sabes que te he hecho caso?

Me alegré muy vagamente de ejercer tanta influencia sobre él e intenté recordar, sin conseguirlo, la conexión entre su pregunta y algún consejo que yo pudiese haberle dado, y al ver mi gesto de confusión se apresuró a darme la pieza que me faltaba:

—He quemado aquellos versos que te enseñé. Esta misma mañana he hecho una hoguera con ellos en la bañera y ahí se ha acabado mi futuro como poeta.

Recordé la escena de la biblioteca, que de pronto se me antojó remotísima, y recordé también la conversación que habíamos mantenido después por el paseo de la Ciudad Universitaria y entonces me di cuenta de lo olvidadiza que me estaba volviendo con los asuntos ajenos, sobre todo con los suyos.

—Yo no te dije exactamente que los quemaras —le corregí.

—Claro que no, pero hay muchas maneras de decir las cosas. Me dijiste que no te interesaba mi voz como poeta, y eso ya es suficiente.

—Ya sabes que yo soy mala lectora de poesía. Deberías haber buscado otras opiniones. Por cierto, el otro día vi a Lorenzo Blanco y me dio recuerdos para ti. También me dijo que tienes un gran talento para la literatura. Así, con esas palabras.

—Ya.

Aquel adverbio, que ni siquiera era un adverbio, me desconcertó porque lo había pronunciado con un tono que podía significar varias cosas al mismo tiempo. Por ejemplo, que le parecía muy natural que Lorenzo le tuviese en tan alta estima; o por el contrario, que le resultaba indiferente todo lo que pudiese provenir de él; o peor aún, también podía significar que estuviera al corriente de mi última visita a la facultad, e incluso que ya conociera los motivos que me habían llevado hasta allí. La última de esas posibilidades me hizo ponerme en guardia y, por un momento, temí que me abordase con alguna pregunta comprometida; pero él, por fortuna para mí, continuaba dando vueltas alrededor de su ombligo.

—No necesito más opiniones, ni siquiera la de Lorenzo. Me basta con la tuya. Y además también creo que tenías razón cuando dijiste que lo mío era la prosa. Últimamente le estoy dando vueltas a la idea de escribir una novela...

Hizo una larga pausa, durante la cual apuró su café, luego cogió una servilleta, se limpió los labios con ella y me miró expectante, pero no dije nada porque no se me ocurrió nada que decir. En aquellos momentos, la idea de que se convirtiera en novelista más que interesarme tan solo me tranquilizaba, porque estaba segura de que, al menos durante un buen rato, continuaría situándole a él en el centro de la conversación.

—Creo que tengo tres de las condiciones imprescindibles para hacerlo: el tiempo, la voluntad y el talento; pero me falta lo más importante: una historia que contar. Así que solo me queda encontrarla.

Sus ojos escarbaron en los míos como a la espera de algún brillo que delatara mi complicidad o mi colaboración, pero bastante se había complicado ya mi vida en los últimos meses con *Las lágrimas de Belisa*: no estaba ahora con ánimos para dedicarme a buscar argumentos.

—De momento, lo que sí he hecho ha sido añadir unos cuantos retratos a la «Fantasía botánica» que tanto te gustó. Si quieres te leo alguno y ya me dirás a quiénes te recuerdan.

Movida por la curiosidad le dije que sí, que me interesaba escucharlos y al instante, oscureciendo un poco la voz, se puso a leer:

—«La zarza caminera es una especie prolífica e invasora que tiende a ocupar siempre unos espacios que no le corresponden. Es una planta muy expansiva que crece sin orden y en todas direcciones, porque en eso consiste su naturaleza: en encontrar siempre nuevas personas o nuevos espacios que colonizar. De ahí que pueda encontrárselas siempre donde más estorban, es decir, en las orillas de los caminos. Utilizan sus ramas espinosas para protegerse, aunque también para adherirse a las ropas ajenas, de ahí que hallen en la zarza una feliz reencarnación las gentes encontradizas, esas que se definen por su mera condición de estar ahí, siempre esperando a que alguien se les aproxime. Florecen por las tertulias y los cócteles de vino gratis, aunque también se ven mucho por los pasillos de los centros docentes y de todos los edificios oficiales».

Levantó los ojos del papel y me miró con mucha atención, a la espera de que yo le pusiera algún nombre a aquel retrato, pero no fui capaz de hacerlo o tal vez no quise arriesgarme.

—Irene Vidal y Lola Merlo, por ejemplo —sugirió—. Aunque no te lo creas, se parecen mucho. Las dos son igual de peligrosas. Lo que ocurre es que a la rubia le gusta dejarse ver y la morena prefiere estar en la sombra. Pero, cada una a su manera, siempre están ahí, aparecen y desaparecen cuando menos te lo esperas.

Le dije que no veía muy claro el parecido entre las dos ni tampoco la mayoría de los rasgos que les atribuía, aunque reconocí que a Lola Merlo me la topaba muy a menudo por los pasillos de la facultad. Le pedí que siguiera leyendo y continuó:

—«El abeto gregario es una especie de hoja perenne que busca siempre el arrimo de las multitudes. Sufre de un incurable pánico a la soledad y por eso se le ve mucho en las colas de los museos, en el tumulto de los mercados o de las plazas, en las manifestaciones o en los estadios de fútbol, en las asambleas o en los conciertos. Llevando al extremo la máxima aristotélica de que el hombre es un *zoon politikon*, convierte la sociabilidad en una actitud patológica y llega incluso a coger el metro en horas punta solo por sentir la sensación de saberse acompañado. Es de los que siempre pensaron que la unión hace la fuerza, y por eso, para sentirse fuertes, nunca se les ve solos, sino formando parte de colectivos o paseando en grupos o en manadas. Es, esencialmente, una especie urbana porque solo en las ciudades consigue desarrollar adecuadamente sus instintos gregarios».

Volvió a mirarme inquisitivamente, pero los rasgos de aquel retrato tampoco me resultaban reconocibles y se vio obligado a aclarar:

—Sandra Valero y Alfonso Rivas, sobre todo desde que les entró la vena subversiva y les dio por apuntarse a todas las manifestaciones. Me parece que hoy no andas muy inspirada. O a lo mejor soy yo quien no ha estado inspirado, qué le vamos a hacer. El escritor barbudo y genial que yo estaba destinado a ser nació hace ya más de un siglo y tendré que conformarme con ser un sucedáneo. Por cierto, ¿sabes que es en este mismo lugar donde empieza la acción de *Luces de bohemia*?

Yo no estaba tan acostumbrada como él a moverme entre la realidad y la ficción, y tardé unos segundos en asimilar el significado de sus últimas palabras, por eso temí que se hubiera enterado de que Ricardo y yo habíamos ido ya a ver la obra. Pero su pregunta, por suerte para mí, no iba en esa dirección, y aquellos instantes de duda los aprovechó para pagar los cafés y luego, una vez en la calle, abrió los brazos como si se dispusiera a abrazarme, pero acabó haciendo algo parecido a una pantomima galante mientras decía:

—Te invito a dar un paseo esperpéntico. Y otro día puede que te invite al teatro. ¿No te has enterado de que están poniendo *Luces de bohemia*?

Pensé que si me sinceraba con él y se lo contaba todo, la verdad iba a resultarle mucho más inverosímil que la mentira y me llevaría además a dar demasiadas explicaciones, así que decidí que lo más prudente era seguir manteniéndole a cierta distancia de esa zona de mi vida que tenía relación con *Las lágrimas de Belisa.*

—Sí, claro que me he enterado —respondí.

Bajamos despacio hasta el Viaducto y allí, apoyado sobre la barandilla metálica, me imaginé a Ricardo tal y como me lo había descrito Irene Vidal, sentado a horcajadas mientras recitaba el monólogo de Pleberio mezclándolo con recuerdos de nuestro último viaje a Sigüenza.

—¿Recuerdas lo que le dice Max Estrella a don Latino al final de la undécima escena?

Me miró risueño y desafiante, pero él no podía saber que esa frase yo la tenía muy grabada desde el día que vi la obra con Ricardo. Recordaba el estremecimiento que sentí cuando, al escucharla, Ricardo me miró fijamente, como subrayando con su mirada el dramatismo de unas palabras que quizá le recordaron a sí mismo. Marcos conocía la mayoría de mis puntos débiles, y sabía que mi memoria era uno de ellos, por eso no pudo disimular su sorpresa cuando me oyó decir con mucha lentitud y en un tono algo impostado:

—«Llévame al Viaducto. Te invito a regenerarte con un vuelo».

Para Marcos, que siempre había presumido de saberse de memoria la obra, mi respuesta debió de ser como una estocada contra su vanidad. Por eso a partir de aquel momento supe que a lo largo de la esperpéntica ruta por donde fuera a llevarme me aguardaban otras preguntas a las que, estaba segura, ya no sabría responder. Y fue muy cerca de allí, en la Puerta del Sol, donde puso en evidencia mi falta de memoria. En mitad de aquel trajín de turistas, rateros, carteristas y gentes que iban y venían con bolsas en las manos, se quedó inmóvil durante unos instantes y, en un escorzo que resultaba propio de un mimo, con una voz afectada y patética exclamó:

—«Hay que establecer la guillotina eléctrica en la Puerta del Sol».

Sin descomponer su mueca, se me quedó mirando impaciente, pero mis reservas literarias se habían agotado en el Viaducto. Hice un gesto negativo con la cabeza y entonces, señalándome hacia el antiguo edificio del Ministerio de la Gobernación, me recordó que aquella era una de las frases que pronunciaba Max Estrella en la escena sexta, durante su conversación con el preso catalán en los calabozos.

Reconocí su habilidad para elegir las citas, que tenían la suficiente ambigüedad para resultar de una frescura y una vigencia incontestables, y reconocí también su habilidad para sumergirme dentro de un universo de ficción en el que, a su lado, me sentía como rodeada de una muchedumbre de figurantes que solo parecían deambular por aquel decorado para realzar nuestro protagonismo. Pero no tardé en comprobar que el sentido de aquel esperpéntico paseo estaba mucho más allá de la literatura. Porque muy cerca de allí, en el callejón del Gato, me pareció que intentaba situarme delante del espejo de mis propias miserias. Parados ante uno de aquellos espejos deformantes, se situó detrás de mí y consiguió que me sintiera ridícula al ver mi cuerpo convertido en una silueta achaparrada y deforme.

—¿Qué ves? —me preguntó.

—Un esperpento —le respondí sin dudar, convencida de que estaba a punto de recitarme uno de los pasajes más conocidos de la obra y del que yo tan solo recordaba algunas frases sueltas.

—Las imágenes más bellas en un espejo cóncavo son absurdas... Fue aquí donde se le ocurrió al genial Max que los héroes clásicos reflejados en los espejos cóncavos dan el esperpento, y que el sentido trágico de la vida española solo puede darse con una estética sistemáticamente deformada.

—Eso me parece que está en la escena undécima.

—En la duodécima —me corrigió—. ¿Y sabes lo que veo yo? Veo a una muchacha descarriada que, según dicen por ahí, anda coqueteando con un canalla.

Reflejada en el fondo del espejo, detrás de mí, acerté a ver en su rostro una sonrisa distorsionada y horrible.

—¿En qué turbios asuntos andas metida, Sarita?

Oí sus últimas palabras convencida de que su pregunta, que más bien parecía una acusación, era la prueba de que conocía todos mis secretos aunque hiciera lo posible por disimularlo. Comprendí que Marcos, moviéndose siempre en esa zona difusa donde se mezclaban la literatura y la realidad, se había propuesto utilizar las palabras de Max Estrella para hurgar sin piedad en las aguas más cenagosas de mi conciencia. Aquella pregunta llegó hasta mis oídos acompañada de un ruido de cristales rotos que provenía del interior del bar. Intenté girarme hacia él, pero me mantuvo agarrada con fuerza de los hombros, luego me sujetó la barbilla y me obligó a mirar al frente, como si pretendiera forzarme a contemplar la grotesca imagen que de mí misma me ofrecía el espejo.

—Supongamos que este es el espejito de la verdad —continuó—, así que no deformemos la expresión en el mismo espejo que nos deforma las caras. Por los pasillos de la facultad se rumorea que se te ve entrar a menudo en el despacho del decano. Y yo mismo fui testigo una de esas veces.

Con un movimiento brusco logré zafarme de su abrazo. Su expresión se había endurecido de repente y me miraba con un gesto que no supe si era de preocupación o de desprecio.

—¿Te importa explicarme eso, por favor?

—Yo diría más bien que eres tú quien me debería dar alguna explicación. O mejor no, casi prefiero que no me des ninguna. Vámonos. El paseo no ha terminado todavía.

Continuamos caminando hacia la plaza de Santa Ana, nos adentramos por unas estrechas callejuelas y entramos en una taberna en la que no recordaba haber estado nunca, de paredes mugrientas y desconchadas, con carteles que tenían el mismo color ajado y amarillento que la pintura. Solo unos barriles perfectamente alineados al otro lado de la barra ponían una nota de orden y simetría en aquel recinto donde olía a queso rancio, a madera vieja y a aceitunas aliñadas.

Enseguida Marcos se aprestó a ponerles voz a mis pensamientos y me recitó, de memoria y sin titubeos, las acotaciones escénicas de la tercera y la última escena de *Luces de bohemia*; pero le escuché con la misma indiferencia con la que podría haber oído una música de fondo. Algo dentro de mí se rebelaba contra aquel juego con el que ya no sabía si intentaba herirme o solo impresionarme. Me negaba a seguir moviéndome por aquel territorio escurridizo de la literatura, donde todo era verdad y mentira al mismo tiempo, y por donde uno podía sentirse inmune al dolor o a las desgracias ajenas. Tal vez por eso, porque vivía con un pie dentro de ese territorio, a Marcos Villarrubia nada parecía afectarle demasiado. Usaba la literatura como un antídoto o como un profiláctico que le protegían del mundo real; o como una coraza que, si no le hacía invulnerable a los sentimientos, al menos le servía para ocultarlos. Por esa razón primero me había insinuado lo del decano y luego se había negado a que le diera explicaciones, como si ya lo supiera todo y no le importara en absoluto, o como si se tratara solo de un episodio más de *Luces de bohemia.*

Cuando terminó su letanía, nos quedamos sumidos en un silencio que tenía las aristas tan cortantes como un vidrio roto. Cada cual con su copa de vino en la mano, parecíamos sostener dos navajas a punto de chocar entre sí, a la espera de que el otro se decidiese a asestar el primer golpe.

—¿Vas a decirme de una vez qué es lo que has oído de mí por ahí? —le pregunté por fin.

—Si tú tienes secretos conmigo —replicó—, ¿por qué no voy a tenerlos yo? Soy como un espejo, te devuelvo tu imagen.

Su lógica, tan pueril como irrebatible, podría haberme resultado desesperante si no hubiera sabido que tenía toda la razón. Su agilidad verbal era mayor que la mía, y sabía que con una sola metáfora era capaz de desarmarme cualquier argumento. En ese terreno me encontraba en desventaja frente a él. Y también sospechaba que cuanto más interés mostrara yo por aquellos rumores, mayores iban a ser sus reticencias.

—¿Sabes que aquí, o en otra taberna parecida, la de Picalagartos, transcurren la tercera y la última escena de la obra? Imagínate apoyados aquí mismo, en esta barra mugrienta, a Enriqueta la Pisa Bien y a ese borracho que no decía más que dos palabras... A ver si las recuerdas.

Aquel juego de adivinanzas comenzaba a cansarme. Se llevó una mano a la cabeza, en ademán de quitarse un sombrero imaginario, pero sus acertijos y sus gestos de mimo habían dejado de interesarme hacía un buen rato. Le miré retadora, como si hubiese encontrado la pregunta a la que ya no podría responderme con otra nueva pregunta:

—¿Qué se dice por ahí, que me he acostado con el decano?

—¡Cráneo previlegiado! —contestó con sorna, mientras repetía a la inversa el mismo gesto que había hecho con anterioridad.

—Pues si es eso, te diré que hago con mi cuerpo y con mi vida lo que me da la gana. Faltaría más.

—Faltaría más —repitió, imitando mi tono de voz—. Solo serías una más en su larga lista. Nuestra vida es un círculo dantesco. Rabia y vergüenza.

Reconocí cuáles de aquellas palabras no eran suyas, aunque se las había apropiado con naturalidad, como si pretendiera esconder tras ellas sus sentimientos. Pero ni en el tono neutro con el que había pronunciado unas, ni en el más enfático que había dado a las otras, aprecié ningún asomo de rencor o de sarcasmo. Después de varios años sobre el escenario, Marcos tenía la dicción demasiado educada, o demasiado viciada, y era capaz de dominar sus gestos y las inflexiones de su voz para que no llegaran a reflejar sus emociones. Pensé que estaba esforzándose por aparentar una indiferencia que en el fondo no sentía, y que sus dos últimas frases, tan oportunamente elegidas, actuaban como un velo tras el que ocultaba sus propios sentimientos. El juego de los acertijos se había transformado en un juego de máscaras, mucho más adecuado a sus habilidades de actor. Definitivamente, Marcos usaba la literatura no solo para protegerse, para confundir y ocultarse tras ella, sino también para atacar, y por un instante preferí creer que con las palabras de Max Estrella estaba enmascarando sus celos.

Pagué la ronda y continuamos caminando hasta el paseo del Prado, desde donde pensé que tomaríamos la dirección del Retiro, pero no recordó o no quiso recordar que había prometido enseñarme aquel árbol de tan extraña leyenda que no había llegado a incluir en su clasificación botánica y que, según me dijo, tenía mucho que ver conmigo. Seguimos adelante y, ya próximos a Cibeles, se puso a recitar las acotaciones del acto décimo. Mientras mis pensamientos iban y venían por aquella máquina de airear secretos que eran los pasillos de la facultad, le oí hablar, como desde lejos, de mozuelas pingonas y de viejas pintadas como caretas, de lunas luneras, de patrullas de caballería y de perfumes primaverales de lilas. Comprendí que Marcos había vuelto a encerrarse en el interior de su mundo de ficciones, dentro del cual la realidad carecía de interés y sentido. Y quizá yo formaba parte también de ese decorado exterior al que, de cuando en cuando, se asomaba con indiferencia o, como mucho, con curiosidad. Sin embargo, de pronto se paró frente a mí, me agarró por la cintura y dijo mientras me abrazaba:

—Tócame. Estoy muy dura.

Le miré estupefacta, temiendo que quisiera hacerme revivir, en plena calle, aquella escena del acto cuarto de *La Celestina* y, llevada más por la nostalgia que por el deseo, dejé que me estrechara contra él, a la espera de que se transformase en

Calisto y me susurrara al oído sus dulces arrumacos. Pero la magia no era la misma, faltaban la complicidad del público y el hechizo del escenario, y antes de oír su aséptica aclaración supe que se encontraba a mucha distancia de aquella escena y a mucha más distancia aún del adorable pellejo de Calisto.

—Acto décimo. Son palabras de la Lunares, a las que Max le responde: ¡Un mármol!.

Sonreí sin ganas y reconocí que su fijación por Max Estrella, que ya me resultaba empalagosa, no era mucho mayor que mi propia fijación por aquella escena de *La Celestina*, que él seguramente tendría ya muy olvidada. Le dije que, puestos a elegir entre unas y otras durezas, o entre unos mármoles y otros, prefería los del verso de Garcilaso porque esa escena me traía mejores recuerdos, y mis palabras parecieron actuar como un sortilegio que ahuyentó momentáneamente todas las distancias que se habían ido interponiendo, a lo largo de aquel paseo, entre los dos.

La plaza de Cibeles estaba cortada al tráfico y acordonada por una barrera de policías a caballo y furgonetas de antidisturbios que, más que proteger a la diosa, parecían asediarla. Oímos a lo lejos un ruido de tumulto y recordé entonces que había convocada para esa tarde una manifestación de estudiantes. Mientras atravesábamos la plaza, recordé la carta del tarot que, según Erinia, tenía mucho que ver con mi futuro, y pensé que tal vez la diosa no solo llevaba las riendas de los leones, sino también las de mi propio destino.

Seguimos avanzando Recoletos arriba y frente a la Biblioteca Nacional, junto a la estatua de Valle-Inclán, nos detuvimos. Allí parados y quizá avergonzándonos en el fondo de nuestro papel de espectadores, volvieron a invadirme las mismas sensaciones que había sentido unos días antes en la facultad. La única diferencia era que esa mañana me había quedado en la puerta del salón de actos y ahora me encontraba en medio de un paseo, aunque a la misma distancia y en la misma tierra de nadie. Viendo pasar aquella lenta riada que se desgañitaba gritando contra la subida de tasas, volví a sentirme confusa y ruin al mismo tiempo, como si asistiera a un espectáculo ajeno con el que me solidarizaba para mis adentros pero cuyas reivindicaciones ya no formaran parte de mi mundo.

—¿Nos apuntamos? —sugirió Marcos—. Seguro que nos encontramos por ahí a Alfonso y a Sandra, como buenos abetos gregarios que son.

Le respondí que no, que aquel largo paseo me había dejado agotada y que lo último que me pedía el cuerpo era meterme debajo de los caballos de los antidisturbios. Pensé en Alfonso Rivas y en Sandra Valero, a los que no había vuelto a ver desde la cena de despedida, y supuse que a Marcos tampoco le apetecería encontrarse con ellos. Al fin y al cabo, habían rivalizado con nosotros en el reparto y después, unidos por el papel de criados con el que habían tenido que conformarse, la complicidad entre ellos había ido aumentando mientras que, al mismo tiempo, habían ido alejándose no solo de nosotros sino también de todos los demás compañeros del grupo.

—Lo decía porque podría ser una forma de liberar agresividad —aclaró Marcos sarcástico—. Quiero decir que mientras ponemos verde al ministro, por lo menos no nos despellejaremos el uno al otro.

Se volvió hacia la estatua de Valle-Inclán, hizo una exagerada reverencia, le besó los botines con la misma unción con que habría besado los pies de cualquier santo en una iglesia, y luego pronunció una frase de Zaratustra que enseguida reconocí, y que volvía a fundir la realidad con la ficción, igual que dos planos que se superpusieran en una sola imagen tan irónica como sombría:

—¡Está buena España! —Los dos nos quedamos durante unos instantes mirando fijamente a la estatua, como si a través de ella fuéramos a escuchar la voz de algún oráculo.

Sin saber muy bien qué hacer ni adónde ir, seguíamos allí como paralizados, viendo pasar la manifestación y quizá arrepintiéndonos de no estar en el lugar donde debíamos. Por eso, y para no prolongar más la situación, decidí volver al asunto que en aquellos momentos me importaba mucho más que las tasas.

—¿Es que no piensas decirme lo que van contando de mí por ahí?

Me miró decepcionado, como reprochándome hasta dónde era capaz de llegar en mi propio egoísmo:

—Nada que tú no sepas ya, o que no te imagines —respondió—. Habría que estar más ciego que Max Estrella para no verlo.

Me abrazó de repente, aunque fue más bien la horma de un abrazo lo que sentí, un frío gesto de despedida en el que apenas llegué a notar el roce de sus manos en mi espalda. Después hizo otra reverencia a la estatua de Valle-Inclán, avanzó con paso decidido hacia la turba de los manifestantes y se perdió entre ellos calle abajo. Estuve tentada de seguirle, pero me quedé allí, otra vez sola y confusa, como si estuviera viendo pasar un tren desde un andén equivocado.

35

Vivía con la desconcertante sensación de haber perdido las coordenadas más elementales de mi vida y era como si, al perderlas, se hubiese alterado el orden de mis prioridades. Al mismo tiempo parecía haberse alterado mi forma de percibir la realidad y lo veía todo como distorsionado, desde una perspectiva en la que lo imaginario y lo real se fundían dentro de mi mente en una sucesión de imágenes tan inquietantes como absurdas. La falta de sueño también venía a acentuar ese estado casi de sonambulismo que me llevaba a contemplarlo todo como a través de algún espejo del callejón del Gato.

Por eso aquella noche, cuando ya medio adormilada en el sofá escuché al teléfono la voz de Daniel Carvajal diciéndome que había llegado, por fin, el momento de volver a Sigüenza, la noticia me cogió desprevenida y necesité unos segundos para comprender el verdadero sentido de sus palabras. La cita, según me dijo, era a las once del día siguiente en el Seminario Mayor, y con esa seguridad de quien creía que el mundo giraba en torno suyo, añadió que si quería acompañarle me recogería a las nueve en la puerta de mi casa. Me costó convencerle de que en ese viaje también debía acompañarnos Ricardo, aunque finalmente aceptó. Enseguida llamé a Ricardo pero, después de varios intentos inútiles, tuve que conformarme con dejarle un mensaje en el contestador. Volví a llamarle por la mañana, poco antes de las nueve, pero no tuve mejor suerte. No había vuelto a saber nada de él desde nuestro encuentro en mi casa y su silencio comenzaba a resultarme más que preocupante. Pensé que aquel viaje, después de tanto tiempo deseándolo, llegaba en el momento más inoportuno, cuando a Ricardo parecía habérselo tragado la tierra.

Apoyado sobre un lujoso coche negro, Daniel Carvajal estaba esperándome junto a otro hombre al que me presentó como su amigo Sebastián Olivares, vicesecretario de algo en el Ministerio de Cultura, además de asesor y buen amigo del subdirector general de Patrimonio. Un cargo perfecto, pensé mientras le saludaba; un cargo que seguramente le proporcionaba mucho poder y pocas responsabilidades. Parecía algunos años mayor que Daniel, o al menos las entradas de una calva incipiente y una poblada barba contribuían a darle un aspecto más avejentado.

Noté que en el coche, mezclado con la fragancia del ambientador, había un agradable olor a loción fresca y no pude evitar fijarme en la pulcritud de los cuellos de sus camisas, en el corte impecable de sus trajes: más convencional y discreto, de un color gris marengo con corbata azul marino el de Sebastián Olivares, que había incorporado a su forma de vestir el aire anodino y opaco de su despacho ministerial. Carvajal, por su parte, aunque esta vez no había renunciado a la corbata, llevaba el mismo traje de tonos crudos que recordaba haberle visto en El Escorial, lo cual me hizo suponer que ese era el traje que le gustaba ponerse para las misiones difíciles. Le pregunté si habían descubierto el paradero de los libros y le vi girarse hacia mí mientras introducía su mano en el bolsillo interior de su chaqueta.

—¿Recuerdas esto? —Me entregó un papel donde estaban escritas las palabras *Dux español* y, bajo ellas, unas cifras que supuse eran las mismas que yo había visto en el libro de registro de la biblioteca del Palacio Arzobispal—. Puede que ahí esté la clave de lo que buscamos.

Volví a leer aquellas dos palabras tratando de encontrarles algún significado y me quedé a la espera de alguna explicación con la que, sin embargo, no estaba dispuesto a complacerme todavía:

—No seas impaciente, lo que hay que saber ya lo sabrás a su tiempo. Ni siquiera nosotros tenemos la seguridad de que estas palabras y estos números nos vayan a conducir a donde quisiéramos. Pero si son ciertas nuestras sospechas, casi todo el mérito habrá sido de Sebastián. No solo lo ha coordinado todo, sino que se ha pasado los últimos días consultando libros y documentos en el Archivo Provincial de Guadalajara.

—Tampoco exageres, yo solo le he echado un poco de imaginación. Si esos libros aparecen, el mérito habrá sido de todos los que nos allanaron el camino, y sobre todo se deberá a ese tal Néstor Hervás. —Me miró por el retrovisor mientras se rascaba la barba y en esa mirada furtiva comprendí que había un poso de agradecimiento hacia mí y hacia todos los que, antes o después que yo, habían contribuido a allanar ese camino.

—Debió de ser un tipo muy singular ese Hervás —apuntó Daniel.

—Seguro que sí —afirmó Sebastián—. Fue un hombre que vivió solo por y para los libros. Salvo el tiempo que le dedicaba a sus clases, el resto se lo pasaba encerrado en la biblioteca, y según cuentan se sabía de memoria a Dante, a Virgilio, a Homero y a autores así. En uno de los artículos que escribió para una de esas revistuchas de la Falange, explicaba que el paraíso terrenal, si de verdad existió alguna vez, no podía ser un jardín como el que describe la Biblia, sino una gran biblioteca, y el árbol de la ciencia del bien y del mal eran las estanterías de donde podía cogerse el fruto que daban los libros: la sabiduría.

—Una teoría muy razonable, aunque parece más propia de un humanista que de un cura de pueblo. —A pesar de que yo permanecía muy atenta a la conversación, no fui capaz de discernir si en las palabras de Daniel Carvajal había admiración o desprecio—. Y según eso, la manzana de Eva no habría sido en realidad una manzana, sino un libro...

—Un libro, sí, pero no uno cualquiera, sino algún libro prohibido. Una de esas obras heterodoxas o esotéricas que no convenía airear demasiado. Un libro que haría perder la inocencia a quien lo leyese y le llevaría a caer en el pecado original. Saber más de la cuenta: ese era el verdadero pecado. Hay que reconocer que Néstor Hervás, por muy falangista y cura que fuese, cuando no le salía la vena antimarxista estaba lleno de grandes ideas. Era la persona ideal para saber apreciar el valor de unos libros como los que buscamos.

—A mí me parece que lo que hay en la vida de ese hombre es mucha leyenda.

—Hay mucha leyenda, sí, pero no solo sobre su vida, también sobre su muerte. La escena de su fusilamiento puede que no sea más que otra leyenda, y lo que después pudiera ocurrir con su cadáver, lo mismo. Unos cuentan que lo enterraron en una fosa común, otros que lo quemaron en algún descampado, y hay quienes aseguran que le dieron una sepultura mucho más digna en la catedral, pero a saber...

Escuché con interés aquellas últimas palabras de Sebastián e imaginé que Ricardo, sin saberlo, tal vez había intentado besarme sobre la tumba anónima de Néstor Hervás, y pensé que si los huesos de aquel hombre habían acabado de verdad bajo el suelo de la catedral, no podían haber hallado un destino mejor. Él, que había sido, según todos los que le conocieron, el mejor bibliotecario y posiblemente también el guardián de nuestros libros, podía haber sido enterrado muy cerca de otro guardián, mucho más noble y antiguo, al que habían inmortalizado con un libro de alabastro entre sus manos. Y emocionada ante esa posibilidad, por un instante se me ocurrió que las palabras *Dux español*, en aquella insólita cadena de azares, quizá tuviesen algo que ver con el Doncel.

—Demasiadas leyendas —concluyó Daniel, interrumpiendo el vuelo de mis pensamientos—. Esperemos que esos libros no acaben siendo también una leyenda.

—Por lo menos habremos hecho todo lo que estaba en nuestras manos. En el peor de los casos no habremos perdido más que un poco de tiempo.

—Eso también es verdad. Bien se ve que a ti te sobra mucho tiempo en el ministerio. ¿Y tú, estuviste el otro día en la manifestación? —La pregunta de Daniel Carvajal, que parecía muy interesado en que no me quedara al margen de la conversación, iba dirigida a mí y de pronto me sentí como si tuviera que buscar precipitadamente alguna coartada.

—La vi pasar cerca de Cibeles, pero no, no estuve —contesté, mientras el recuerdo de Marcos Villarrubia acudía a mi memoria.

—Mejor así. En tu situación no te conviene meterte en líos. Ya sabrás que hubo un muerto y un montón de heridos.

—¡Un muerto! —exclamé horrorizada, y no pude evitar que mis pensamientos saltaran de Marcos a Ricardo, como si los dos pudieran haber entrado de golpe en alguna diabólica ruleta de desgracias.

—Un pobre estudiante de Derecho —aclaró Daniel, sin ningún rastro de compasión en su voz.

Suspiré con alivio y al instante me avergoncé por no haber acompañado a Marcos en la manifestación, por no haber elegido el bando de las víctimas sino el de los verdugos.

—Ya sabes lo que suele decirse en estos casos —intervino Sebastián—. Hubo un disparo al aire y ese muchacho tuvo la mala suerte de pasar por ahí...

—Nos van a salir muy caras esas movilizaciones. Pero lo peor de todo es que ahora los estudiantes tienen ya un mártir al que aferrarse.

—Lo peor de todo no es eso —replicó Sebastián, que llevaba el volante agarrado con su mano izquierda mientras la derecha no dejaba de moverla alternativamente entre su barba y la palanca de cambios—. Lo peor es que tenemos la memoria demasiado frágil y ya no nos acordamos de cuando nosotros éramos como ellos y hacíamos lo mismo que ellos.

—Qué tendrá que ver, Sebastián, qué tendrá que ver. De todas maneras, el tiempo nos va cambiando y eso ni nosotros ni nadie puede evitarlo.

Mientras yo continuaba pensando en Ricardo, siguieron discutiendo sobre esas y otras cuestiones parecidas, que para ellos suponían desenterrar antiguos fantasmas o abrir viejas heridas, y poco a poco me fui sintiendo desplazada de una conversación a la que yo no tenía mucho que aportar. Como ya me había ocurrido otras veces, me sentí viajando en el furgón de cola de un tren que siempre conducían otros. Sobre los escenarios me había acostumbrado, durante años, a ser protagonista, pero fuera de ellos parecía relegada siempre a un discreto papel de espectadora. De pronto Daniel, que de cuando en cuando se giraba para mirarme de reojo, como si quisiera asegurarse de mi presencia en el coche, decidió dar por finalizada aquella conversación en la que yo no estaba muy dispuesta a participar.

—Por cierto, ¿no iba a venir tu amigo Ricardo?

En vano traté de deducir, por el tono neutro de su voz, si en aquella pregunta había decepción, interés o simple curiosidad. Le dije todo lo que sabía sobre Ricardo, y tardó unos segundos en responder:

—Casi mejor que no haya venido.

Le vi mirar distraídamente por la ventanilla y luego reanudó la conversación que pocos momentos antes él mismo había interrumpido. De nuevo Sebastián y él volvieron a enzarzarse en una discusión de la que, una vez más, me sentí desplazada. Además, comenzaba a notar que mis neuronas no solo trabajaban con lentitud y torpeza, sino que se movían también en una dirección contraria a la de la conversación.

Entonces pensé en Marcos Villarrubia y eché de menos aquellos mundos suyos que estaban siempre al borde de la literatura y como aislados dentro de una burbuja que los volvía inmunes a las turbiedades de la realidad. En aquellos momentos me pareció que su reino, el de Marcos Villarrubia, era una especie de limbo en el que era posible sentirse protegida, un territorio incontaminado que tenía siempre un pie puesto en la ficción y donde no tenían sentido las ambiciones, ni los engaños ni las mordeduras de la culpa.

Tras bordear Guadalajara noté que Daniel Carvajal volvía a distanciarse de la discusión y fingía otra vez un interés excesivo por aquellos paisajes de cerros erosionados en cuyas laderas se abrían cárcavas violentas y donde a lo lejos, difuminada entre la neblina, se divisaba la cumbre azulada del Ocejón. Me pareció que estaba a punto de preguntarme algo para variar el rumbo de la conversación cuando Sebastián Olivares, empeñado en dar vueltas a la misma noria, mientras se acariciaba lentamente la barba insistió con un deje melancólico:

—¿Sabes lo que pienso algunas veces cuando me miro al espejo? Que no me reconozco, supongo que a ti te ocurrirá lo mismo. Y eso es lo peor que podía pasarnos. Aunque ya no nos queramos acordar, nos creció la barba en las manifestaciones y en las asambleas, y mira cómo andamos ahora, quedándonos calvos y echando barriga en los despachos.

—Eso lo dirás por ti —dijo Daniel, con una sonrisa zumbona.

—Lo digo por mí y por nuestra generación, aunque tú, por lo menos lo del pelo y lo de los kilos lo llevas con mucha dignidad todavía. Pero vas por el mismo camino, te acabarán saliendo raíces en los despachos, ya lo verás.

—A lo mejor lo único que ocurre es que nos estamos haciendo viejos.

Los ojos vivarachos de Sebastián volvían a observarme fijamente desde el espejo, como a la espera de que yo confirmara o rebatiera sus razonamientos, pero me limité a mirarles a ambos con curiosidad, sorprendida por el tono de desencanto que empezaban a adquirir sus palabras.

—O a lo mejor es que empezamos a estar un poco aburridos. O anestesiados, no sé. Puede que nos hayamos vuelto más cómodos. O puede que lo que de verdad necesitemos sea meternos en una centrifugadora para que nos devuelva la ilusión que teníamos y nos devuelva también, de paso, el pelo que hemos perdido por el camino, por lo menos algunos. —Se acarició la calva en un gesto autocompasivo y luego su mano se posó sobre la barba, como para hacer más visible el contraste.

—Cuando te pones pesimista no hay Dios que te aguante. —Daniel le miró como escudriñándole, y luego desvió la mirada hacia los encinares por entre los que discurría la carretera—. A mí lo que me parece es que el ministerio te está sentando fatal. A lo mejor lo que necesitas es una mujer.

—Ya tuve bastante con una.

—Pues no te vendría mal repetir. Yo creo que te alegraría un poco la vida.

—O me la amargaría otra vez, quién sabe. —Por el retrovisor vi a Sebastián mirándome con cierto pudor por haber dejado al descubierto ante mí algunas miserias de su vida, pero para demostrarle que no estaba interesada en ellas, saqué del bolso mi pequeño neceser y me entretuve pintándome distraídamente los labios.

A aquellas alturas ya había comprendido que aunque estuviesen de acuerdo en lo esencial, los dos se empecinaban en prolongar aquella discusión que a mí solo me servía para comprobar el abismo que había entre mi generación y la suya. Pensé que en realidad nosotros no éramos el furgón de cola del tren donde ellos viajaban, sino que íbamos en trenes diferentes. Ellos ocupaban los vagones de cabeza de un tren al que nosotros no habíamos llegado a tiempo de subirnos, y desde allí habían luchado por un sistema que, al final, había acabado fagocitándolos y convirtiéndolos en dóciles piezas de sus engranajes. Quizá en un proceso de simple evolución natural, las fieras que un día llevaban dentro habían sido domesticadas y sus antiguas garras habían quedado reducidas a uñas inofensivas, limadas por una perversa manicura. Las barricadas de entonces se habían transformado para ellos en mesas de lujosos despachos, desde donde desplegaban sus tentáculos y urdían las redes de sus oscuras maquinaciones. Y tras esas mesas vivían atrincherados, aunque no ya para luchar contra nada o contra nadie, sino más bien para sentirse protegidos. Ellos, con su ilusión o con su esfuerzo, nos habían abierto muchos caminos a quienes veníamos detrás, aunque ahora, desde su situación privilegiada, tenían también la potestad para convertir esos senderos en un peligroso campo minado. Su verdadero problema, si es que tenían alguno, era que el mundo por el que habían luchado no estaba a la altura de sus sueños; o lo que era aún peor, ahora que tenían el poder no lo usaban para cambiar la realidad sino para satisfacer ruinmente sus propias ambiciones.

Como si pretendieran escenificar ante mí su descontento, aún continuaron discutiendo durante un buen rato hasta que por fin, a lo lejos, aparecieron las torres de la catedral.

36

Con el presentimiento de que Néstor Hervás, y con él probablemente los libros, estarían enterrados en algún lugar de la catedral, supuse que nos dirigiríamos hacia allí, pero Sebastián Olivares se detuvo en mitad de la cuesta y aparcó frente al Seminario Mayor. Los tres nos quedamos mirando aquella fachada que, aunque contigua a la del Palacio Arzobispal, era menos suntuosa y presentaba un aspecto bastante más deteriorado. El primer cuerpo de la fachada era un alto zócalo rojizo de losetas nuevas de piedra arenisca, pero el cuerpo superior, enlucido de un color sucio y terroso, tenía numerosos desconchones que evidenciaban cierto abandono, mucho más visible en las molduras cuarteadas o en los cristales rotos de algunas ventanas. Sobre la puerta principal había una larga inscripción en latín, tomada del Eclesiastés, que hablaba de ciencia, de prudencia y de sabiduría, aunque a pesar de mis esfuerzos no conseguí traducirla.

—«El temor del Señor es la santificación de la ciencia» —aclaró Carvajal, decidido a sacarme de dudas—. «La sabiduría reparte la ciencia y la prudente inteligencia, y acrecienta la gloria de quienes la poseen».

Agradecí su cortesía y, mientras repetía mentalmente aquellas últimas palabras, pensé que Marcos Villarrubia, si hubiera podido leerlas, seguro que se habría acordado de Max Estrella y no habría tenido reparos en afirmar que a algunos la sabiduría les sirve para acrecentar su gloria pero a otros solo les sirve para morirse de hambre ante las puertas de su casa. Las de aquel seminario, que antaño había sido universidad y templo de sabiduría, se encontraban abiertas de par en par y, aunque próximo a la entrada había un cuarto con aspecto de recepción o de oficina, se encontraba vacío. En uno de los extremos del amplio y oscuro vestíbulo, un par de albañiles se dedicaban, indolentes, a la tarea de levantar las baldosas del suelo. Al fondo, entre varios montones de escombros, arena y cemento, una sobria pero elegante y sólida escalera, con peldaños de losetas y pasamanos de mármol, era el único vestigio que parecía recordar la dignidad que aquel edificio habría tenido en otros tiempos.

Antes de entrar, y como aún faltaban unos minutos hasta la hora de la cita, Sebastián sugirió que había llegado el momento de tomar un café. Tenía la costumbre de tomarse cuatro o cinco diarios, confesó, y ya comenzaba a echar en falta su ración matinal de cafeína. A mí, que con las prisas apenas había tenido tiempo de tomarme un vaso de leche fría, la idea se me antojó de lo más reconfortante, pero Daniel, como para demostrarnos que no estaba dispuesto a ceder ante nuestras debilidades, se limitó a dar un paso adelante y los dos le seguimos.

Ante la mirada indiferente de los dos albañiles, nos quedamos allí a la espera de que alguien saliera a recibirnos; pero transcurrieron unos minutos sin que nadie apareciese. Sorteando escombros, Daniel avanzó hasta el pie de la escalera y Sebastián le acompañó. Junto al recio pasamanos de mármol, los dos se pusieron a hablar en voz baja mientras yo me entretuve mirando unas orlas que había enmarcadas en las paredes. En ellas estaban fotografiados los seminaristas de las promociones más recientes y lo que más me sorprendió fue que, a medida que se sucedían las promociones, el número de fotografías iba decreciendo gradualmente. Entonces recordé lo que nos había dicho el obispo la última vez: que había algo que condenaba a algunos lugares a una forma de destrucción mucho peor que la de las bombas, y comprendí que el verdadero problema de aquel edificio consistía en que, con el transcurso de los años, se le habían ido quedando demasiadas aulas y demasiados pupitres vacíos.

Un hombre de apariencia taciturna, con el mismo aspecto destartalado y sombrío de todo el edificio, apareció en el rellano superior de la escalera y desde allí nos hizo gestos con la mano para que subiéramos. Por un instante la enjuta silueta de ese hombre me resultó vagamente familiar, aunque enseguida comprendí que no era la silueta, sino la propia escena, la que recordaba haber contemplado muchas veces, y con protagonistas distintos, en mis sueños.

Ya arriba, tras disculparse por las obras y por el tiempo que nos habían hecho esperar, nos condujo por un largo y tétrico pasillo de zócalos desconchados y paredes que estaban pidiendo a gritos una buena mano de pintura. A izquierda y derecha se veían las puertas, algunas ya desvencijadas, de esas aulas que con el paso de los años habían ido quedándose vacías. A medida que avanzábamos por el corredor en penumbra y por aquel suelo de baldosas que tableteaban a nuestro paso, me invadía la seguridad de que nos adentrábamos en un mundo clausurado, y el hombre que nos guiaba tenía también cierto aspecto de reliquia, tenía el aire de una antigua estirpe que, como la de Néstor Hervás, estaba condenada a extinguirse.

Al final, en un recodo del pasillo, nos topamos con un despacho muy austeramente decorado, donde dos hombres se levantaron a recibirnos. Uno de ellos se presentó como Ginés Sandoval, el director del seminario, y el otro, al que ya conocía, no se presentó por su nombre sino por su cargo, como si de ese modo quisiera subrayar su autoridad: era Santos Aguirre, el secretario del obispo, cuya presencia allí, después de nuestro breve encuentro en el Palacio Arzobispal, me resultó muy poco tranquilizadora. Con ese gesto lánguido y distante que yo ya conocía, Santos Aguirre dejó que su mano fuera pasando muy blandamente entre las nuestras, mientras que Ginés Sandoval nos las asió con firmeza y tal vez con la ansiedad de quien sabía que esas manos traían para él alguna clase de esperanza.

Tras saludar a mis dos acompañantes con cierta familiaridad, el director reparó en mí y me dirigió una sonrisa entre benevolente y curiosa, por la que deduje que me consideraba poco más que una chica de compañía. Por eso, en cuanto le oí intercambiar con Daniel Carvajal las primeras frases, que me parecieron la continuación de algún diálogo que habrían mantenido ya por teléfono, comencé a preguntarme si el sentido de mi presencia allí no sería, en verdad, el de un objeto decorativo, tan superfluo como la carpeta de piel que Sebastián Olivares acababa de dejar sobre la mesa. Incluso llegué a pensar que entre ellos habrían llegado ya a alguna clase de acuerdo del que yo me sentía, por el momento, excluida.

—Llevamos un buen rato dándole vueltas al asunto —dijo Ginés Sandoval mientras miraba alternativamente a Sebastián y a Daniel, quizá sin tener aún muy claro sobre cuál de los dos recaía la mayor autoridad en aquella extraña delegación que formábamos—; pero no nos parece que tenga demasiado fundamento lo que ustedes sugieren.

—Ustedes llevarán un buen rato —puntualizó Daniel con su voz fría y serena, que anunciaba siempre algún argumento irrebatible—, pero nosotros, es decir, la universidad por un lado y el ministerio por otro, llevamos algún tiempo investigando sobre ello. Y, como ya le dije el otro día por teléfono, tenemos sospechas más que fundadas de que esos libros pueden estar aquí.

Sebastián sacó un par de papeles de su carpeta y los colocó sobre la mesa. Uno de ellos era el que a mí me habían dejado leer en el coche, y del otro solo alcancé a ver que llevaba un sello del ministerio, y de pronto comprendí que, al citar a aquellas dos instituciones, a las que cada uno representaba, Carvajal acababa de ignorarme definitivamente. Y entonces supe, ya con toda certeza, lo que antes era solo una suposición: que yo era un elemento tan decorativo y prescindible en aquella reunión como el gran crucifijo que colgaba en la pared, sobre la cabeza del director. Tras leer con mucha atención aquellos dos papeles, Ginés Sandoval se los entregó al secretario, que se limitó a preguntar:

—¿Qué significan estas palabras y estos números?

Recordé las palabras *Dux español* y me habría gustado responder yo misma a aquella pregunta, entre otras razones para no sentirme como una convidada de piedra, pero tuve que conformarme con oírle a Sebastián una vaga explicación que, al menos para mí, no explicaba nada.

—Aunque Néstor Hervás pretendiera señalar algún lugar del seminario con esto que, según ustedes, es una clave o una contraseña, deben recordar que este edificio quedó casi destruido en el año treinta y nueve. —Objetó el secretario, con una expresión avinagrada—. Los pocos fondos bibliográficos que se salvaron fueron trasladados a la biblioteca del Palacio Arzobispal.

—Sabemos todo eso, pero el lugar al que parece remitir esa clave puede que, con un poco de suerte, se salvara del desastre. —Se hizo un silencio que Daniel prolongó a propósito y, cuando los demás aguardábamos impacientes el nombre del lugar, decidió darle un giro inesperado a la conversación—. Por cierto, ¿por qué están levantando las baldosas del vestíbulo?

Sorprendido por aquella pregunta, quizá porque la consideraba tan obvia como inoportuna, el director abrió las manos y las extendió como si pretendiera abarcar con ellas no solo los límites de su despacho, sino también los del resto del edificio.

—Aquí estamos siempre de obras, como ya habrán podido comprobar. Ese suelo se encuentra en un estado lamentable y hay que cambiarlo, igual que tantas cosas en este seminario. Desde hace más de cuarenta años los albañiles van y vienen por esta casa con la misma naturalidad que los seminaristas.

Las palabras de Ginés Sandoval me hicieron recordar los sillares desgastados de la catedral y pensé, como otras veces, en aquella luz de Sigüenza que, aliada con el aire, todo lo corroía. Era esa luz la que, sin duda, había dejado las huellas de su devastación en la fachada del Seminario Mayor; la misma que, al caer la tarde, enrojecía las piedras haciéndolas arder por fuera mientras por dentro las iba disolviendo de una manera lenta e inexorable; era la misma luz abrasiva que había carcomido los zócalos, había desencajado las baldosas y también había erosionado mi voluntad aquella noche en el parador. Pero después de haber visto las orlas del vestíbulo, volví a pensar que la verdadera carcoma del edificio muy poco tenía que ver con la luz. Y, como si hubiese estado escuchando mis pensamientos, el director continuó:

—El problema es que aquí no hay dinero para tantas obras. Y si lo hay, al menos a nosotros no nos llega. O nos llega con cuentagotas, que para el caso es lo mismo. Y detrás de todo eso, como podrán imaginarse, tenemos un problema mayor: que cada vez hay menos vocaciones. Y cada año que pasa la situación empeora.

—Ese sí es un problema preocupante, pero ahí nosotros poco podemos hacer —admitió Daniel, con un gesto que pretendía ser comprensivo—. No deja de ser una paradoja más de estos tiempos que vivimos: mientras nuestras aulas se llenan, las de ustedes se van quedando vacías.

—He leído en algún sitio —terció Sebastián— que aquí tenían capacidad para alojar por lo menos a trescientos seminaristas.

—Y así ha sido, en efecto, en otros tiempos. Pero ya habrán visto ustedes que la mayor parte de las dependencias están vacías. Hoy no tenemos más de un par de docenas y a ese ritmo, si Dios no lo remedia, esta casa acabará cerrándose. Tuvimos también un plantel de profesores que no tenía nada que envidiarle a su universidad. —Miró a Daniel sin envanecimiento, aunque con un resabio de orgullo que estaba también teñido de melancolía—. Pero hoy con media docena nos bastamos para sacar esto adelante. Precisamente acaban de conocer a uno de ellos, Ventura Casal, que es quien les ha acompañado hasta aquí. Quizá el mejor profesor de Filosofía y Teología que hemos tenido, después de Néstor Hervás, claro.

Recordé la silueta de Ventura Casal, tan desvencijada como las puertas del edificio, su cuerpo frágil fundiéndose como una sombra entre las sombras del pasillo, y pensé que había acertado al imaginármelo como el último superviviente de una estirpe en trance de desaparecer; un guardián, igual que lo había sido también Néstor Hervás, perdido entre las ruinas de un mundo que se desmoronaba; una víctima más de la luz corrosiva de Sigüenza, que todo lo sometía a su implacable mordedura.

—Si me permiten la interrupción —pese a sus formas educadas, las palabras del secretario no tenían el tono de quien se disculpaba por interrumpir, sino más bien el de quien se disponía a exigir una respuesta, y por eso, en vez de dirigirse a Ginés Sandoval, había clavado en Daniel unos ojos desconfiados—, ¿acaso las baldosas del vestíbulo tienen algo que ver con estos números?

Esgrimió uno de los papeles con un gesto que resultaba casi acusador, y mientras yo me quedaba mirando de nuevo aquellas enigmáticas cifras, también me hice la misma pregunta. Si esos números, por alguna misteriosa combinación, conducían a las baldosas, pensé que no era mal lugar aquel para haber ocultado los libros. Pero la explicación que había dado el director me había parecido no solo razonable sino, sobre todo, sincera.

—No exactamente —contestó Daniel, con el ademán tramposo de quien dejaba una carta sobre la mesa pero no tenía intención de enseñarla por completo—. Esos números llevan a otro lugar.

—A la escalera —aclaró Sebastián, quien tal vez azuzado por el aguijón de la cafeína que necesitaba, no parecía dispuesto a que la escena se prolongara por mucho más tiempo. Y ante nuestra perplejidad, Daniel alargó la mano para coger el papel con la misma satisfacción con la que habría cogido el comodín de una baraja, y señalando con su dedo índice las palabras *Dux español*, se apresuró a explicar:

—En realidad son estas dos palabras las que remiten a la escalera. Los números solo sirven para colocar cada una de las letras en el orden en que deben leerse. Pero eso es algo que Sebastián sabrá aclarar mucho mejor que yo.

El aludido se rascó la barba muy despacio, como si estuviese meditando la forma más adecuada de comenzar su explicación, luego miró a Daniel y tras recoger ceremoniosamente los papeles y volver a guardarlos en su carpeta, dijo:

—Yo creo que antes de dar ninguna explicación podríamos ir directamente allí para comprobarlo. Después, si no han fallado nuestros cálculos, me comprometo a dar todas las explicaciones que hagan falta mientras nos tomamos un café.

Todos aceptaron de buen grado su sugerencia y nos encaminamos hacia el lóbrego pasillo por donde me imaginé que tantas veces habrían resonado, en otros tiempos, los pasos de Néstor Hervás. Cuando llegamos al rellano de la escalera me detuve un instante, recordé de nuevo a la mujer de mi sueño con su larga cabellera movida por la brisa, y entonces eché de menos mi rizada melena de Melibea mientras, al mismo tiempo, me invadía una sensación que no supe si era de protección o de amenaza. Descendí despacio, haciendo resonar mis tacones sobre los peldaños de mármol y, una vez reunidos abajo, Daniel se aproximó de nuevo a la escalera, alzó su pierna derecha y dejó apoyado el pie sobre el segundo peldaño, en un gesto que me recordó al de esos cazadores que pisan a su presa después de abatirla.

—¿Peldaño dos o peldaño cuatro? ¿Qué te parece si empezamos por el cuarto? —Miró a Sebastián y, tras su gesto de asentimiento, se dirigió luego a Ginés Sandoval—. Vamos a necesitar alguna herramienta. Con un martillo y un cortafríos creo que será suficiente.

Todos nos volvimos hacia los dos albañiles que, ajenos a nosotros, continuaban desembaldosando uno de los rincones del vestíbulo. Y poco después, tras unas breves instrucciones de Daniel, los dos hombres se pusieron a la tarea. Las losetas horizontales de los peldaños, de apenas dos dedos de grosor, no eran demasiado pesadas, y estaban apoyadas sobre otra pieza vertical de mármol que actuaba como soporte. Con golpes firmes pero suaves, fueron introduciendo el cortafríos en la juntura de ambas piezas, mientras los demás, en torno a ellos, les mirábamos expectantes. Unos minutos después la loseta horizontal comenzó a despegarse. Cuando por fin la levantaron, lo único que vimos fue el armazón de ladrillos sobre el que la cubierta de mármol se apoyaba.

Daniel y Sebastián se miraron sin decepción ni sorpresa, como si estuviesen ya prevenidos ante lo que iban a encontrar, y enseguida, tras una indicación de Daniel, los dos hombres repitieron la misma operación en el segundo peldaño. Unos minutos después, mientras alzaban la nueva loseta, tuve la extraña sensación de que era la lápida de una tumba lo que levantaban y me sentí como si estuviésemos cometiendo alguna clase de profanación o como si allí, ante nuestros ojos, estuvieran a punto de aparecer los restos momificados de algún cadáver. Los albañiles colocaron con cuidado la lámina de mármol sobre el suelo y desde mi posición, que era la más retrasada, solo alcancé a ver una manta en el interior del nicho que había quedado al descubierto.

Todos contuvimos la respiración mientras Daniel y Sebastián sacaban aquel fardo de allí y lo depositaban en el suelo con la misma delicadeza que si se tratara de un cuerpo vivo.

En medio de un silencio casi reverente, desliaron la manta y aparecieron ante nuestros ojos unos cuantos volúmenes, algunos bastante deteriorados y con huellas de quemaduras en sus cubiertas. Vi a Sebastián y a Daniel abrazarse entre exclamaciones de júbilo, y luego a los cuatro, entre el asombro y la curiosidad, hojeando y manoseando los libros mientras yo, en esos momentos, solo fui capaz de recordar a don Ramiro, cuyo sueño se veía por fin materializado sobre aquella manta raída, y después a Ricardo, cuya ausencia me golpeó de repente como una violenta bofetada.

Pensé que aquellos doce libros, junto con *Las lágrimas de Belisa*, no eran un botín demasiado generoso, pero tenían el valor incalculable de los pecios rescatados de un naufragio. Y al igual que esos pecios, tenían una apariencia mohosa pero a la vez rutilante, parecían irradiar ese brillo frágil y desamparado de las cosas que se encuentran fuera de su tiempo. Y mientras contemplaba sus cantos, que aún conservaban restos de esmalte dorado, pensé que cobraba sentido el número doce, la primera de las cifras de la contraseña que había dejado escrita Néstor Hervás en la primera página del libro de registros. Aquel largo y misterioso vacío del que don Ramiro nos había hablado tantas veces se llenaba ahora de nombres sonoros y desconocidos que Daniel Carvajal pronunciaba con voz ilusionada y cantarina: Rodrigo Cervera, Martín López Acuña, Juan de Pisuerga... Nombres y títulos que, como fogonazos, venían a iluminar fugazmente con un leve chisporroteo el aire enmohecido del Seminario Mayor.

Ajeno por completo a mis emociones y a mis pensamientos, Daniel le dedicó unas palabras de elogio a Néstor Hervás ensalzando su inteligencia, su coraje y el gesto de generosidad que había tenido antes de ser tan bárbaramente ejecutado, y luego se deshizo también en elogios a Sebastián, que con tanto tino había sabido interpretar, cuarenta años después, su mensaje. De pronto, en el rellano de la escalera, sigilosa y recortada entre la penumbra, vi aparecer la silueta de Ventura Casal, como recién surgida de entre las brumas de un mundo que llevara ya muchos años extinguido. Y por un momento se me antojó que a través de él era el propio Néstor Hervás quien nos estaba observando, como si hubiera decidido reencarnarse para participar de nuestra alegría. Más que el último superviviente de un mundo naufragado, la de Ventura Casal se me aparecía ahora como una figura espectral que allí, quieta y silenciosa sobre el rellano, volvió a recordarme a la mujer de mis pesadillas.

—¿Qué te pasa? No pareces muy contenta.

Daniel Carvajal se había vuelto hacia mí y había puesto uno de los libros entre mis manos. Me habría costado mucho hacerle comprender que mi estado de ánimo en esos instantes era imposible definirlo con ningún adjetivo, porque con la alegría se mezclaban dentro de mí un temor supersticioso y un sentimiento de gratitud infinita por todos los que habían contribuido, cada uno a su modo, a hacer posible aquel milagro que teníamos ante nosotros. En uno de los extremos de esa cadena se encontraba Néstor Hervás, que parecía seguir mirándonos a través de los ojos de Ventura Casal, pero también estaban don Ramiro y el teniente Recarte, y con ellos sor Amalia y sobre todo Ricardo, cuyo recuerdo seguía pesando dentro de mí como una insoportable carga de remordimientos. Por eso preferí no responder a su pregunta y me limité a acariciar el canto dorado del volumen que él había dejado entre mis manos.

—Creo que ha llegado el momento de tomarnos ese café —propuso Sebastián y, de repente, por la expresión torva y pensativa de Santos Aguirre, que había permanecido en silencio hasta entonces, intuí que aún iba a aplazarse no solo el café, sino también nuestra alegría.

—Antes deberíamos dejar resuelto un asunto importante —advirtió el secretario, y mientras los tres le mirábamos con desconfianza, juntó las yemas de sus dedos manteniendo separadas las palmas, en un gesto que tenía algo de oferente y con el que parecía disponerse a entonar alguna oración—. Debemos decidir el destino que ha de darse a estos libros.

—Ese destino, si usted nos lo permite, ya está decidido —proclamó Daniel con firmeza mientras miraba a Ginés Sandoval como buscando su conformidad—. La universidad se hará cargo de ellos.

—Dadas las circunstancias y el sitio donde han aparecido —dijo el secretario, mientras extendía los brazos como para abarcar con ellos toda la anchura del vestíbulo—, es evidente que deben considerarse propiedad de este seminario y, en última instancia, de nuestro obispado. Además —prosiguió, cogiendo el libro que yo tenía entre mis manos y acariciando con su índice el canto dorado—, estos libros pertenecen a la Real Biblioteca del Monasterio de El Escorial, cuyo bibliotecario fue uno de nuestros hijos más ilustres, José de Sigüenza. Razón de más para que pasen a formar parte de nuestro patrimonio, o para que sean, en todo caso, devueltos al lugar de donde proceden.

La pausa que siguió fue breve pero suficiente para que se produjera un cruce de miradas en medio de las cuales vi a Daniel Carvajal dudar un instante. Y temí que en aquella duda anidara la sombra de una renuncia, pero enseguida, sin perder su aplomo y con esa habilidad que poseía para resultar hiriente con elegancia, replicó:

—Es cierto que esos libros salieron de El Escorial, pero ni eso ni el hecho de que José de Sigüenza fuese bibliotecario allí hace cuatro siglos les puede conceder ningún derecho legal sobre ellos. En cualquier caso, no estamos dispuestos a discutir sobre este asunto con usted, señor secretario, sino con el director de este seminario o, si es preciso, con el obispo.

Se me ocurrió que Daniel Carvajal, de haber sido luchador profesional, no habría sido de los que malgastan sus energías fajándose en el cuerpo a cuerpo, sino de los que prefieren situarse a cierta distancia desde la cual esquivar o dirigir los golpes; las suyas eran más bien las tácticas de quien manejaba el florete, por aquella manera de moverse con gallardía y agilidad en torno a sus adversarios. Yo ya había sufrido en mis propias carnes sus maneras sutiles de acoso, esos lentos merodeos durante los cuales estudiaba minuciosamente a sus víctimas antes de caer sobre ellas. A Santos Aguirre tal vez lo había reconocido enseguida como un posible adversario y habría detectado al instante sus puntos débiles, por eso había elegido sus últimas palabras con precisión calculada, despreciándole precisamente en el terreno donde el secretario se sentía más seguro y más fuerte, que era el de su rango. Con un gesto apremiante que tenía algo de llamada de auxilio, Santos Aguirre se volvió hacia el director, como buscando en él al aliado que necesitaba.

—Por mi parte, como ya le comenté a usted por teléfono —dijo Ginés Sandoval, dirigiéndose a Daniel con un tono que pretendía ser firme pero que le salió titubeante—, estoy dispuesto a llegar a un acuerdo. Sin embargo, no puedo hablar por boca del obispo.

—Bien. Pues vayamos a hablar con el obispo.

37

Diez minutos después el obispo nos recibía en su despacho y fue Santos Aguirre quien en pocas palabras le puso al corriente del hallazgo. Mientras escuchaba a su secretario con mucha atención, el prelado nos miraba a nosotros, hojeaba los libros, los manoseaba, abría uno y cerraba otro, los acariciaba e incluso los olía, con una expresión que estaba a mitad de camino entre el arrobo y la incredulidad.

—Así que era cierto —susurró por fin como para sí mismo, aunque sin apartar sus ojos de mí, con una mirada que me concedía de golpe todo el protagonismo que no había tenido hasta entonces—. ¿Y cómo descubrieron que los libros estaban ahí, ocultos en esa escalera?

La pregunta también iba dirigida a mí y esa cortesía suya, la de intentar utilizarme como interlocutora, me hizo sospechar que yo le inspiraba más confianza que mis dos acompañantes, quizá porque ya me conocía o porque seguía relacionándome con sor Amalia. Sin embargo, sentí decepcionarle, porque era muy poco lo que yo podía explicar.

—Néstor Hervás dejó escrito un mensaje cifrado —aclaró Sebastián—. Utilizó la técnica de unas contraseñas que usaban los antiguos comerciantes de Sigüenza... No sé si las conoce.

—He oído hablar de esas contraseñas alguna vez —dijo el obispo, al tiempo que el director asentía también con un movimiento de cabeza—. Nunca acabaremos de agradecerle a Néstor Hervás todo lo que hizo por nosotros.

—No podía haber elegido un lugar más seguro para ocultar los libros —terció Ginés Sandoval—. Esa escalera fue una de las pocas cosas que quedaron en pie en nuestro seminario después de la guerra.

—Lástima que se salvaran tan pocos —se lamentó el obispo, mientras acariciaba las quemaduras de la cubierta de uno de los volúmenes—. Aunque no sé si habrán considerado ustedes la posibilidad de que haya más libros ocultos en otros peldaños.

—Según la contraseña, había dos posibilidades —explicó Sebastián, mientras sacaba unos cuantos papeles de su carpeta—: una de ellas llevaba simultáneamente a los peldaños cuarto, séptimo y octavo, por eso abrimos el cuarto en primer lugar. La otra posibilidad conducía solamente al segundo.

—Además —intervine, satisfecha porque al fin podía resultar útil mi colaboración—, el libro de registros se abre con el número doce, que es también la primera cifra de la contraseña. El primer libro cuyo título aparece registrado recuerdo que es un tratado de agricultura del siglo XVIII, y lleva el número trece. Seguramente por precaución, Néstor Hervás decidió no registrar los títulos de los doce libros más antiguos, pero al menos quiso dejar constancia de cuántos eran.

—Y también del lugar donde los había guardado —añadió Sebastián.

—Una idea muy ingeniosa —convino el obispo, sin disimular un timbre emocionado en su voz—. Una idea propia de una mente superior, como era la de Néstor Hervás.

—Una mente privilegiada, de eso no tenemos ninguna duda —concedió Daniel, mientras cogía los papeles que Sebastián había dejado sobre la mesa—. Y ahora nosotros, para que su gesto no resulte estéril, creo que deberíamos hablar de negocios.

En medio del silencio que, como un rancio perfume de heroísmo, se había propagado por el aire del despacho, las últimas palabras de Daniel Carvajal estallaron con el mismo estruendo con el que habría estallado un cartucho de pólvora en mitad de un velatorio. Noté que la cara del secretario se tensaba como sacudida por alguna amenaza y que también el obispo se apoyaba contra el respaldo de su sillón, en un ademán de prevención o de alerta. Incluso a mí me resultó casi ofensivo que Carvajal pretendiera negociar en un momento así, en el que la memoria de Néstor Hervás estaba ejerciendo su más poderosa fascinación sobre nosotros. Una fascinación que, en mi caso, era aún mayor porque me lo imaginaba recitando a Virgilio en el púlpito de la catedral, atravesando las llamas de la biblioteca con los doce libros entre sus brazos, o blandiendo su crucifijo mientras avanzaba contra el pelotón de fusilamiento. Y esas imágenes se superponían en mi mente y aureolaban su figura con las maneras delicadas de un poeta o de un sabio, pero también con los arrestos de un héroe o de un temible vengador bíblico.

—Dadas las circunstancias y el lugar donde han aparecido los libros —me pareció que Daniel repetía, adrede y cargadas de intención, las palabras del secretario—, la universidad y el ministerio están dispuestos a llegar a un acuerdo ventajoso para ustedes.

—¿Un acuerdo ventajoso? —repitió el obispo, arrastrando las palabras mientras miraba a Daniel y a Sebastián como si reparase en ellos por primera vez.

—Más allá de los intereses de cada cual, quizá debería tenerse en cuenta también la voluntad divina. —Santos Aguirre volvió a juntar las yemas de sus dedos hasta formar con ellos una especie de armazón con el que apuntalar la debilidad de sus argumentos—. Y si Dios decidió que estos libros acabaran aquí, en nuestro seminario, sus razones tendría. A ustedes les corresponde el mérito de este hallazgo, nadie puede negarlo, pero eso no les concede ningún derecho sobre los libros, y no parece que exista ninguna razón legal ni moral por la que ahora, cuarenta años después, vengan a reclamarlos. Y menos aún sabiendo, como saben, cuál es el lugar del que proceden.

—Con todos mis respetos, no creo que debamos mezclar a Dios en este asunto. —Daniel no daba muestras de impacientarse; al contrario, sus habilidades depredadoras incluían, entre otras virtudes, la de la paciencia, y era capaz de ser insolente con amabilidad; pero la media sonrisa con la que miraba al secretario no era más que un rictus tras el que escondía algún nuevo zarpazo—. A Dios más vale dejarlo a un lado porque seguro que tendrá problemas más importantes de los que ocuparse. Esos libros, y ustedes lo saben bien, forman parte de un patrimonio que nada tiene que ver con la Iglesia.

—Ni tampoco con la universidad —objetó el secretario, cuya obstinación parecía reflejarse en su manera de mantener las manos con las yemas unidas y orientadas en forma de punta de lanza hacia nosotros.

—Por si acaso —advirtió Daniel—, tenemos un bufete de buenos abogados que está dispuesto a demostrar lo contrario.

Abrió la carpeta que Sebastián había dejado sobre la mesa, sacó de ella dos sobres timbrados con los sellos de la facultad y del ministerio y, sosteniéndolos entre sus dedos índice y corazón, se los entregó al obispo. Mientras este leía con gran interés los dos documentos que había en su interior, los demás permanecimos en silencio, aguardando una señal que delatara en la cara del obispo alguna emoción; pero sus músculos faciales se mantenían mucho más relajados que los míos.

—Comprobará usted que es bastante dinero —aseguró Daniel y, mientras él se tocaba el nudo de la corbata, yo estuve a punto de preguntar cuál era el precio que habían puesto a los libros—. Si prefieren verlo de otra manera, y no como una compra formal, pueden considerarlo como una donación del ministerio y de la universidad. O como una gratificación. En cualquier caso, digamos que en esta operación todos salimos ganando. Si no aceptan nuestra oferta, no les queda más opción que entrar en un largo litigio que no les llevaría a ninguna parte, porque lo perderían con toda seguridad.

Después de leerlos, el obispo entregó los documentos a Ginés Sandoval, que no pudo contener un gesto de satisfacción:

—Este dinero nos ayudaría a sufragar una buena parte de las obras del seminario —reconoció en un tono casi suplicante—. Incluso daría también para hacer unos cuantos arreglos en el convento de las ursulinas.

—Dios sabe lo que hace y, seguramente, también por qué lo hace —sentenció Sebastián con socarronería.

Ginés Sandoval devolvió los papeles al obispo y, tal vez porque la sola alusión a su convento hizo que la presencia de sor Amalia gravitara sobre nosotros, los rasgos redondeados de su cara se contrajeran en un gesto que casi no llegó a cuajar en sonrisa. Recordé que sor Amalia, según nos había dicho, tenía algunas cuentas pendientes con el obispo y pensé que había sido una torpeza por mi parte no informar a la monja de nuestra visita, porque ella podría habernos facilitado algo las cosas. Mientras tanto, vi a Santos Aguirre removerse inquieto en su asiento, quizá porque comenzaba a sentirse tan desplazado como yo en aquella reunión en la que ambos parecíamos cada vez más prescindibles.

—El valor que esos libros tienen para nosotros está mucho más allá de lo material. —Aunque el secretario mantenía su mirada fija en los ojos de Daniel, comprendí que sus palabras, pronunciadas en un tono casi admonitorio, iban más bien dirigidas a Ginés Sandoval y al obispo—. Llevamos muchos siglos preservando la cultura y no hay ninguna razón para que ahora dejemos de hacerlo.

—Para preservar la cultura ya estamos nosotros —replicó Daniel, en cuyos ojos comenzaba a asomar ya algún destello de impaciencia—. Ustedes preocúpense de preservar la fe y de mantener las vocaciones, que buena falta les hace. Y si de paso consiguen conservar también su seminario, mucho mejor.

—Nuestro seminario ha sobrevivido a momentos peores y nunca hemos tenido nada que agradecer a ningún ministerio, porque una y otra vez se nos han negado las ayudas que solicitamos. Por eso ahora, aunque solo sea por pura dignidad, creo que deberíamos rechazar cualquier limosna. Comerciar con esos libros, si se me permite decirlo, no dejaría de ser una inmoralidad.

Mientras hablaba con mucho reposo, subrayando con pausas algunas de sus palabras, el secretario no había dejado de mirar fijamente, y en actitud retadora, a Daniel Carvajal, aunque todos sabíamos que en realidad se estaba dirigiendo al obispo, quien se limitó a cruzar un par de miradas con Ginés Sandoval, quizá buscando su aprobación, su complicidad o su consejo. Pero Daniel, con esa extraordinaria habilidad que poseía para explotar las debilidades ajenas, consideró que había llegado el momento de demostrar que la falta de piedad era otra de sus más singulares virtudes:

—¿Una inmoralidad? —Se le escapó una carcajada en la que parecían estallar de golpe todo el sarcasmo y toda la prudencia que había reprimido hasta entonces—. Mejor será no hablar de inmoralidades, porque la Iglesia, a la que ustedes representan, ha cometido muchas de las que debería avergonzarse. Inmorales fueron, por ejemplo, las guerras que la Iglesia alentó amparándose en la fe, pero que solo escondían, en el fondo, la lucha por el poder. Inmorales fueron los autos de fe y tantas otras tropelías y persecuciones y torturas que se cometieron. Inmorales fueron las listas de libros que fueron prohibidos o secuestrados o directamente quemados en nombre de la ortodoxia. Pero no hace falta irse tan lejos. Inmorales fueron también, por ejemplo, las pastorales que algunos obispos escribieron durante la Guerra Civil para justificar toda la sangre que se estaba derramando. —Su mirada se volvió, fría y relampagueante, hacia el obispo, que de pronto pareció encogerse en su sillón—. Y dicho sea sin intención de ofender a nadie, mucho más inmorales aún son los pederastas que ha habido, y que por supuesto sigue habiendo, bajo el amparo de esos hábitos que ustedes se empeñan en seguir llevando con tanta dignidad.

Los tres aludidos se miraron estupefactos y luego clavaron sobre Carvajal unos ojos inquisitivos que exigían algo más que disculpas. Hubo un tenso silencio, tras el cual Santos Aguirre dirigió su mirada al obispo como indicándole que solo a él le correspondía salir al paso de aquel chorro de afrentas. Pero Daniel no estaba dispuesto a conceder ninguna clase de tregua.

—Les recuerdo a ustedes que llevamos varios meses muy interesados en los asuntos y también en el personal de esta casa, y debo confesar que nos hemos llevado alguna desagradable sorpresa... Así que, si me permiten el consejo, dejémonos de inmoralidades, que ahora solo estamos hablando de un buen negocio para todos.

Carvajal discutía con la misma flema con la que desplegaba sus tácticas de acoso, incluso con el mismo temple que mostraba como amante, como si estuviera convencido de que tenía la razón de su parte y la victoria no fuese más que una cuestión de tiempo y de paciencia. Todo lo hacía situándose a una prudente distancia desde la que se volvía invulnerable, sin malgastar más energías de las necesarias; no hacía una caricia de más, solo las precisas, pero se entregaba a ellas en cuerpo y alma, con el mismo aplomo con el que las palabras y los argumentos fluían de sus labios. Incluso su aspecto era tan relajado y tan sereno que transmitía la confianza de un tahúr que jugara con la certeza de tener casi ganada la partida. Sebastián, por el contrario, quizá porque desde hacía un buen rato echaba en falta el efecto de la cafeína, parecía abatido o ausente, y se mantenía apartado de la conversación como si todo a nuestro alrededor hubiera dejado de interesarle.

—Aquí no se trata de ninguna cuestión moral —insistió Daniel—, sino de llegar a un acuerdo en el que las dos partes podamos salir beneficiadas. De lo contrario, como ya les he dicho, les espera a ustedes un largo litigio y también, probablemente, algún que otro escándalo en la prensa.

Los tres volvieron a mirarse con perplejidad y por el brillo de sus ojos supe que se sentían acorralados. Lo supe porque yo también me había sentido así frente a Carvajal, sin fuerzas para la lucha ni para la huida mientras él, tan fríamente correcto, tan equívocamente amable, se limitaba a desplegar la maraña de sus redes. Sabía por experiencia que aquellos instantes de duda y desconcierto eran los decisivos, y recordé que aquella noche en el parador a mí también me habría bastado con levantarme y decir no, o con gritar cualquier otra cosa que rompiera su cerco laborioso y asfixiante. Pero ellos continuaban allí sentados, como envueltos en su propia confusión y tal vez a la espera de algún nuevo golpe que, sin embargo, ya ni siquiera iba a ser necesario.

—Tener esos libros en nuestra biblioteca sería para nosotros un lujo que no podemos permitirnos —apuntó por fin

Ginés Sandoval—, y las paredes de nuestro seminario necesitan ese dinero con urgencia. Si aceptamos el trato, el gesto de Néstor Hervás no habrá sido inútil.

—Hay que reconocer que la oferta es muy tentadora —admitió el obispo, acariciándose el crucifijo que le colgaba sobre el pecho como buscando en él la fuerza que le faltaba para tomar alguna decisión—. Pero también estoy pensando si no sería posible llegar a otra clase de acuerdo: recurrir, por ejemplo, a una solución salomónica, de manera que la mitad de los libros se quedaran aquí.

—En ese caso —dijo Sebastián, como si de pronto saliera de un profundo letargo—, lo más justo sería reducir también a la mitad las ganancias.

Santos Aguirre se levantó y, con una lentitud ceremoniosa, cogió los documentos que el obispo había dejado encima de los libros. Mientras los leía observé que sus cejas se arqueaban en un gesto de decepción o de contrariedad.

—Estos libros valen mucho más —repuso, mientras volvía a dejar los papeles sobre la mesa.

—En el mercado bibliográfico, seguro que sí. Mucho más de un millón, incluso puede que más de dos. Pero ni somos bibliófilos ni tenemos intención de comerciar con ellos. En ese sentido, pueden estar ustedes tranquilos. De todos modos, ¿no decía usted hace un momento que su valor estaba mucho más allá de lo material?

De nuevo me pareció que Daniel Carvajal se comportaba como si, en vez de discutir, se encontrara interpretando los movimientos de alguna extraña danza dialéctica, una danza en la que todo estuviera discurriendo según un plan prefijado. Las reacciones, los gestos, los matices de voz, los argumentos y las réplicas, todo parecía formar parte de una meditada partitura o de algún guion elaborado de antemano, y por suerte para nosotros, pensé, las pautas de ese guion iban cumpliéndose casi al pie de la letra. Aunque comenzaba a dolerme la cabeza y, al igual que Sebastián Olivares, me sentía cada vez más desplazada de la discusión, deseaba que aún se prolongara un poco más, quizá solo por ver a Carvajal moviéndose con tanta desenvoltura en el centro de un escenario desde donde, siempre sereno e insolente, ejercía una irresistible atracción sobre mí. Recordé el tacto de sus manos, fuertes y a la vez delicadas, acariciando mis caderas, su boca deslizándose por mi cuello y mordisqueándome la nuca, y pensé que de nuevo, como aquella noche en el parador, el aire y la luz de Sigüenza, con su poder corrosivo, empezaban a hacer estragos en mi voluntad. Unos estragos muy parecidos a los que sus palabras estaban provocando también en aquellos tres hombres, cuya voluntad parecía condenada ya sin remedio al mismo destino que los carcomidos sillares de la catedral.

—No estamos en condiciones de renunciar a ese dinero —concluyó Ginés Sandoval—. Es la supervivencia del seminario la que está en juego.

Ante el eco casi dramático que dejaron en el aire sus palabras, vi dibujarse en el rostro de Daniel una sonrisa que me resultó familiar: era su gesto de cazador satisfecho que saboreaba ya la sumisión o la caída de sus víctimas. Igual que las alimañas olían la sangre y se orientaban gracias a ella, tal vez él era capaz de oler la desesperación o el miedo, aunque no hacía falta tener muy fino el olfato para comprender que aquel asedio estaba a punto de finalizar. Incluso Sebastián recompuso un poco la figura, se estiró en su asiento y se mesó la barba, quizá olfateando también la proximidad de ese café que se le llevaba resistiendo toda la mañana.

El obispo se quitó las gafas y, tras frotar muy lentamente los cristales con un pañuelo, miró a su secretario y alzó finalmente las manos, con las palmas hacia arriba, en un gesto que solo podía ser de capitulación.

38

A partir de aquel instante la escena se me volvió un tanto irreal, como si la contemplara desde una distancia que me situaba al mismo tiempo dentro y fuera de ella. Aunque no había dejado de interesarme lo que ocurría alrededor, mi atención comenzó a dispersarse y mis pensamientos se desbocaron, ajenos al control de mi voluntad. Y mientras les oía hablar con una cordialidad que seguramente era fingida, o les veía a unos y a otros estampar su firma en los documentos, yo misma me puse a introducir los libros en una bolsa negra de deporte que Santos Aguirre nos había proporcionado. Y al hacerlo no sentí emoción ni alegría, sino más bien extrañeza y recelo, como si estuviera apropiándome de algún valioso botín que seguía sin pertenecerme y cuyo destino no veía claro todavía.

Cada uno de aquellos volúmenes, a medida que iba guardándolos dentro de la bolsa, activaba dentro de mí el recuerdo de todas las personas que habían hecho posible el milagro. Y entre una maraña de sentimientos confusos, recordé a don Ramiro en su casa hablándonos emocionadamente de *Las lágrimas de Belisa,* a Ricardo intentando besarme frente a la estatua del Doncel, a Gabriel Recarte conduciendo su camión camino de Sigüenza, a sor Amalia casi levitando por los pasillos de su convento e incluso a Néstor Hervás blandiendo su crucifijo antes de ser fusilado junto a la puerta del Seminario Mayor. Todos ellos, tanto los vivos como los muertos, sus sombras, sus recuerdos o sus fantasmas pesaban sobre mí como una carga en la que se mezclaban la gratitud y los remordimientos; y todos juntos parecían venir a reclamarme, desde algún lugar, el derecho que también tenían sobre los libros.

El ruido seco y chirriante de la cremallera, al cerrar la bolsa, sonó como un trallazo que de nuevo despertó en mí un temor supersticioso, un miedo inexplicable que tenía su raíz en lo más profundo de mis vísceras. Algo interiormente me decía, y me lo decía con tonos casi acusadores, que no todo podía cerrarse con la misma facilidad que una bolsa: había heridas y recuerdos que continuaban abiertos y sabía que tarde o temprano habría de enfrentarme a ellos. Por eso deseé de pronto que nuestro viaje de regreso se retrasara todo lo posible, como si intuyese que en Madrid iba a toparme con una realidad que, todavía a mucha distancia de allí, ya me resultaba inquietante. Y también por eso me sentí por primera vez cómoda y relajada dentro de aquel palacio que tanta desconfianza me había inspirado hasta entonces; y hasta el aire de Sigüenza, con su luz abrasiva, se me aparecía ahora como una burbuja aislada del espacio y del tiempo, donde me sentía inmune y libre de amenazas.

Pero nuestra visita al Palacio Arzobispal estaba a punto de concluir y, aunque nuestra estancia en la ciudad aún habría de prolongarse unas horas, cada vez veía con más claridad que los tres formábamos un extraño equipo, unido por circunstancias demasiado azarosas y con muy pocos intereses en común. En realidad no llegábamos a ser ni siquiera un equipo y aunque me disgustase reconocerlo, pensé que Sebastián y yo éramos poco más que dos fichas que Daniel había utilizado y manejado a su capricho en el oscuro tablero de sus ambiciones. Lo comprobé enseguida, en cuanto salimos a la calle y los tres sentimos impulsos completamente distintos, pero fue él quien, sin esfuerzo y sin posibilidad de discusión, acabó imponiendo su voluntad. Era ya más de la una y Sebastián decidió que había llegado por fin el momento de su ansiado café, y yo sugerí que era una buena ocasión para hacerle una visita de agradecimiento a sor Amalia; pero mientras bajábamos las pomposas escaleras del palacio, Daniel quiso demostrar que era solo a él a quien correspondía tomar las decisiones.

—Me parece que por hoy ya le hemos dedicado bastante tiempo a la Iglesia y a todos sus dignos representantes. —Ni siquiera intentó disimular la sorna que rezumaban sus palabras—. Y en cuanto a ese café, creo que más bien va siendo hora ya de comer, así que os invitaré en un sitio muy especial. La ocasión lo merece.

Estuve a punto de negarme tan solo para demostrarme a mí misma que era capaz de no doblegarme ante él, pero comprendí que no era el momento más apropiado para hacerle la visita a sor Amalia. Lo más oportuno, decidí sobre la marcha, sería volver cualquier otro día con Ricardo y saldar así la triple deuda que tenía no solo con ella, sino también con él y con mi propia conciencia.

Montamos, pues, en el coche y en cuanto vi las indicaciones que le daba a Sebastián, comprobé que ese sitio tan especial donde quería invitarnos no podía ser sino el parador. Supuse que aquella era su manera de insinuarme que mi voluntad y mi cuerpo seguían perteneciéndole, aunque yo estaba decidida a hacerle entender que lo de aquella noche había sido para mí poco más que un polvo olvidable, un lance que no me había dejado, ni me dejaría, más secuelas que el mero recuerdo. Confundida por el vino, por la curiosidad o por el deseo, me había convertido en un nombre más en su lista, como me había dicho Marcos Villarrubia, pero no sentía por ello ni rabia ni vergüenza, las dos palabras con las que Marcos, recordando a Max Estrella, quizá había dado rienda suelta a sus celos. Sin embargo, lo ocurrido aquella noche se reducía a poco más que eso: un polvo olvidable, una experiencia nueva y distinta, aunque fugaz y destinada a no dejar cicatrices, como esos leves arañazos que apenas dejan su huella en la piel durante unos días y después desaparecen para siempre.

Ante el desconcierto del camarero que se acercó a atendernos, Sebastián pidió un café antes de la comida y se lo fue bebiendo a sorbos cortos y continuos, cerrando a veces los ojos para saborearlo mejor y relamiéndose, entre trago y trago, el labio superior con la punta de la lengua. Daniel puso su mano sobre la bolsa de los libros, que había dejado a su lado en la silla vacía y, mientras me miraba, se puso a acariciar con el dedo índice la cremallera con la misma suavidad y lentitud que si estuviese acariciando la cremallera de mi pantalón. Luego la abrió muy despacio, sacó un par de libros, los dejó sobre el mantel, olió su cubierta con la misma fruición con la que había olido mi cuerpo, tocó el canto dorado de sus páginas y se entretuvo un rato hojeándolas. De pronto, con voz un poco afectada, comenzó a leer:

Aunque, señora, decís
que ya no me recordáis,
yo sé que aún conserváis
dulce memoria de mí.

Respondí a su mirada con otra que estaba entre el desdén y el bochorno, aunque reconocí que la elección de aquellos versos no podía ser más oportuna e intencionada. Luego echó una ojeada a las páginas primera y última del libro y, como si necesitara compensar con un comentario más profesoral la retorcida intención de los versos que acababa de leer, continuó:

—*Los desdenes de Luscinda*, de un tal Juan de Pisuerga. Por su tipografía y por el escudo del colofón no hay duda de que este libro se imprimió también en la imprenta de don Fadrique de Basilea. Este Pisuerga parece otro poeta del montón, seguramente algún autor burgalés demasiado influido por la poesía trovadoresca. No creo que vayamos a descubrir entre todos estos a ningún poeta genial, pero confiemos en que sus valores dramáticos sean mejores que los líricos. En cualquier caso, aquí está lo que nos importa: edición de 1449, Burgos. Medio siglo anterior a *La Celestina* y casi treinta años anterior a la *Representación del nacimiento de Nuestro Señor*, de González Manrique. Es una lástima que el bueno de Ramiro no llegara a tiempo de disfrutar de esto. —Me miró conciliadoramente, tal vez a sabiendas de que ese nombre, el de don Ramiro, era como un sortilegio capaz de ahuyentar cualquier sombra entre nosotros—. Pero no importa, ya nos encargaremos de dejar mañana su nombre en el lugar que le corresponde. Su nombre y el de unas cuantas personas más, por supuesto...

Por un instante pensé que, llevado por aquel generoso e inesperado impulso de gratitud hacia don Ramiro, acabaría enumerando a todos los demás, quizá incluso en el mismo orden en el que, como en una larga sucesión de ángeles custodios, habían ido apareciendo: Gabriel Recarte, sor Amalia, Néstor Hervás, don Ramiro, Ricardo y yo misma. Pero enseguida me di cuenta de que a la mitad de ellos Daniel ni siquiera los había conocido; eran para él meros nombres que se enlazaban en una intrincada cadena de azares, nombres por los que él apenas podría sentir, como mucho, más que una vaga admiración o respeto. Y en cuanto a la otra mitad, era poco probable que, incluidos don Ramiro y yo misma, le inspirásemos un afecto verdadero. Incluso Sebastián, que era el más próximo a él y la última pieza que cerraba el círculo, era poco más que otra ficha que Daniel había movido a su antojo.

—Y por cierto —dijo, volviéndose hacia Sebastián, que se había puesto a leer con mucha atención otro de los libros—, en cuanto lleguemos a Madrid acuérdate de convocar a los periodistas para mañana, cuantos más mejor. Y prepárate también algún discursillo que suene un poco a institucional, ya sabes, de esos que parecen decir mucho y no dicen nada. Tú sabes hacer eso muy bien; pero por favor, que sea mucho más breve que los que sueles escribirle al ministro.

—Sabes de sobra que yo solo le escribo los guiones. —Hizo un mohín de resignación mientras apuraba los posos de su taza—. Son otros los que se encargan de redactárselos. Técnicamente no soy su negro, en todo caso solo su mulato. Pero no te preocupes, será un placer escribir mi propio discurso, aunque no sea nada institucional.

—Yo me limitaré a hacer unas cuantas reflexiones más o menos eruditas sobre los libros, y citaré de paso algunos de los nombres que han tenido algo que ver con ellos. Como diría algún crítico cursi, a partir de mañana se abre una nueva página en la historia de la literatura española... —Acarició el esmalte dorado del libro que tenía entre sus manos con la misma lentitud con que había acariciado antes la cremallera de la bolsa, luego volvió a la página por donde lo mantenía abierto y continuó—. Este libro promete, huele que apesta a poesía de cancionero, pero al menos por lo que se deduce de este diálogo la historia tiene su interés. Luscinda, que es el nombre de la dama desdeñosa, le responde al galán:

Mucho confiáis en mí,
pero señor, os diré
que nada es ya lo que fue,
ni yo soy ya la que fui.

No pude evitar una sonrisa al oír, una vez más, lo oportuno de aquella respuesta que ni yo misma habría sabido adecuar mejor a mis propios pensamientos, y mientras el camarero dejaba los primeros platos sobre la mesa, decidí darle un giro a la conversación. Aprovechando la inyección de euforia que supuse le habría proporcionado el café a Sebastián, le pedí que me explicara cómo había conseguido descifrar el mensaje de la contraseña.

—Intentaré resumírtelo bien para que no te pierdas, o por lo menos intentaré ser un poco más claro que en los discursos del ministro. —Le dirigió una mirada rencorosa a Daniel mientras se rascaba afanosamente la barba—. En primer lugar, como ya has oído varias veces esta mañana, debes saber que todo tiene su origen en un sistema de contraseñas que usaban en otros tiempos los comerciantes de Sigüenza. Con ellas lo que pretendían era mantener en secreto los precios de los productos que vendían. En esas contraseñas utilizaban diez números, siempre diez, y una palabra también de diez letras, que memorizaban para que nadie más que ellos pudiese conocerla. Cada una de esas letras, según el lugar que ocupase en la palabra, se correspondía con uno de los números. El precio lo establecían expresándolo en letras, cuyo valor dependía del orden que a cada letra le correspondiese en la escala numérica. Espero que no te hayas perdido todavía, pero creo que te resultará más fácil si lo compruebas tú misma.

Sacó el papel donde estaba anotada la contraseña y, recordando las instrucciones que acababa de darme, intenté darle algún sentido a aquella combinación de letras y números, aunque salvo el significado de la primera y la última cifra, no fui capaz de articular ningún mensaje coherente:

12

D U X   E S P A Ñ O L

4 ~~0~~ ~~9~~   2 8 1 5 6 7 3   = 478

—No te preocupes, que acabarás entendiéndolo —prosiguió—. Si por ejemplo a la E le corresponde el número 2, y a la S le corresponde el 8, la contraseña ES designaría el precio de 28.

—No sé si estás haciendo las cosas más complicadas de lo que ya son —le interrumpió Daniel, que había guardado los libros en la bolsa y seguía con atención las explicaciones—. A Néstor Hervás no le interesaba marcar ningún precio, sino señalar un lugar. Por eso utilizó la técnica de esas contraseñas, pero de una manera un tanto libre... A ver si se lo explicas un poco mejor.

—En definitiva, que para descifrar el mensaje —insistió Sebastián, quizá adivinando mi confusión— no tienes más que colocar cada letra en el sitio que por su número le corresponda, siguiendo siempre un orden de menor a mayor y empezando por el número 1. Por cierto, olvídate del 0 y el 9: están tachados porque sus dos letras correspondientes, la U y la X, no forman parte del mensaje. Así que si comienzas por la P, que se corresponde con el número 1 y sigues por la E, que lleva el 2, luego la L, que lleva el 3, y así sucesivamente, no te costará mucho leerlo.

Gracias a aquella aclaración, que me sirvió para comprender por fin aquel elemental mecanismo de sustituciones, fui ordenando cada una de las letras en el lugar que le correspondía.

—¿Peldaños 4, 7 y 8? —pregunté sin demasiada convicción, a sabiendas de que esa solución no encajaba con el lugar donde los libros habían aparecido.

—Esa era una posibilidad —aprobó Sebastián—, la primera que también se me ocurrió a mí y por eso abrimos primero el cuarto peldaño. Podíamos haber mirado también en el séptimo y en el octavo, pero al fallarnos el cuarto, era de suponer que los otros dos también estaban vacíos, porque la contraseña iba por otro lado. Esos tres números de la cifra final no se refieren a ningún peldaño. En realidad remiten a las mismas letras de la cifra mayor: es decir, y por su orden, a la D, la O y la S. Y esta segunda opción, como ya hemos visto, era la buena.

Volví a leer el mensaje y vi que, en efecto, era la buena y no pude evitar un sentimiento de admiración y gratitud hacia Néstor Hervás, a quien de pronto intenté dotar de una figura y unos rasgos propios que, sin embargo, se difuminaban en mi imaginación. Quizá por la sonoridad de su nombre, o porque tenía mi fantasía viciada por tantas lecturas, o porque Fermín de Pas me había subyugado siempre, lo asocié con aquel personaje de *La Regenta* y me imaginé a Néstor Hervás como un clérigo apasionado y apuesto, capaz no solo de enfrentarse a un pelotón de fusilamiento, sino también de enamorarse. Pero entonces, recordando el agrio final de la novela, mientras bebía un largo sorbo de vino me subió al paladar un sabor que si bien no se parecía al del vientre viscoso y frío de un sapo, sí me recordó al de otros besos no menos amargos, los que Ricardo había intentado darme en la catedral. Y ese recuerdo desasosegante, en el que se fundían las imágenes de Néstor Hervás, de Fermín de Pas y de Ricardo, me acompañó ya durante toda la comida, después durante todo el viaje y no me abandonó hasta que llegamos por fin a Madrid.

39

Comenzaba a llover cuando aparcamos ante su casa. Eran unas gotas que se me antojaron sucias y desganadas, y que apenas habrían servido para lavar mi conciencia en el caso de que mi conciencia hubiese sido una sábana tendida en medio de la calle. Ya antes, mientras atravesábamos los paisajes de la Alcarria, había notado los primeros síntomas de inquietud, pero fue a medida que nos adentrábamos en Madrid cuando fue apoderándose de mí una desazón que, al llegar a la calle de Carvajal, se transformó en un nervioso hormigueo que me recorría el cuerpo de arriba abajo.

Mientras sacaba la bolsa del maletero, Daniel sugirió que podíamos echar un vistazo a los libros más reposadamente, y añadió que tenía reservada desde hacía tiempo una botella del mejor champán para celebrarlo. Yo me limité a mirar a Sebastián, a la espera de que él tomara una decisión por los dos.

—Lo siento, pero yo tengo que irme —se disculpó—. Recuerda que tengo que convocar a la prensa y luego preparar, además, ese discursillo; por desgracia, yo no tengo negros que me los escriban. No sé por qué, pero algunas veces pienso que el trabajo oscuro siempre me toca hacerlo a mí.

—¿El trabajo oscuro? A cualquier cosa le llamas tú trabajo oscuro, pero no te quejes, que mañana tendrás también tu rato de gloria.

Se despidió y nos quedamos allí un instante viéndole marchar, parados bajo aquella lluvia cuyas primeras gotas parecían erráticas o desorientadas, como si las nubes, indecisas, aún no supieran el lugar exacto donde descargar.

—Y tú ¿qué piensas hacer?

Su pregunta me hizo comprender que la indecisión no tenía nada que ver con las nubes, sino que era más bien un sentimiento que estaba dentro de mí. Vi que había enfrente una cafetería y estuve a punto de proponerle que la copa nos la tomáramos allí, pero enseguida, pensando en los libros, deseché aquella posibilidad. Le miré tratando de leer en sus ojos sus verdaderas intenciones y al final accedí:

—Solo una copa.

Mientras entrábamos en el portal sentí la incómoda sensación de que alguien, desde algún lugar, nos estaba observando. Unos segundos después, ya ante la puerta de su casa, volvió a repetirse la misma sensación, acentuada por una sombra de temor o de amenaza. Y recordando mis propios pensamientos, se me ocurrió que si mi conciencia hubiera sido una sábana, habría hecho falta lejía, más que agua, para lavarla.

Su casa era grande y muy confortable, quizá demasiado grande para un hombre solo, y también demasiado ordenada y limpia. Había un intenso perfume de ambientador, los muebles parecían recién abrillantados y todo irradiaba una pulcritud que me resultaba fría y excesiva. Las cosas aparecían alineadas en una simetría casi perfecta: los libros meticulosamente ordenados sobre las numerosas baldas lacadas en rojo del salón; las seis sillas de alto y recto respaldo a uno y otro lado de la mesa; los dos grandes candelabros con siete velas rojas y amarillas encima de una repisa; los dos espejos gemelos con moldura dorada; los cuatro grandes cuadros abstractos, en cuyas formas geométricas también predominaban colores rojos y amarillos; los dos sillones negros de piel situados a ambos lados del sofá en un perfecto rectángulo... Y allí, en medio del espacioso salón, detenida sobre aquel suelo de tarima que parecía recién acuchillado, pensé que Daniel Carvajal tal vez tenía su casa mucho más ordenada que su vida.

Dejó la bolsa de los libros en la mesa, cuyo cristal reposaba sobre un gigantesco cuerno de marfil, después se quitó la chaqueta, la dejó colocada sobre el respaldo de una de las sillas, y supuse que con aquel gesto estaba invitándome a que yo hiciera lo mismo, pero me limité a desabrocharme la mía. Luego desapareció en el interior de la casa y poco después regresó con una botella de champán y dos copas, exageradamente altas y delicadas, y la descorchó con un enérgico giro de muñeca. Le advertí que no tenía el estómago ni la cabeza para muchas celebraciones, y apenas me mojé los labios tras un brindis en el que, según me pareció, los dos teníamos nuestros pensamientos bastante alejados de allí. Se sentó frente a mí, se aflojó el nudo de la corbata y se desabrochó los dos primeros botones de la camisa.

—Volviendo a lo de mañana, creo que conviene que participes también en la rueda de prensa. Solo si tú quieres, naturalmente. —Alzó su copa y alargó el brazo hasta chocarla contra la mía—. Si lo prefieres, puedes mantenerte al margen, pero tú representas a Ramiro de alguna manera y tu intervención será una forma de que él esté presente también. No hace falta que te prepares ningún discurso, quedaría muy poco natural, bastará con que respondas a lo que te pregunten.

—¿Y qué puedo yo decirle a la prensa?

—Todo lo que sabes, que es mucho. Tú has sido una pieza esencial en todo esto. Además, mañana puede ser el mejor momento para hacer público lo de tu contrato, pero de eso no te preocupes, que ya me encargo yo.

«Una pieza esencial», pensé para mis adentros, pero una pieza que jamás habría empezado a funcionar sin el impulso inicial de Ricardo, a quien él parecía haber olvidado ya por completo. Ricardo era esa pieza mal engranada que inexplicablemente se había quedado fuera de la cadena, aunque mi intuición me decía que continuaba ahí a la espera, o a saber si al acecho, quizá tan próximo a nosotros que en cualquier momento podría hacer saltar en pedazos toda la maquinaria.

—Haz lo que te apetezca. Tienes toda la noche para pensártelo.

Se levantó, cogió la bolsa y con mucho mimo la colocó sobre sus rodillas. Uno por uno, sacó los libros de la bolsa y los fue colocando sobre la mesa al mismo tiempo que leía, en voz alta, los títulos y los nombres de los autores, que eran para él tan desconocidos como para mí. Y escuchándole no pude evitar el recuerdo de don Ramiro, que había dedicado la mitad de su vida a buscar aquellos volúmenes y habría dado la otra mitad tan solo por contemplarlos. Conmovida por ese recuerdo, cogí uno de ellos y me puse a hojearlo y a acariciarlo con la misma unción con que a don Ramiro le había visto acariciar *Las lágrimas de Belisa*. Las páginas, amarillentas y con la huella de algunas quemaduras, tenían un tacto áspero que sin embargo a mí me pareció terso y algodonoso. Escrito por un tal Martín López Acuña, comprobé que tenía la misma tipografía de *Las lágrimas de Belisa* y el mismo escudo de Fadrique de Basilea, con su león rampante entre columnas. Impreso, según la fecha del colofón, en Burgos, año 1434. Como si se tratara de una finísima lámina de vidrio, pasé suavemente la yema de mis dedos sobre su elegante canto dorado y en ese momento comprobé que Daniel acababa de anticiparse a mi pregunta.

—¿Sabes por qué tienen esta pintura dorada? —Negué con la cabeza y, después de rellenar su copa, prosiguió—. Fue idea de un teólogo del que ya has oído hablar hoy, el padre José de Sigüenza, a quien Felipe II hizo el encargo de ordenar la biblioteca de El Escorial, y que, por cierto, también se atrevió a modificar la clasificación que había introducido Arias Montano. Él decidió ordenar todos los volúmenes siguiendo unas singulares pautas de simetría, disponiéndolos según su tamaño, algo que hoy nos parecería sencillamente descabellado. También decidió dar la vuelta a los libros, colocándolos con los lomos para adentro, y ordenó que se pintara el canto de las páginas con ese tinte dorado, no se sabe por qué razón, quizá por un capricho maniático, o para preservarlos del polvo, o a saber si por una simple cuestión de estética...

Acaricié de nuevo el esmalte dorado de aquel volumen, como intentando adentrarme, a través del tacto, no solo en el misterio que encerraba la pintura sino también en tantos otros misterios que, como capas invisibles, se habrían adherido a sus páginas a lo largo de los casi seis siglos que llevaban rodando por el mundo.

—No te vendrá mal saber estas cosas y otras por el estilo, por si acaso mañana algún periodista te hace alguna pregunta comprometida, así que, si tienes paciencia, te seguiré contando. El rey no reparó en gastos para convertir la de El Escorial en una de las mejores bibliotecas de la Cristiandad, una gran biblioteca que estuviese a la altura de la Vaticana, por ejemplo, y que fuese no solo un monumental almacén del saber, sino también un centro productor de la ortodoxia cristiana. En el siglo XVI, asómbrate, sus fondos ya constaban de más de catorce mil volúmenes. Y eso, naturalmente, por lo que se refiere a la parte más ortodoxa de la biblioteca. Parece ser que tanto el rey como Arias Montano eran bastante aficionados a los temas esotéricos y ocultistas, por eso se ha sospechado siempre que allí, en algún lugar del monasterio, había una biblioteca digamos heterodoxa, a la que muy pocos tenían acceso y donde es probable que fueran también guardados nuestros libros, quién sabe por qué razones, tal vez porque su lectura no resultaba demasiado edificante para la moral de la época. Eso ya lo comprobaremos cuando los leamos. Pero por desgracia, la de El Escorial, como todas las bibliotecas del mundo, tuvo también sus momentos fatídicos. El primero de ellos fue el incendio de 1671, que destruyó más de cinco mil volúmenes...

Sugestionada por sus palabras, yo no dejaba de mirar aquellos doce libros que teníamos ante nosotros y cuanto más los miraba más los veía como si fueran restos salvados milagrosamente de un naufragio: los restos sumergidos de ese iceberg del que tantas veces nos había hablado don Ramiro en sus clases. Era tanta su fragilidad y eran tantos los peligros que los habían acechado que me parecía mentira que los nombres de esos autores, Juan de Pisuerga, Rodrigo Cervera, Martín López Acuña y tantos otros, o los nombres de aquellos personajes, la llorona Belisa o la desdeñosa Luscinda, comenzaran a adquirir rasgos y vida propia después de su larga travesía de más de quinientos años por el olvido. Tal vez llevada por un impulso instintivo de protección, apreté contra mi pecho el libro que tenía entre las manos, en una actitud de ternura casi maternal que a Daniel debió de resultarle llamativa, porque durante unos instantes se me quedó mirando como si hubiese perdido el hilo de su discurso. Pero apenas tardó unos segundos en recuperarlo.

—Más tarde las tropas napoleónicas, siempre las malditas tropas napoleónicas, contribuyeron a agravar el desastre. Las nuevas autoridades ordenaron el traslado de los fondos a Francia y encomendaron la misión a un arabista afrancesado, un tal José Antonio Conde, quien por fortuna, en un arranque de patriotismo, parece que incumplió esa orden y decidió ocultarlos en el convento de la Trinidad de Madrid, por lo que los libros no llegaron a salir de España. A pesar de todo muchos ejemplares, nunca podremos saber cuántos, se perdieron con el ir y venir de un sitio a otro, y estuvieron desaparecidos durante años. Después, durante la Guerra Civil, la Junta Central del Patrimonio Artístico se incautó de buena parte de sus fondos y trasladó muchos de ellos a Gerona, al castillo de Peralada, probablemente con la intención de evacuarlos después a Ginebra, donde también fueron evacuados, por ejemplo, los fondos del Museo del Prado. Supongo que en el traslado hacia Cataluña, durante uno de esos viajes, fue donde se perdieron estos libros y me temo que bastantes más... Pero esa parte de la historia creo que ya la conoces tú mucho mejor que yo.

Llevada por otro impulso en el que se mezclaban la gratitud y la ternura, recordé a Gabriel Recarte y a sor Amalia, que nos habían conducido hasta aquellos libros que, después de tantas vicisitudes, permanecían ahí ante nosotros como una especie de botín que había sobrevivido a guerras, incendios, saqueos, persecuciones y a saber a cuántos desastres más. Y me emocioné de nuevo al pensar que era a Ricardo y a mí a quienes nos había correspondido el privilegio de salvar a esos pocos autores de su silencio de siglos.

—En fin, ese ha sido siempre, por desgracia, el destino de todos los libros. No el fuego, sino más bien la ignorancia y la barbarie: esos han sido los peores enemigos de la cultura. Por eso creo que, a pesar de todo, hemos tenido mucha suerte.

—Aquella última palabra reavivó en mí el miedo cerval que había sentido ya varias veces a lo largo del día—. A partir de mañana se sabrá por fin, gracias a nosotros, que todo lo que nos habían contado hasta ahora del teatro medieval español no eran más que patrañas.

Daniel tenía una rara habilidad para personalizarlo todo y para apropiarse de las iniciativas ajenas. Recordé la clasificación botánica de Marcos Villarrubia y me pareció que su carácter tenía mucho de zarza o de enredadera por su actitud invasora, por esa necesidad que sentía de ocupar unos espacios que, le pertenecieran o no, acababa siempre colonizando. Le miré con cierto recelo y, pensando sobre todo en don Ramiro y en Ricardo, objeté que aquello no solo se sabría gracias a nosotros, sino también gracias a todos los que, cada uno a su modo, habían sacrificado en el proyecto mucho tiempo y no pocas ilusiones, y justo era reconocérselo. Pero él, lejos de inmutarse, se sirvió otra copa y replicó, como si ya tuviese preparada la respuesta:

—Cuando digo nosotros me refiero siempre a todos los que han colaborado con nosotros. No te preocupes por eso. Todos van a recibir el trozo de tarta que les pertenece. Y en cuanto a tu amigo Ricardo, no sabe el privilegio que tiene. Le vamos a proporcionar material para hacer un trabajo extraordinario, aunque no sé si él estará a la altura de las circunstancias, te lo digo muy sinceramente. Quizá tú deberías echarle una mano.

Le respondí tajantemente que no estaba dispuesta a robarle a Ricardo más protagonismo del que le había robado ya, y su recuerdo actuó otra vez sobre mí como una gigantesca tenaza que me oprimiera el pecho y la garganta. En la calle se oía el ruido de la lluvia cayendo ahora con fuerza, pero la sábana sucia de mi conciencia seguía sin limpiarse.

—Mañana ataremos todos los cabos sueltos —concluyó—. Ahora lo único que debemos hacer es olvidarnos de todos y brindar por nosotros.

Sonrió mientras se levantaba resueltamente del sillón y venía a sentarse a mi lado. Chocó su copa con la mía y su proximidad, de repente, me resultó casi agresiva. Por un instante me pareció que sus pupilas adquirían un inquietante brillo verdoso. Miré el reloj para darle a entender que estaba dispuesta a marcharme, e intenté ganar tiempo con una pregunta que llevaba ya un buen rato deseando hacerle:

—Por cierto, ¿dónde está el libro que falta?

—¿El libro que falta? —Me miró convencido de que aquella pregunta tenía algo de arma, pero tal vez no estaba muy seguro de si era un arma de ataque o solo de defensa.

—*Las lágrimas de Belisa* —aclaré.

Se levantó de nuevo, abrió una de las portezuelas de madera de la estantería y dejó al descubierto una caja fuerte que, en parte, parecía estar empotrada en la pared. La abrió, sacó de ella el libro y me lo dejó entre las manos.

—Aquí está —dijo, mientras volvía a sentarse junto a mí—. Es el lugar más seguro que le he podido encontrar hasta ahora.

Lo abrí con fingido interés y vi que, comparado con los otros volúmenes, aún era más visible su deterioro. Pero al tocar las raspaduras de su cubierta y la textura granulosa de su papel me invadió la misma emoción que la primera vez. Al contrario de lo que me ocurría con los demás libros, aquel despertaba en mí un sentimiento de propiedad que se acentuaba con todos los nombres y todos los recuerdos a los que ya iba unido en mi memoria. Sin embargo, Daniel había perdido de repente todo interés por los libros y se había aproximado tanto a mí que no pude reaccionar antes de sentir sus labios sobre los míos.

Fue apenas un roce y preferí creer que se trataba solo de una prolongación afectuosa del brindis, pero él debió de interpretarlo más bien como una prolongación de nuestra última noche en Sigüenza, y enseguida comenzó, muy lenta y suavemente, a recorrerme el cuello con los labios. Apreté *Las lágrimas de Belisa* contra mi pecho, como si se tratase de una armadura que pudiera blindarme contra Daniel o contra mi propia debilidad, y mientras volvía a mirar mi reloj con un gesto de impaciencia, pensé que aquellos eran los instantes decisivos, los segundos de duda y desconcierto durante los cuales era necesario hacer o decir algo, antes de que el cerco se estrechara demasiado y ya no fuera posible la huida. Le miré con toda la frialdad de la que fui capaz y, mientras rellenaba su copa otra vez, vi que le había quedado una leve mancha de carmín bajo el labio inferior. Con el libro apretado contra mi pecho, como buscando en él las fuerzas que necesitaba, me levanté de repente, me acerqué a la ventana y me oí a mí misma decir que me marchaba. Escuché a mis espaldas sus pasos sigilosos aproximándose y entonces me lo imaginé clavando el brillo verdoso de sus ojos en mi nuca, pero antes de que sus manos llegaran a rozarme las caderas me volví súbitamente y me dirigí hacia la salida.

—¿Ni siquiera vas a esperar a que escampe?

No fue necesario que respondiese a su pregunta. Se quedó mirando por la ventana y quizá reparó en la cafetería de enfrente, o solo se quedó contemplando la lluvia mientras trataba de encajar con resignación aquel golpe que acababa de recibir en lo más profundo de su vanidad o de su orgullo.

—¿Me lo puedo llevar para leerlo esta noche? —Le mostré *Las lágrimas de Belisa* y sonreí con un mohín que no buscaba su autorización sino más bien su complicidad, porque de todos modos estaba dispuesta a llevármelo—. Así mañana, si me preguntan, ya tendré algo más de qué hablar.

—Claro —asintió—, llévatelo si quieres, tú tienes más derecho que yo a hablar de él, pero cuídalo bien y no te olvides de llevártelo mañana a la facultad. Yo aprovecharé para leerme esta noche *Los desdenes de Luscinda.* Seguro que me ayudará a comprender un poco mejor a las mujeres.

Me guardé el libro en el bolso y le vi coger su chaqueta antes de avanzar hacia mí, con aire un poco cansado, pero digno y atractivo incluso en la derrota. Y por un instante pude contemplar su figura enmarcada entre las velas rojas y amarillas de los candelabros del fondo.

—Te llevaré en mi coche —dijo—. No puedo permitir que te vayas así, con la que está cayendo.

No debería haberme negado, pero me negué. Fue una decisión visceral, aunque quizá lo aconsejable hubiera sido aceptar su ofrecimiento, que nada tenía ya que ver con el acoso ni con la galantería. Pero yo no podía saber que al negarme, involuntariamente, estaba actuando sobre los hilos de su destino y también sobre el destino de Ricardo. Y por eso, huyendo de él o de mí misma, le dije que no, que prefería coger un taxi, y solo entonces debió de comprender que lo de aquella noche en Sigüenza no había sido más que un simple accidente, un polvo olvidable que no volvería a repetirse: poco más que un leve arañazo en la piel que el tiempo ya había borrado sin dejar ni una huella de remordimiento o de nostalgia.

—Llévate al menos un paraguas —me dijo en el vestíbulo—, ya me lo devolverás mañana.

Cogí uno de los tres paraguas que había en el paragüero, el que me pareció más ligero o menos masculino, aunque los tres eran muy similares, y mientras esperaba el ascensor, allí parado ante la puerta de su casa se me antojó que, además de solo y abatido, Daniel Carvajal se quedaba también un poco desamparado. Un desamparo semejante al que a mí me invadió poco después cuando salí a la calle y, mientras corría hacia la parada del autobús, sentí la lluvia azotándome con furia, como para recordarme que me había equivocado marchándome de allí.

Cuando llegué a casa volví a llamar, en vano, a Ricardo, y luego me metí en la bañera; pero ni el agua ni la espuma ni las sales aromáticas lograron disolver los malos presagios que me atenazaban por dentro. Después, ya en la cama, me puse a leer *Las lágrimas de Belisa*, aunque no llegué a leer más de una docena de páginas porque no tardé en quedarme dormida con el libro abierto sobre el pecho. Entre las nieblas del primer sueño, mientras se me cerraban los párpados, mis pensamientos regresaron a Ricardo, sin sospechar que aquella noche, en la que yo dormí profundamente, iba a ser la última y la más larga de su vida.

40

A pesar de la lluvia de la noche anterior, aquella mañana amaneció soleada, con una luminosidad que tenía algo de espejismo. Tal vez por eso no solo las cosas, sino también las emociones, parecían desubicadas, como si estuvieran ocupando espacios que no les correspondían. Después de varias noches durmiendo mal, aquella había sido para mí plácida y reconfortante, quizá demasiado plácida para las sombras que aún se agitaban, con la obstinación de la culpa, dentro de mi conciencia. La intensa claridad de esa mañana tenía algo de irreal, como era irreal la sensación de bienestar que me invadía, o como también lo era el paraguas negro con el que, al salir, como si se tratara de alguna siniestra premonición, me tropecé en el recibidor de mi casa. Pensé que no era el día más oportuno para devolvérselo a Daniel, y menos aún en una mañana tan soleada, pero a pesar de todo salí a la calle con el paraguas colgado de la muñeca y con un sentimiento confuso que estaba a mitad de camino entre la ilusión, la esperanza y el miedo, con la sospecha de que además del paraguas o de aquel sol casi primaveral, había otras cosas que no estaban en su sitio.

Sin embargo, supuse que era mi propia manera de percibir la realidad la que seguía estando un poco alterada. Y esa sensación se prolongó cuando, pocos minutos después de las nueve y con *Las lágrimas de Belisa* dentro de mi bolso, llegué a la facultad y vi allí un coche de policía aparcado junto a un par de furgonetas de la televisión. Al principio pensé que la rueda de prensa había despertado más expectación de la prevista y, abriéndome paso entre los corrillos, busqué con la mirada a Daniel Carvajal, pero solo conseguí localizar a Sebastián Olivares, que venía hacia mí acompañado de Lola Merlo. Fue entonces, mientras ella me abrazaba y me preguntaba si sabía ya lo de Ricardo, cuando tuve que reinterpretar, de golpe, toda la realidad que me rodeaba.

Y cuando los dos me condujeron hacia el salón de actos y vi su cuerpo tendido sobre el escenario, lo primero que se me ocurrió fue la absurda idea de que me llevaban allí para ver algún ensayo; por eso no me sorprendieron la petaca o el libro de *La Celestina* que había junto a él, ni siquiera los montoncitos de cera derretida que había próximos al borde del escenario, o aquel montón de ceniza que se alzaba en el centro. Necesité aún algunos segundos para comprender que toda esa cuidada puesta en escena no había sido más que una extraña forma de venganza.

Pero todo se me volvió insoportablemente irreal cuando poco después, mientras hablaba en la cafetería con el comisario Tena, vi a Lola Merlo acercarse hasta nosotros con el rostro desencajado y noté que le temblaban las manos mientras decía: «Han encontrado a Daniel Carvajal muerto en su casa».

Las dos seguimos al comisario hasta el vestíbulo, donde vi a Sebastián Olivares abrumado en medio de un grupo de periodistas, en una improvisada rueda de prensa para la que ya no servirían ni el suyo, ni el mío, ni ningún otro discurso. Por una perversa paradoja, pensé, los periódicos del día siguiente no hablarían de libros sino de muertos. En sus titulares no figurarían los nombres de Juan de Pisuerga o Martín López Acuña, o los de Belisa y Luscinda, sino los de Ricardo Valle y Daniel Carvajal, unidos por un infausto protagonismo. Miré incrédula hacia el salón de actos y me dirigí hacia allí dispuesta a ver de nuevo a Ricardo, pero a mitad de camino me abordó el comisario para pedirme que le acompañara a la casa del decano.

Poco más tarde, aún demasiado aturdida frente al cadáver de Carvajal, no dejó de sorprenderme aquel desparpajo con el que Adolfo Tena usaba los adverbios cuando dijo que todas las piezas encajaban casi perfectamente. Fueran cuales fuesen sus conclusiones, las piezas podían encajar o no, y hasta podían encajar perfectamente, pero lo que no me parecía muy razonable era que encajaran perfectamente a medias; y entonces me pregunté si *Las lágrimas de Belisa* o yo misma tendríamos parte de culpa en que alguna de esas piezas no acabara de encajarle bien. En cualquier caso, supuse que el comisario Tena no tendría muchos reparos en limar a su antojo los bordes para que se acoplaran a la perfección dentro del engranaje de sus conjeturas.

Pese a sus aires rudos de labriego, el comisario razonaba con cierta sutileza, y puede que a aquellas alturas hubiese realizado ya, con muy buen tino, todas las conexiones que yo me negaba a reconocer y aceptar, tal vez por parecerme demasiado dolorosas o demasiado evidentes. Apenas una hora después de haberse descubierto los dos cadáveres, a él le había bastado con inspeccionar ambos escenarios y con interpretar no solo mis palabras, sino también mis silencios, para llegar a la misma conclusión a la que yo me sentía incapaz de llegar.

Cerré los ojos y creí oír un lejano rumor de olas rompiendo contra las rocas y pensé que el mar vendría en mi ayuda para lavar con su asperón de espuma y sal las manchas de mi conciencia. Pero el mar de mi infancia, pensé, solo era una gran fosa llena de muertos y quizá mi naturaleza ya había dejado de ser venusina y solar —como Marcos Villarrubia solía decirme— para transformarse en una naturaleza jupiterina y destructora que atraía los infortunios sin pretenderlo. A aquellas alturas empezaba a sospechar que en eso se había convertido mi vida, en un imán de desgracias, en una tierra baldía que a mi paso acababa siempre sembrándose de muertos. Y de pronto vinieron a mi memoria unas frases del monólogo de Pleberio, que tantas veces le había escuchado a Ricardo, y que ahora parecían haber sido escritas para mí: porque eso era mi vida, «un laberinto de errores, un desierto espantable, una morada de fieras, laguna llena de cieno, región llena de espinas, campo pedregoso, prado lleno de serpientes, huerto florido y sin fruto, fuente de cuidados, río de lágrimas, mar de miserias...».

Entre el fragor de las olas lejanas y el siniestro eco de esas palabras tantas veces escuchadas, oí también el ruido de la lluvia de la tarde anterior azotando los cristales y pensé que aquellas aguas venían cargadas de presagios. Unos presagios de muerte que, sin embargo, yo no había querido o no había sabido escuchar, como tampoco había escuchado a Daniel pidiéndome que no me marchara todavía. Cerré los párpados aún con más fuerza, intentando sacudirme todos esos ruidos y recuerdos confusos, y tuve la esperanza de que, al abrirlos de nuevo, me encontraría lejos de allí, tumbada en la playa de mi pueblo o viendo romper las olas en los acantilados, ajena a aquel laberinto de errores y a toda aquella sucesión de desdichas en donde me encontraba atrapada. Pensé que, al abrirlos, la realidad se desvanecería lo mismo que un mal sueño, pero mis ojos volvieron a toparse con el cuerpo inerte de Daniel Carvajal y con la mirada atenta del comisario, que ajeno a mis reflexiones y a mis temores más ocultos, con esa falta de pudor que tenía para usar los adverbios, repitió:

—Casi perfectamente.

Mi inteligencia o mi sagacidad eran, sin embargo, mucho más rudimentarias que las de Adolfo Tena y por eso en mi cabeza se abrían demasiados vacíos que mi imaginación no conseguía rellenar. Quizá por la conmoción que las dos muertes me habían provocado, me faltaba lucidez para hacer las conexiones necesarias y relacionar las causas y los efectos. Dentro de mi mente todo se había vuelto confuso, como si lo contemplara a través de algún filtro deformante que solo me permitía captar acciones dispersas y realidades borrosas. Tan solo comencé a aceptar las evidencias tras hablar con Irene Vidal el mismo día del entierro de Daniel, al que acudieron todos los antiguos compañeros del grupo de teatro.

41

A los dos los enterraron el mismo día y a la misma hora, aunque en cementerios distintos. A Ricardo se lo llevaron a enterrar a su pueblo y eso nos dejó, sobre todo a mí, la amarga sensación de que, una vez más, le abandonábamos. Los demás se enteraron de su muerte cuando su cadáver estaba ya dentro del coche fúnebre, a muchos kilómetros de allí, y fui yo quien tuvo que contarles, tratando de que pareciera verosímil, lo que para ellos era una historia descabellada y absurda, que había terminado de golpe con dos muertos. Dos cadáveres que para ellos no guardaban ninguna conexión entre sí, pero entre los que yo era, sin ninguna duda, el único vínculo posible.

Y por eso, porque me sentía como el nudo que unía los dos cabos de una misma cuerda, ambas muertes, aunque cada una de un modo distinto, cayeron sobre mí con el peso de una acusación. Desde el naufragio de mi padre yo había tenido la certeza de que todos los muertos pesaban de la misma forma en la memoria de los vivos, pero comprobé que estaba muy equivocada, porque cada muerto tenía su propio carácter, su propia impregnación y hasta su propia estética. Apropiándome de una palabra que recordaba haber leído en el muestrario botánico de Marcos Villarrubia, pensé que cada muerto tendría también su propia resiliencia, su manera personal de resistir al tiempo y al olvido.

Y mientras los recordaba a ambos exánimes, a uno sobre el escenario y al otro sobre el suelo de su salón, comparé las diferentes huellas que la muerte había dejado en su rostro. El de Ricardo tenía el aspecto de esos muertos indecisos que no acababan de marcharse del todo, con los ojos entreabiertos y detenidos en una última mirada de rencor o de miedo, y con los músculos paralizados en una mueca convulsa que parecía de desprecio o de dolor. El de Daniel, por el contrario, era el aspecto de quien parecía reconciliado con su condición de cadáver, con los párpados cerrados y una expresión extrañamente serena, como si en el último instante hubiera mirado a la muerte con la misma arrogancia o con la misma indiferencia con que lo había mirado todo en su vida.

Pensaba aquello ante la tumba de Carvajal, mientras veía, como a través de un velo que todo lo volvía difuso, a Sebastián Olivares acariciándose la barba con mirada ausente, y a su lado a Lola Merlo mordiéndose los labios con rabia, pero con ese deje de sensualidad que impregnaba todos sus gestos. Entre muchas otras caras desconocidas, veía a Lorenzo Blanco con los hombros hundidos como si estuviera soportando en ese instante el peso de todas las lápidas del cementerio. Y veía a los compañeros de Bambalinas 9, tan próximos pero al mismo tiempo tan lejanos, incrédulos y absortos ante la escena que contemplaban y seguramente con la frustración de encontrarse, igual que yo, en el entierro equivocado. Su distancia era mi propia distancia y el suyo era también mi propio desconcierto, pero más allá de la perplejidad que reflejaban sus rostros, creí advertir en ellos una lejanía diferente, la que mediaba entre unos mundos que se habían vuelto ajenos y sin comunicación entre sí, y que apenas tenían ya en común más que los recuerdos.

Desde esa distancia a veces nos sorprendíamos mirándonos unos a otros escrutadoramente, con miradas que tenían algo de acechantes. Nos observábamos unas veces con incredulidad y otras con recelo, quizá calculando la parte de responsabilidad que nos pudiera corresponder a cada uno en la muerte de Ricardo. Y mientras el ataúd de Daniel iba cubriéndose de tierra, supuse que todos sentirían la misma extrañeza que yo al ver que estaban enterrando al muerto equivocado, y también la misma tristeza al imaginar que, a muchos kilómetros de allí, Ricardo estaría rodeado en su muerte de la misma soledad que le había rodeado en su vida. Incomprensiblemente, varios meses después de nuestra última reunión el destino nos había juntado en un cementerio donde ni siquiera estábamos enterrando al muerto al que nosotros habríamos preferido acompañar.

Para los que no habían vuelto a verme desde finales de junio, yo era sin duda la más cambiada por el nuevo corte y color de mi pelo, que nada se parecía a los rubios bucles de aquella Melibea a la que ellos recordaban. Por esa razón, o porque era yo misma quien lo miraba todo con ojos diferentes, veía a Irene Vidal nerviosa y como parapetada tras unas gafas de sol que no solo parecían proteger sus ojos sino también algún secreto que, como supe después, estaba deseando compartir conmigo. Una parte de ese secreto aún no se hacía visible bajo el largo abrigo oscuro que llevaba.

A Agustín Castillejo lo noté mucho más demacrado, con una delgadez enfermiza y unos ojos vidriosos en los que se reflejaba el brillo de algunas lágrimas que no acababan de brotarle. Su mirada turbia probablemente buscaba a Ricardo en aquel ataúd donde no estaba, y a veces reparaba en Irene o en mí y se quedaba unos segundos mirándonos con cara inexpresiva, como si no acabara de reconocernos. Bajo los efectos de su última resaca, supuse que estaría imaginando, igual que los demás, que nos encontrábamos sobre algún escenario con decorados de cartón piedra, representando alguna macabra escena en la que, por una vez, todos teníamos el mismo papel de figurantes.

A su lado, más pálida que nunca y sin maquillar siquiera, estaba Sandra Valero, con el aspecto ajado y sonámbulo de quien llevaba los últimos meses respirando el aire recalentado de las bibliotecas. La combativa Sandra, pensé, la contestataria Lucrecia que me había disputado el papel de Melibea, la rebelde criada que se había pasado el último año de carrera enarbolando pancartas subversivas, aparecía ahora ante nuestros ojos más sumisa que nunca, y apenas había abierto la boca más que para decir que llevaba cinco meses casi enclaustrada memorizando temarios, subrayando apuntes y sometiendo la mierda de su vida a una disciplina casi monástica. Y junto a ella, Alfonso Rivas, que había sido el último en llegar y estaba también a punto de marcharse, había aparecido con una chaqueta marrón de pana y una camisa de un rojo chillón que, según nos dijo muy ufano, eran como su uniforme de faena, un traje de corte proletario con el que iba anunciando su militancia en el Partido Comunista, donde se dedicaba a confeccionar carteles, a diseñar estrategias electorales y a escribir discursos para los líderes del partido.

Y allí, tan esquivas como siempre, estaban también Susana Cuevas y Lucía Baena, que apenas me habían dirigido la palabra y que en su momento no solo no habían aceptado de buen grado sus papeles de Elicia y Areúsa, sino que además habían apoyado, aunque con poca suerte, a Sandra Valero y a Alfonso Rivas para los de Melibea y Calisto. Tan solo la presencia de Marcos Villarrubia, que en ningún momento dejó de estar junto a mí, evitó que me sintiera sola y perdida; aunque parecía envuelto en ese halo de escéptica lejanía desde donde lo miraba todo, a su lado tenía la sensación de hallarme acompañada y protegida en medio de un grupo de extraños.

Más que antiguos compañeros de clase, incluso más que un grupo de buenos amigos que tantas ilusiones y tantos desvelos habíamos compartido entre las bambalinas, parecíamos un coro de espectros congregados por la fatalidad. Como si el destino, en otro de sus guiños más sarcásticos, pretendiera seguir jugando con nosotros, allí estábamos reunidos de nuevo, aunque en el lugar equivocado y enterrando a un muerto que ni siquiera nos importaba. Como si se tratara de un signo más de esa generación nuestra que siempre había llegado a destiempo a todas partes, nos veíamos asomados a las profundidades de una fosa cuyo interior tenebroso aparecía como un símbolo de nuestras verdaderas señas de identidad: encontrarnos, una vez más, en el lugar donde no nos correspondía. Y mientras la tierra seguía cubriendo el ataúd de Daniel Carvajal y la sombra de Ricardo se hacía más viva entre nosotros, pensé que con aquellos dos ataúdes estábamos sepultando también, ya para siempre, todos los años y todos los sueños compartidos.

Fue Irene Vidal quien propuso, después del entierro, que comiéramos juntos. Pero todos comprendimos que esa comida no sería más que un espejo donde solo aparecerían reflejadas nuestras dudas y nuestros miedos, y tal vez por eso, porque era pronto todavía para enfrentarnos a la imagen borrosa de nuestro futuro, uno tras otro, con pretextos o sin ellos, se fueron despidiendo. Incluso Marcos Villarrubia, para mi sorpresa, se excusó diciendo que tenía cosas que hacer aquella tarde, y al final, ante las puertas del cementerio, nos quedamos solas Irene y yo, como dos extrañas en el centro de un escenario en el que parecían habernos abandonado los actores secundarios para que nos enfrentáramos solas al diálogo final. Entonces comprendí que, sin yo saberlo, ella había tenido en aquella historia mucho más protagonismo del que me imaginaba. Lo comprendí antes de que cogiera mi mano entre las suyas mientras, con un tono casi suplicante, me decía:

—Tengo que hablar contigo.

42

El taxi nos dejó ante la cafetería que estaba frente a la casa de Daniel Carvajal. Desde ese momento supe que Irene tenía más de un secreto que contarme y para hacerlo había elegido el peor de los escenarios posibles, o al menos el que a mí me traía los peores recuerdos.

—Luego te explico por qué hemos venido aquí. ¿Quieres una cerveza o te apetece mejor un café?

Nos sentamos en una de las mesas próximas a la calle, desde la cual se veía, justo enfrente, el portal de la casa de Daniel, y decidí que mi estómago solo admitiría un té bien caliente. Irene pidió un café y resopló abrumada, como si la sombra de los dos muertos hubiera comenzado a pesar también sobre ella.

—La verdad es que no sé por dónde empezar.

Movió las manos como si intentara ordenar el aire antes de ordenar sus propias palabras y luego se quitó las gafas. Más allá de sus párpados hinchados y enrojecidos, y de sus grandes ojeras, en el negro de sus ojos vi brillar un destello que me estremeció. Fue como contemplar de golpe las profundidades de un abismo al que ella permanecía asomada y al que seguramente pretendía que yo me asomara también.

—Es que me siento un poco culpable de todo esto que ha pasado.

Mientras un camarero ponía las bebidas sobre la mesa, pensé que aquellas palabras me correspondía haberlas pronunciado a mí y supuse también que Irene Vidal, siempre tan segura de sí misma, estaba desmoronándose por dentro. Desde que nos habíamos quedado solas en la puerta del cementerio, yo no había dejado de imaginar qué parte del protagonismo de Irene en aquella historia me habría pasado inadvertido, y ahora comenzaba a sospechar que quizá había ocurrido lo mismo que cuando actuábamos: que a mí me había correspondido el papel de protagonista visible, mientras que ella, a cierta distancia, habría estado moviendo los hilos.

—¿Sabes quién es el padre?

Se recostó contra el respaldo del asiento mientras se acariciaba el vientre, cuya ligera hinchazón apenas resultaba visible. Negué con la cabeza y supuse que fuera cual fuese su respuesta no podría afectarme demasiado. Por eso cuando escuché el nombre de Daniel ni siquiera me sorprendió, solo vino a confirmarme que ella había sido, una vez más, la dueña de un escenario cuyo centro creía, en mi ingenuidad, haber ocupado yo. Irene siempre había tenido la habilidad de aparecer o desaparecer del primer plano, sabía conceder a cada cual el tiempo de lucimiento que necesitaba, y quizá, sin yo darme cuenta, también había sucedido algo así en aquella historia: nos habíamos estado moviendo en dos tramas paralelas, una de las cuales había permanecido oculta para mí.

—Hacía casi un año que teníamos relaciones, aunque lo llevábamos con mucha discreción. Y por lo que veo, tú tampoco lo sabías.

—Puedes estar segura de que es lo último que se me habría ocurrido —dije, fingiendo un gesto de sorpresa mientras, llevada por un impulso solidario, pensaba que Irene habría sido víctima, igual que yo, de las artes depredadoras de Daniel. Después la vi agarrar su taza con las dos manos, como si necesitara algún punto de apoyo antes de continuar.

—Siempre he tenido un olfato especial para meterme en líos, ya me conoces. A mí nunca se me habría ocurrido ligármelo, pero fue él quien dio el primer paso. Yo creo que empezó a fijarse en mí después de que estrenáramos *La Celestina*. Fue una de aquellas tardes de junio, después del estreno, cuando nos encontramos en la facultad y estuvimos hablando un buen rato, de nada en especial, de teatro y todo eso, pero me invitó a cenar esa noche y ya sabes, después acabamos en su casa... Me enamoré de él como una cría y creo que él también se encaprichó de mí. ¿Recuerdas que te hablé de una vidente? Las cartas me dijeron que un viaje cambiaría mi vida y ese viaje se cumplió pocos meses más tarde. A mediados de septiembre estuvimos en Londres una semana. Y de verdad que fue maravilloso.

Recordé que por esas fechas, cuando aún Ricardo y yo no habíamos logrado hablar con el teniente Recarte, fue cuando me encontré en el contestador el mensaje de Carvajal y estuve llamándole durante varios días. Y mientras yo andaba por entonces medio desquiciada, Irene Vidal se paseaba dichosa por las riberas del Támesis, en esa otra trama paralela que el destino, una vez más, le había concedido protagonizar.

—Fue allí donde me quedé embarazada, aunque preferí no decirle nada al principio. Las cosas marchaban muy bien entre nosotros y seguíamos viéndonos a escondidas. Yo quería creer que era para él algo más que carne fresca, esa que tanto les gusta a los hombres maduros, no sé si habrás estado con alguno... —Hizo una pausa y me pareció que acababa de hacerme una pregunta cargada de intención, pero desvié la mirada y le di un sorbo a mi té como para darle a entender que no me daba por aludida—. Pero cuando le dije lo del embarazo no se lo tomó muy bien, por lo menos no tan bien como yo esperaba. Me propuso que abortara, pero esta vez no estaba muy convencida. Uno de esos días volví a visitar a la vidente, ya ves qué poco claro lo tenía. Las cartas tampoco me aclararon mucho las cosas y al final decidí no abortar, aunque me imaginaba que eso iba a traerme problemas con él. No me equivoqué.

Consciente de que había ciertos detalles de su vida íntima que no me interesaba conocer, continuó por otro flanco que me afectaba de una manera mucho más directa:

—Las cosas empezaron a torcerse después de la muerte de don Ramiro. Comenzó a obsesionarse con esos libros que andabais buscando y que de pronto se convirtieron en lo único importante para él. Cuanto más se preocupaba por ellos creo que iba sintiendo cada vez menos interés por mí, y no sé hasta qué punto tú habrás tenido algo que ver en ello.

—¿En qué sentido? —pregunté, sin saber muy bien si había curiosidad o reproche en sus últimas palabras.

—En qué sentido va a ser... No te hagas la ingenua. Cuando supe lo de tu contrato, me imaginé que habría entre vosotros algo más que una simple relación profesional.

Como tantas otras veces, la vi imaginariamente plantada en el centro del escenario, dueña de todos los secretos y de todas las voluntades, manejando los hilos ocultos de todos los personajes que se movían a su alrededor, y supuse que, si sabía lo del contrato, no habría intimidades de mi vida que no conociera ya.

—Nunca hubo entre nosotros nada que estuviera más allá de lo profesional. —Traté de poner en la última palabra el mismo énfasis que había puesto ella—. Aunque para ser sincera, te diré que nos acostamos una vez. Fue en Sigüenza, tuve un momento de debilidad, lo reconozco.

—Eso ya lo sabía, me lo dijo él mismo —confesó, con una naturalidad en la que no parecía haber ningún asomo de rencor—. De todas formas, ya te he dicho que entre él y yo las cosas habían empezado a torcerse antes, cuando le conté que estaba embarazada y que no tenía intención de abortar. Me advirtió que no estaba dispuesto a asumir la paternidad. Su carrera, su independencia, su libertad..., ya sabes, todas esas cosas que dicen los hombres cuando no quieren comprometerse.

Se esforzaba por aparentar indiferencia, pero noté que sus pupilas estaban humedecidas por el brillo contenido de alguna lágrima, y más allá de la coraza con la que intentaba cubrirse creí ver un fondo de indefensión y desconsuelo. Miré hacia el portal de enfrente y la imagen de Daniel Carvajal, en su versión más siniestra, apareció de pronto ante mí, y en un impulso que tenía algo de compasión y de ternura, cogí sus manos entre las mías.

—Lo que no entiendo es por qué tienes que sentirte culpable de nada.

—Se nota que veías poco a Ricardo últimamente...

Como si se hubiera dado cuenta de su propia debilidad y se negase a aceptarla, su mirada se endureció y entonces comprendí que me había equivocado, que era yo la vulnerable y ella estaba dispuesta a escarbar, sin ninguna compasión, en lo más profundo de mis vísceras.

—Nos habíamos distanciado bastante —reconocí, mientras soltaba sus manos—. Estaba muy raro conmigo últimamente, creo que me rehuía.

—¿Te rehuía? ¿No serías tú quien huía de él? Me contó lo de la catedral, y también me contó lo de aquella noche en tu casa, cuando tuviste con él otro momento de debilidad...

Sentí su ironía clavándose como una aguja dentro de mí, penetrando hasta algún órgano que no podía situar en ninguna zona de mi cuerpo pero donde estaban alojados todos mis remordimientos; y el veneno de ese aguijón se mezcló con la alarma de comprobar que, en efecto, mi vida íntima no tenía secretos para ella. Por eso comencé a sospechar que si me había llevado a aquella cafetería solo era con la perversa intención de colocarme frente al espejo de mis propias miserias.

—Lo mío con Ricardo no podía funcionar de ninguna manera. No sé lo que él te contaría, pero lo de aquella noche en mi casa tampoco funcionó. Quiero decir que fue él quien no funcionó, ya me entiendes, quizá estaba demasiado borracho... Desde aquella noche no volví a verlo, creo que fue a partir de entonces cuando empezó a esquivarme.

—Pues estaba enamorado de ti, supongo que te darías cuenta. —Hizo una pausa y me miró fijamente, como esperando de mí alguna respuesta, pero me limité a mover la bolsita de la infusión dentro de la taza—. El caso es que a medida que se alejaba de ti, iba acercándose cada vez más a mí. Creo que comenzó a cogerme cariño desde la noche aquella que estuvimos en el Viaducto. Me llamaba a menudo, me lo contaba todo y no dejaba de hablarme de ti y de vuestros viajes a Sigüenza, y de esos proyectos que teníais entre manos. También, de vez en cuando, me hablaba de Daniel y no te imaginas con cuánto desprecio... Un día me dijo que Daniel estaba destrozándole la vida, pero no solo a él, sino a todos los que se cruzaban en su camino. Esto no sé si lo diría también pensando en ti, pero seguro que en mí sí pensaba. Me lo dijo el mismo día que yo le conté lo de mi embarazo.

Mientras bebía un sorbo de aquel té que empezaba a saberme cada vez más amargo, repasé fugazmente todo lo que me había ocurrido durante el último año de mi vida y no encontré razones para pensar que Daniel Carvajal hubiese sido el responsable de mis desdichas. Al contrario, era a partir de ahora, tras su muerte, cuando veía que estaban a punto de truncarse algunas de mis ilusiones y de mis proyectos.

—Y también me dijo otra cosa. —Me puse en guardia porque comprendí que Irene ya no iba a tener ninguna clase de misericordia conmigo—. Me dijo que te habías vuelto como Daniel y que no habías cumplido la promesa que le hicisteis a don Ramiro.

—Eso no es verdad —protesté.

—Yo me limito a contarte lo que me dijo. Y eso me lo dijo hace solo dos días, aquí mismo, sentados en esta mesa. Vosotros acababais de llegar de Sigüenza y nosotros llevábamos aquí sentados ya más de una hora. —Se quedó mirando hacia el portal de enfrente y recordé con un escalofrío que esa tarde, mientras aparcábamos, tuve la sensación de que nos observaban, y esa sensación había vuelto a repetirse después al asomarme a la ventana—. Cuando Sebastián se despidió de vosotros, los dos pensamos que tú ibas a marcharte también, pero le seguiste como una perra en celo. Esas fueron las palabras de Ricardo: como una perra en celo. Y eso es lo que yo también pensé, pero no solo de ti, sino de mí misma, porque es lo que he estado haciendo todo este tiempo...

—No sé si tú te habrás sentido así, pero yo desde luego no. Lo que no entiendo es qué hacíais aquí esa tarde espiándonos.

—No os estábamos espiando, aunque tampoco estábamos aquí por casualidad. —Se quedó moviendo distraídamente la cabeza, en un gesto de negación con el que parecía darme a entender que nada sucedía por azar—. Si me dejas, te lo cuento.

Se tomó su tiempo, apuró su café y, como si hubiera decidido concederme una tregua, o concedérsela a sí misma, se levantó y se dirigió a los lavabos. Mientras tanto, mirando hacia el portal de enfrente, recordé todos y cada uno de los pasos que, ajena por completo a la mirada de los dos, yo había dado aquella tarde desde que Sebastián dejó el coche aparcado ante la casa de Daniel. Y de nuevo, perfilada con rasgos cada vez más inquietantes, la sombra de Irene apareció ante mí moviéndose en mitad de un escenario por donde su protagonismo no dejaba de agrandarse. Pero en medio de ese escenario que ambas habíamos compartido, la de Ricardo continuaba siendo para mí una figura borrosa, que iba y venía entre dos puntos del espacio y del tiempo sin conexión entre sí. Uno de esos lugares era aquella misma cafetería, desde donde nos habían visto llegar de Sigüenza; y el otro era el escenario del salón de actos de la facultad, donde yo le había visto muerto más tarde. Y en medio, un largo vacío de quince horas que mi imaginación se negaba a rellenar, como si ese tiempo fuese un paréntesis de horror que solo dentro de una pesadilla podía haber sucedido.

—Ni estábamos aquí por casualidad ni os estábamos espiando —repitió cuando estuvo de nuevo sentada frente a mí—. Daniel tenía muy pocos secretos para mí, y lo que no me contaba él ya me encargaba yo de sonsacárselo. Sabía lo de esos libros y sabía también lo de tu contrato, pero esas eran cosas que a mí me traían sin cuidado; a mí solo me interesaba él. Él y esto que llevo aquí dentro, claro.

Se acarició el vientre con mucha dulzura, pero no fui capaz de discernir si sus dos últimas frases estaban dictadas por el amor o solo por el egoísmo.

—El caso es que me di cuenta de que lo nuestro no duraría mucho, sobre todo desde que decidí que no iba a abortar. Seguíamos viéndonos de vez en cuando, pero yo notaba que él tenía la cabeza en otra parte. Últimamente ni me llamaba por teléfono y cuando yo le llamaba siempre encontraba algún pretexto para no quedar conmigo. Empezaba a estar ya un poco harta y una mañana me pasé por la facultad dispuesta a dejar las cosas claras. Pero elegí un mal día: entre la huelga, las asambleas y todo lo demás, el ambiente andaba muy revuelto. Me dijo que no tenía tiempo para que habláramos de lo nuestro, pero sí me contó que el asunto de los libros iba por buen camino y que si todo salía como esperaba, durante los próximos días tendría que conformarme con verle en la televisión o en los periódicos. Le mandé a la mierda, como ya te puedes imaginar.

Ante mi desconcierto, hizo una pausa como si de pronto hubiese llegado a alguna difícil encrucijada y no supiera por dónde continuar; pero todos los caminos la conducían al mismo punto fatídico: ese instante en el que habían comenzado a funcionar los engranajes de una maquinaria que avanzaba inexorable hacia la desgracia. Una maquinaria en la que el azar y nuestras propias decisiones quizá habían intervenido en la misma medida y con la misma falta de piedad.

—Ricardo me llamó después de comer y le noté bastante nervioso. Había vuelto hacía poco de su pueblo, no sé si ya sabes que murió su madre. Se encontró un mensaje tuyo en el contestador, pero al parecer no le había quedado muy claro lo que querías...

—Le decía que nos íbamos a Sigüenza y que si llegaba a tiempo de coger el recado, estuviese a las nueve en la puerta de mi casa.

—No lo cogió a tiempo porque salió del hospital esa misma mañana, a eso de las doce. Según me contó, estuvo en la manifestación del otro día y tuvo muy mala suerte. Hubo jaleo al final por los alrededores de Cibeles y acabó con una brecha en la frente y dos costillas fracturadas. En cuanto oyó tu mensaje lo primero que hizo fue llamarme a mí. Creo que últimamente, según me dijo, tú nunca has estado cuando te necesitaba.

—No es justo que digas eso —la interrumpí con brusquedad—. Le había estado llamando durante el día anterior, pero de todas formas ya te he dicho que en las últimas semanas se había alejado mucho de mí. Ni siquiera me llamó para decirme lo de su madre.

—Bueno, pues el caso es que me llamó a mí para ver si yo podía aclararle algo. Daniel me había contado que os ibais esa mañana a Sigüenza y eso es todo lo que le dije. Quizá no debería haberlo hecho, por eso me siento un poco culpable de lo que ocurrió después. Lo del viaje, como ya te imaginarás, a Ricardo no le hizo ninguna gracia. Fue después de saber eso cuando se empeñó en que viniéramos aquí. A mí, después de tantos días poniéndome excusas, no me apetecía volver a ver a Daniel; pero Ricardo insistió tanto que tuve que acompañarle. Serían las cuatro y media cuando nos presentamos ahí en su casa, pero no habíais llegado todavía y entonces se me ocurrió que esperáramos aquí. Era el mejor sitio para veros llegar mientras nos tomábamos un café. Eso fue lo que yo me tomé, un café, pero él se bebió una ginebra y luego otra y no pude evitar acordarme de aquella noche en el Viaducto.

Sus ojos volvieron a empañarse y me la imaginé de nuevo, indecisa, ante algún cruce de caminos por los que no se decidía o no se atrevía a avanzar. Y viendo sus dudas, que seguramente se alimentaban, al igual que las mías, de la culpa y del miedo, comprendí que las dos estábamos unidas al destino de Ricardo, a quien me imaginé allí sentado, en el mismo lugar donde yo estaba ahora, mirando hacia el portal de enfrente con la conciencia turbia ya por el alcohol y tal vez situado también en alguna encrucijada que habría de llevarle por la más tenebrosa de todas las sendas posibles.

—No sé por qué todo se torció de repente. En cuanto os vimos llegar, una hora después, lo primero que hice fue llamar al camarero, aunque Ricardo no me dejó pagar, se empeñó en invitarme. Luego, mientras os despedíais, me preguntó quién era ese tío que os acompañaba, Sebastián Olivares. No le conozco mucho pero sí lo suficiente para saber que tiene un buen cargo en el ministerio. Ricardo se fijó enseguida en esa bolsa negra de deporte que sacasteis del maletero y dijo que habíais pescado algo, así con esas palabras; supuse que se refería a los libros. Me pareció que aquel era el momento oportuno y me levanté creyendo que él haría lo mismo, pero me equivoqué. Me agarró del brazo y dijo que era mejor esperar un poco todavía. Tenía los ojos vidriosos y, aunque parecía tranquilo, noté que le temblaban las manos mientras encendía un pitillo...

Irene miró de reojo hacia la calle, como si temiera encontrarse allí materializada la sombra de Ricardo y pensé que, al menos por una vez, aquella tarde seguro que ella habría preferido, igual que yo, encontrarse a mucha distancia del centro del escenario.

—Yo sabía que después de despedirse Sebastián subirías a su casa; muy en el fondo tenía la esperanza de que no lo hicieras, pero estaba segura de que lo harías. A él le sorprendió mucho más que a mí, porque fue entonces cuando dijo eso de que ibas detrás de él como una perra en celo...

—Fue él quien se empeñó —dije, con un tono que a mí misma me sonó a excusa innecesaria y torpe—. Estuvimos hablando y echándole un vistazo a los libros. Y también abrió una botella de champán, pero casi no lo probé.

—Pues mientras vosotros brindabais, Ricardo se pidió otra ginebra y entonces empecé a sentirme muy incómoda. Yo no sé lo que en aquellos momentos estaría pasando por su cabeza, pero sí te puedo decir lo que estaba pasando por la mía. Los dos habíamos perdido la naturalidad y ya ni siquiera sabíamos de qué hablar. Él bebía y fumaba sin parar y a mí aquella situación se me hacía cada vez más insoportable. Estábamos aquí como dos estúpidos, sin dejar de mirar hacia allí, sin saber qué decirnos y tratando de imaginar lo que podría estar ocurriendo ahí arriba.

—Ahí arriba no ocurrió nada, puedes estar segura. Aunque te mentiría si te dijese que no lo intentó.

—El muy cabrón.

Sus palabras, desprovistas de rencor, ya solo pretendían restablecer una vaga complicidad entre las dos; una complicidad que nacía de un vínculo mucho más poderoso que el de la amistad o el teatro, y a través del cual se conectaban los hilos de nuestro destino. Y ese vínculo tenía mucho que ver con el hecho de que hubiéramos compartido, aunque quizá con el hombre equivocado, los últimos instantes de la vida de cada uno. Se acarició el vientre otra vez, en un gesto casi aprensivo con el que acaso pretendía alejar de su cuerpo algún veneno que Daniel le hubiese inoculado, y continuó:

—Llovía mucho en esos momentos y ¿sabes lo que se le ocurrió entonces? Salió a la calle y se quedó ahí un par de minutos mojándose, con el cigarrillo en la boca y levantando de vez en cuando los brazos al cielo. Tenía la misma sonrisa de aquella noche, cuando estuvimos en el Viaducto, y te confieso que, igual que entonces, me dio un poco de miedo, había llegado a ese punto en el que resultaba imprevisible. Cuando volvió a entrar, empapado hasta los huesos, le dije que era el momento de subir, pero se sentó otra vez y siguió fumando y bebiendo tan tranquilo. Luego sacó una pastilla blanca de una cajita metálica y, después de trocearla, la disolvió en el vaso de ginebra; supuse que sería una aspirina. Entonces supe que ya no habría manera de convencerle. Le dije que no estaba dispuesta a alargar ni un minuto más aquella situación y que iba a marcharme si continuaba bebiendo, pero no me hizo caso...

Sacó un pañuelo de su bolso, se secó una lágrima que había comenzado a rodar por su mejilla y recordé que más o menos en esos instantes, mientras Irene se deshacía ante Ricardo en un mar de dudas, yo también andaba librando, con Daniel y conmigo misma, mis propias batallas. Las dos habíamos sido víctimas de la misma indecisión o de la misma angustia, a las dos nos habían asaltado los mismos presagios y las dos nos habíamos quedado finalmente con un parecido sentimiento de culpa.

—Me marché poco después. Eran casi las seis. Quizá no debí dejarle solo, pero no soportaba más aquella absurda situación. Se quedó aquí, agarrado al vaso de ginebra y ni siquiera me miró cuando me despedí de él. No sé lo que ocurriría después, pero no me cuesta mucho imaginármelo.

—Yo me marché un poco más tarde, a eso de las seis y media —dije, mientras pensaba que Irene y yo, por razones distintas, habíamos dejado solos a Daniel y a Ricardo, abandonados frente a su propio destino.

Intenté imaginar lo que podría haber ocurrido a partir de aquel instante, sin embargo no conseguí que las imágenes acudieran a mí de una manera congruente. Supuse que Ricardo me vio abrir el paraguas bajo la marquesina del portal y luego probablemente me vería correr hacia la parada del autobús, que en esos momentos acababa de detenerse a pocos metros de allí; o puede que incluso intentara salir a mi encuentro o me llamara desde la puerta del bar. Ya nunca llegaría a saber si desde allí, bajo la lluvia, habría gritado mi nombre como un náufrago que intentara abrazarse a la única tabla de salvación que le quedaba; o si, por el contrario, habría continuado sentado, apurando su última ginebra mientras me miraba con gesto indiferente y rencoroso, y habría visto marcharse mi autobús antes de salir a la calle, antes de cruzar, dando traspiés entre los charcos, hasta la otra acera. A partir de esa escena mi imaginación se bloqueaba y, como si tuviese ante mí un cristal biselado, más allá solo alcanzaba a ver sombras confusas e imágenes inconexas a las que seguían faltándoles vínculos, relación y sentido.

Mientras veía rodar de nuevo algunas lágrimas por sus mejillas, pensé que Irene y yo, sin pretenderlo, habíamos actuado aquella tarde con una extraña y despiadada sincronía, como si las dos nos hubiésemos puesto de acuerdo para activar la maquinaria de la fatalidad. Si alguna de nosotras hubiese decidido quedarse, las ruedas de esos funestos engranajes habrían girado, con seguridad, en una dirección diferente. Pero cada una por sus propias razones habíamos dejado a Daniel y a Ricardo abandonados a su suerte, o más bien a su desgracia, y por eso ahora nos quedaba la agria sensación de que habíamos puesto en sus manos una pistola con el cargador lleno de balas, y los habíamos dejado al uno frente al otro, solos y desamparados, para que ellos protagonizaran el desenlace de una inesperada tragedia.

Aunque mirándolo de otro modo, quizá éramos nosotras quienes nos habíamos quedado solas y con el mismo desamparo ante un telón que estaba a punto de caer definitivamente. Y a pesar de nuestra aparente complicidad, ese telón iba a dejarnos aisladas a cada una dentro de su propio mundo: unos mundos que, en el fondo, siempre habían estado y seguirían estando muy alejados entre sí.

Acabó de secarse las lágrimas y volví a estrechar su mano entre las mías, como para darle a entender que en aquel pañuelo mojado había también una parte de dolor que me pertenecía.

—¿Y ahora qué piensas hacer? —le pregunté, con la sospecha de que aquella pregunta me la estaba haciendo también a mí misma.

—No lo sé. Quizá vaya a hacerle una visita a aquella bruja, para que me diga cómo ve mi futuro.

Por primera vez en toda la mañana sonreímos sin ganas y, recordando a Erinia, se me ocurrió que quizá aquella no era tan mala idea porque también en mi futuro se habían abierto de golpe demasiadas incertidumbres a las que era preciso que me enfrentara cuanto antes.

43

Aquella noche tuve varias pesadillas y más de una vez me desperté sudando en mitad de alguna de ellas. No las recordaba con nitidez, pero sabía que Ricardo había sido el protagonista de todas, porque parecía haberse enquistado en alguna zona de mi conciencia de donde yo no podía desalojarle. En algunos de esos sueños la realidad y los recuerdos se mezclaban con las imágenes más grotescas, algunas de las cuales ni siquiera me pertenecían a mí, sino que formaban parte de los propios sueños que me había contado Ricardo. Y unas y otras imágenes se fundían, de una manera aterradora, dentro de mi cabeza y me dejaban la sensación de que Ricardo no se había marchado todavía.

En una de ellas aparecía él huyendo conmigo por las calles de Sigüenza, cogidos de la mano y perseguidos por la estatua del Doncel, que venía detrás de nosotros amenazándonos con su libro de alabastro por haber profanado su sueño en la catedral. También, pero desde un estado que pertenecía más a la vigilia que al sueño, le vi caminar como un funámbulo sobre la barandilla del Viaducto mientras recitaba sus frases favoritas del monólogo de Pleberio; y poco antes de despertarme a causa de unos ruidos, le vi quemando libros, desesperadamente, en una biblioteca donde ambos nos encontrábamos atrapados, dentro de un laberinto que tenía mucho de real.

Fue un golpe en la cocina lo que me despertó y enseguida encendí la luz, sin saber con certeza si aquel ruido había sonado todavía dentro del sueño o ya fuera de él. Incorporada en la cama, oí unas rachas de viento que batían contra las persianas y los toldos, y supuse, para tranquilizarme, que el aire habría derribado alguno de los trastos de la terraza. Me levanté, salí a la terraza y comprobé que todo estaba en un orden aparente, aunque la portezuela del armario metálico que usaba como trastero de vez en cuando daba unos golpes secos que, amplificados por el silencio de la noche, adquirían una resonancia siniestra.

Sentí la boca y la garganta resecas, igual que me había ocurrido algunas noches de mi infancia después de la muerte de mi padre, cuando mi imaginación me hacía ver sombras y siluetas confusas por los pasillos y por todos los rincones. Recordé las lamparillas de aceite que solía colocar mi madre y que servían, según ella, para guiar el espíritu de los difuntos por el purgatorio o para que su memoria no cayese en olvido, y se me ocurrió que quizá era eso, alguna lamparilla de aceite, lo que el alma extraviada de Ricardo necesitaba aquella noche. Entré en el salón y allí, sobre la mesa, vi *Las lágrimas de Belisa*, en el mismo lugar donde lo había dejado hacía ya dos días.

Regresé a la cocina, abrí el frigorífico y pensé que, a falta de somníferos, lo que mejor sentaría a esas horas a mi estómago y a mi cabeza era un vaso de leche bien caliente. Vacié la leche en un cazo y busqué la caja de cerillas, pero no estaba en la repisa donde tenía la costumbre de dejarla. Recordé que había usado las cerillas por la mañana para encender el calentador y las busqué en los cajones, encima de la nevera, por debajo de los muebles, incluso dentro de mi bolso, pero no las encontré por ningún sitio. Comencé a sentirme dominada por una inquietud que estaba más próxima al ridículo que al miedo, porque eran casi las cinco de la mañana y me sentía como un alma en pena que hubiese perdido, más que una caja de cerillas, el sentido común o la razón. Me miré en el espejo del recibidor y no fui capaz de reconocerme en aquella cara que parecía salida de alguna película de terror. Finalmente, vacié la leche en un vaso y me la bebí fría mientras pensaba que quizá estaba obsesionándome demasiado con la muerte de Ricardo.

A esas horas, con las tensiones y el cansancio que llevaba acumulados durante los últimos días, pensé ofuscada y avergonzándome al instante de mi propio delirio, que Ricardo quizá había decidido quedarse a vivir conmigo, dentro o fuera de mis sueños, y que aprovecharía cualquier rendija de mi conciencia para entrar en ella a su antojo.

No era tan supersticiosa como para creer en fantasmas, pero se agolparon en mi imaginación las sensaciones más aterradoras de mi infancia, y hasta la imagen siempre serena y vigilante de la mujer de la escalera adquiría ahora, al recordarla, un aspecto tétrico y amenazador. Supuse que las fuertes emociones de los últimos días estaban provocando dentro de mi cerebro una especie de chisporroteo que alteraba mi visión de la realidad, algo parecido a un estado alucinatorio que seguramente se desvanecería en cuanto los primeros rayos de claridad se filtrasen por la persiana.

Sin embargo, me resultaba insoportable la posibilidad de continuar así una sola noche más, de sobresalto en sobresalto, pendiente de los ruidos de la casa o expuesta a los horrores de nuevas pesadillas, como si se tratara de un amargo peaje que debiera pagar por mi mala conciencia. Fue por eso por lo que, después de haber terminado de leer *Las lágrimas de Belisa*, esa misma mañana decidí hacerle otra visita a la vidente.

44

Recordaba que la vez anterior Erinia me había parecido una embaucadora profesional, una timadora de barraca que se ganaba la vida explotando las dudas, los miedos y las debilidades de la gente. Pero aquella mañana me presenté ante ella dominada por un confuso sentimiento en el que la vergüenza y la angustia se mezclaban dentro de mí con el miedo más irracional. En cuanto me vio entrar, me recibió con una sonrisa mientras me dirigía un saludo que, por su excesiva familiaridad, me dejó aún más confusa de lo que ya estaba.

—Buenos días, Sara.

Pensé que aquella mujer debía de tener una memoria prodigiosa o que, en el peor de los casos, eran tan pocos los clientes que la visitaban que podía recordar su nombre varios meses después de haber pasado por su consulta. Pero cuando me senté frente a ella comprobé que, en efecto, se trataba más bien de lo primero.

—Te noto algo cambiada desde la última vez. Creo que ese corte y ese color de pelo te sientan mejor. Espero que los demás cambios de tu vida hayan sido también favorables.

Le agradecí el piropo y le dije que mi visita era la prueba evidente de que los otros cambios no habían sido nada favorables. Tampoco necesitaba ningunas dotes adivinatorias para deducir, solo por mi aspecto, que mi vida no era precisamente un reino de paz y de felicidad. Con un gesto rutinario aunque muy ceremonioso, colocó las cartas del tarot sobre el mantel, pero al instante, como si pretendiera defenderme contra alguna amenaza, puse mis manos sobre la baraja y le dije que no eran las cartas el motivo de mi visita. Me miró como tratando de adivinar las razones de mi presencia allí, pero transcurrieron varios segundos y finalmente tuve que romper un silencio que comenzaba a prolongarse demasiado.

—He perdido a un amigo y estoy bastante preocupada —dije por fin, sin saber si había acertado con las palabras precisas.

—¿Un amigo muy querido?

—Solo un amigo —repetí, sin titubeos.

—Y esa preocupación que dices, ¿tiene algo que ver con el miedo, con el dolor, con el amor, con la culpa...?

Estuve a punto de responderle que con todos esos sentimientos a la vez, pero preferí ser más concreta y le hablé con brevedad de Daniel y de Ricardo; después, saltándome muchos otros detalles que no le interesaban, terminé contándole las raras sensaciones que había experimentado la noche anterior. Cuando me oyó hablar de las pesadillas, de los ruidos que no me habían dejado dormir o de la caja de cerillas que había desaparecido inexplicablemente, advertí que su cara se iluminaba como si hubiese encontrado el diagnóstico perfecto para todos mis males. Me dijo que ella tenía poderes mediúmnicos y que estaba dispuesta, si lo deseaba, a contactar con el espíritu de Ricardo. Le contesté que no, que me conformaba con su consejo, y me advirtió que eso era como si un enfermo prefiriese escuchar al cirujano en vez de entrar en el quirófano. Después, con un tono casi de salmodia, se puso a hablar de las numerosas clases de muertos que existían y la escuché al principio sin demasiado interés, dejándome invadir por un sopor que se debía no solo al deje monótono de su voz, sino también al sahumerio de las varillas de sándalo y de las velas aromáticas. Solo cuando oí que se refería a los muertos indecisos volví a prestar atención a sus palabras.

—Son muertos que no acaban de marcharse del todo. Por alguna razón misteriosa, se quedan impregnando los lugares donde vivieron o donde murieron, y a veces permanecen durante algún tiempo como atrapados en un limbo que es para ellos una especie de tierra de nadie. Es como si hubiese un largo corredor que comunicara la vida con la muerte, y es por allí por donde esos muertos vagan sin saber dónde deben quedarse. O para que lo entiendas mejor, es como si atravesaran una puerta giratoria en la que se quedan atrapados, yendo y viniendo de un sitio a otro como almas en pena, porque eso es lo que son: almas en pena. No son fantasmas, son almas que no saben a cuál de los dos mundos pertenecen y entran y salen indecisos hasta que por fin un día comprenden cuál es su verdadera naturaleza. Puede que a ese amigo tuyo le haya ocurrido algo parecido.

Me encogí de hombros porque no sabía qué responder y me imaginé al pobre Ricardo yendo y viniendo por aquellos oscuros pasillos de su limbo, en busca de alguna señal o alguna luz que le indicase a cuál de los dos mundos pertenecía, y de nuevo recordé las lamparillas de aceite que mi madre colocaba por los rincones de la casa, convencida de que servían para guiar a los muertos por sus tenebrosos laberintos.

—También otras veces —continuó— puede suceder que si antes de morir les quedó alguna cuenta pendiente, o algún asunto sin resolver en este mundo, vuelven para terminar lo que se dejaron a medias. La gente prefiere no creer en estas cosas, o no les da importancia, pero los sueños son también como rendijas por donde ellos penetran para comunicarse con nosotros; y los ruidos, o esas cosas que un día desaparecen sin motivo, o que simplemente cambian de sitio sin que nos demos cuenta, son también maneras que ellos tienen de transmitirnos sus mensajes. Lo peor, en estos casos, es cuando el espíritu de alguien regresa para llevarse consigo algo que se dejó olvidado entre los vivos, y entonces no descansa nunca (ni deja descansar tampoco) hasta llevárselo consigo...

Un escalofrío me recorrió todo el cuerpo de arriba abajo al escuchar aquellas últimas palabras de la pitonisa y entonces, quizá sugestionada por la penumbra del cuarto, por el intenso olor a sándalo o por mis propios delirios, se me vino a la memoria *Las lágrimas de Belisa* y, entre las brumas de una intuición que a mí misma me producía espanto, se me ocurrió que tal vez fuese aquel libro lo que Ricardo no se había llevado consigo, su única cuenta pendiente conmigo y con la vida, una cuenta que solo yo podía ayudarle a saldar. De pronto comprendí que *Las lágrimas de Belisa* era la pieza que al comisario no acababa de encajarle del todo, la única con cuyos incómodos bordes se topaba una y otra vez, y también la única que podría ayudar a Adolfo Tena a resolver lo que para él seguía siendo un enigma: el haber encontrado abierta la caja fuerte de Daniel Carvajal.

Sin embargo, como iluminados por un fogonazo de irracionalidad, mis pensamientos saltaron de repente a la caja de cerillas que había echado en falta aquella misma noche, y sentí que se unían, con una lógica extraña pero implacable, dos eslabones sueltos de alguna misteriosa cadena. Y mientras Erinia me miraba con curiosidad, creí comprender cuál era el mensaje que Ricardo pretendía enviarme desde el limbo donde se encontraba atrapado.

Un poco ruborizada por mis propios pensamientos, miré a la vidente como si acabara de despertarme de un profundo trance y le di las gracias porque, sin saberlo ella, me había dado ya la solución a mi problema. Dispuesta a marcharme, saqué un par de billetes y los dejé sobre la mesa, pero con una mirada indulgente volvió a depositarlos en mi mano y, durante unos instantes, la mantuvo entre las suyas acariciándola con una dulzura que me pareció maternal:

—No he hecho nada para merecérmelo. Solo aceptaré el dinero si me dejas que te lea las manos.

Más por no contrariarla que por verdadero interés, acepté su proposición y, rozándome apenas, se puso a acariciar con mucha delicadeza el dorso de mi mano izquierda desde la muñeca hasta las uñas.

—Las manos son como una fotografía de la personalidad, una fotografía en la que además están escritos el pasado y el futuro de cada uno. Por cierto, tienes unas manos preciosas, casi de manual, finas, delicadas, de palmas estrechas y dedos lisos, uñas largas y almendradas... Manos muy bellas, sí, pero poco hábiles y enérgicas para hacer frente a la dureza de la vida diaria. Yo a tu edad tenía unas manos como las tuyas, igual de suaves y delicadas, pero el tiempo no me ha tratado demasiado bien, y no lo digo solo por las manos, como puedes imaginarte. Pero en fin, vamos a lo tuyo.

Me colocó la palma hacia arriba y comenzó a pasear la yema de su dedo meñique por todas las líneas de mi mano, como si estuviera repasando los trazos de alguna escritura cuyos signos resultaban invisibles para mí. Después se quedó un rato pensativa, como uniendo todos aquellos trazos dispersos en un mensaje coherente, y a continuación se puso a explicarme no solo los nombres de cada una de las líneas, o los de los siete montes (el sol, la luna y cinco planetas), sino también el significado de los triángulos y las cruces, las rayas y las roturas, el valor de los cuadrados, de las estrías o de los eslabones. Y entonces comprendí que en aquella superficie inexpresiva donde yo apenas veía poco más de tres o cuatro pliegues, ella contemplaba un mapa en el que todo tenía nombre y sentido, un mapa lleno de signos y conexiones donde el menor detalle podía convertirse en una revelación. Un poco abrumada, le dije que me interesaba, sobre todo, lo que veía en mi línea del destino, y volvió a rozar con su meñique aquel pliegue vertical que atravesaba mi palma de un extremo a otro.

—Fíjate en esta línea: arranca casi desde la muñeca y llega hasta este monte, que es el de Saturno. Es una línea larga y recta, clara y bien pronunciada, lo cual, en principio, es señal de éxito seguro. Si te fijas bien, hay un pequeño corte al principio, una pequeña rotura, y eso indica que hubo algún trastorno importante en tu infancia, algo relacionado con tu familia o con tu mundo afectivo, algo que debió ser muy doloroso para ti pero que seguramente ya has superado.

Me miró a la espera de algún gesto que le sirviese de confirmación a sus palabras y, con no poca turbación, pensé en la muerte de mi padre y en todas las tardes que, durante mucho tiempo, subí a los acantilados para ver si las olas devolvían su cuerpo a la playa. Recordando lo que Erinia acababa de decirme, pensé que a mi padre quizá le había ocurrido lo mismo que a Ricardo: se había quedado atrapado dentro de alguno de esos espacios sin dueño que no pertenecían a los muertos pero tampoco a los vivos, y por eso, durante toda mi infancia, mi padre había estado vagando a sus anchas por los alrededores del puerto, por los pasillos y por las habitaciones de mi casa, hasta que un día, por fin, desapareció para siempre.

Continuó avanzando muy despacio por aquella línea de mi mano y, con una expresión neutra, como si tradujese un frío texto comercial, continuó hablándome de esa y de las otras líneas que, según ella, eran las más importantes, en especial la de la vida y la del corazón, y aunque ya me sentía incapaz de asimilar tantos datos y mi atención se dispersaba, me pareció que sus palabras, tanto en lo positivo como en lo negativo, se movían siempre entre los márgenes ambiguos de lo razonable, lo mismo cuando se refería a mi presente o a mi pasado que cuando se refería a mi futuro. Cuando por fin concluyó, la miré entre confusa y agradecida, y me despedí de ella con la sensación de que no sería la última vez que pisaría, sola o acompañada, aquel cuchitril.

Pero esa momentánea satisfacción apenas duró lo que tardé en cerrar la puerta porque, mientras bajaba por aquellas escaleras de zócalos sucios y desconchados, se ensombreció mi ánimo al recordar lo que, antes de leerme la mano, Erinia me había dicho sobre los muertos indecisos. Pensé entonces en Ricardo y en *Las lágrimas de Belisa* y salí a la calle convencida de que al llegar a casa me vería obligada a tomar una decisión de la que probablemente no tardaría en arrepentirme.

45

Antes de llegar tuve la precaución de comprar una caja de cerillas y, mientras subía las escaleras, pensé que no debía precipitarme. Quizá el insomnio o el miedo, las fuertes emociones de los últimos días o las palabras de la pitonisa habían debilitado demasiado mis defensas y eso me hacía verlo todo de una manera rara y distorsionada, como si la realidad se hubiese convertido en una cortina de agua que me rozara sin mojarme. Pero abrí la puerta y, mientras avanzaba por el pasillo camino del salón, sentí una bocanada de aire frío y tuve al mismo tiempo la sensación de que había alguien más dentro de la casa.

Y recordando las palabras de Erinia pensé, ya sin ninguna duda, que Ricardo era uno de esos muertos indecisos que, según ella los había descrito, no acababan de irse ni se quedaban del todo. Me lo imaginé atrapado en un limbo de dudas, yendo y viniendo sin rumbo por un territorio de nadie, en un peregrinaje que era un exacto reflejo de su paso por la vida. Como la vidente me había explicado, tal vez su alma había entrado en una especie de puerta giratoria que le mantenía en la frontera entre dos orillas, y entraba y salía, desorientado, sin pertenecer por entero a ninguna de las dos, aunque en sus idas y venidas iba dejando impregnaciones suyas, como jirones de una existencia invisible, entre las cosas del mundo.

Intentando apartar de mí aquellos pensamientos, traté de convencerme de que Ricardo no era exactamente un fantasma, sino más bien una proyección de mis propios miedos y de mis propias culpas. Una proyección que, como había ocurrido la noche anterior, había llegado a materializarse en mis sueños o en algunos de los innumerables ruidos de la noche: en los crujidos de la madera del armario, en los golpes del viento al batir contra el toldo de la terraza o en las voces de algún vecino que, deformadas por la distancia y el silencio, parecían haber sonado dentro de la casa.

El libro estaba allí, sobre la mesa del salón, abierto por una página cualquiera, aunque yo recordaba que lo había dejado cerrado. También la ventana estaba abierta y supuse que, al abrir la puerta, la misma corriente que había abierto la ventana habría abierto también las páginas del libro. Lo cogí y lo apreté contra mí, igual que había hecho en la casa de Daniel Carvajal, y mientras sentía su roce contra mi pecho, las imágenes de Gabriel Recarte y don Ramiro, de Néstor Hervás y sor Amalia aparecieron borrosas en mi memoria, como pidiéndome un gesto de clemencia.

Sabía, porque a pesar de todo conservaba la lucidez suficiente, que el único fantasma, si existía, estaba solo dentro de mí, y también tenía la certeza de que me arrepentiría enseguida de lo que estaba a punto de hacer. Pero por otro lado pensé, para consolarme, que nadie echaría el libro de menos. Ni siquiera el comisario Tena sabía de su existencia. Los pocos que lo conocían estaban muertos o hacía ya mucho tiempo que se habrían olvidado de él. Yo era el último eslabón de una cadena que se había prolongado durante casi seis siglos y solo a mí me correspondía decidir si *Las lágrimas de Belisa* acabaría figurando con letras de oro en los manuales de literatura o, por el contrario, volvería al silencio en el que había permanecido hasta entonces.

Se trataba al fin y al cabo —concluí para justificar mi propia decisión— de una vulgar historia de amor y de celos, como tantas otras, escrita por algún poeta mediocre y desconocido. Seguramente una historia idéntica, o muy similar, a aquellas otras doce que Ricardo había quemado ritualmente sobre el escenario del salón de actos. Nada iba a alterarse en la gran maquinaria del mundo, ni tampoco en la de la literatura, si el libro desaparecía para siempre, mientras que de seguir existiendo no haría sino recordarme a cada momento la sombra de mi deslealtad y mis mentiras.

Con la caja de cerillas en una mano y el libro en la otra, avancé hacia el cuarto de baño tratando de convencerme a mí misma de que yo solo era la mano ejecutora de algún destino fatal e inevitable. Encendí una cerilla y allí mismo, en la bañera, le prendí fuego. Una obra menor y un poeta menor, repetí en voz alta mientras veía consumirse el papel con la misma fascinación y el mismo horror con que habría contemplado un cuerpo vivo retorciéndose en una hoguera. Y mientras lo veía arder, acudió a mi memoria la imagen de Eloy Gonzalo con su antorcha y su lata de gasolina, aunque preferí pensar que aquellas llamas tenían para mí un efecto purificador porque en ellas ardían también mis peores fantasmas, que eran los de la culpa y el remordimiento.

Cuando todas las páginas quedaron reducidas a cenizas, sentí una mezcla de rabia, frustración y desprecio por mí misma, aunque al mismo tiempo me sentí también extrañamente liberada, con la vaga satisfacción de saber que acababa de saldar todas mis deudas con los vivos y con los muertos. Fue como si acabara de regresar de una larga aventura de la que solo me quedara un confuso sentimiento de decepción, serenidad y cansancio. Una aventura tan inesperada como inútil que había venido al principio cargada de sueños y que, tras acabar inexplicablemente con dos cadáveres, me devolvía de nuevo al punto de partida.

Recogí las cenizas y me dispuse a arrojarlas al cubo de la basura, pero en ese instante tuve la sensación de que lo que estaba a punto de tirar no era solo el cadáver incinerado de una mujer llamada Belisa, sino también los últimos restos de un botín que nos pertenecía, a partes iguales, a Ricardo y a mí. Entonces cogí una caja de zapatos, deposité con mucho cuidado las cenizas dentro de ella y la dejé sobre una estantería, convencida de que aquella extraña urna cineraria se merecía un destino mucho mejor.

46

La segunda vez que hablé con el comisario Tena, pocos días después del entierro, seguía encajándole todo casi perfectamente, aunque los incómodos bordes de varias piezas necesitaban algunas limaduras. Yo hubiese preferido un territorio neutral, o al menos un lugar menos aséptico y desangelado, pero me citó en la comisaría y eso me pareció al principio un gesto intimidatorio, aunque luego supe que todos los demás compañeros de Bambalinas 9 habían pasado también por su despacho y no tenía por qué hacer conmigo una excepción. Tanto en el espacioso vestíbulo como en la pequeña sala de espera solo había personas malhumoradas e impacientes, que no dejaban de protestar por la lentitud de los funcionarios y que, mientras rellenaban formularios interminables, se quejaban porque les habían robado el coche, la casa o la cartera, y porque además de haber perdido todo eso, tenían la seguridad de que estaban allí perdiendo también el tiempo. Y de repente me sentí como si me encontrara dentro de un gran almacén de cosas perdidas donde hubieran ido a parar las vidas de Daniel y Ricardo, y mi presencia allí no tuviese otro objeto que el de reclamarlas.

Por fortuna, a mí no me hicieron esperar demasiado. Cuando me llamaron a su despacho, Adolfo Tena estaba hablando por teléfono y tuve tiempo de sobra para observar con detalle los escasos tres metros cuadrados donde probablemente se habría pasado la mayor parte de su vida. Todo tenía un aspecto destartalado en aquel espacio al que unos fluorescentes le daban una iluminación fría y poco acogedora. Había paquetes de folios apilados en un rincón y unas guías telefónicas coronando aquella montaña de papel. Detrás de él, y en la pared que estaba frente a la ventana, se alzaban varias estanterías de aglomerado, un tanto desvencijadas, cuyas baldas rebosaban de archivadores, legajos y carpetas, pero no había ni un solo libro sobre ellas. El único que había en el despacho lo tenía el comisario sobre su mesa. Era una edición de *La Celestina* y por la signatura de su lomo supuse que sería el mismo que había encontrado junto al cadáver de Ricardo.

De repente entraron dos policías de uniforme, vaciaron el contenido de varias carpetas en el interior de una gran bolsa de plástico y me imaginé que ese era el único destino de tanta burocracia: una higiénica y rutinaria labor de reciclado. Pensé con tristeza que un suicidio o un crimen cualesquiera, igual que las denuncias de toda aquella buena gente que seguía esperando en el vestíbulo, acabarían también reducidos a eso, a alimentar la maquinaria insaciable del reciclaje. Y supuse que, después de cierto tiempo enmoheciéndose en cualquier archivador, así acabarían también el recuerdo de Ricardo y el de Daniel Carvajal, alimentando la voracidad de las máquinas trituradoras.

—Bien, perdone usted que la haya hecho esperar —dijo por fin el comisario tras colgar el teléfono—. Antes de nada quiero que sepa que realmente no la he llamado para hacerle un interrogatorio formal; este caso no da mucho más de sí, por mi parte está prácticamente archivado.

El comisario tenía una gran habilidad no solo para utilizar palabras inútiles sino también para subrayarlas como si intentara convertirlas en el verdadero centro de sus argumentaciones. Tal vez por eso había puesto un énfasis muy especial en esos dos largos adverbios que, después de mi primera conversación con él, yo ya sabía que formaban parte de su identidad. Luego añadió que, según ya sospechaba, el informe del forense había confirmado que Daniel Carvajal había muerto envenenado con estricnina una hora después de marcharme yo. Según había declarado uno de los profesores, que se cruzó con él al salir, Ricardo había entrado poco antes de las ocho y media en la facultad con una bolsa negra de deporte colgada del hombro. Todo lo que había ocurrido a partir de esa hora al comisario no parecía interesarle demasiado, y de todo lo que había sucedido antes lo único que seguía desorientándole era la apariencia de robo que rodeaba la muerte de Daniel. No acababa de vislumbrar las razones por las que se habían encontrado abiertas la caja fuerte y las gavetas del escritorio, removidas las estanterías, revueltos los armarios y todos los cajones de su casa.

—A saber qué andaría buscando ese pobre muchacho en la casa del decano —dijo, con un resabio de compasión que consiguió conmoverme—. Quizá usted sepa algo que no me ha contado todavía.

Pensé que si en su momento le hubiese dicho al comisario la verdad sobre *Las lágrimas de Belisa* tal vez le habría ahorrado algún que otro quebradero de cabeza, y ahora, cuando solo quedaba el testimonio de sus cenizas guardadas en una caja de zapatos, era ya demasiado tarde para contársela. Que él conociera el verdadero destino de aquel libro ya no iba a cambiar mucho las cosas, aunque a mí podía obligarme a dar largas explicaciones que podían resultar comprometedoras. Sin embargo, se me ocurrió que una verdad a medias era quizá lo que el comisario necesitaba para que las piezas sueltas de su puzle acabaran de encajarle.

—Recuerdo que Daniel Carvajal me dijo que guardaba uno de los libros en la caja fuerte de su casa —dije, con la tranquilidad de saber que no mentía del todo, y enseguida me apresuré a proporcionarle datos que ya conocía porque yo misma se los había facilitado en la cafetería de la facultad—. Era el libro que don Ramiro le había comprado a un anticuario del Rastro. Al morir él, la universidad compró su biblioteca y ese volumen cayó en manos de Carvajal. Desde entonces ni Ricardo ni yo volvimos a saber nada más de él.

Me dirigió una mirada atenta y escrutadora en la que creí adivinar también un asomo de decepción. Las llamas de *Las lágrimas de Belisa* crepitaron entonces en mi memoria y me invadió el absurdo temor de que Adolfo Tena pudiese estar viendo reflejados en mis ojos sus brillos acusadores.

—Así que era eso, un libro —sonrió mientras tamborileaba con sus dedos gordezuelos sobre la bandeja metálica donde se amontonaba una balumba de papeles—. El juez instructor decidirá, pero por mi parte creo que este caso puede darse por cerrado casi definitivamente.

El comisario Tena, pensé una vez más, tenía una caprichosa costumbre de usar los adverbios juntándolos de tal manera que los convertía en palabras inútiles y contradictorias. Quizá usaba mucho los terminados en *mente* por pura pereza mental, por un raro vicio personal o por la inercia de haber estado toda su vida redactando informes que se caracterizaban por cualquier cosa menos por su esmero estilístico; o tal vez solo los utilizaba porque eran muy largos y eso le permitía pensar en las palabras que debía usar a continuación. Pero más allá de la aparente torpeza con que se expresaba, me pareció que sus dos últimos adverbios encerraban alguna intención oculta, o al menos delataban su inseguridad o su sospecha de que aquel caso continuaba teniendo para él algunos flecos que no quedaban bien trenzados.

Con mucha lentitud, para que yo siguiera mejor el hilo de su discurso, reconstruyó todo lo que, según él, había ocurrido la tarde del crimen a partir de las seis y media. Lo hizo con la minuciosidad de un aeromodelista convencido de que ya todas las piezas ocupaban su lugar adecuado y empleando un tono que no admitía réplica, como si aquella cadena de sucesos la hubiese repetido ya antes muchas veces. Oyéndole, me pareció que el problema de Adolfo Tena no era que utilizara palabras muy gastadas sino que, al pronunciarlas, eran más bien las palabras las que se gastaban en su boca, como si debido a la costumbre o a la rutina profesional su saliva hubiese adquirido algún extraño efecto disolvente. A pesar de todo, yo le escuchaba como si estuviese oyendo la voz de mis propios pensamientos, aunque algo se resistía dentro de mí a aceptar unos hechos que el comisario consideraba clara y fehacientemente demostrados. Tal vez lo que yo esperaba, en el fondo, era que él me convenciese de todo lo que ya, contra mi propia voluntad, estaba convencida de antemano.

—Su amigo esperó a que usted se marchara y entonces, ya bien cargado de ginebra, se decidió finalmente a subir. No sabemos cuál era su intención, pero hay razones para pensar que el crimen fue premeditado. La estricnina, por ejemplo. Aunque, desgraciadamente tampoco ese es un argumento definitivo: parece ser, por lo que me ha dicho alguno de sus compañeros del grupo de teatro, que este muchacho usaba la estricnina como antiséptico...

Mientras él revisaba el mazo de informes que tenía ante sí, en busca del nombre de quien le había facilitado la información, pensé que ese compañero no podía ser más que Agustín Castillejo y luego recordé también que, según me había contado Irene, poco antes de marcharse ella del bar había visto a Ricardo trocear una pastilla blanca que había disuelto en la ginebra y que, ahora lo veía con claridad, no era una aspirina. Y mientras esos dos recuerdos cruzaban por mi mente, el comisario debió de ver reflejado en mi cara un gesto de confusión, porque enseguida aclaró:

—La estricnina es un veneno mortal, pero utilizada en dosis pequeñas y muy bien calculadas puede servir para contrarrestar los efectos del alcohol. Ese muchacho tenía ya el hígado destrozado por la ginebra. —Le agradecí la información y él, considerando que el ritmo de mi comprensión era similar al de sus explicaciones, continuó—: Seguramente estuvieron hablando durante un buen rato, y puede que lo hicieran amigablemente, no hay indicios para pensar que discutieron, incluso puede que llegaran a brindar con champán. Lo que nunca sabremos es de qué hablaron ni lo que sucedió antes o después de ese brindis, porque ninguno de los dos puede contárnoslo ya, pero no es difícil imaginarlo...

Intenté forzar mi imaginación pero no conseguí ordenar las imágenes de esa escena que Adolfo Tena me invitaba a reconstruir. Algo dentro de mí se resistía a imaginar aquel brindis entre Daniel y Ricardo, a pesar de que la tercera copa que habíamos encontrado sobre la mesa resultaba un indicio muy evidente de que su charla habría sido, al menos al principio, tan amigable como el comisario sugería.

—En algún momento, mientras Daniel Carvajal andaba por la cocina o en el cuarto de baño, Ricardo Valle disolvió la estricnina en la copa del decano. Después probablemente continuaron charlando y bebiendo, pero los efectos no se hicieron esperar. Es un veneno muy rápido y potente. En poco más de quince o veinte minutos acabó con él.

El comisario hablaba con cierto reposo, haciendo largas pausas entre frase y frase, como si necesitara primero tenerlas construidas en su mente antes de pronunciarlas. Su tono tenía esa opacidad rutinaria de los informes escritos, en los que no cabía más que la fría enumeración de causas y efectos pero donde no había lugar para la desesperación o la ira, para el rencor o para el miedo. Sin embargo, yo no podía eliminar los sentimientos o las emociones en esa escena donde veía a Ricardo, por ejemplo, hojeando alguno de los doce libros con un gesto que estaría a mitad de camino entre la fascinación y el desprecio; o, peor aún, me costaba imaginarlo bebiendo champán o revolviendo los estantes y los cajones de la casa mientras Carvajal se retorcía en el suelo del salón entre espasmos de agonía.

Yo trataba de reconstruir, en rápidas secuencias y primeros planos, cada uno de los movimientos de Ricardo más allá de la mecánica exposición a la que el comisario pretendía reducirlos, pero no lograba adentrarme en el tétrico laberinto de celos, venganzas y traiciones por donde sus pensamientos habrían estado discurriendo desde que entró en aquella casa. Quizá, dominado por el espíritu de Eloy Gonzalo, decidiera quemar los libros y suicidarse allí mismo, pero luego comprendió que aquello carecería de la grandeza trágica que su muerte tendría dentro de un escenario, el mismo escenario donde tanto habíamos sufrido y disfrutado juntos, y donde a menudo habíamos acabado confundiendo el mundo real y el de las ficciones.

La versión del comisario puede que no fuese, en el fondo, tan distinta a la mía, pero sus palabras parecían dotadas de una rara virtud profiláctica, de manera que embalsamaban el dramatismo hasta reducirlo al pellejo de un frío informe administrativo. Por eso me pareció que su reconstrucción de los hechos tenía demasiado visibles los remates y las costuras, igual que si se tratara de un artefacto de bricolaje doméstico. Sus piezas estaban situadas, sin duda, en el lugar que les correspondía pero, al privarlas de sentimientos y emociones, quedaban un poco sueltas o despegadas, de manera que parecían mantenerse en un equilibrio precario y cualquier presión sobre esa estructura, por leve que fuese, podía derrumbar todo el andamiaje desde sus cimientos. Lo peor de todo era que en el centro de aquella frágil construcción me encontraba yo, con el peso de dos muertos amenazando con caer sobre mis espaldas.

—Todavía no acabo de creerme que Ricardo tuviera valor para hacer lo que hizo —dije, sin darme cuenta de que estaba pronunciando en voz alta mis pensamientos.

Noté que al comisario Tena se le ensombrecía el gesto y se quedó pensativo, como tratando de reorganizar todos los engranajes de su puzle y al final, en un tono con el que parecía convencerse a sí mismo de sus propias reflexiones, añadió:

—Pues alégrese, porque aún podría haber sido mucho peor.

—No le entiendo.

Me miró con ojos casi desafiantes, se rascó las sienes como si quisiera dejar paso a alguna idea que tuviera retenida en su cabeza, y me arrepentí de haber puesto en entredicho la solidez de aquel edificio que con tanto esmero Adolfo Tena estaba levantando para mí. Comprendí mi imprudencia porque quizá había removido las aguas de su vanidad profesional y, de pronto, mientras apoyaba los codos sobre la mesa como disponiéndose a tomar impulso para continuar, ya no tuve ninguna duda de que lo peor para mí aún estaba por llegar. Por fortuna, en esos momentos sonó el teléfono. Descolgó el auricular y noté que los músculos de su cara y de todo su cuerpo se relajaban mientras me dirigía una mirada con la que pretendía darme a entender que estaba concediéndome una tregua.

Nada más colgar el teléfono volvió a hincar los codos sobre la mesa, en una actitud que tenía mucho de intimidatoria, y de repente, entre las frías paredes de aquel despacho, me sentí como dentro de un *ring* donde el comisario parecía decidido a descargar contra mí sus puños berroqueños.

—Le decía que podía haber sido mucho peor porque podría habérsela llevado también a usted por delante.

Aquellas palabras, serenas y cortantes como una lámina de acero, las pronunció despacio mientras sacaba un papel de su carpeta y me lo entregaba:

—Encontramos esto en el bolsillo de su cazadora. No aparece ningún nombre, pero no hay que hilar muy fino para saber a quién va dirigido. Me he tomado la molestia de compararlo con el original y hay unas cuantas diferencias que usted advertirá inmediatamente. No creo que haga falta que yo se las explique.

Era un texto escrito a mano, y con letra casi ilegible, pero solo necesité leer las primeras palabras para saber que se trataba de un fragmento de *La Celestina.* Eran las frases finales del monólogo de Pleberio, que me sabía de memoria y que tantas veces, con voz entrecortada y rota por la emoción, le había oído a Ricardo recitar en el escenario: «Del mundo me quejo y de ti me quejo, grandísima zorra, porque en sí me crio; porque no me dando vida, no engendrara en él a Melibea; no nacida, no amara; no amando, cesara mi quejosa y desconsolada postrimería. ¡Oh mi compañera desleal, oh mi hija de puta! ¿Por qué no quisiste estorbar mi muerte? ¿Por qué no hobiste lástima de mí? ¿Por qué te mostraste tan cruel con tu viejo amigo? ¿Por qué me dejaste, cuando yo no te había de dejar? ¿Por qué me dejaste penado y tirado como un perro? ¿Por qué me dejaste triste y solo *in hac lachrymarum valle*?».

—Parece que las relaciones entre ustedes andaban últimamente bastante deterioradas...

Miré consternada al comisario, que mantenía fijos en mí unos ojos acusadores, y de repente, como llegada desde un tiempo muy lejano, oí la voz ronca de Ricardo recitando otra vez su monólogo mientras ardían los doce libros y se consumían en los bordes del escenario las velas rojas y amarillas.

—¿Aún sigue pensando que no tenía razones para hacer lo que hizo? Si aún no le parecen suficientes, imagine usted lo que pudo pasar por su cabeza cuando se enteró de que, sin contar con él, usted había dejado el asunto de esos libros completamente en manos del decano; o cuando supo que se había dejado chantajear por él y hasta llegó a firmar un contrato.

Moví varias veces la cabeza en un gesto que no pretendía ser de negación, sino más bien de alarma o de protesta por el modo desafiante con que el comisario había expresado lo que, en el fondo, tenía algo de verdad, y pensé que detrás de aquella información solo podía encontrarse Irene Vidal. Mi única duda, conociendo las maneras sibilinas de Irene, era con qué palabras o con qué matices habría adornado ella la versión que le había contado al comisario. Repliqué que no había existido ninguna clase de chantaje y me miró con aire comprensivo.

—Pero ese contrato existe y está firmado por ambas partes. Ya he tenido la precaución de comprobarlo personalmente.

—Supongo que eso ya no va a servir de mucho —lamenté, y me dejé llevar por un vago impulso de sincerarme con él—. Es verdad que hicimos un pacto, me habló de una plaza que iba a quedar libre en su departamento y acepté. También es cierto que no sentían muchas simpatías el uno por el otro, y Ricardo y yo habíamos llegado a un callejón sin salida, nunca habríamos encontrado los libros nosotros solos, por eso pensé que lo mejor sería dejar el asunto en manos de Carvajal. Pero ni hubo chantaje ni yo dejé nunca tirado a Ricardo.

Se encogió de hombros como para darme a entender que mis palabras no conseguirían apartarle ni un ápice de sus convicciones.

—Sin embargo, nada es casual, de eso puede usted estar segura.

Aunque Adolfo Tena hablaba con lentitud, yo tenía la sensación de que iba siempre dos o tres pasos por delante de mí.

De vez en cuando soltaba alguna de esas frases enigmáticas que actuaban como una especie de cortafuegos en la conversación y con las que no conseguía sino hacer aún más lento mi avance. Yo estaba pensando cuáles habrían sido las oscuras intenciones de Irene cuando aquellas últimas palabras del comisario me obligaron a hacer un nuevo esfuerzo de comprensión; pero no fui capaz de interpretarlas. Supuse que Tena estaba jugando conmigo igual que un galgo que persiguiera a una liebre por un campo vallado, con la seguridad de que, tarde o temprano, acabaría acorralándome en cualquier rincón, y también se me ocurrió que a mí no me había citado en realidad para interrogarme sino más bien para darme explicaciones, y pensé que si renunciaba a hacerme ciertas preguntas era porque ya lo sabía todo sobre mí. Al menos todo lo que le interesaba saber.

De pronto me asaltó la sospecha de que, además de *Las lágrimas de Belisa*, quizá yo era la otra pieza que no acababa de encajarle muy bien en toda aquella historia. Estuve a punto de preguntarle qué significaban sus últimas palabras, pero él se movía con mucha más ligereza que yo y saltaba de unas ideas a otras igual que una araña laboriosa que estuviera conectando todos los hilos de su tela.

—Nada es casual, evidentemente, esa es una de las pocas cosas que he aprendido en todos mis años de oficio. Pero por lo que usted y yo sabemos, que no es poco, su amigo Ricardo podía tener además otros motivos para hacer alguna locura más. Había restos de carmín en los labios del decano.

El comisario no era amigo de sutilezas y sus dedos aceporrados eran como una prolongación orgánica de su carácter. A veces hablaba con mucha prudencia, dando cautelosos e inofensivos rodeos hasta que, de pronto, con la delicadeza de un proboscidio, dejaba caer sobre mí alguna de esas frases que eran como estiletes sin más función que la de clavarse en los tejidos más frágiles de mi conciencia. En el fondo le agradecía a Adolfo Tena que evitara darle a la conversación un aire de interrogatorio pero, para compensar esa cortesía, no mostraba ninguna piedad cuando de tarde en tarde me lanzaba algún dardo envenenado. Eso fue lo que pensé mientras trataba de digerir sus palabras, que no hacían sino situarme delante de un espejo donde veía reflejados mis propios temores.

—Intentó besarme, sí. —Traté de aparentar naturalidad, aunque no pude evitar la sensación de que el campo vallado por donde nos movíamos se iba haciendo cada vez más estrecho y asfixiante—. Por si le sirve de algo, le diré que ya lo había intentado otras veces. Pero no sé adónde quiere ir a parar.

—Todas las pruebas conducen al crimen, hija, como todos los caminos a Roma.

—Perdone mi torpeza —me disculpé—, pero sigo sin entenderle.

—Se lo explicaré mejor, no se preocupe. Según ha declarado una de sus compañeras del grupo de teatro, la que está embarazada... —Tuvo un momento de vacilación y se puso a hurgar entre los papeles que tenía sobre su mesa, mientras todos mis músculos, al instante, se pusieron a la defensiva.

—Irene Vidal —le ayudé.

—Sí, Irene Vidal. —Echó una rápida ojeada al informe de su declaración mientras yo presentía que alguna parte de mi intimidad estaba a punto de quedar otra vez al descubierto—. Según ella, ese infeliz estaba muy enamorado de usted.

—Es posible, nunca llegó a decírmelo, pero me dio motivos para pensarlo. De todas formas, creo que Ricardo no estaría mucho más enamorado de mí que Irene de Daniel Carvajal. Supongo que ya sabrá que fue él quien la dejó embarazada.

Comprendí que no lo sabía porque durante unos segundos se quedó mirándome fijamente y me pareció que, mientras intentaba disimular su sorpresa, estaba valorando si mi inesperada revelación podía afectarle de algún modo a aquel caso que poco antes había considerado casi definitivamente cerrado. Después se puso a curiosear, con fingido interés, en algunos de los informes que tenía ante él y me lo imaginé de nuevo entregado a una difícil tarea de aeromodelista, limando junturas, puliendo bordes o cambiando de sitio alguna pieza que tal vez se había vuelto a quedar desencajada. Entonces ya no tuve ninguna duda de que todas sus intuiciones, sus conjeturas y sus certezas eran una construcción demasiado inestable, como un artefacto cuyas piezas, a falta de pegamento, estuvieran sujetas solo por la presión que ejercían unas sobre otras, y si una de ellas se desajustaba, todo su armazón corría el riesgo de derrumbarse. Le vi hacer un gesto ambiguo y temí que, con aquella súbita irrupción de Irene en el centro de la escena, su gran castillo de naipes se viniera abajo.

Pero el aparente desconcierto de Adolfo Tena no era, en el fondo, mucho mayor que el mío, porque tampoco yo acababa de entender qué razones habría tenido Irene para ocultarle ciertos detalles de su vida sentimental al comisario, más aún cuando no había tenido ningún reparo en revelarle todos los de la mía. En cualquier caso, entre lo que ella le había ocultado y lo que también me había callado yo, supuse que las conjeturas de Adolfo Tena estarían cuajadas de saltos, de sombras y vacíos; pero también en eso consistía su oficio, pensé, en parchear los agujeros, en hilvanar las costuras y en atar todos los posibles cabos sueltos con buenas dosis de imaginación.

—Bien, pues como le he dicho antes, al asesino todos los caminos le llevan inevitablemente al lugar del crimen —sentenció, como si hubiera estado siguiendo el hilo de mis pensamientos y estuviese dispuesto a confirmar que aquel oficio carecía de secretos para él—. Tenemos a un pobre muchacho enamorado que no ha tenido mucha suerte con su chica, con la que compartía además un proyecto del que se ha visto relegado. Digamos que ella se deja seducir, no chantajear, por otro hombre que le ofrece, entre otras cosas, un contrato muy tentador y que ella, naturalmente, acaba aceptando. Ese hombre a su vez mantiene relaciones con una amiga común a la que había dejado embarazada y que también, probablemente, tenía motivos para sentirse celosa, aunque no hay razón suficiente para pensar que ella pudiera ser ni instigadora ni cómplice del crimen...

Comprendí que Adolfo Tena estaba haciendo para sí mismo aquellas reflexiones, y por eso sacudí la cabeza, como intentando espantar alguna sombra amenazadora que flotase en torno a mí.

—No hay razón para pensar eso —añadió, mirándome casi con severidad—, a menos que usted, naturalmente, sepa algo que me pueda convencer de lo contrario.

Volví a hacer un gesto de negación y me pareció advertir en sus ojos un destello de alivio antes de continuar:

—Bien, pues por los informes que nos han llegado de todos los que le conocían, Ricardo Valle tenía una de esas personalidades que los psicólogos llaman obsesivo-compulsivas. Era capaz de tener reacciones imprevisibles, pero cuesta pensar que el envenenamiento fuese premeditado aunque llevara en los bolsillos estricnina suficiente para matar a un caballo. Todo lo que ocurrió durante esas tres horas, desde que llegó a la cafetería hasta que salió de la casa del decano, debió de ser para él una tortura psicológica insoportable, aunque me imagino que el alcohol le ayudó a sobrellevarla. No sabemos, obviamente, cuáles serían sus verdaderas intenciones cuando después de verla a usted marcharse decidió subir a la casa de Daniel Carvajal; pero lo que sí sabemos con total seguridad es que, cuando volvió a salir de allí, ya tenía decidido todo lo que iba a hacer. Y lo sabemos porque en la misma bolsa donde llevaba los libros llevaba también una petaca llena de ginebra, las velas que luego encendió en el escenario y un pequeño destornillador con el que forzó varias puertas de la facultad, entre ellas las de la biblioteca y la cafetería.

Igual que la primera vez que hablé con el comisario, volví a imaginarme a Ricardo, como un espectro, yendo y viniendo por los pasillos de la facultad con una vela en la mano y un destornillador en la otra, dejando un rastro de cera por el suelo, y me estremecí de nuevo al imaginármelo, ya casi al amanecer, rodeado de humo y de velas en el centro del escenario, mientras los libros ardían y su voz cavernosa resonaría para nadie en el espacio vacío del salón de actos.

—Viendo la manera que su amigo Ricardo eligió para suicidarse, puede que fuera víctima de ese trastorno que algunas veces sufren los actores, creo que lo llaman síndrome de identificación con sus personajes o algo parecido.

Le miré atónita, sin comprender en qué podía basarse para atribuirle aquel síndrome a Ricardo, y le pedí que fuera un poco más explícito.

—Me refiero, naturalmente, a este libro que encontramos en el escenario. —Con un gesto solemne puso su mano derecha sobre *La Celestina* como si estuviera realizando algún juramento—. Como ya le dije el otro día, lo que hizo ese muchacho fue escenificar su suicidio. A lo mejor se identificó tanto con su personaje que acabó haciendo lo mismo que él.

—Pleberio no se suicidó, ni tampoco mató a nadie —repliqué, tras comprender que, en el caso de que la ajetreada vida profesional del comisario le hubiera dejado tiempo para leer libros, *La Celestina* no estaba, desde luego, entre ellos.

—Bueno, eso tampoco cambia mucho las cosas. Me he tomado la molestia de releer ese último acto y me parece que el padre de Melibea acaba tan desesperado que podría haber terminado suicidándose perfectamente. ¿O no es así?

—Podría ser, pero no es —insistí, y volví a reparar en el escaso tino que tenía Adolfo Tena para colocar los adverbios.

—Perder a una hija o a una buena amiga, o incluso perder un proyecto en el que se tenían puestas todas las ilusiones... qué más da. Cuando uno ya no tiene absolutamente nada que perder puede ser capaz de cualquier cosa.

Aprecié en sus palabras cierta tristeza y dudé si estaría refiriéndose a Pleberio, a Ricardo o a sí mismo. Recordé parte de una frase muy parecida que Pleberio decía al final de su monólogo: «pues agora, sin temor, como quien no tiene qué perder...», y reconocí que, a pesar de su aparente tosquedad y de su tendencia a simplificarlo todo, el comisario poseía una fina intuición. Sin embargo, había algo en mi interior que se negaba a aceptar todo aquello que para Adolfo Tena resultaba evidente; algo que quizá era una proyección de mi propio sentimiento de culpa y que me impedía admitir la parte de responsabilidad que pudiera corresponderme en la muerte de los dos.

—Su amigo Ricardo hizo todo lo que hizo pensando en usted, de eso no hay duda —continuó, como si estuviese empeñado en atizar la llama de mis remordimientos—. Me refiero a esa manera de suicidarse así, tan teatralmente. Según la mayoría de sus compañeros, el grupo de teatro fue para él como un hogar, puede que su única y verdadera familia. Una vez que el grupo se disolvió, muerta su madre y después de haberle fallado usted también, posiblemente ya no le quedaba nada ni nadie donde aferrarse. Dicen los psiquiatras que hay dos clases de suicidas: los que se quitan de en medio sin más, como si no quisieran molestar a nadie con su muerte, y los que, antes de hacerlo, deciden llevarse a alguien por delante. Estos últimos son muy peligrosos porque, empujados por el rencor o por la desesperación, convierten su propia muerte en una venganza contra el mundo, y por eso eligen siempre a alguna víctima que les acompañe. En este caso, su amigo Ricardo eligió dos: Daniel Carvajal y esos libros que quemó en el escenario, que eran una manera indirecta, según creo, de elegirla a usted misma como víctima.

Mientras escuchaba al comisario, sentía que sus palabras se me iban clavando en la carne como cristales rotos, y lo peor era que no acababa de ver con claridad si todo aquello me lo decía para acusarme, para mortificarme o para compadecerme. Y entre unas y otras incertidumbres, mis pensamientos iban y venían como trozos de corcho flotando a merced de las olas. Allí sentada, tenía la sensación de que las paredes de aquel despacho se movían conmigo como el cascarón de un viejo barco en mitad de una tormenta. Y como zarandeada en el interior de esa vorágine, de pronto vi a Adolfo Tena, con los codos apoyados sobre la mesa, dirigiéndome una mirada condescendiente antes de levantarse y tenderme su mano en un ademán de despedida; un gesto que, sin embargo, a mí me pareció el último arranque de piedad que podía tenerse con un náufrago que se estuviera hundiendo sin remedio.

—Definitivamente, este caso no da más de sí —concluyó y, tras estrecharle la mano, me quedé unos segundos allí parada, de pie frente a él, viéndole archivar aquellos papeles dentro de una carpeta, mientras dentro de mí se agrandaba una inexplicable sensación que era al mismo tiempo de frustración y de alivio, muy similar a la que había sentido tras quemar en la bañera *Las lágrimas de Belisa.*

Al cerrar aquella carpeta me pareció que Adolfo Tena lo que había cerrado, de golpe, era una rendija por donde ya no podrían filtrarse en mi vida nunca más las sombras o los fantasmas de Ricardo y de Daniel Carvajal. Y mientras salía del despacho, que me pareció más frío y desolado aún que cuando entré, pensé que los dos estaban ya, a partir de ese instante, condenados a enmohecerse en los archivadores de aquellas desvencijadas estanterías hasta que por fin, cualquier día, acabaran devorados también por la máquina implacable del reciclaje.

47

Desde niña había aprendido a convivir con la amenaza de los naufragios y eso me había servido para afrontar muchas situaciones difíciles, pero ya apenas me quedaban fuerzas para seguir luchando contra aquella avalancha de contrariedades que se habían cebado conmigo, y empezaba a sentir un cansancio en el que había algo de rendición o, peor aún, de complacencia en la derrota. Sobre el horizonte de mis proyectos se había cerrado de golpe un cielo tormentoso y los filos de la culpa seguían arañándome por dentro. En ese estado, como arrastrada por una marea que era al mismo tiempo plácida y aniquiladora, permanecí varios días a la espera tan solo de alguna llamada o de alguna señal que, sin embargo, no acababa de llegar. Igual que en los peores momentos de mi infancia, me sentía zarandeada por las olas de un mar revuelto sobre las que a duras penas lograba mantenerme a flote mientras veía parte de mi mundo hundirse alrededor.

Así, como agazapada dentro del camarote de un barco a la deriva, estuve casi una semana sin salir a la calle más que lo imprescindible, yendo y viniendo como un animal enjaulado de la cama al frigorífico, del frigorífico al sofá y del sofá a la cama, como si esos tres fuesen los únicos lugares de una isla desierta a la que hubiera llegado después de un largo peregrinaje hacia ninguna parte. Y en cada uno de esos paseos sin sentido notaba que iba hundiéndome dentro de un terreno enfangado del que cada vez era más difícil la salida. Hasta que una de aquellas tardes, inesperadamente, me llamó Lorenzo Blanco para decirme que tenía algunos asuntos que tratar conmigo, y esa llamada fue para mí lo mismo que una amarra que alguien estuviera tendiéndome desde la otra orilla.

Le pedí a Marcos Villarrubia que me acompañara, pero después de todo lo ocurrido me costó mucho convencerle. Se sentía ignorado, humillado y engañado: esas fueron las tres palabras con las que intentó resumir su frustración o su rencor por haberle dejado no solo al margen de mis proyectos, sino también al margen de mi vida. Finalmente accedió a acompañarme con una condición: debía darle todas las explicaciones que me pidiera y, por desgracia para mí, eran bastantes. Le prometí que le contaría todos mis secretos, incluso los más inconfesables, y quedamos en la facultad.

No pude evitar un escalofrío al pasar frente a la puerta del salón de actos, donde supuse que aún olería a cera derretida y a papel quemado. Recordé algunas de las cosas que me había dicho la vidente y pensé que ese lugar quedaría impregnado, quizá ya para siempre, por la presencia y por la voz de Ricardo, cuyo último monólogo seguiría resonando allí durante mucho tiempo. Por una extraña paradoja, lo que jamás había conseguido Ricardo en su vida, que era hacerse dueño de un escenario, tal vez lo había logrado con su muerte, porque aquel espacio ahora le pertenecía por completo.

Buscamos a Lorenzo Blanco en su departamento, pero nos dijeron que le encontraríamos en el antiguo despacho de Daniel Carvajal y esa noticia no me pareció el mejor de los augurios. Marcos me acompañó hasta la puerta, pero se negó a entrar pese a la confianza que tenía con Lorenzo porque sentía fobia, me dijo, a los despachos y muy especialmente a aquel, que era como un laboratorio siniestro donde se experimentaba con filólogas ingenuas y donde habían conseguido cambiarme no solo el carácter sino también mi forma de pensar y hasta el color del pelo. Y allí me quedé, sola frente a aquella puerta por donde tantas veces había entrado y salido durante los últimos meses, al otro lado de la cual había encontrado en otras ocasiones la sorpresa y la esperanza, pero también la decepción y el desengaño.

Llamé con suavidad, casi con miedo, y cuando oí la voz cordial de Lorenzo invitándome a pasar, sentí el absurdo temor de que allí, cómodamente sentado en su sillón de cuero y armado con la mejor de sus sonrisas, estuviera esperándome Daniel Carvajal para decirme que nuestros proyectos aún se mantenían en pie, o que los doce libros de Sigüenza continuaban indemnes en las estanterías de su despacho; y que tanto su muerte como la de Ricardo solo habían sido trucos de ilusionista, dos perfectas y macabras escenificaciones que habían urdido entre los dos para mortificarme.

Pero allí, frente a mí, encontré el cuerpo frágil de Lorenzo Blanco, cuya figura me pareció como superpuesta dentro de un espacio al que aún no había acabado de adaptarse. El despacho tenía el mismo aire revuelto y provisional que recordaba haber visto la primera vez, y pensé que el destino de aquel lugar era el de permanecer en constante estado de mudanzas. Lo único que continuaba en el mismo sitio, sobre una de las baldas, era el cactus, en torno al cual me imaginé al alma de Carvajal vagando en un limbo de desconciertos y oscuras ambiciones.

Lorenzo, quizá dándose cuenta de mis recelos, me recibió con una sonrisa franca y con un gesto de disculpa, que no supe interpretar si era por el estado caótico del despacho o por encontrarse él allí dentro, ocupando un lugar que aún no reconocía como propio. A Lorenzo, tal vez porque era de carnes escasas y de poca estatura, me pareció que aquel sillón, la mesa y el despacho entero le quedaban un poco grandes, y por eso daba la sensación de encontrarse dentro de un traje varias tallas mayor que la suya.

—Perdona este desbarajuste. No sé si te habrán dicho ya que voy a ocupar el lugar de Daniel y estoy tratando de organizarme. De momento, te confieso que estoy un poco desbordado. Estoy aquí provisionalmente y todavía no me he hecho a la idea.

Lorenzo Blanco, según la imagen que Marcos Villarrubia me había dado de él, era siempre así, parecía ir pidiendo disculpas por todo, y eso le hacía muy agradable de trato. Hice un gesto comprensivo y me senté en el borde de la silla con la misma prevención con la que ya me había sentado otras veces.

—Antes de nada, te preguntarás por qué te he hecho venir. —Rebuscó entre unos folios que tenía sobre la mesa—. Entre los papeles de Daniel hemos encontrado este contrato firmado por los dos, por el que se te asigna una plaza de profesora adjunta.

En la mirada de Lorenzo traté de adivinar algún asomo de sorpresa o de emoción, pero no advertí más que la constatación de un hecho en el que no parecía implicarse emocionalmente. Comprendí que debía darle alguna clase de explicación y le resumí, sin entrar en demasiados detalles, todas las circunstancias que nos habían llevado hasta la firma de aquel contrato, que ahora, viéndolo allí sobre la mesa, me pareció la única evidencia de las relaciones entre Daniel y yo, y el único testimonio real de que los libros hubiesen existido.

—Lástima lo de esos libros —dijo, casi suspirando—. La verdad es que todavía me cuesta entender todo lo que ha ocurrido. Creo que ha habido mucha turbiedad y mucha mala suerte en todo esto. En cualquier caso, lo de tu amigo Ricardo Valle resulta inconcebible. Solo un perturbado podía ser capaz de hacer algo así.

Asentí sin demasiada convicción, recordé la caja de zapatos donde había guardado las cenizas de *Las lágrimas de Belisa* y, mientras asumía la parte de perturbación que también a mí me correspondía, comprendí que aquel era un secreto, otro más, que nunca podría compartir ni con Lorenzo ni con nadie. Depositó los papeles del contrato sobre la mesa como si de pronto el asunto hubiera dejado de interesarle y me miró expectante, a la espera de que yo siguiera hablando; pero, sentada en el borde de aquella silla que me hacía sentir en los muslos algo parecido al roce de una navaja, decidí que lo más prudente era dejarle hablar a él.

—No sé cuál habrá sido tu papel en todo esto, pero lo que sí quiero que sepas es que estoy de tu lado. Y te voy a contar algo que seguramente no sabes todavía. Hace ya tiempo, unas semanas antes de que vosotros estrenarais *La Celestina,*

Ramiro me habló de esos libros. No me dijo que ya tuviese en su poder uno de ellos, aunque sí me lo dio a entender, solo me aseguró que tenía alguna prueba de que existían. Quizá lo único que pretendía era pedirme ayuda. Por esas fechas se sabía ya enfermo y, lo que es peor, creo que se sentía también muy solo y, aunque no acerté a verlo entonces, ahora veo que lo que estaba buscando era alguien en quien confiar. Pero yo andaba muy liado con otras cosas y no me interesé demasiado por el asunto. Sé que defraudé su confianza y probablemente por eso, poco después, recurrió a vosotros, a Ricardo y a ti.

En el brillo sincero de sus ojos vi algún reflejo de duda o de remordimiento, y recordando una de las frases del comisario Tena, pensé que, verdaderamente, nada sucedía por azar.

—El mismo día del entierro de Ramiro le hablé de ello a Daniel. Es posible que pecara de indiscreto, lo reconozco, pero no sabía que vosotros andabais ya tras el rastro de los libros. No sé si hice lo correcto, pero creí, y lo sigo creyendo, que yo no hubiese sido capaz de llevar esa empresa a buen término. Él sí, Daniel enseguida se puso manos a la obra. La primera decisión que tomó fue comprar su biblioteca, para ayudar económicamente a su mujer y al mismo tiempo para homenajearle a él, según dijo. Su intención era que todos sus libros pasaran a formar parte de los fondos de la facultad. Era una buena idea, aunque la verdad es que, a día de hoy, esos seis mil volúmenes todavía siguen ahí embalados en un sótano, sin que nadie haya decidido qué hacer con ellos.

Hizo una pausa durante la cual intentó buscar una postura más cómoda en su asiento y supuse que era en el cargo recién estrenado, más que en el sillón, donde no acababa de sentirse cómodo.

—Alguien tendrá que ordenarlos, hay que buscarles espacio en la biblioteca o dedicarles una sala especial que lleve su nombre: eso era lo que Daniel pretendía. Pero todo eso requiere un gran esfuerzo, habrá que hacer algunas obras de remodelación... Nos llevará mucho tiempo y he pensado que tú podrías encargarte de coordinar todas esas tareas. Aquí nadie tiene ni tiempo ni interés para hacer algo así.

Mientras todo mi cuerpo se tensaba desde los tobillos hasta las caderas, se me ocurrió que Lorenzo y yo nos encontrábamos igualmente incómodos en aquel despacho donde los dos teníamos buenas aunque diferentes razones para sentirnos como intrusos. Me limité a hacer un gesto en el que había tanta gratitud como sorpresa, y de repente mis pensamientos volaron hasta el cuchitril de Erinia. Allí, entre un fuerte olor a sándalo, vi de nuevo sobre la mesa camilla la carta del Carro, como si se tratara de una señal del destino que venía a recordarme que aún no estaba todo perdido, que mis posibilidades, según me había dicho la vidente, continuaban siendo realizables y debía tener fe en mis fuerzas y en mis ilusiones para no desviarme de mis objetivos.

—En fin, ya hablaremos de todo eso más despacio, vamos a tener tiempo de sobra. —Volvió a coger los papeles del contrato y se quedó unos instantes pensativo—. De momento, volviendo a lo que ahora nos urge más, debes saber que esa plaza es tuya. No podemos dejar de respetar la voluntad de Daniel. Después de lo que ha ocurrido, hay que reestructurar algunos departamentos y vendrá muy bien tu colaboración. Te incorporarás en cuanto estén resueltos los trámites administrativos. En una o dos semanas, tres como mucho. Y por mi parte puedes estar segura de que será un placer trabajar a tu lado. Nunca he tenido mucho trato contigo pero tu amistad con Marcos Villarrubia hace que me inspires cierta confianza. Además, si Ramiro y Daniel confiaron en ti, no veo por qué motivos no iba a hacerlo yo.

Oyendo la voz suave y envolvente de Lorenzo Blanco entraban ganas de creer en la bondad natural del género humano. Todo en él, desde sus maneras delicadas hasta los rasgos afilados de su rostro, contribuía a darle un aspecto refinado y amable. Frente a lo que solía ocurrirme con la mayoría de las mujeres, por fortuna había algo en mí que atraía a los hombres y les inspiraba confianza: algo que no tenía nada que ver con mi cuerpo, pero que me hacía resultar subyugante sin pretenderlo. Quizá por eso, sin ser la más atractiva, ni la más lista ni la más desenvuelta de Bambalinas 9, gracias a Marcos Villarrubia había caído en mis manos el papel de Melibea; también por eso Ricardo y don Ramiro habían decidido embarcarme en un proyecto al que yo tenía bien poco que aportar, un proyecto que había acabado convertido en cenizas y del que sin embargo, por una caprichosa paradoja, al final solo yo iba a resultar beneficiada; y también por esa razón primero Daniel Carvajal y después Lorenzo Blanco me habían elegido para trabajar a su lado. La mujer débil e insegura que había creído ser hasta entonces aparecía ahora como una mujer dominadora, dueña no solo de sí misma sino igualmente dueña de la voluntad de los demás. Volví a recordar las palabras de Erinia y, por primera vez en toda la conversación, me relajé y busqué una postura más cómoda en la silla.

—Aunque a decir verdad —continuó Lorenzo, haciendo un leve chasquido con la lengua—, no creas que estás a punto de entrar en ningún paraíso. A algunos profesores ya los conoces y a otros los irás conociendo poco a poco, aunque no todos se dejarán conocer. Habrá quien te trate como a una advenediza, como ya le ocurrió a Dolores Merlo, y habrá quien se convierta en un obstáculo para ti, pero también tendrás algunos apoyos incondicionales, como el mío, de eso no tengas ninguna duda.

—Daniel ya me dijo que no iba a tenerlo nada fácil y a don Ramiro también le oí hablar de algunas cosas que no le gustaban demasiado.

—Ramiro era un gran profesor y algunos aprendimos mucho de él.

Su voz se había vuelto de pronto nostálgica y yo me emocioné al recordarle allí sentado, unos meses atrás, pidiéndonos a Ricardo y a mí que colaborásemos con él, ya sabedor de que se estaba muriendo. Y entonces me alegré de haber quemado *Las lágrimas de Belisa* y también de que Ricardo hubiese hecho lo mismo con el resto de los libros, porque tanto el uno como los otros pertenecían a don Ramiro y me parecía que, si él no había llegado a ver cumplido el sueño de tenerlos entre sus manos, nadie más en el mundo merecía ese privilegio.

—Ramiro entendía la docencia como un sacerdocio. Ya lo conociste, no voy a descubrirte nada nuevo. Pero ahora las cosas son un poco diferentes aquí, como en todas partes, supongo. De momento, si quieres mi consejo, debes tratar de no llamar mucho la atención. Te conviene ser discreta y creo que tú lo eres. Pero no te quiero dar una imagen negativa de lo que te espera en esta casa. Ya sacarás tus propias conclusiones. Tú misma lo irás comprobando sobre la marcha.

Aproveché su nueva pausa para dirigir una mirada al cactus, en torno al cual me imaginé sobrevolando, con un ruido de moscardón torpe y afanoso, el alma de Carvajal.

—Y hay otra cosa que quería decirte...

Me pareció que, por un instante, sus ojos claros y su mirada limpia se ensombrecían, y me puse en guardia de nuevo, convencida de que aquel tiesto seguía ejerciendo en el despacho alguna influencia maléfica; pero enseguida se desvanecieron mis temores.

—El taller de teatro está abandonado desde que vosotros lo dejasteis. Se me ha ocurrido que tú eres la más indicada para revitalizarlo. Podrías dirigir un grupo de teatro, aunque sin ninguna prisa, claro; sería ya con vistas al próximo curso... Ya sé que son malos tiempos, estos muchachos cada vez están más pendientes de las asambleas y de las movilizaciones; a veces me parece que lo único que les importa es hacer ruido, piensan que gritando más alto y más fuerte se les oirá mejor, y no saben cuánto se equivocan. Vosotros, con Bambalinas 9, marcasteis un camino, el mejor de los caminos posibles, y sería una lástima que no tuviera continuidad. No son buenos tiempos, pero tampoco estoy seguro de que haya habido otros mucho mejores.

Mientras le miraba con una expresión de gratitud infinita, tuve la certeza de que Lorenzo Blanco era el último eslabón de la larga cadena que el destino parecía haber forjado en torno a mí para favorecerme, y que por fin ahora, en aquel despacho, cerraba su círculo dejándome en el centro de un escenario donde yo volvía a recuperar el protagonismo perdido. Le prometí que sacaría todos esos proyectos adelante y, mientras nos despedíamos, pensé que ni a mí misma, aunque yo hubiese escrito el guion, se me habría ocurrido ponerle a aquella historia un mejor desenlace.

Y al salir de allí, antes de cerrar la puerta, me fijé otra vez en el cactus de la estantería y, acordándome del catálogo de Marcos Villarrubia, decidí que aquel despacho necesitaba con urgencia una planta nueva, una planta que fuera más acorde con el carácter de su nuevo inquilino.

48

Mientras bajaba las escaleras pensé que entre la elevación y la caída había una distancia demasiado corta y por eso era muy difícil, casi un ejercicio de funambulismo, mantenerse a una saludable distancia entre las dos, en ese punto de equilibrio, muy próximo a la felicidad, en el que de repente me encontraba.

Sentado en uno de los escalones del vestíbulo, vi a Marcos esperándome con una impaciencia mal disimulada. Sin embargo, eran tantas las cosas que debía contarle, y seguramente tan difíciles de digerir para él, que dudaba si lo más aconsejable sería comenzar por el final o por el principio. Al menos por una vez era yo quien iba a sorprenderle de verdad con una historia de la que él había permanecido siempre al margen, pero donde también estaba a punto de convertirse, a partir de aquel momento, en una pieza esencial. Solo le puse como condición que no me interrumpiese demasiado y, tras cerrarse los labios con el pulgar y el índice a modo de cremallera, mientras bajábamos por el paseo de la Ciudad Universitaria le fui contando casi todo lo que me había ocurrido en los últimos meses, desde aquel día en el que don Ramiro nos llamó a Ricardo y a mí a su despacho.

Caminábamos sin prisa y también sin rumbo fijo, absorto él en mis palabras y yo en mis recuerdos cuando, casi una hora después, nos dimos cuenta de que habíamos atravesado Madrid y estábamos ya a punto de llegar a la plaza de Cibeles. Aquella imagen de la diosa conducida por sus leones me hizo recordar otra vez la carta del Carro, como si se tratara de una nueva señal con la que se me advertía que mi destino estaba cumpliéndose. Allí, parados frente a la diosa, recordé la última tarde que Marcos y yo habíamos estado juntos, y el recuerdo de la manifestación, unido al de Ricardo, me paralizó durante unos instantes. Miré a Marcos y vi que permanecía taciturno, con la mirada perdida en algún punto impreciso de la plaza. Luego seguimos caminando por el paseo del Prado, y entonces me di cuenta de que uno de los zapatos me estaba haciendo una rozadura en el talón. Deseando ponerle fin a aquella caminata, terminé contándole, ya muy precipitadamente, el desenlace de la historia, que acababa de cerrarse poco antes en el despacho de Lorenzo Blanco. Me quedé a la espera de algún comentario suyo, pero se había quedado cabizbajo y su silencio, al que no me tenía acostumbrada, comenzaba a resultarme desesperante.

—¿Es que no vas a decir nada? —le pregunté por fin, suponiendo que ya había tenido tiempo más que suficiente para asimilarlo todo.

—Por primera vez en mi vida —respondió— creo que me faltan las palabras. Y también, por primera vez, tengo la sensación de que no te conozco.

—¿De verdad te parece que he cambiado tanto?

—Ya te lo he dicho antes. Entre unos y otros creo que en ese despacho te han hecho un buen lavado de cerebro.

—Pues soy la misma de siempre —repliqué.

—Así que era todo eso lo que te traías entre manos. Ahora lo entiendo.

—¿Qué es lo que entiendes?

—Que te hayas teñido el pelo de negro. Es el color de tu alma.

—No digas tonterías. —Suavicé el tono de mi voz hasta casi dulcificarlo porque, viniendo de él, prefería una metáfora malintencionada antes que su silencio. Y comprendí que si tenía humor suficiente para fustigarme con sus dichosas frases, seguramente sus heridas no eran tan profundas como él pretendía aparentar—. A lo mejor lo que ocurre es que siempre estás demasiado pendiente de ti mismo y de tus cosas, y por eso nunca te has fijado en mí lo suficiente.

—¡Lo que faltaba! Al final va a resultar que yo soy el malo de esta historia. Has hecho lo que te ha dado la gana, me lo has ocultado todo y encima soy yo el que tiene la culpa.

—No es eso lo que quiero decir y lo sabes perfectamente.

—No es eso lo que quieres decir pero es eso lo que has insinuado —insistió—. Has estado jugando con cartas marcadas y a saber cuántas trampas habrás hecho, y yo sin enterarme siquiera de la partida. Pero claro, el malvado del cuento soy yo porque no he estado pendiente de ti.

—Estoy cansada. ¿Qué te parece si buscamos un sitio para comer y seguimos discutiendo sentados?

Le agarré del brazo y él se dejó llevar dócilmente como un ciego que se encontrara perdido en medio de un mar de dudas. Supuse que a Marcos lo que en el fondo más le molestaba era haber perdido por completo el control sobre mí. Estaba acostumbrado a verme, dentro y fuera del escenario, como la cándida Melibea a la que él podía manejar a su antojo, pero se encontraba de repente como un pistolero que hubiese llegado desarmado al duelo final y oyera silbar las balas a su alrededor sin más protección que su propio desconcierto.

—Y que conste —añadí— que he jugado limpiamente; piensa lo que quieras de mí, pero no soy ninguna tramposa. Puede que me haya tirado algún farol, pero poco más. Y en cuanto a ti, ya sabes que no te sienta bien el papel de víctima. Va contra tu naturaleza.

—¿Sabes lo que te digo? Que empiezas a darme un poco de miedo.

Fingí una sonrisa perversa, recordé al comisario Tena esforzándose por encajar las piezas de su puzle, en el que Irene Vidal y yo seguramente continuábamos teniendo aristas demasiado incómodas, y me pareció que todo en torno nuestro era como un escenario cosido con alfileres, donde la realidad adquiría una vaga cualidad de tramoya y se mantenía en un inestable equilibrio que en cualquier momento podía derrumbarse. Y en el centro de ese escenario, una vez más, me alzaba yo, segura y dominadora, desplegando mis mejores dotes de heroína trágica, o quizá convertida en una especie de imán que atraía las desgracias. En apenas unos meses había visto cambiar de dueño varias veces el sillón de don Ramiro; los libros de Sigüenza habían acabado siendo pasto de las llamas y uno de ellos (aunque eso aún no se lo había contado a Marcos) lo había quemado yo con mis propias manos; y los dos últimos hombres con los que me había acostado (aunque eso tampoco me había atrevido a contárselo aún) estaban muertos. Después de todo eso, que yo comenzara a darle un poco de miedo no dejaba de parecerme casi natural.

—Eso del miedo me resulta muy excitante —confesé.

—¿Excitante?

Sentí de nuevo una sensación de dominio que, en verdad, tenía algo de voluptuoso, y él se detuvo y se quedó mirándome con unos ojos desconfiados que reflejaban mucha más inquietud que interés. Una vez más, vi al pistolero con su recámara vacía plantado allí en mitad de la calle, soñando con la bala que no acaba de encontrar y a la espera de que yo disparase por fin o tuviera con él algún gesto de piedad. Nunca me había ocurrido nada parecido con Marcos, pero empezaba a sentirme dueña de su voluntad, convencida de que cuanto más grande era su confusión, tanto mayor era mi fuerza. Sabía que no estaba dispuesto a perdonarme que no le hubiese hecho cómplice de mis secretos, pero sabía también que le dolía aún más haberse quedado al margen de una historia en la que a él apenas le había correspondido un triste papel de comparsa. Acostumbrado como estaba a ser siempre el protagonista, yo comprendía que aquel golpe no acabara de encajarlo bien. Sin embargo, mientras un montón de ideas bullían desordenadamente en mi cabeza, ahora empezaba a ver con claridad cuál era el lugar que Marcos debía ocupar en aquel drama. Un papel digno de él, que vendría a restituirle el protagonismo perdido y para el que además estaba dotado de las mejores cualidades.

—Tan excitante —insistí— que voy a proponerte algo. Pero antes creo que deberíamos sentarnos a comer.

Entramos en un restaurante y fue entonces, al sentarme, cuando me di cuenta de que tenía irritada la garganta y me sangraba la rozadura del talón; pero por encima de todas aquellas señales de dolor sentía una insólita sensación de placer. A partir de ese instante decidí callarme, cosa que él debió de agradecerme porque su medio natural eran las palabras y sin ellas se sentía demasiado vulnerable. No es que no supiera escuchar a los demás, sino que más bien entendía las palabras ajenas como un tiempo de espera para llegar a las propias. El suyo era un mundo de palabras, un mundo tal vez de cimientos inseguros y paredes frágiles, pero donde las palabras tenían vocación de techumbre y brillos de vidriera. Marcos vivía como atrapado en el interior de un laberinto de palabras y ellas eran su pólvora y su abrigo, su verdadera casa, su agua y su sed, su único alimento.

Me descalcé y, como si no tuviera en el mundo nada que hacer más que escucharle, le dejé hablar de sus cosas, aunque enseguida noté que hablaba sin ganas o sin convicción, como si fuera consciente de que todo lo que decía no era ninguna novedad para mí o, peor aún, ni siquiera me interesaba. Después de la retahíla de sucesos que yo acababa de contarle, que se dirían sacados de alguna novela, su vida parecía haberse vuelto de pronto anodina y previsible, como ropa gastada que no solo carecía ya de misterio sino también de utilidad.

Y durante ese tiempo inútil empezó hablando del caos en que se estaba convirtiendo su vida porque había llegado a un punto en el que solo veía ante él vías muertas, andenes vacíos y caminos que no llevaban a ninguna parte. Y mientras decía eso con un tono desilusionado, yo le miraba comprensiva porque conocía de sobra aquella sensación de encontrarme ante una encrucijada sin saber qué dirección seguir. Después, como para hacer aún más visibles las vísceras de la situación en que se encontraba, me habló de su tesina y del doctorado, que de pronto había dejado de interesarle, y de unos cuantos poemas que, poco después de escribirlos, había vuelto a romper; y de un nuevo relato al que llevaba ya varios días, inútilmente, intentando darle forma y sentido. Atrapado dentro de esa angustiosa espiral, me lo imaginé desesperado ante su máquina de escribir, persiguiendo quimeras, buscando argumentos o inventando personajes que se le desvanecían entre las manos. Y entonces, ya durante el café, me pareció que había llegado el momento de llevar la conversación hacia donde nos interesaba de verdad a los dos.

—Lo que quería proponerte es un proyecto que te interesa mucho, y después de todo lo que acabas de decirme creo que no te puedes negar.

Torció un poco los labios, quizá pensando que las buenas ocurrencias habían sido siempre patrimonio suyo, y me miró con un gesto que, supuse, era el que se les quedaba a los hombres al comprobar que la mujer a la que tenían enfrente caminaba varios pasos por delante de ellos. Le vi confundido, o quizá desarmado, con una mueca que era como el reconocimiento de su propia debilidad y con la que parecía despreciarse a sí mismo por saberse vulnerable pese a todas las corazas con las que se blindaba. Le vi hundir un poco la cabeza entre los hombros, en una actitud como de repliegue que me recordó a una tortuga refugiándose dentro de su caparazón, y para rematar su confusión añadí:

—Te invito a dar un paseo esperpéntico y te lo explico por el camino.

No le expliqué nada por el camino porque habíamos elegido la dirección del Retiro y pensé que aquel escenario sería más apropiado para hablar de proyectos, aunque yo sabía de sobra que los espacios abiertos no le gustaban demasiado. Antes que por los jardines y los parques él prefería perderse en una égloga de Garcilaso o de Virgilio, porque el suyo era el reino de la literatura y fuera de esos paisajes se movía como un animalillo torpe y desconfiado. Pese a todo, aceptó el paseo con una docilidad en la que había algo de resignación o de derrota, consciente de que su voluntad estaba, al menos por una vez, sometida a la mía. Por eso caminaba en silencio, a la espera de que por fin me decidiese a hablar, y yo comenzaba a echar de menos sus chanzas, sus ironías, sus frases maliciosas y toda esa retórica con la que le gustaba adornarse y que no era, en el fondo, más que un antídoto contra la realidad. Parecía como si hubiéramos perdido el ritmo o la costumbre del diálogo y solo acertáramos a comunicarnos con monólogos compulsivos o con silencios largos e impacientes; pero en aquel juego yo me sentía dueña de la baraja y me apetecía seguir retrasando aún el final de la partida.

—¿Y a esto lo llamas tú un paseo esperpéntico? —dijo cuando ya habíamos llegado a las cercanías del estanque.

—Eso según se mire. De momento, ya ves que voy casi cojeando. —Aunque me había colocado una tirita en el talón, la rozadura seguía molestándome—. Y recuerda que tienes una deuda conmigo. Me dijiste que algún día me enseñarías mi árbol. Según tú, había algunos por aquí.

Noté que se le iluminaba el rostro y, como si de repente le hubiera encontrado un sentido al paseo, me cogió por la cintura y cambiamos de dirección. Tras caminar apenas unos minutos nos detuvimos en el centro de uno de aquellos amplios parterres y se quedó mirando un árbol grande y extraño, con el tronco dividido en tres brazos largos y retorcidos de madera rugosa, casi negra.

—Aquí lo tienes —dijo—. Tu *Cercis siliquastrum.*

Las hojas de aquel árbol, de color verde azulado, eran casi redondas y me recordaron vagamente la forma de un corazón. Visto de cerca me pareció mucho más bello de lo que por su horrible nombre cabía suponer.

—En primavera le brotan unas flores de color fucsia que, cuando están tiernas, son comestibles, incluso se pueden usar en ensaladas. En serio.

Intrigada, le pregunté cuál era la relación que veía entre aquel árbol y yo.

—Lo llaman el árbol del amor. —Se puso a acariciar uno de los brazos del tronco que, en uno de sus tramos, ascendía casi paralelo al suelo—. Se llama así porque, según una leyenda cristiana, Judas lloró debajo de uno de estos árboles después de vender a Jesucristo. Y desde entonces, dice la leyenda, en vez de salirle las flores de las ramas le salen directamente del tronco, que es donde se supone que cayeron sus lágrimas.

Aunque me pareció una hermosa leyenda, la sonrisa que se me había dibujado al principio se me desvaneció al escuchar el nombre de Judas, y mientras él, con aire distraído, seguía acariciando la rugosa madera, estuve a punto de preguntarle si Judas se había ahorcado también en ese árbol después de llorar sobre él. Pero no me atreví. Miré de nuevo el árbol, ahora con cierta aprensión, y ya no me pareció tan hermoso como antes, quizá porque veía reflejada en él la sombra de mi propia traición.

—Por cierto, ese es mi árbol. —Señaló hacia un gigantesco ejemplar que se alzaba en uno de los rincones de aquel mismo parterre—. Es una secuoya. La casualidad ha querido que tu árbol y el mío estén tan cerca que seguro que se tocan sus raíces.

Aquel Marcos Villarrubia, el que era capaz de lanzar con una mano un dardo envenenado mientras ofrecía una flor con la otra, sí me resultaba reconocible. Aunque había más de veinte metros de distancia entre ellos, la imagen de los dos árboles esforzándose por entrelazar sus raíces bajo la tierra consiguió conmoverme y estuve a punto de besarle allí mismo, pero me contuve porque algo me decía que no había llegado aún ese momento. Comenzamos a caminar hacia el embarcadero y no pudo evitar una carcajada cuando vio que nos aproximábamos a la caseta de los *tickets*.

—¿No será verdad lo que me estoy imaginando?

—Ya sé que nunca has montado en barca, pero alguna vez tenía que ser la primera.

Saqué los billetes y lo primero que hice, una vez dentro de la barca, fue volver a quitarme los zapatos; nos sentamos el uno junto al otro y nos pusimos a remar en silencio.

—En mi caso es diferente —dije cuando por fin conseguimos sincronizar nuestros movimientos—, ya sabes que el agua es mi elemento y de vez en cuando necesito volver a ella.

Estaba recordándole sus propias palabras, a las que se limitó a asentir mecánicamente mientras mantenía la mirada perdida en un horizonte que yo prefería imaginarme brumoso y lejano. A aquellas alturas me pareció tan resignado y tan sometido a mis caprichos como un condenado a galeras a quien no le quedara ya más porvenir que el de continuar remando siempre a mi lado.

—¿Y este era el gran proyecto en el que pesabas embarcarme? —Soltó otra carcajada burlona y se puso a remar con tanto brío que comenzamos a virar en redondo.

Le dejé mi remo, me levanté y fui a sentarme frente a él, en la popa de la barca. Los remos comenzaron a batir otra vez el agua con un ritmo lento y acompasado, mientras él seguía prolongando los últimos ecos de una risa que comenzaba a incomodarme.

—El proyecto es otro. Si dejas de reírte te lo cuento.

Dejó de remar y me miró con un gesto serio y expectante. Yo tenía el sol a mis espaldas y eso me permitía también cierta ventaja sobre él porque, como si hubiera querido aliarse conmigo, aquella luz de mediados de noviembre iluminaba su rostro de manera que ni el más mínimo de sus gestos podía pasarme desapercibido.

—Me dijiste una vez que querías escribir una novela y que para eso lo único que te faltaba era una historia, porque el talento, por supuesto, ya lo tenías.

—Sobrado —precisó, con una sonrisa que pretendía atenuar cualquier rastro de vanidad.

—Pues creo que ya has encontrado esa historia.

—¿Ah, sí? Querrás decir que la has encontrado tú.

—Para ser más exactos, digamos que yo la he protagonizado, pero eres tú quien tiene que escribirla.

Vi que sus ojos oscuros brillaban hasta adquirir reflejos casi ambarinos. La luz aclaraba su pelo tiñéndolo de tonalidades rubias. Seguía aferrado a los remos y de pronto los levantó y los dejó suspensos en el aire, en un ejercicio que a mí no me pareció de fuerza sino más bien de impaciencia. Detenido en esa pose casi estatuaria, con su barba de varios días y el pelo cayéndole en leves ondulaciones sobre los hombros, se me antojó que la suya no era una estampa de pescador o de marino, sino más bien la de un poeta romántico o la de un aventurero tranquilo, un aventurero desengañado que buscaba en la literatura las experiencias o las emociones que seguramente no le proporcionaba la vida.

—La historia solo la conoces a medias, pero la conoces. Es nuestra propia historia, la que todos hemos vivido durante estos últimos meses. La de Bambalinas 9, la de don Ramiro y Ricardo, la tuya y la mía... Y también la de los libros perdidos, claro. Una historia que podría empezar el día que representamos *La Celestina* y podría terminar otro día muy especial, hoy mismo por ejemplo. ¿Qué te parece? No me digas que no es interesante.

—Muy interesante, sobre todo para ti.

Se puso a remar de nuevo sin dejar de mirarme, pero me pareció que movía los remos maquinalmente, como si con ellos estuviese accionando algún mecanismo que permitiera a sus ideas fluir con rapidez y claridad. Por eso pensé que, en vez de las aguas del estanque, lo que estaba agitando en realidad eran sus propios pensamientos.

—Aunque pensándolo bien, no parece una mala idea —reconoció y, mientras nos deslizábamos con suavidad, sus palabras siguieron fluyendo como impulsadas por la misma inercia que arrastraba la barca sobre el agua—. En esa historia hay argumento de sobra, desde luego, pero no creo que yo sea el más indicado para contarla. No sé si has pensado seriamente en ello. Me temo que el asunto me plantearía demasiados problemas técnicos. Para que resulte creíble, una historia así debería ser narrada en primera persona y yo no podría usar ese punto de vista, como ya te puedes imaginar. Me has ignorado por completo, o si prefieres que lo diga de otra manera, has puesto mucho interés en mantenerme al margen de todo.

—Pues si ese es el problema, con cambiar el punto de vista queda solucionado. —No estaba dispuesta a dejarme convencer con facilidad, ni quería que aquellas minucias de manual u otras parecidas se convirtieran en un obstáculo para él—. ¿Sabes lo que podrías hacer? Escribir desde mi propia perspectiva, como si fuese yo la narradora, así la novela estaría escrita en primera persona...

—Eso vendría a complicar las cosas más todavía.

—No veo por qué tiene que ser tan complicado. Solo te obligaría a dejar de mirarte el ombligo y, al menos por una vez, a ponerte en mi lugar.

—Si quieres que esa novela se escriba, me parece que tú, como protagonista, eres la más indicada para hacerlo. Cuando la tengas escrita yo podría echarte una mano añadiendo metáforas, quitando o poniendo adjetivos y cosas por el estilo.

Entendí aquello como una cortesía inútil con la que solo pretendía ganar tiempo mientras pensaba, porque estaba convencida de que Marcos había comenzado ya a asumir la historia como propia y andaba valorando muy en serio sus posibilidades. A partir de ese instante yo sabía que solo necesitaba halagar un poco su vanidad para que la fabulosa máquina de su imaginación se pusiera en funcionamiento.

—Yo me conformo con haber sido la protagonista, que ya es bastante. Pero escribirla es cosa tuya, reconozco que a mí me falta ese talento que tú tienes tan sobrado...

Procuré no poner énfasis en mis últimas palabras, pero de repente le vi soltar los remos mientras, tambaleándose, se levantó y se hincó de rodillas ante mí. Cogió mis manos entre las suyas y, con una hueca solemnidad que me alejó de la realidad y me trasladó de golpe al centro de algún escenario, exclamó:

—Tú sabes que de todo ando muy sobrado, no solo de talento. Y si hace falta que te lo recuerde, te lo recordaré: «¡Oh más dura que mármol!... ¿no lo notas?».

Acordándome de aquella escena, estuve a punto de levantarme y abrazarme a él, pero mi pudor o el miedo a acabar dentro del agua fueron más fuertes que mi deseo. Ese instante de indecisión Marcos lo aprovechó para regresar otra vez a su banco y, tras aferrarse de nuevo a los remos, cambió el tono de su voz y continuó, como si todo lo anterior hubiese sido tan solo un aparte que yo no debiera haber escuchado.

—Pues lo de utilizarte a ti como narradora reconozco que en el fondo no está nada mal; técnicamente parece la mejor solución, sí, aunque eso me obligaría a meterme continuamente dentro de tu pellejo y no sé si sería capaz de hacer una cosa así.

—Claro que eres capaz. Además, me conoces muy bien.

—No estés tan segura. Creía conocerte, pero hoy he descubierto que eres todo un misterio para mí. —Su rostro se ensombreció un poco y me pareció advertir en sus ojos un destello de reproche o de desconfianza—. Además, tengo la sensación de que solo me has contado lo que te interesaba contarme. En esa historia hay unas cuantas cosas que todavía no acabo de ver muy claras.

—Estoy dispuesta a aclarártelas todas. —Le vi sonreír satisfecho y comprendí que quizá estaba haciéndole demasiadas concesiones—. Antes de que tú te la inventes, prefiero ser yo quien te cuente toda la verdad. Lo que ocurre es que son tantas cosas las que necesitas saber que vamos a necesitar mucho tiempo. ¿Sabes lo que estoy pensando? Que podríamos hacer algún viaje juntos. —Me acordé de Erinia y pensé, con cierta gratitud, que sus vaticinios podían acabar siendo mucho más certeros de lo que yo me había imaginado—. Una de las cosas que no te he dicho aún, y no se te ocurra reírte, es que un día fui a ver a una vidente. Me echó las cartas y me dijo que iba a hacer un viaje que cambiaría mi vida. No me aclaró adónde iría, pero podría ser, por ejemplo, a Sigüenza. Hay allí unos cuantos sitios que deberías conocer, entre ellos la catedral. Creo que Sigüenza te gustará, tiene una luz muy especial y allí han ocurrido cosas también muy especiales, ya te las iré contando más despacio. Y también tienes que venir unos días a mi pueblo. Es un lugar muy tranquilo y tendremos tiempo de sobra para hablar de todo lo que quieras. Pero antes de eso hay otro sitio donde tengo que ir y me gustaría que tú me acompañases.

—Tú me dirás.

—Al pueblo de Ricardo. —Me estremecí al recordar la caja de zapatos donde aún conservaba las cenizas de *Las lágrimas de Belisa*—. No fuimos a su entierro y tengo algo que quiero llevarle a su tumba. Es una deuda que tengo pendiente con él.

—Todo eso está muy bien y estoy dispuesto a acompañarte donde haga falta, no seré yo quien se atreva a trastocar las profecías de esa bruja. —Hizo esfuerzos por reprimir una carcajada y luego, convencido de que no me quedaba más remedio que seguir cediendo, insistió—. Pero de todas formas, aunque me lo contaras todo y con toda clase de detalles, seguro que me surgirían demasiadas dudas...

—Tampoco veo que eso pueda ser un problema. Para eso están los adverbios de duda. Y tienes unos cuantos para elegir.

—Claro, tú todo lo ves muy fácil, pero aun así creo que tendría que inventarme algunas cosas. Me vería obligado a tomarme ciertas libertades, ya me entiendes... La literatura no es ni mejor ni peor que la vida, pero tiene sus propias reglas.

—No sé muy bien lo que quieres decir con eso, pero confío en ti y sé que, hagas lo que hagas, respetarás la verdad de la historia. Y espero que también seas respetuoso con las personas.

—Con los personajes, querrás decir...

Le miré con desconfianza temiendo que llevara la conversación hacia terrenos por donde él sería capaz de moverse con mayor destreza y naturalidad que yo. Como a menudo solía sucedernos, hablábamos desde planos muy diferentes: yo desde la realidad que había vivido y sufrido en mis propias carnes; él desde la ficción nebulosa que ya parecía ir adquiriendo cuerpo y sentido dentro de su imaginación. Y también, como a veces solía ocurrirnos cuando hablábamos, su mundo comenzaba a avanzar invasoramente sobre el mío, con mucha lentitud pero sin pausa, igual que un organismo tenaz y laborioso que penetrara despacio en mi voluntad hasta acabar colonizándola y apropiándose de ella.

—Ya sabes que los personajes, dentro de una historia, actúan siguiendo una lógica que no tiene por qué parecerse a la lógica de la realidad. Es posible que el mundo esté regido por el azar, pero la novela no. Por eso, sin traicionar la verdad de la historia, a lo mejor habría que hacer unos cuantos arreglos. Y otra cosa... —Me pareció que daba a sus palabras un tono de advertencia o de amenaza y comprendí que estaba condenada, ya sin remedio, a seguir haciéndole nuevas concesiones—. Si contara las cosas exactamente como fueron, o como tú dices que fueron, yo no aparecería más que en tres o cuatro páginas de esa novela. Y eso no sería justo, supongo que estarás de acuerdo conmigo.

—Ya, pero es que ese es el papel que te ha tocado.

—Pues lo siento, pero yo también estoy acostumbrado a ser protagonista y no me puedo conformar con un papelucho de figurante. La lógica de esa novela, si llegara a escribirla, me obligaría a darme más protagonismo del que he tenido. Y eso nadie lo podría impedir. Al fin y al cabo es el autor quien tiene todo el poder y quien maneja los hilos de la trama.

—Te olvidas de que la narradora sería yo.

—Sí, pero en realidad tú no serías más que una muñequita entre mis manos, igual que todos los demás personajes.

De repente me invadió un sentimiento de indefensión y comprendí que en aquel juego donde yo le había invitado a participar era ahora Marcos quien estaba imponiendo las reglas. Me había comprometido, con excesiva ligereza, a contarle toda la verdad de la historia y ya comenzaba a tener la sensación de haberle vendido mi alma al diablo, o dicho de otro modo, de haberle vendido a Marcos mi intimidad y mis secretos más inconfesables. Me sentía como si estuviese a punto de entregarle una llave maestra con la que él, arrastrado por las diabólicas fuerzas de su imaginación y su curiosidad, podría entrar no solo en mis pensamientos o en mis emociones, sino también en mi casa, en mi propia cama y hasta en el refugio secreto de mi bañera, donde nadie había penetrado jamás. Pensé que aún estaba a tiempo de volverme atrás, pero algo dentro de mí me impulsaba a continuar adelante, y ya no me quedaba más remedio que confiar en él.

—Así que ya lo sabes —concluyó—. Si insistes en que yo escriba esa novela, Marcos Villarrubia tendrá en ella, como autor, toda la libertad que quiera, y como personaje tendrá todo el protagonismo que se merece.

Se quedó unos segundos como escuchando el eco de sus propias palabras, luego se puso a remar de nuevo y, por el ritmo cada vez más acompasado con que se movían los remos y su cuerpo, supuse que sus pensamientos estaban ya en otra parte, seguramente muy lejos de aquel estanque de aguas oscuras por donde nos deslizábamos como dos sombras silenciosas cuyo único sentido fuese ya el de encarnarse en criaturas de ficción.

—Creo que ya tengo un título. —Soltó uno de los remos para trazar con su mano un movimiento ascendente—. *El secreto de la escalera.* ¿Qué te parece?

—¿Pero cómo puedes estar pensando ya en un título? Siempre he creído que los títulos se ponían al final.

—¿Y qué más da ponerlos antes que después? Se pongan cuando se pongan, hay títulos que no están a la altura de sus novelas, como también hay novelas que no están a la altura de sus títulos. A mí me parece que *El secreto de la escalera* está bastante bien, solo necesita una historia que esté a su altura.

—Pues a mí no me parece que sea tan bueno —repliqué y, aunque nunca me habría atrevido a reconocerlo ante Marcos, pensé que si aquel título no me gustaba era quizá porque no me reconocía en él, porque me excluía o me ignoraba por completo; y eso era algo que no dejaba de parecerme injusto teniendo en cuenta que no solo era yo la protagonista, sino también la dueña de la historia y la dueña de la idea—. Creo que es..., no sé, demasiado previsible. Con ese título destriparías el desenlace casi desde el principio. Pero de todas formas, creo que estás empezando la casa por el tejado. Deja el título para más adelante, ya encontraremos sobre la marcha alguno mejor.

—No creo que haya ninguno mejor. A mí no me parece que destripe nada; al contrario, le da un toque de misterio o de intriga. —Se quedó mirando hacia las escalinatas del templete donde se alzaba la estatua ecuestre de Alfonso XII y luego me dirigió una mirada con la que parecía estar desnudándome de arriba abajo—. Además, aunque tú no te hayas dado cuenta, me parece que las escaleras son como un símbolo de tu propia vida. ¿Recuerdas aquel sueño que me has contado alguna vez, el de esa mujer en lo alto de una escalera y a la que nunca le veías la cara?

—Claro que lo recuerdo.

—Pues creo que esa mujer eres tú misma. Siempre me has dicho que no estabas muy segura de si te protegía o te amenazaba; yo diría que te esperaba, simplemente. Solo estaba ahí a la espera de que se cumpliese tu destino, que era llegar hasta arriba. Las escaleras son así: a unos les llevan al éxito y a otros al fracaso. Y a la mayoría les dejan en medio de cualquier peldaño, en una tierra de nadie. En tu caso, aunque hayas tenido que saltar por encima de algún muerto, está claro adónde te han llevado.

De pronto vinieron a mi mente las palabras *ex alto* que recordaba haber visto en la fachada del Palacio Arzobispal, y eso me llevó a recordar también las preguntas que Daniel Carvajal me había hecho entre las almenas del parador de Sigüenza. Frente a mis dudas de entonces, ahora sabía muy bien dónde quería estar y con quién. Sabía cuál era mi lugar y sabía mejor que nadie cuánto me había costado llegar hasta él. Sin embargo, las últimas palabras de Marcos se quedaron martilleando en mis oídos con una resonancia siniestra y sentí como un latigazo que removió, dentro de mi conciencia, el cieno de mis peores fantasmas.

—No me hace ninguna gracia eso que dices. Yo no he saltado por encima de nada ni de nadie, y menos por encima de ningún muerto. Así que te agradecería que no hicieras referencias a las escaleras, ni en el título ni en cualquier otro lugar.

—Bueno, ya veremos. —Me hizo un guiño con el que parecía insinuarme que confiara en él y se puso a remar sin prisa hacia el embarcadero.

Cuando ya nos aproximábamos, para maniobrar mejor se sentó mirando hacia la proa y al verle así, de espaldas a mí, moviendo suavemente los remos, de pronto tuve la certeza de que le había entregado a Marcos una parte de mí misma, aunque en esa entrega no había sumisión ni sacrificio, sino más bien generosidad y placer. Pensé que, como había ocurrido tantas veces sobre el escenario, el destino había vuelto a reunirnos a los dos para que fuéramos protagonistas en una historia en la que, además, ahora íbamos a ser nosotros los autores del guion.

Quizá Marcos tuviera parte de razón, pensé, quizá aquella inquietante mujer de la escalera fuese yo misma, un reflejo de mis temores y de mis deseos, o una proyección de mi propia identidad, que desde niña se había forjado dentro de mí a través de los sueños; pero aunque así fuera me negaba a aceptar todo ese turbio y retorcido simbolismo con el que había conseguido removerme las entrañas.

Lo que Marcos no podía saber aún era que él estaba dándole sentido y realidad a otro de mis sueños más antiguos. Mientras lo contemplaba de espaldas a mí, maniobrando para que la barca llegase hasta la pasarela del embarcadero, tuve la sensación de que aquella escena, que venía de lo más profundo de mi memoria, la había vivido ya muchas veces. Los rasgos de aquel hombre, que habían permanecido borrosos hasta entonces, ahora comenzaban a hacerse reconocibles.

Yo me había adueñado de su voluntad y él de mi historia, pero eso ya apenas me importaba; como tampoco me importaba que Marcos intentara atribuirse más protagonismo del que le correspondía. Lo importante era la otra historia que, más allá de su novela, estaba a punto de empezar.